Elke Pistor (Hg.)
Tod & Tofu

elke pistor (hg.)
tod & tofu

biologisch-
ökologische
kurzkrimis

Originalausgabe
© 2014 KBV Verlags- und Mediengesellschaft mbH, Hillesheim
www.kbv-verlag.de
E-Mail: info@kbv-verlag.de
Telefon: 0 65 93 - 998 96-0
Fax: 0 65 93 - 998 96-20
Umschlaggestaltung: Ralf Kramp
unter Verwendung von:
© Pixelot - www.fotolia.de
Druck: CPI books, Ebner & Spiegel GmbH, Ulm
Printed in Germany
ISBN 978-3-95441-184-9

inhalt

ELKE PISTOR:
Vorwort .... Seite 7

SABINE TRINKAUS:
Die Biolüge .... Seite 9

RALF KRAMP:
Jutta statt Plastik .... Seite 21

ULLA LESSMANN:
Die Entsorgung .... Seite 33

THOMAS KASTURA:
Fünf Leichen zu viel .... Seite 42

ALMUTH HEUNER:
Kröte am Hals .... Seite 50

CARSTEN SEBASTIAN HENN:
Bier her .... Seite 60

CHRISTIANE FRANKE:
Mrs. Lee's Kräutergarten .... Seite 67

CHRISTIANE DIECKERHOFF:
Ethikmüll .... Seite 80

KLAUS STICKELBROECK:
Alles Mist .... Seite 95

OLIVER BUSLAU:
Der Öko-Mörder .... Seite 107

SUNIL MANN:
Die Tofu-Allergie .... Seite 118

RUDI JAGUSCH:
Seelenblicker .... Seite 129

GUIDO M. BREUER:
Lachs und Leder .... Seite 139

TATJANA KRUSE:
Die kleinen Freuden der Kannibalen, die vegan leben ... Seite 151

REGINE KÖLPIN:
Sein letzter Wille .... Seite 163

RICHARD BIRKEFELD:
The green Undertaker .... Seite 177

GÜNTHER THÖMMES:
Tofutitten .... Seite 189

REGINA SCHLEHECK:
Der Wunschkanal .... Seite 199

EVA LIROT:
Bis dass der Tofu uns scheidet .... Seite 207

KARR & WEHNER:
Fahrenheit 149 oder: Selbst kocht der Mann .... Seite 214

SOFIA GLASS:
Anhörung in der Sache Brokkoli II .... Seite 227

NADINE BURANASEDA:
Ausgeliefert .... Seite 242

PETRA BUSCH:
Die Endzeit .... Seite 254

ELKE PISTOR:
Die Prinzessin auf der Sojabohne .... Seite 268

HUGHES SCHLUETER:
Charlie und die Tofu-Fabrik .... Seite 276

MISCHA BACH:
Bioboom!!! .... Seite 287

DIE AUTOREN: .... Seite 303

vorwort

Bio ist in aller Munde. In erster Linie als leckeres Essen auf dem Teller. Gemüse, Brot, Eier, Fleisch – alles von glücklichen, freilaufenden Bauern gesät, gejätet und geerntet. Aber auch in vielen anderen Bereichen unseres Lebens sind wir »bio«. Bei den Kleidern – gewebt aus ökologischer Wolle von Schafen, die wiederum von den freilaufenden Bauern … usw. … Sie wissen schon.

Strom, Wandfarbe, Klopapier – »Bio«, wie man es auch dreht und wendet. Tierschutz, Kosmetik, ja sogar Autos. Kein Bereich des Lebens ist noch ohne »Bio« vorstellbar.

Nur das letzte große Thema ist unberührt. Dabei liegen die Zusammenhänge doch auf der Hand! Man muss nur genau hinschauen: Auf die Schwermetall-Rückstände, die so eine Leiche nach auftragsgemäßer Produktion hinterlässt. Auf die Prioritäten, die man dem Schutz seltener Arten geben muss. Auf das wachsende Bewusstsein der Menschen für den Umweltschutz – auch, oder gerade im Bereich der Kriminalität!

Tod & Tofu greift diese Themen auf, stellt sich ihnen schonungslos und zerrt Wahrheiten ans Licht, die Sie vielleicht nie wissen wollten.

Sei's drum. Jetzt haben wir den Salat. »Bio« natürlich.

Ich wünsche Ihnen ein artgerechtes und allergiefreies Vergnügen beim Lesen dieser biologisch abbaubaren Anthologie.

Elke Pistor

SABINE TRINKAUS

die biolüge

Es ist ja so eine Sache mit dem Lügen. Das sollte man nicht. Das weiß jeder. Und trotzdem tun es alle. Das ist gar nicht mal böser Wille, ganz im Gegenteil. Der Übergang von Freundlichkeit zu Lüge ist gefährlich fließend. Weil man eben weiß, was die Leute hören wollen, was sie glücklich macht, weil man halt das Richtige sagen will. Kein böser Wille also, aber trotzdem liegt da kein Segen drauf.

Bei der Sache mit dem Berti, zum Beispiel. Die irgendwie schon mit einer Lüge angefangen hat. Einer winzig kleinen Lüge, die eigentlich gar keine Rolle gespielt hat. Das war damals, als ich am Bett von der Elsbeth gesessen habe, als es zu Ende ging mit ihr. Eigentlich war sie ganz versöhnt damit. Sie war schon ziemlich schlecht dran und hing nicht mehr so am Leben. Aber eine Sorge hatte sie noch. Wegen Berti, ihrem Neffen. Der sollte ja zu ihr ziehen. Weil er dringend weg musste aus der Stadt. Da war gerade mal wieder was in die Hose gegangen, beim Berti, geschäftlich. Weil er halt immer übertreibt, hat die Elsbeth gesagt, der Junge kennt kein Maß, es trägt ihn immer davon. Der braucht jemanden, der sich um ihn kümmert, hat sie dann noch gesagt, der ein bisschen auf ihn aufpasst. Und dann hat sie mich so angeschaut und gesagt: Johann, das tust du doch für mich, oder?

Was soll man da schon sagen? Sie lag auf ihrem Sterbebett, immerhin. Sicher, Elsbeth, mach dir keine Sorgen, hab ich natürlich gesagt, das mach ich doch gern. Ein Satz, der mit Wahrheit anfängt und leise in die Lüge fließt. Für die Elsbeth hab ich nämlich immer alles getan. Ich weiß schon, dass die anderen sich gern ein bisschen lustig darüber gemacht haben, dass ich verliebt war in die Elsbeth. Und sie halt nicht in mich. Aber wir haben uns trotzdem immer gut verstanden, ich und die Elsbeth, und sie war eine wirklich feine Frau, der ich nie einen Wunsch abgeschlagen hätte. Schon gar nicht auf dem Sterbebett.

Aber das mit dem *gern*, das war ein bisschen gelogen. Das hab ich automatisch gesagt, weil man das eben so sagt. Obwohl auch die Elsbeth wahrscheinlich wusste, dass sich niemand gern um einen kümmert, der es nötig hat. Um einen schwierigen Typen, einen anstrengenden Charakter, der nicht damit umgehen kann, wenn es mal nicht so läuft, wie er will. Ich kannte ja genug Geschichten vom Berti, um zu wissen, dass sich um Berti kümmern ein bisschen so ist wie beim Umzug das Klavier tragen oder die Waschmaschine. Das macht man eben, weil es sein muss. Aber nicht gern.

Gleich nach der Beerdigung ist er eingezogen. Ich bin am ersten Abend rübergegangen, saß mit ihm in Elsbeths Küche. Er sah ziemlich schlecht aus, ganz abgemagert und ausgemergelt. Er hat viel abgenommen, hat er gesagt, weil er jetzt vegan lebt. Fand er gut, er sei ganz entschlackt und entgiftet und bei sich, hat er gesagt, und mir Kräutertee angeboten. Ein radikal neues Leben, hat er geschwärmt, das würde er jetzt leben, hier auf dem Land, weit weg von der Stadt. Da sei nämlich alles voller Dreck. Nicht nur Autos und Abgase, sondern auch die Menschen, weil die konsum- und karrieregeil wären und durchsetzt von negativer Energie, Gift in der Luft, hat er gesagt, und Gift in den Gedanken. Und darum sei er froh, dass er jetzt richtig und wahrhaft lebe, im Einklang mit sich und der Natur.

Des Menschen Wille ist ja sein Himmelreich, das hat meine Oma schon immer gesagt. Und eigentlich war ja nichts dagegen einzuwenden. Wenn er glücklich war ohne Fleisch und Käse und Stadtdreck, mit Einklang und Kräutertee, dann war ja alles gut. Bisschen was auf die Rippen würde er schon kriegen, hab ich gedacht, kein Problem. Ich hab ihm gesagt, wo er mich findet, wenn mal was ist und er was braucht. Zu Hause hab ich dann noch einen Schnaps getrunken, um den Geschmack von dem Tee aus dem Hals zu kriegen, und bin ganz zuversichtlich eingeschlafen.

Gleich am nächsten Tag ist er in den Laden gekommen. Ich mache ja den Hofladen hier im Dorf. Der läuft ziemlich gut. Die Städter kommen hier durch, wenn sie mit ihren Kindern Ausflüge machen. Und sie halten gern an. Hab ich nie verstanden, denn wenn es einen Vorteil gibt am Stadtleben, dann doch, dass man da alles einkaufen kann. Trotzdem finden die Leute es toll, hier anzuhalten, in ihrer Freizeit, und im Hofladen einzukaufen.

Darum haben am Anfang auch alle einen aufgemacht. Allerdings haben wir schnell gemerkt, dass das Unsinn ist. Alle hatten eine Menge Arbeit und wir haben uns gegenseitig Konkurrenz gemacht. Davon hatte letztlich dann keiner viel. Und darum hat der Willi, unser Ortsvorsteher, eine Versammlung einberufen im Dorfkrug. Der Willi ist ein kluger Mann, und er hat einen guten Vorschlag gemacht. Wir haben uns zusammengetan. Und jetzt mache ich den Hofladen, weil mir das eigentlich lieber ist als das Ackern auf dem Feld. Die anderen bringen mir ihr Zeug und ich verkauf es und dann wird gerecht geteilt. Da haben alle was davon. Und es ist wirklich ein sehr schöner Laden.

Das fand der Berti erst auch. Er war völlig begeistert, hat alles angetatscht und gepriesen. Bisschen übertrieben, fand ich, klar, eine Kartoffel ist was Feines, aber jetzt auch kein Grund, gleich euphorisch zu werden. Ist er aber. Bis er sich dann irgendwann umgesehen hat, suchend, irgendwie. Dann kam die Frage. Ist das denn alles auch Bio? Das ist so eine Frage, bei der man auch sehen kann, wie fließend der Übergang von Wahrheit zu Lüge manchmal ist. Bio, das kommt ja von Biologie. Und natürlich ist eine Kartoffel und ein Salat und ein Apfel biologisch, Obst und Gemüse, klar, wächst im Boden, auf dem Boden, am Strauch, am Baum, biologisch. Die Frage war mir auch nicht neu, die Städter fragen das gern mal. Und darum hatte ich die richtige Antwort parat. Im Grunde schon, nämlich, natürlich ist das Bio, aber das dürfen wir nicht draufschreiben, weil das ja kontrolliert werden muss. Und das ist ein Riesenaufwand, bürokratisch, viel Arbeit, Formulare und Zertifikate, und da haben wir die Zeit bisher noch nicht gefunden, hab ich immer gesagt. Werden wir aber bald angehen, ist ja auch besser, und dann kann man auch ganz andere Preise nehmen, wenn man das Bio-Siegel erst mal hat. Mit so einer Antwort sind die Städter immer sehr zufrieden und kaufen noch ein bisschen mehr, weil sie ja denken, sie machen grad ein richtig gutes Schnäppchen.

Berti war damit aber gar nicht zufrieden. Er nahm es halt immer ein bisschen zu genau, das wusste ich ja schon von der Elsbeth. Das täte ihm sehr leid, hat er gesagt, aber das sei nicht genug, weil er ja sehr, sehr empfindlich sei, vor allem jetzt, entschlackt und gereinigt, da reagiere sein Stoffwechsel auf jeden noch so winzigen Hauch von Gift. Und darum könne er kein Risiko eingehen, leider, ohne Siegel und Zertifikat, das ginge einfach nicht. Und dann ist er gegangen, ohne was zu kaufen.

Das war natürlich nicht gut. Nicht aus Geschäftsgründen, das war egal, der Laden lief ja auch ohne Berti ausgezeichnet. Aber der nächste Supermarkt ist eine halbe Stunde weg, und da hatten sie es auch nicht so mit Bio. Es gibt da einen Hof, mit Siegel und Kontrolle und allem Pipapo, aber bis dahin ist es noch viel weiter, und ich wusste ja, dass der Berti kein Auto mehr hat, aus Gewissensgründen. Und er war ja eh schon dürr wie eine Zaunlatte. Und ganz klar so einer, der lieber verhungert als Kompromisse macht. Versteh ich ja jetzt nicht so. Ich ess' ja alles. Nur Gurken nicht, aus irgendwelchen Gründen wird mir von Gurken richtig schlecht, immer schon, keine Ahnung, warum. Aber sonst ess' ich halt das, was da ist, und damit bin ich immer gut gefahren, auch gesundheitlich. Obwohl ja jeden Tag was Neues in der Zeitung steht, über Fleisch oder Paprika oder Milch und was da so drin ist, dass man davon krank wird und stirbt. Das darf man wirklich nicht so ernst nehmen, sonst wird man ja irre im Kopf, so wie der Berti. Und verhungert am Ende. Was natürlich nicht passieren durfte, beim Berti, schon wegen Elsbeth. Darum habe ich den ganzen Nachmittag überlegt, und abends hab ich dann mit dem Willi telefoniert und hab ihm das Problem geschildert. Wir haben uns im Dorfkrug getroffen, Willi und ich und noch ein paar andere, und der Willi hatte mal wieder eine Lösung parat. Er ist echt gut darin, Lösungen zu finden, der Willi, darum ist er auch ein guter Ortsvorsteher.

Am nächsten Tag haben mir alle ein bisschen von dem Zeug gebracht, das sie sonst den Hühnern und Karnickeln geben. Weil es schon ein bisschen runzlig ist oder fleckig oder einen Wurmstich hat. Das kann man natürlich noch gut essen, aber will man halt nicht, wenn man die Wahl hat. Ich hab einen Extra-Tisch aufgestellt und ein Schild gemalt mit *Bio*. Und dann hab ich den Berti angerufen und gesagt, dass er ab jetzt bei mir einkaufen kann, ich hätte da was organisiert. Er hatte wohl mittlerweile kapiert, wie schwierig das wird mit dem Supermarkt und dem Biohof, wahrscheinlich hatte er auch Hunger. Jedenfalls hat er keine blöden Fragen gestellt, sondern war sehr dankbar. Er hat ordentlich eingekauft. Als er gezahlt hat, hatte ich ein schlechtes Gewissen. War eine Menge Geld für so schrumpeliges Gemüse. Aber Willi hatte gesagt, dass es teuer sein muss, wegen der Glaubwürdigkeit, und da hatte er natürlich recht.

Dass das keine Frage von fließenden Übergängen mehr war, hab ich natürlich irgendwie gewusst. Das war eine Lüge. Eine Biolüge. Aber es war ja ein Notfall. Somit eine Notlüge. Eine Notbiolüge, hab ich gedacht, für Elsbeth, damit Berti nicht verhungert, somit bestimmt eine lässliche Sünde.

Ich hatte ja nicht ahnen können, wie schnell die sich verselbstständigt. Das lag daran, dass ich das Schild ja nicht immer hin- und herräumen konnte. Der Berti kam schließlich ziemlich oft, der hatte ja sonst nichts zu tun. Eigentlich hing er ständig bei mir rum, und deshalb mussten der Tisch und das Schild immer da stehen. Und darum haben die Städter das auch gesehen. Und die waren ganz begeistert. Es war wirklich verrückt. Die haben mir den Ausschuss für den doppelten Preis quasi aus der Hand gerissen. Versteh einer die Welt, ich meine, klar, kann man noch essen, aber warum denn bloß? Weil des Menschen Wille halt sein Himmelreich ist, hab ich gedacht, und letztlich geht es um Angebot und Nachfrage. Ich hab Mengen und Mengen Schrumpelzeug verkauft, für Schweinegeld. Die Kunden waren zufrieden, kamen nie Klagen, die Kasse stimmte. Lüge hin oder her – alle waren froh und glücklich.

Nur der Berti nicht. Das hatte allerdings nichts mit Bio oder Laden zu tun. Sondern damit, dass ihm langweilig wurde. Er hat ja nichts gemacht, den ganzen Tag, und das hält sogar einer wie der Berti auf Dauer nicht aus. Und darum hat er sich dann ein neues Projekt ausgedacht. Ganz und gar autonom wolle er leben, hat er mir erzählt. Nichts für ungut, Johann, hat er gesagt, aber erst als Selbstversorger sei er am Ziel, er müsse mit seinen eigenen Händen pflanzen und ernten, eins werden mit seiner Scholle, dem Boden, der ihn nährt.

So grundsätzlich war dagegen nichts einzuwenden. Trotzdem hatte ich ein ungutes Gefühl. Er hatte ja keine Ahnung von Landwirtschaft, der Berti. Und hat sich keine Vorstellung gemacht, was das hier für eine Scholle ist. Ertragsschwach, flachgründig, nährstoffarm. Gibt viele Geschichten von früher, als nicht alles besser war. Weil der Hunger nämlich auf jeden Fall mehr Menschen umbringt, als alle Kunstdünger und Pestizide und Herbizide zusammen. Das jedenfalls hat die Oma immer gesagt. Aber mit so was konnte man dem Berti natürlich nicht kommen. So gut kannte ich ihn da schon, praktisch. Leider kannte ich ihn auch theoretisch gut genug, um zu wissen, dass die Katastrophe vorprogrammiert war. Hatte die Elsbeth oft genug gesagt, dass der Berti eben nicht damit umgehen kann, wenn was nicht funktioniert. Dann drehe er durch, hatte sie gesagt. Ich wusste nicht genau, wie das ist, wenn der Berti durchdreht. Aber weil er undurchgedreht anstrengend genug war, wollte ich das auch nicht unbedingt herausfinden.

Ich hab ihm ganz vorsichtig ein bisschen über die Schulter geschaut. Hab versucht, ihm wenigstens ein paar Grundlagen zu erklären, damit nicht von Anfang an alles schiefgeht. Als es dann sprießte, ziemlich kümmerlich, war er gleich ganz begeistert. Viel zu begeistert, mir ist schnell klar geworden, dass seine Erwartung da ziemlich übersteigert war.

Ausgerechnet in dem Jahr, in dem die Viecher eh die halbe Ernte weggefressen haben. War ein zu warmer Winter vorher.

Da war die Enttäuschung also vorprogrammiert und ich hab mir Sorgen gemacht, große Sorgen.

Dann ist mir zum Glück der Keller eingefallen. Die Oma war nämlich so eine Hamsterfrau, Kriegsgeneration eben, da stand noch allerhand rum, weil sie große Vorräte brauchte, um ruhig zu leben. Zeug, das nicht wirklich schlecht wird, hab ich gedacht. Nachts bin ich dann immer mal heimlich über das Feld vom Berti und hab getan, was eben nötig war. Mir war schon klar, dass das langfristig keine Lösung ist, war aber erst mal besser als nichts. Hat auch gut funktioniert, im Grunde. Zu gut, leider, denn der Berti ist geplatzt vor Stolz. Kam dauernd in den Laden, um mir zu zeigen, was er da geerntet hat. Ganz und gar Bio, trotzdem viel schöner als das, was ich ihm als Bio untergejubelt hatte. Das müsste ich mir angucken, hat er gesagt, das sei doch unglaublich, das müsse an dem tollen Boden hier liegen. Und er hat sich sogar entschuldigt, dass er am Anfang Zweifel hatte, dass das, was ich so verkaufe, wirklich Bio ist. Er hätte ja nicht ahnen können, wie großartig das funktioniert, hier bei uns. Der war überhaupt nicht zu bremsen, der Berti. Weil er nicht nur dachte, dass er ein Naturtalent ist, ein Biobauerngenie, sondern eben auch, dass wir auf einer Goldader sitzen, quasi, einer Art Ölquellen, nur ohne Öl, hat er gesagt. Und er würde ganz groß einsteigen und uns alle mitnehmen in die goldene Zukunft. Er habe schon telefoniert, hat er gesagt, Termine gemacht, er habe das auf den Weg gebracht mit dem Bio und dem Siegel und allem, was dazu gehört, und er würde sich dann um die Vermarktung kümmern. Wir alle würden ganz groß rauskommen, das Bio-Dorf, er hätte gute Kontakte zu den Medien. Die Leute würden von überall anreisen, man müsse überlegen, ob man ein Hotel baue, Bio-Ferien im Bio-Dorf, mit Wellness und Kinderbetreuung, Bio-Urlaub im Bio-

Paradies. So hat er wirklich geredet und mir ist ganz schwummerig geworden.

Am Abend hab ich dem Willi davon erzählt. Der kam sowieso vorbei, um mir noch ein paar Schrumpelgurken für den Biolügentisch zu bringen. Mit einer von denen hat er dann die ganze Zeit rumgefummelt, während ich erzählt habe. Seit er nicht mehr rauchte, brauchte er nämlich immer was in den Händen. Er hat sich das alles angehört und den Kopf geschüttelt. Johann, hat er gesagt, du musst dem Jungen klar machen, dass das hier keiner will, Leute, die von überall kommen. Und schon gar keine Kontrolleure, Leute, die ihre Nase in Sachen stecken, die keinen was angehen. Was er da bei sich mache, der Berti, das sei sein Privatvergnügen, aber Bio-Dorf, das könne er sich mal fein in die Haare schmieren.

Ich hab ihm dann ganz vorsichtig erklärt, dass es leider noch ein bisschen komplizierter ist. Denn das, was ich da nachts auf Bertis Feld gemacht hatte, das würden die Kontrolleure ja auch bemerken. Und das wäre dann ganz blöd.

Der Willi wollte wissen, um was genau es denn da ginge, was ich denn da gespritzt hätte beim Berti. Ich hab mich vorsichtshalber mal ganz dumm gestellt und so getan, als wüsste ich das gar nicht genau. Seit der Willi nicht mehr rauchte, hat er sich nämlich immer schnell aufgeregt. Er wollte dann in den Keller, nachgucken. Und ich hab ihm die Fässer gezeigt, er hat dran geschnuppert, dann den Deckel abgesucht, und als er das Etikett gefunden hat, da ist ihm vor Schreck die Gurke in die Brühe gefallen. Scheiße, hat er gesagt, obwohl es ja eher das Gegenteil war, denn Scheiße ist ja biologisch, und das DDT im Fass jetzt nicht so. Wenn die das auf Bertis angeblichem Bio-Gemüse fänden, hat der Willi gesagt, dann wäre alles aus. Dann hätten wir einen sauberen

Skandal, dann würden die überall rumschnüffeln, und wenn die Medien davon Wind bekämen, könnten wir einpacken. Und den Hofladen könnten wir gleich sowieso zumachen.

Ich hab mich entschuldigt, mir war das sehr unangenehm. Der Willi hat gebrüllt, dass es ja nicht nur um mich ginge. Sondern um alle, ums Ganze. Er wisse ja zufällig, dass ich nicht der Einzige sei, der ab und zu mal was aus dem Keller hole, von damals, weil man heute eine gewisse Qualität ja gar nicht mehr bekomme. Aber eben darum dürfe hier kein Kontrolleur herumkontrollieren, sonst wären wir in Nullkommanix das Gegenteil eines Bio-Dorfs, ein Gift-Dorf nämlich, darauf könne ich jetzt mal gewaltig einen lassen.

Das letzte hat er gesagt, weil er ziemlich sauer war und nicht mehr rauchte. Sonst redet er nicht so vulgär. Aber seine Nerven waren an dem Abend halt nicht so stabil wie sie eigentlich sein müssten bei einem guten Ortsvorsteher.

Er ist dann die Treppe hochgestürmt. Ich hab die Gurke aus dem Fass geholt und es dann wieder zugemacht. Und in der Küche hab ich dem Willi eine Zigarette gegeben, weil er die wirklich brauchte, ganz dringend. Und einen Schnaps. Das hat ihn ein bisschen beruhigt. Das musst du verhindern, Johann, hat er gesagt, du hast Mist gebaut und du musst auf jeden Fall verhindern, dass das blöde Folgen für alle hat.

Und damit hat er natürlich recht gehabt.

Kaum war er weg, hab ich den Berti angerufen. Ich hab ihn eingeladen, für den Abend, zum Essen. Blöderweise hab ich zum Essen gesagt, obwohl ich ja gar nicht vorbereitet war und er ja vegan. Aber ich hab improvisiert, Bratkartoffeln, ohne Speck und Ei eben, das geht, dazu Salat, und ich war fast froh, dass ich was zu tun hatte, während ich gewartet hab. Ich musste mir ja genau überlegen, was ich ihm sage. Um ihn abzubringen von seinem Bio-Dorf und Kontrolleure-

Plan. Ich musste ihn irgendwie vertrösten. Ihm erklären, dass die Zeit noch nicht reif war. Mir war schon klar, dass ihm das nicht gefallen würde, aber es war die einzige Möglichkeit.

Er war total aufgekratzt. Hat das Essen gelobt, ordentlich reingehauen. Geredet wie ein Buch. Ich hab wieder an Elsbeth denken müssen, weil ich da verstanden habe, wie sie das gemeint hat, dass er kein Maß kennt und immer übertreibt. Seine Pläne wurden von Minute zu Minute größer und wilder. Er war so aufgeregt, dass er sogar Schnaps getrunken hat, Selbstgebrannten, weil ich gesagt habe, dass der Bio ist. Auf die Lüge kam es jetzt sowieso nicht mehr an. Ich habe auch Schnaps getrunken, wegen der Nerven. Und nach dem Essen hab ich die Sache dann ganz direkt angesprochen. Die Leute hier, hab ich gesagt, die wären noch nicht so weit. Die müsse man langsam an so Gedanken gewöhnen, Kontrolleure und Zertifikate und Bio und so. Das brauche seine Zeit und darum wäre es gut, den Termin erst mal abzusagen, oder einfach zu verschieben, um ein Jahr vielleicht oder zwei. Berti hat mich angestarrt und mit dem Kopf geschüttelt. Quatsch, hat er dann gesagt, das wäre doch Unsinn. Die Leute würden ihre dummen Vorbehalte schon überwinden und langfristig wären ihm dann alle dankbar. Er wisse schließlich, was er tue, das sei ja nicht das erste Mal, er sei ein Mann mit Visionen, einer der groß denkt, und das würden die Provinzler hier schon begreifen, und dann würden sie mitziehen, da bestünde keinerlei Zweifel und …

Dann hat er aufgehört zu reden. Hat plötzlich ein bisschen elend ausgesehen. Er hat eine Hand gehoben, vorsichtig an seinen Mund getippt, das Gesicht verzogen, als tue das weh.

Was zum Teufel, hat er gesagt, irgendwie lallend, als sei seine Zunge gelähmt, dabei hatte er gar nicht viel getrunken. Dann zuckte sein rechtes Auge. Keine Luft, hat er geröchelt, und: schwindelig, Wasser, Gott, und dann konnte ich ihn nicht mehr verstehen. Dann breitete sich das unheimliche Zucken aus, erst auf das ganze Gesicht, dann fiel er vom Stuhl und zuckte am ganzen Körper. Dann lag er ganz still.

Ich hab eine Weile gebraucht, um das zu verstehen. Erstens, dass er tot war. Und zweitens, warum.

Ich bin da langsamer als der Willi. Den hab ich dann angerufen, und der kam auch gleich. Und hat sofort die Verbindung hergestellt zu der Schüssel mit dem Gurkensalat. War noch ein winziger Rest drin, der Berti hatte fast alles gegessen, ganz allein, weil ich ja Gurken gar nicht mag, davon wird mir ja schlecht. Ich war viel zu aufgeregt gewesen, um daran zu denken, die Gurke abzuwaschen, die ich aus dem Fass gezogen hatte. Und der Berti hat ganz offenbar recht gehabt, als er behauptete, dass er so arg empfindlich wäre mit allem Gift. Obwohl der Willi gesagt hat, dass das mit dem DDT jetzt keine Frage von Empfindlichkeit wäre, aber er wollte da zum Glück nicht so drauf rumreiten. Wir mussten uns ja auch um andere Sachen kümmern.

Wir haben ihn in Elsbeths Grab untergebracht. Da stand noch kein Stein, die Erde war noch locker, das ging ganz einfach. Der Willi hat versprochen, sich gleich am nächsten Tag um die Sache mit den Terminen zu kümmern. Das hat auch gut geklappt, da ist nie einer gekommen.

Ich hab am nächsten Morgen das Schild und den Bio-Tisch weggeräumt. Schluss mit der Biolüge, hab ich gedacht, und das ganz ernst gemeint. Die Städter fragen immer noch, manchmal. Aber ich sag jetzt einfach rundheraus, dass es nicht Bio ist. Kein Siegel, kein Zertifikat, kein gar nix. Dann kaufen sie trotzdem. Und ich fühl mich besser. Denn es ist ja so eine Sache mit dem Lügen. Das sollte man nicht. Das weiß jeder. Da liegt nämlich wirklich kein Segen drauf.

RALF KRAMP

jutta statt plastik

Kritisch wurde es eigentlich immer nur dann, wenn Onkel Albert und Tante Luise sich heimlich zusammentaten, um Elmar wieder einmal zu helfen. Elmar - sie nannte ihn »Murkelchen« und er »Knäbchen«, lebte bei ihnen, seit er acht Jahre alt war. Seine Eltern waren auf der Rückreise von den Kapverden bei einem Flugzeugabsturz ums Leben gekommen. Seit über zehn Jahren wohnte Elmar nun schon im alten, düsteren Haus der beiden, siebzehn Kilometer vom nächsten Ort entfernt, am Rand des Waldes, und hörte fast tagtäglich die Erzählungen über seine verstorbenen Eltern. Mit Sicherheit waren sie allesamt sehr fantasievoll ausgedacht, da ihm sein Vater und seine Mutter mittlerweile vorkamen wie Geheimagenten, die alle Sprachen der Welt beherrscht hatten und im Notfall wahrscheinlich übers Wasser hätten laufen können. Onkel Albert und Tante Luise liebten ihren Neffen und taten alles dafür, dass es ihm an nichts mangelte. Sie hatten, da sie ohnehin kurz vor der Pensionierung aus dem Lehramt standen, ihre Berufe aufgegeben und widmeten sich ganz ihrem »Murkelchen-Knäbchen« und der Instandhaltung des alten Bauerngehöfts, das davon völlig unbeeindruckt langsam um sie herum zerbröckelte. Und ihren Hobbies: Tante Luise kochte alles, was sich nicht allzu sehr wehrte, und Onkel Albert versuchte sich mit zweifelhaftem Erfolg als Tierpräparator. Was hervorragend harmonierte. Wenn er eines Vormittags wieder einmal von der unweit des Anwesens vorbeiführenden Bundesstraße heruntergeeilt kam und laut jubelte, weil er einen frisch überfahrenen Dachs gefunden hatte, der noch »so gut wie neu« aussehe, dann kramte Tante Luise mit vor Freude geröteten Bäckchen die Kasserolle hervor und sprang, »Borretsch«, »Thymian« und »Wacholder« vor sich hinmurmelnd hinaus in den Gemüsegarten.

Der kleine Elmar wuchs also auch ohne Eltern sehr glücklich heran. Nur selten verirrten sich Schulkameraden in die Abgeschiedenheit des Hofes, aber Onkel und Tante spielten mit ihm Scrabble, bauten Baumhütten und versuchten ihn, so gut es ging, in die Geheimnisse des Lebens einzuweihen.

Als Elmar zehn Jahre alt wurde, legte sich allerdings ein Schatten über das Idyll, der für eine dauerhafte Abkühlung der Lebensfreude sorgte. Ärzte vermuteten, es liege an der ungewöhnlichen Ernährung, Psychologen hatten den Verdacht, es könne durch den Verlust des Elternhauses ausgelöst worden sein, aber Onkel, Tante und Elmar waren sich sicher, dass es weder durch Dachs im Reisrand, noch durch Blindschleichenragout oder durch die ungewöhnliche Dreisamkeit am Waldrand ausgelöst wurde, dass bei dem Jungen fast explosionsartig eine ganze Reihe von allergischen Reaktionen auftrat.

Von einem Tag auf den anderen konnte er zahlreiche Speisen nicht mehr genießen, ohne dass er starken körperlichen Leiden anheimfiel. Aber es war nicht der köstlich frittierte Igel, der ihm Ausschlag am ganzen Körper bescherte, sondern der knusprige Bierteig drumherum – vielmehr das darin verbackene Mehl. Shampoos mit Ingredienzien, auf die sein Körper ungehalten reagierte, machten ihm fortan ebenso zu schaffen wie der Rauch von Onkel Alberts Pfeife, in der selbstgezogener Tabak mit einer Beimischung von Flechten und Birkenrinde kokelte. Bestimmte Beeren aus dem nahen Wald, die Elmar als Kleinkind kiloweise genascht hatte, verursachten ihm plötzlich ebenso eruptives Erbrechen, wie die Milben im alten Perserteppich heftig juckendes Höllenfeuer über seinen Körper jagten.

Tante Luise und Onkel Albert steckten ihre Köpfe zusammen und berieten, was mit Murkelchen zu tun war, und wie man dem Knäbchen helfen konnte. Sie beschlossen, dass dem Jungen nur eine Radikalkur Besserung bescheren konnte. Eine Art Desensibilisierung mit Pauken und Trompeten.

Kritisch wurde es, wie schon erwähnt, immer dann, wenn die beiden sich zusammentaten, um Elmar aus der Not herauszuhelfen.

Elmar blieb in letzter Sekunde doch noch am Leben. Nach einem qualvoll langen Wochenende voller unterschiedlichster heilpädagogischer Prozeduren fand sich sein verschorfter und verbeulter Körper schließlich im Krankenhaus wieder. Seine tränenden Augen erblickten zwischen den zugequollenen Lidern hindurch die besorgten Gesichter von Onkel und Tante. Sprechen konnte er nicht mit ihnen, weil seine Zunge grünlich und verpickelt den ganzen Mundraum füllte.

Zwei Wochen später wurde er nach Hause entlassen, und war fortan wieder der Obhut seiner beiden Verwandten ausgeliefert. Das war riskant, aber sie hatten offenbar aus ihrem Fehler gelernt. Tante Luise warf mit herzerwärmender Radikaliät alles aus der Küche, was sie bisher beim Kochen verwendet hatte und begann damit, Schritt für Schritt zu testen, was Elmar vertrug oder nicht. Hatte er ein Löffelchen von etwas Neuem probiert, sei es überfahrener Marder oder ein Vögelchen, das gegen die Scheibe geflogen war, dann wurde mindestens vierundzwanzig Stunden lang die Reaktion von Elmars Körper abgewartet. Verfärbte sich etwas oder warf die Haut Wellen, wurde augenblicklich alles dem Mülleimer überantwortet. Blieb es ohne Folgen, wurde die Speisekarte um eine Zeile erweitert. Onkel Albert verbrannte alle Teppiche und verbannte sämtliche Tierpräparate in den Schuppen am Ende des Gartens, zu dem Elmar fortan der Zutritt strengstens verwehrt wurde. Hier werkelte er vor sich hin. Um zu vermeiden, dass er nach getaner Arbeit Haare und Fussel mit ins Haus trug, hantierte er je nach Jahreszeit nackt oder im Lackieranzug. Zudem hatte er sich am ganzen Körper rasiert.

Elmar ging es von Woche zu Woche besser. Im Zuge der Analyse seiner Misere stellte sich nach und nach heraus, dass er sämtliche Allergien der Welt in sich vereinte. Einen großen Teil der Ursachen für die Überreaktionen seines Körpers gelang es ihm fortan zu vermeiden, bei der ein oder anderen Sache halfen ihm Medikamente.

Medikamente, die Tante Luise und Onkel Albert zuerst selbst herzustellen versuchten, die sie aber, kurz bevor es erneut zur Katastrophe kam, dann doch in der Apotheke besorgten.

Nach ein paar Monaten hatte sich Elmars Leben eingependelt. Egal ob in der Schule oder zuhause, man wusste um seine Probleme und hielt ihm potenzielle Gefahren buchstäblich vom Leib.

Nun ist aber bekanntermaßen die Pubertät ein Zeitraum, in dem nicht nur der Leib in Unordnung gerät, sondern auch die Seele. Elmars erste große Liebe hieß Ellen. Warum sie als schönstes Mädchen der Klasse sich ausgerechnet mit einem Hänfling wie ihm verabredete, um das Freibad zu besuchen, ahnte er nicht. Später war er sich sicher, dass sie nach all den Sportlern und wilden Musikern endlich mal einen Freak wie ihn haben wollte, der allergisch auf das Chlor im Schwimmbecken reagierte und deshalb zum Zusehen gezwungen war, wenn sie geschmeidig ihre Bahnen zog, und der ihr zwar ein

Eis ausgeben, aber selbst keines essen konnte, weil ihm sonst mit affenartiger Geschwindigkeit rote, schwärende Pusteln über den ganzen Körper krochen. Es hatte für Ellen vermutlich etwas mit dem Genuss an der Demütigung zu tun. Und doch zog sie ihn irgendwann ins Gebüsch und begann, ihn zu befingern. Nur eine Viertelstunde später wurde er mit dem Krankenwagen abgeholt, weil sie ihren Körper zuvor mit Tiroler Nussöl eingerieben hatte. Seine Nussallergie schlug erbarmungslos zu. Elmar brauchte lange, um sich von dem Schock zu erholen. Ungefähr zwei Jahre. Dann lernte er Annette kennen.

Sie war die Tochter eines Heilpraktikers und entsprechend einfühlsam. Das zarte, weißhäutige Mädchen schien sich wirklich in ihn verliebt zu haben. Die beiden tauschten scheue Küsse aus, bis Elmar feststellen musste, dass sein plötzlich auftretender Haarausfall auf das Metall ihrer Zahnspange zurückzuführen war. Annette zog sich aus lauter Scham zurück, und Elmar widmete sich in seiner Einsamkeit der Pflege seines nachwachsenden Haupthaars.

Schulfreunde scheiterten kläglich bei dem Versuch, ihn mit der drei Jahre älteren Sonja zu verkuppeln, einem Schrank von einem Mädchen, für das sich sonst niemand interessierte, und das feierlich versprach, allem abzuschwören, was ihm gefährlich werden konnte. Sie wechselte zunächst ihr brisantes Deo, verzichtete dann nach mehreren erfolglos verlaufenen Testreihen nahezu komplett auf Körperpflegeprodukte, auf Kleidung mit Polyacryl, auf Kleidung mit Baumwollanteil und auf Kleidung aus Hanf. Irgendwann trug sie nur noch sündhaft teure Klamotten aus einem speziellen Zellstoff. Und stank wie ein Aal. Aber es funktionierte.

So lange, bis sie ihre Lehrstelle in einem Blumenladen antrat und fortan von einer Wolke unterschiedlichster Pollen umschwebt wurde. Damit war das Aus ihrer Beziehung besiegelt, noch bevor es zu irgendwelchen sexuellen Erfahrungen bei Elmar gekommen wäre.

Der Umstand, dass er immer noch vollständig rein und unbefleckt in sein siebzehntes Lebensjahr eintrat, besorgte nicht nur Tante Luise und Onkel Albert sehr. Auch die wenigen Mitschüler, die sich noch mit ihm abgaben, dauerte sein Schicksal. Sie verschafften ihm literarisches Anschauungsmaterial, aber sämtlich Hochglanzmagazine musste Onkel Albert im Garten verfeuern, da Elmar von seiner Offsetdruckfarbenallergie daran gehindert wurde, sie zu studieren. Hypersensibel reagierte er auch auf kleinste Anzeichen von Elektrosmog. Das Anschauen von Videos oder DVDs bescherte ihm tagelangen Durchfall mit der Konsistenz von naturtrübem Apfelsaft. Das war es ihm wirklich nicht wert.

Eben jene Klassenkameraden meinten es eigentlich nur gut, als sie ihm zu seinem Geburtstag eine aufblasbare Liebesgefährtin schenkten. Jeder andere Heranwachsende hätte das als Frechheit betrachtet, doch Elmar zog Onkel und Tante ins Vertrauen, und sie beschlossen, die erste Benutzung der künstlichen Frau mit den steifen Gelenken und den markant ausgeformten Körperöffnungen regelrecht wie ein Rendezvous zu zelebrieren.

»Ach Murkelchen, bring deine Freundin doch mal mit zu uns nach Hause«, sagte Tante Luise zärtlich. Und sie hüllte die junge Frau in ungefährliche Kleidung, und Onkel Albert sagte verschmitzt: »Trinkt was zusammen, Knäbchen, das bringt die Kleine sicher in Stimmung« und mixte zwei laktosefreie, glutenfreie, fruchtsaftlose Cocktails ohne Konservierungsstoffe. Sie saßen zu viert im Wohnzimmer und spielten eine Art Konversation, bis Onkel und Tante irgendwann zu gähnen begannen und versicherten: »Wir sind so müde.

Heute gehen wir mal früh ins Bett, ihr Süßen. Macht ihr nachher das Licht aus?«

Elmar tastete sich langsam an seine Partnerin heran, und liebkoste die prallen Brüste, die unter seinen forschenden Fingern munter quietschten. Er half ihr beim Ausziehen und entledigte sich dann selbst seiner Kleider. Es war alles da, wo es sein sollte, wenn er dem Biologieunterricht und den Erzählungen seiner Kumpels Glauben schenken konnte. Es fühlte sich alles etwas massiver und weniger geschmeidig an, als er sich das gedacht hatte, und ...

... plötzlich begannen seine Augen zu tränen. Von einem Moment auf den nächsten rannen wahre Sturzbäche über seine Wangen, seine Lider brannten, als habe jemand Säure darauf geträufelt. Sein Blick trübte sich, alles verschwamm, Dunkle Schatten legten sich über sein Gesichtsfeld. Er schrie, wie er noch nie zuvor geschrien hatte.

Zwei Monate musste er diesmal in der Klinik bleiben, ein halbes Jahr lang durfte er sich nur in abgedunkelten Räumen oder im Schutze der Nacht aufhalten. Die Weichmacher im Kunststoff fügte er als Neuentdeckung des Jahres zu der endlosen Liste hinzu, auf die sein Körper allergisch reagierte.

Während seiner Tage in der Finsternis beschloss er, seinem Leben ein Ende zu bereiten. Der Gedanke, er könne seinen achtzehnten Geburtstag feiern, ohne jemals zuvor eine sexuelle Beziehung zu einem Mädchen gehabt zu haben, bereitete ihm eine namenlose Angst. Und noch bitterer war die Erkenntnis, dass sich auch mit der Volljährigkeit keine Besserung einstellen würde. Er war ein Verdammter, daran bestand kein Zweifel.

Er sprach mit Onkel und Tante darüber, so wie sie über alles immer ganz offen sprachen. Sie hatten Einwände, wussten aber, dass diese eigentlich völlig nutzlos waren.

Elmar würde niemals in seinem Leben glücklich werden. Zumindest nicht mit einer Frau.

Und dann geschah eines Tages das Unglaubliche. Beim Einkauf im Reformhaus bückte sich Elmar nach seinen künstlichen Frühstücksflocken aus gefriergetrocknetem Bambusmehl, die dort standen, wo nie ein Käufer sonst je hingriff. Und seine Hand berührte plötzlich die eines anderen Menschen. Es war ein Mädchen mit Sonnenbrille und straff zurückgekämmtem Haar. Er roch die Allergiecreme, mit der sie ihre Haut eingerieben hatte, er sah die gelblichen Krümel des Sättigungspulvers aus gemahlenen Eichblattkäferlarven, das sein Körper als einziger Vitamin-B-Lieferant akzeptierte, in ihrem Mundwinkel, und er wusste sofort, dass sie eine Leidensgenossin war, wie er sie noch nie zuvor getroffen hatte. »Du auch?«, hauchte er. Und sie nickte fast ängstlich.
»Ich bin Jutta«, sagte sie leise.
Elmar fasste sich ein Herz und sagte kühn: »Darf ich dich zu einem Tellerchen Frühstücksflocken einladen?« Und gleich schickte er hinterher: »Natürlich nicht zum Frühstück ... also nicht nach einer Nacht ... ich meine ... zur Teezeit vielleicht?«
Jutta nickte mit einem scheuen Lächeln. Sie erkannten beide gleichzeitig, dass sie füreinander bestimmt waren. Jutta und Elmar, das konnte was werden.
Jutta arbeitete seit ihrem sechzehnten Lebensjahr in einem Automobilwerk, in der staubfreien Windstrom-Messanlage. Sie wohnte allein in einer spärlich möblierten Etagenwohnung am Stadtrand und sprach einmal leise davon, wie es wohl wäre, als erster Mensch auf den Mond auszuwandern. Auf den Mond, dachte Elmar, das wäre vielleicht doch besser als tot sein. Auf dem Mond mit Jutta, in einer sauerstofflosen Umgebung, ohne Pflanzen und ohne Tiere.

Ein paar Tage später stellte er Jutta seiner Tante und seinem Onkel vor.

Nachdem Tante Luise irgendwann mit zitternden Händen die leeren Tassen vom säure- und nitratarmen Waldrettichaufguss abgeräumt hatte, fand Elmar sie weinend in der Küche. Onkel Albert stand tröstend neben ihr und hielt ihre Hand.

»Was ist mit euch los?«, fragte Elmar angstvoll. »Stimmt etwas nicht?«

Aber seine Tante drehte sich mit tränenverschleiertem Blick zu ihm um und schluchzte: »Wir freuen uns so sehr für Dich, mein Murkelchen.«

Jutta und Elmar, das war ein kranker Leib und eine verletzte Seele, das waren zwei Herzen, die im selben Takt litten. Sie verbrachten jede freie Minute miteinander, sie bummelten abends mit Vorliebe durch leere Einkaufspassagen, sie rieben sich bei drohendem Sonnenschein gegenseitig die Gesichter mit der unvermeidlichen Schlämmkreide-Fischöl-Emulsion ein. Ihr Glück war perfekt. Jutta bereitete Speisen für ihn, die er bedenkenlos genießen konnte, und er erzählte ihr abenteuerliche Geschichten von seinen verstorbenen Eltern, die unterhaltsamer waren als jedes Fernsehprogramm.

Immer wieder ertappte sich Elmar dabei, wie er Jutta betrachtete, wenn sie am Herd stand und kochte, wie ihr Rücken sich hin und her bog, und er verspürte neben dem reinen Herzensglück auch ein ihm bis dahin völlig unbekanntes körperliches Verlangen. Er liebte Jutta so wie er noch nie zuvor einen Menschen geliebt hatte. Mit seiner Seele, mit seinem Innersten – und ja – mit jeder Faser seines kranken Körpers.

Es wurde von Tag zu Tag stärker und verzehrender. Und er glaubte, es auch bei ihr spüren zu können. Bei jedem Blick, den sie ihm schenkte, bei jedem Lächeln, das sich auf ihren blutleeren, dünnen Lippen zeigte. Ja, das waren die Antworten auf all seine nicht gestellten Fragen. Auf alle Wünsche und auf alles Begehren, das sich nur noch um Eines zu drehen schien.

Eines Abends saßen sie in ihrer Wohnung, blickten auf die Dächer der Stadt hinaus, genossen das Abhandensein der quälenden Sonne, tranken Gurkenwasser und lauschten leiser klassischer Musik aus der Nachbarwohnung. Jutta rieb sich mit zitterndem Finger einen Tropfen Saft vom Kinn und sagte schließlich: »Elmar, ich weiß nicht, womit ich das verdient habe. All das mit mir.« Und er spürte, dass sie im Begriff war, ihm ihr Innerstes zu Füßen zu legen. Sie rang um die richtigen Worte, das war offensichtlich. »Ich hätte nie gedacht, dass es auf der ganzen Welt noch jemanden geben könnte, der ein Leben führt, wie ich es zu führen gezwungen bin. Und dann habe ich dich getroffen.« Sie wollte ihn ansehen, hielt aber mit der Bewegung ihres Kopfes inne und betrachtete wieder ihre ineinander verschränkten Finger.

»Du wirst bald achtzehn, hast du mir erzählt«, fuhr sie flüsternd fort. »Das ist wie ein Zeichen, glaube es mir. Ich möchte dir etwas zu deinem Geburtstag schenken, wie es passender nicht sein könnte. Es ist ein Wunder, denn dieser Samstag in der nächsten Woche ist vorherbestimmt. Er wurde mir in die Wiege gelegt, da bin ich mir mittlerweile sicher. Ich bereite mich auf diesen Tag vor, seit ich auf der Welt bin.«

Elmars Herz schlug schneller, begann zu stolpern, galoppierte schließlich wild voran. Er schrie Ja!, ohne den Mund zu öffnen, er vollführte Freudensprünge, ohne auf den Füßen zu stehen. Es würde geschehen!

»Ich werde genau an diesem Tag ins Kloster zum Heiligen Herzen Jesu eintreten. Rein und unbefleckt. Und ich habe vorher die Gnade empfangen, dich kennengelernt zu haben. Wir müssen Geschwister sein, Elmar. Geschwister im Schmerz.«

Und jetzt wandte sie ihm ihr Gesicht zu und lächelte beseelt.

Elmar wusste nicht, wie seine Hände an ihren weißen Hals fanden. Sie führten wahrscheinlich ebenso ein Eigenleben wie der Rest seines verfluchten Körpers. Nie zuvor hatten sie so etwas getan, und doch verrichteten sie ihre Arbeit, als sei es das Selbstverständlichste auf der Welt. Sie griffen um das kalte Fleisch, sie krampften sich zusammen und ließen nicht locker. Er spürte, wie unmerklich etwas unter der Oberfläche knackte, wie Luft weggepresst wurde. Die Musik im Hintergrund feuerte ihn an, steigerte sich zu einem furiosen Finale und verebbte erst, als Juttas lebloser Körper von der sterilen Stahl-Sitzbank glitt.

Elmar war erst Stunden später wieder zu Bewusstsein gelangt, als der Mond zum Fenster hereinschien und die Stadt ihre künstlichen Lichter größtenteils gelöscht hatte. Dann hatte er zum Telefon gegriffen.

Tante Luise und Onkel Albert erzählten ihm nicht, was sie getan hatten, nachdem sie ihn abgeholt hatten. Juttas Leiche verschwand. Mit so etwas hatte sein Onkel Erfahrung. Alles was Elmar über ihre Erledigungen erfuhr, war, dass er sich nie wieder in der Nähe von Juttas Wohnung blicken lassen durfte, wenn er nicht Gefahr laufen wollte, für das, was er getan hatte, verantwortlich gemacht zu werden.

Aber wollte er das nicht? Verantwortlich gemacht werden? Eingesperrt werden? Weggesperrt? Besser noch erschossen? Wollte er nicht endlich weg sein? Aus seinem eigenen Leben verschwinden? Durchs Weltall gleiten? Schwerelos, schmerzlos? Wenn nicht mit Jutta, dann ohne sie?

An seinem achtzehnten Geburtstag weckte ihn seine Tante mit einem zärtlichen Kuss auf die Stirn. Sie benutzte eine Zahnpasta, die er vertrug.

Sie nahm ihn bei der Hand und führte ihn durch die engen Flure des Hauses, bis sie vor ihrer eigenen Schlafzimmertür angelangt waren, wo bereits sein Onkel wartete. Sein Gesicht glühte vor freudiger Erwartung, und gemeinsam sangen sie ihm ein Geburtstagsständchen. Tante Luise öffnete langsam die Tür, und Onkel Albert sagte heiser: »Es hat mich einige Tage Arbeit gekostet.«

Das Schlafzimmer hatten sie in ein Meer aus Lichtern verwandelt. Paraffinfreie Kerzen aus Seehundtran selbstverständlich. Sie warfen ihren tanzenden gelben Schein auf die Wände, an die Decke und zu dem Bett hin, auf das Tante Luise die Allergikerbettwäsche aufgezogen hatte.

Was er dort entdeckte, ließ Eis durch seine Blutbahn kriechen, es lähmte seine Bewegungen und schien ihm jeden halbwegs vernünftigen Gedanken aus dem Hirn zu ätzen. Juttas Körper steckte in einem weißen Nachthemd. Ihre Haut war von einer gelblichen Tönung, hier und da verriet eine kleine Beule auf der Stirn oder am Hals die Unebenheiten des Futtermaterials. Sie hatte die blassen Lippen ein wenig geöffnet, und der Blick ihrer Augen war starr zur Decke gerichtet. Die Farbe ihrer gläsernen Pupillen war beinahe genau dieselbe, die sie noch vor ein paar Tagen gehabt hatte, als Elmar sie zum letzten Mal berührt hatte.

Ulla Lessmann

die entsorgung

Der Wecker klingelte nicht. Offenbar hatte ich mal wieder vergessen, die Akkus aufzuladen. Normale Batterien sind seit Jahren in meinem Haus verboten und trotzdem passiert es mir immer wieder, dass ich vergesse, die Akkus aufzuladen. Dabei gibt es 27 Aufladestationen in unserem Haus, damit ich immer wieder an sie erinnert werde, wenn ich mich durch das Haus bewege. Was gar nicht so einfach ist, das gebe ich zu. Aber eigentlich komme ich trotzdem häufiger an den Aufladestationen vorbei und dürfte sie nicht vergessen.

Ich verliere nun doch ab und zu den Überblick.

In grauen Vorzeiten gab es Wecker zum Aufziehen, die mit einem Klöppel zwischen zwei Schellen zwar sehr unangenehm weckten, aber ausgesprochen umweltfreundlich waren. Ich habe mir schon die Hacken abgelaufen, um so ein Ding zu finden, vergeblich.

Wer außer mir soll die Akkus aufladen?

Tom und Tina sind weg. Dadurch gibt es weniger Müll zum Sortieren. Das ist sehr traurig. Manchmal kann ich nicht einschlafen, weil ich darüber grübeln muss, was ich tun soll, wenn Bruno und Theo auch verschwinden. Ich alleine kann doch gar nicht so viel Müll produzieren, damit sich mein Leben wirklich lohnt.

Noch geht es. Bruno sorgt für viel Müll, vor allem für Glasabfall und Theo bemüht sich immerhin, seiner Mutter zu helfen, indem er viele Zeitschriften und aufwändig verpackte

Medientechnik kauft. Das ist gut für die Altpapiertonne, die Wertstofftonne und die Annahmestelle für Elektromüll.

Ich wurde auch ohne Wecker wach, denn das Klirren umfallender Flaschen und das Splittern von Glas im Hausflur ersetzte jeden Wecker. Gegen Mitternacht hatte ich nämlich noch die heutige Glasfracht vorbereitet: Grüne, braune und weiße Flaschen vorsortiert in Kartons gestellt, die Schraubverschlüsse für den Blechcontainer in einen Extrakarton geworfen, die abgeknibbelten Etiketten auf den Weinflaschen in einer Papiertüte für die Altpapiertonne gesammelt.

Die Korken aus Brunos Weinflaschen liegen noch in einer Schachtel in der Gästetoilette, die muss ich beim Umweltzentrum abgeben. Ich kam noch nicht dazu. Jahrelang hatte ich Korken einfach in die Restmülltonne geworfen. Ich schäme mich bis heute dafür. Dauernd stelle ich mir vor, dass irgendwann ein Mensch von den Abfallwirtschaftsbetrieben mit einem Strafbefehl über mehrere tausend Euro bei uns vorbeikommt, weil jemand beobachtet hat, wie ich Korken in die Restmülltonne warf, und mich nun denunziert hat.

Die Katze war also wieder durch die Glassammlung gerast. Ok, es war ein Fehler, die Kartons schon in den Flur zu stellen, aber die Abstellkammer, der Balkon, die Terrasse und die Gästetoilette sind schon vollgestellt mit vorsortiertem Müll. Ich kann doch nicht jeden Tag zum Umweltzentrum oder zum Glascontainer oder zur Grünschnittannahmestelle oder zum Schadstoffmobil fahren, damit mache ich ja mit dem Abgasausstoss alles wieder kaputt, was ich mit meinem Müllsortierzentrum, wie Tom sein Elternhaus zu nennen pflegte, an nachhaltiger Umwelterhaltung leiste! Ein Elektroauto können wir uns nicht leisten und auf dem Fahrrad kann ich die Mengen nicht transportieren.

Ich bin neulich mit dem Bollerwagen zur Grünschnittannahmestelle gewandert, aber ich war zwei Tage unterwegs, weil ich das Ding nicht in die Straßenbahn hieven konnte! Immerhin hatte ich vorausschauend Toms kleines Zelt mitgenommen, so konnte ich neben der Grünschnittannahmestelle übernachten. Bruno machte sich Sorgen, aber er traute sich nicht, mich mit dem Auto zu suchen, weil er ja dann meine ganze Unternehmung ab ad absurdum geführt hätte! Theo wollte die Polizei rufen, er hängt vielleicht doch noch an seiner Mutter. Das wiederum wollte Bruno nicht, denn er wusste, ich würde wiederkommen, weil ich niemals unsortierten Müll hinterlassen würde.

Toms Überreste hatte ich allerdings so gut unter den Kompost gemischt, dass die Polizei sie nicht gefunden hätte. Ach, Tom! Er war es ja schuld, dass ich überhaupt zur Grünschnittannahmestelle musste, denn durch seine Überreste war der Komposthaufen so groß geworden, dass ich die Gemüse- und Obstschalen, die abgeschnitten Sträucher und Blumen nicht mehr auf ihn werfen konnte. Er wäre dann höher als der Zaun zum Nachbarsgarten geworden. Ach, Tom! Ich hatte ihn so sorgfältig zum Müllsortieren erzogen. Und dann das!

Ich habe schon mal versucht, mit den Flaschen auf dem Fahrrad zum Glascontainer zu fahren, aber ich musste fünf Mal hin- und zurückfahren. Das soll zwar gesund sein, kostete mich aber Zeit, die ich gut zum Auswaschen von Joghurt-, Schlagsahne- oder Frischkäsebechern hätte gebrauchen können.

Mein Müllsortier-, Vermeidungs- und Entsorgungsplan ist zeitlich verdammt eng gestrickt, aber anderenfalls komme ich einfach nicht nach und jetzt, wo Tom fehlt und Bruno so häufig ausfällt, wird es mir manchmal zu viel.

Erfreulicherweise hatte die Katze sich nicht verletzt. Vorsorglich schaute ich aber im Abfallkalender der Stadt nach, was im Falle des Anfalls einer Katzenleiche müllmäßig zu unternehmen wäre. »Tierkörperbeseitigungsanstalt«. Hm. Gut, dass Tom entsorgt und Tina verschwunden ist, gut, dass Bruno und Theo mich nicht dabei erwischten, als ich das nachgeschlagen habe. Aber man muss sich doch kundig machen, nachher passiert etwas und dann stehen wir da mit der Katzenleiche! Bruno würde sie wahrscheinlich unter dem Apfelbaum beerdigen, aber das ist verboten.

Ich wußte wirklich nicht, was Bruno eigentlich umtrieb. Der schlurfte hier seit einigen Monaten missmutig zwischen den Abfalleimern und Vorsortiertonnen herum, anstatt mir im Dienst an der Umwelt und an unseren Kindern und Enkeln und der Menschheit unter die Arme zu greifen. Ich fürchtete, er boykottierte sogar manchmal meine Bemühungen. Ich konnte es ihm aber nicht beweisen. Es hätte mich nicht gewundert, schließlich war Tom sein Sohn. Neulich, nach Toms Entsorgung, fand ich einen – zudem unausgespülten – Joghurtbecher in der Altpapiertonne, aber ich wollte Bruno nicht voreilig verurteilen, das hätte auch unser Jüngster, Theo, gewesen sein können, der sich normalerweise wirklich Mühe gibt.

Im Bad wird es auch immer enger. Es ist ja so: Da unsere Kinder es lästig fanden, mit Wiederverwertbarem durch die Wohnung zu wandern, ist überall in kurzfristig erreichbarer Nähe des Abfallanfalls der entsprechende Abfalleimer aufgestellt. Im Bad steht also einer für Plastik, da Duschgel nicht in Glasflaschen zu bekommen ist, einer für Wattebäusche, einer für Haare. Ich weiß eigentlich nicht genau, wohin man Haare entsorgt. Sie kommen im Abfallkalender der Abfallwirtschaftsbetriebe nicht vor. Ich tue sie in den Kompost, letztlich sind sie ja organisch.

Gut, ich hatte verstanden, dass Bruno meine Müll- und Umweltaktivitäten übertrieben findet. Ich hatte verstanden, dass Theo jetzt lieber vor der japanischen Küste die Wale retten will, als seiner Mutter manchmal Sortiervorgänge abzunehmen. Ich hatte verstanden, dass unsere Älteste jetzt auf Bohrtürme klettert, weshalb wir sie häufiger in den »Tagesthemen« sehen können als bei uns zu Hause, was ohnehin schwieriger wird, ich meine, das Haus zu betreten. Aber es liegt eben alles auf der Straße, was nicht in Ordnung ist und man muss es nur aufheben, wenn man drüber fällt und es einem dann auf den Nägeln brennt. Also, was ich meine, ist, dass man im Prinzip mit der Nase drauf stößt, wenn man sich mal ein bisschen über den eigenen Tellerrand hinaus ins Freie wagt. Man muss sich eben bemühen, die Probleme unserer Gesellschaft anzunehmen und auszufüllen! Ich habe eben die Mülltrennung als den erfüllenden und nachhaltigen Sinn meines Lebens für die Nachwelt und Umwelt und die Menschheitsfrage gefunden, weil sie auch einen Sinn ergibt!

»Eine Tages«, schrie Tina mich an, bevor sie ging, »eines Tages schmeißt du uns alle in irgendeine Tonne, weil du mich mit einem Joghurtbecher und Papa mit einer Weinflasche verwechselst!«

Das fand ich ungerecht. Sie hätte sich freuen sollen, dass ihre Mutter so weitsichtig ist. Kinder wünschen sich doch umweltbewusste Großeltern für ihren eigenen Nachwuchs!

Wohin Tom eigentlich wollte, als er sich, ohne Licht zu machen, mit seinem riesigen Rucksack durch die vorsortierten Kartons mit den Glasabfällen schlich, über die Katze stolperte und völlig zerschnitten zwischen den Glasscherben verblutete, weiß ich nicht. Niemand störte sich an den Geräuschen vom splitternden Glas, wir dachten ja, es sei die Katze. Tina war schon weg. Theo war in jener Nacht wegen der Kröten im Feuchtgebiet unterwegs. Bruno schlief seinen Rausch im Keller aus, weil er hier oben nur noch stört und Abfalleimer umwirft.

Als ich Tom fand, war er tot und ich vergrub ihn im Komposthaufen hinten im Garten. Das erschien mir am sinnvollsten. Nachschlagen konnte ich ein solches Problem im Abfallkalender nicht. Die Friedhöfe sind überfüllt, das weiß jeder. Leichenentsorgung wird zunehmend zum Problem und offiziell verbrennen lassen wollte ich ihn auch nicht. Wenn man Jemanden ins Haus lässt, macht der nur unbekannten Müll, bringt alles durcheinander, wirft was um, nervt mit unnötigen Fragen, das weiß man ja. Heutzutage wird ja alles pathologisiert, was vernünftig und im Dienste der Umwelt ist.

In Toms Rucksack waren unglaublich viele Batterien, mehrere Radios, Wecker und Taschenlampen, sehr, sehr viele Konservendosen, Plastiktüten, Tütensuppen und Power-Drinks, alles Dinge, von denen ich dachte, sie durch meine umsichtige Erziehung aus dem Haus und aus den Köpfen meiner Kinder ausgetrieben zu haben! Der Rucksackinhalt sah aus, als habe Tom auswandern wollen.

Ich bin froh, dass er der Menschheit nicht mehr mit seinen gemeingefährlichen Vorräten schaden kann.

Ich weiß natürlich nicht, wie sich der Kompost mit Tom nun entwickelt, aber ich habe ohnehin wenig Zeit für die Gartenarbeit. Obwohl ich einsehe, dass ich viel für die Nachhaltigkeit der Natur tun könnte, wenn ich unser Gemüse selber anbauen würde. Aber was zu viel ist, ist zu viel. Ich kann die Menschheit nicht völlig alleine retten, mir hilft ja schon jetzt niemand mehr.

Bruno hatte sich nicht gewundert, dass Tom verschwunden blieb. Er vermutet ihn wie Tina auf irgendeinem Bohrturm oder wie Theo demnächst bei der Walrettung.

Bruno versucht, sich aus allem rauszuhalten, auch aus meinem ausgeklügelten Speiseplan. Gut, gegen Wein kann ich nicht viel sagen, so er ohne Chemie produziert wird und die

Flaschen lassen sich prima sortieren. Eine Zeit lang trank er Bier, aber das habe ich ihm verboten, denn ständig musste natürlich ich die Pfandflaschen einlösen. Dafür habe ich keine Zeit, und Bruno hatte keine Lust dazu.

Ich hatte aber die Hoffnung noch nicht völlig aufgegeben, auch Bruno noch zu etwas Nützlichem in dieser Welt zu machen. Prinzipiell hat ja der ganze Müll auch mit Ernährung zu tun und auch wenn vielleicht das Dinkelbrot und die Tofufrikadellen nicht direkt auf Brunos Arthrose wirkten, schonen sie die Umwelt und die Tierwelt, reduzieren den Müllanfall und hätten vielleicht auf die Dauer Brunos verborgene Energien mobilisiert, die dann dazu geführt hätten, dass er besser zu Fuß gewesen wäre und auch mal etwas hätte sortieren könnte. Zum Schadstoffmobil auf den Marktplatz ging er auch schon lange nicht mehr! Nein, der ließ lieber die »Uhu«-Tube offen liegen, mit der er die gebrauchten Briefumschläge, die wir verwenden, zuklebte und der eingetrocknete Rest vom »Uhu« ist nicht Restmüll, sondern Sondermüll! Siehe Abfallkalender unter »Problemfälle«, Buchstabe »S«.

Als Theo sich heute Morgen zu den Walen nach Japan verabschiedete, nachdem ich vom Glascontainer zurück war, immerhin hat er sich im Gegensatz zu seinen Geschwistern verabschiedet, hat Bruno endlich zugegeben, unausgewaschene Joghurtbecher in die Altpapiertonne zu werfen und sie mit den Zeitungen von Theo zu verbergen.

Da war es vorbei.

Das konnte ich nicht ertragen.

Einen solchen Betrug in einer so langen Ehe! Schon seit Monaten!

Ich hätte unsere Kinder vertrieben, ich würde die Müllsortierung über unsere Ehe stellen, die vielen Abfalleimer seien sein Tod!

Das stimmt.

Eine Stunde nach seinem Geständnis sah ich ihn zur Altpapiertonne schleichen, in der Hand einen unausgespülten Joghurtbecher. Als er sich in die Altpapiertonne bückte, um sein schändliches Tun unter Papier zu verbergen, klappte ich den Deckel zu. Und hielt ihn fest. Lange dauerte es nicht, bis er nicht mehr atmete.

Es war sehr mühsam, die Joghurtbecher wieder aus der Tonne zu klauben.

Bruno passte nicht vollständig in die Bio-Tonne. Obwohl ich sicher bin, dass er fast komplett kompostierbar ist. So ökologisch-biologisch-nachhaltig, wie ich ihn in den letzten Jahren ernährt hatte. Aber Mülltrennung ist für mich ja kein Problem. Seine künstlichen Hüftgelenke warf ich in die gelbe Tonne, die ja für wertvolle Wertstoffe sein soll und Hüftgelenke sind eindeutig wertvoll. Sie sind auch noch ziemlich neu. Ich versuchte, mir vorzustellen, wie sie auf dem Müllsortierband vor einem Müllsortierer vorbeifahren und dass dieser Müllsortierer vom jahrelangen Müllsortieren kaputte Hüftegelenke hat und froh ist, hier an seinem Arbeitsplatz kostenlos relativ neue Hüftgelenke zu finden, die er seinem Chirurgen mitbringen kann, was dann wiederum die Kosten in dessen Krankenhaus senkt, wofür das Krankenhaus vielleicht einen Effizienzaward bekommt. Womit Brunos Hüftgelenke sich um die Rentabilität eines Krankenhauses verdient gemacht und einem armen Müllsortierer geholfen hätten.

Ich finde, dass diese Wiederverwertung die optimale Verwertung unserer Wertstoffe ist. Den Rest von Bruno warf ich ordnungsgemäß in die Restmülltonne. Die sortiert keiner. Die Biotonne auch nicht, deren Inhalt soll sich ja kompostieren, Asche zu Asche, Erde zu Erde, Wurm zu Wurm.

Mein unkontrolliertes Kichern wird sich auch wieder legen. Ich bezweifele, dass die Hüftgelenke meinem Haus zuzuordnen sind. Niemand wird dagegen bezweifeln, dass Bruno mich auf Nimmerwiedersehen verlassen hat. Allerdings nicht beim Zigarettenholen, denn geraucht hat Bruno nie, das muss man sagen, geraucht hat er nie. Er hatte nur das System, dem er nun umweltschonend zugeführt wurde, nicht verstanden.

Jetzt ist es endlich möglich, mein Müllsortierzentrum ruhig, konzentriert und umsichtig zu verwalten, ohne dass Tom, Tina, Theo und Bruno mich dabei stören. Ich muss nur schauen, dass ich alleine genug Müll produziere.

Die Umwelt und die Nachwelt werden es mir danken.

Thomas Kastura

fünf leichen zu viel

»Wie schrecklich«, meinte Staatsanwalt Brandeisen. »Möchten Sie *so* sterben?«

»Dann schon lieber Gift«, sagte Kommissar Küps.

»Ich fürchte, die sanfte Tour liegt unserem Mörder nicht.«

Zum wiederholten Mal binnen weniger Tage nahm das Ermittlerduo eine Tatortbesichtigung vor. Sie standen im Garten von Günter Schnaid und betrachteten dessen Leiche: Jemand hatte ihm einen Laubbläser in den Rachen gerammt. Das Rohr steckte so fest im Schlund des armen Mannes, dass der Rechtsmediziner seine liebe Mühe hatte, es überhaupt herauszuziehen. »Tod durch Ersticken« lautete die Diagnose.

Küps schlug sein Notizbuch auf. »Nummer fünf.«

»Halbzeit gewissermaßen.« Auch Brandeisen konnte zählen. »Da kommt noch einiges auf uns zu.«

Seine Besorgnis war nicht unbegründet. Denn eine grausame Mordserie erschütterte Bamberg, Stadt der Gärtner und Häcker, Paradies an der Regnitz, wo seit dem Spätmittelalter zahlreiche Nutzpflanzen angebaut und kultiviert wurden. An und für sich war das eine schöne Tradition, doch nun zeigte sie sich von einer hässlichen Seite.

»Fassen wir zusammen«, seufzte der Kommissar. »Das erste Opfer wurde von seinem eigenen Aufsitzrasenmäher überrollt.«

»Ein Profigerät mit Allradantrieb und Servolenkung.«

»Dann kam das Stephansberger Kettensägenmassaker. Fall zwei, eine Riesensauerei! Heutzutage schauen Serientäter zu viele schlechte Filme.«

»Der dritte Mann geriet in seinen Häcksler«, fuhr der Staatsanwalt fort. »Nachdem er bewusstlos geschlagen wurde.«

Küps nickte bitter. »Puzzlearbeit für die Spurensicherung.«

»Die nächste Exekution war nicht weniger unschön. Mit einem Heckenschwert geviertelt! Dagegen verlief diese Laubbläseraktion wohltuend unblutig.«

Den beiden Kriminalern war das Muster klar, das den Gräueltaten zugrunde lag. Alle Mordopfer wurden mit geräuschintensiven Gartengeräten unter die Erde gebracht, mit Lärmschleudern, die so manch ruhebedürftigen Nachbarn zur Weißglut treiben. »Das habt ihr nun davon!«, mochte der Täter im Stillen denken. Wahrscheinlich lehnte er jede Form von mechanischem Geknatter und Gedröhn ab, ein Fanatiker.

Darüber hinaus hatten alle Toten eines gemeinsam: Sie waren Finalisten der sogenannten *Bamberger Gartenmeisterschaft*. Einmal im Jahr wurden nämlich die schönsten Gärten der Region prämiert. Als erster Preis winkte nichts Geringeres als der »Goldene Handgrubber«, ein dreizinkiges Werkzeug zur Lockerung und Krümelung des Bodens sowie zur Unkrautbekämpfung und Einarbeitung humoser Materialien, mit 24 Karat vergoldet und einer Ehrenplakette auf dem Griff.

Opfer eins bis fünf hatten es in die Endrunde geschafft. Vor seinem tragischen Ableben war Günter Schnaid sogar als heißer Kandidat für den Titel gehandelt worden. Im Finale traten sich die zehn besten Gärtner gegenüber. Davon war die Hälfte bereits tot, deshalb hatte Brandeisen von »Halbzeit« gesprochen.

Es lag also nahe, den Täter unter der Bamberger Gärtner-Top Ten zu vermuten. Er wollte seine Konkurrenten mit allen Mitteln aus dem Weg räumen. Doch die Zeit drängte: Bis zur Verkündung des Siegers blieben nur noch fünf Tage.

»Was macht Schnaids Garten eigentlich so besonders?«, fragte Brandeisen und schritt zwischen den Anpflanzungen umher.

Küps, selbst leidenschaftlicher Botaniker, erkannte schnell, warum die Jury Schnaid in die engere Wahl gezogen hatte. Er deutete auf bestimmte Pflanzen. »Schwanenblume, Sandgrasnelke, Sommer-Adonisröschen. Oder hier, Kleines Flohkraut. Steht auf der Roten Liste der gefährdeten Arten.«

»Und das Grünzeug, in dem die Leiche liegt? Ist das auch vom Aussterben bedroht?«

Der Kommissar untersuchte das Gewächs. Es besaß dreieckige, spießförmige Blätter und war einen halben Meter hoch. »Wilder Spinat, auch Guter Heinrich genannt. Da können Sie Salat und Gemüse draus machen. Oder Sie dünsten die frischen Triebe wie Spargel. War früher weit verbreitet.«

»Heinrich, mir graut vor dir«, sagte Brandeisen. »In deinem Beet liegt ein Toter.«

»Schnaid hat sich auf Pflanzen spezialisiert, die heute nicht mehr so häufig zu finden sind. Schade, dass er dran glauben musste.«

»Wie gehen wir weiter vor?«

»Fünf Finalisten der Gartenmeisterschaft leben noch. Endlich hat man uns genug Leute zugeteilt, um sie auf Schritt und Tritt zu überwachen.« Küps dachte nach. »Ich hab sie alle überprüft. Und ich weiß auch schon, bei wem wir uns auf die Lauer legen.«

Noch am gleichen Abend begann die Observation des Hauptverdächtigen. Das Gartengrundstück von Helmut Nagengast lag unterhalb der Altenburg in der Nähe des Sauersbergs. Es war von einem verfallenen alten Holzzaun und einer unregelmäßigen Hecke umgeben, mit Ziersträuchern wie Buddleja, Felsenbirne, Ginster. Offenbar wollte der Besitzer den Anschein spießiger Strenge vermeiden.

Brandeisen und Küps machten es sich in ihrem Versteck gemütlich. Es sah aus wie ein Tarnzelt für Kinder und befand sich am Rande eines angrenzenden Wäldchens. Ein paar junge Polizisten hatten das Ding in Nagengasts Abwesenheit errichtet. Der Mann besaß einen gut gehenden Naturkostladen und kam immer erst nach Feierabend in seine grüne Oase.

So auch jetzt. Nagengast schob sein Fahrrad durch die Gartenpforte. Dann verschwand er in einem Schwedenhäuschen, das den Mittelpunkt der Parzelle bildete.

Die Ermittler stellten ihre Feldstecher scharf.

»Fällt Ihnen was auf?«, flüsterte Küps.

»Sieht aus wie ein Biogarten«, meinte Brandeisen. »Geordneter Wildwuchs. Keine mit der Schnur gezogenen Rabatten.«

»Naturnah nennt man das. Der Gartenschlauch besteht aus Gummi und nicht aus PVC. Es gibt jede Menge Regentonnen, Zinkgießkannen, sogar einen Handrasenmäher. Das ist ökologisch superkorrekt.«

»Worauf wollen Sie hinaus?«

»Nagengast hat alle elektrischen Geräte aus seinem Garten verbannt«, sagte der Kommissar. »Vermutlich hasst er sie regelrecht.«

»Geht vielleicht auf ein Hörtrauma zurück.«

»Stehen Sie auf der Leitung oder was?« Küps verlor die Geduld. »Wir suchen einen Psychopathen, der mit Geräten tötet, die für ihn Folterwerkzeuge und wahre Mordwaffen sind. Bitte, da haben Sie ihn!«

Plötzlich öffnete sich die Hintertür des Schwedenhäuschens. Nagengast trat ins Freie. Er ging zu einem kleinen Schuppen und kramte darin herum. Als er wieder auftauchte, trug er eine schwarze Latzhose, schwere Stiefel, Bauhelm, Schutzbrille und Lederhandschuhe. Er war kaum wiederzuerkennen.

»Was hat der vor?«, fragte Brandeisen.

»In dieser Verkleidung stattet er bestimmt seinen Opfern einen Besuch ab. Damit fällt er in Gärtnerkreisen gar nicht auf.«

»Wir müssen ihn stoppen. Fünf Leichen sind selbst für Bamberg zu viel.« Während der Staatsanwalt sprach, hörte er das Knacken zerbrechender Zweige.

»Worauf warten wir dann noch«, zischte Küps. »Zugriff!« Er stürmte los.

Den Zaun zu überwinden und sich durch die Hecke zu zwängen, war leicht. Nagengast wandte den Kriminalern den Rücken zu, seine Aufmerksamkeit war offenbar abgelenkt.

Dann geschah Vieles gleichzeitig.

Der Boden gab unter dem Kommissar nach, er landete in einer Art Fallgrube.

Brandeisen blieb an einer verborgenen Schlinge hängen und löste ein Fangnetz aus, das sich wie eine Zwangsjacke um ihn schlang. Doch nicht genug. An der Innenseite des Netzes waren Brennnesseln befestigt. Der Staatsanwalt bedeckte sein Gesicht – zu spät.

In der Fallgrube wiederum befand sich ein Wespennest, Küps hatte es unfreiwillig zerstört. Den Insekten schien das gar nicht zu gefallen.

Und über allem lag der Klang eines wütend aufheulenden Motors. Ohne Zweifel stammte er von elektrischem Gartengerät.

Kräftige Arme hievten den Kommissar aus der Grube. Eine Dosis Haarspray – alter Anti-Wespentrick – vertrieb die ungnädigen Kerbtiere. Das Fangnetz lockerte sich und gab den Staatsanwalt nach einem längeren Entpackungsprozess frei.

Küps sah aus wie ein Streuselkuchen. Und Brandeisen hatte eine überaus gesunde Gesichtsfarbe. Die Köpfe der beiden waren auf Medizinballgröße angeschwollen, ihre Haut brannte wie Feuer.

Nagengast legte seine martialische Ausrüstung ab. Zum Schneiden der Hecke würde er an diesem Abend nicht mehr kommen. »Hätten Sie doch *ein* Wort gesagt!«

Aber nach Reden war den Ermittlern derzeit nicht zumute. Sie kühlten ihre malträtierten Schädel in je einer Regentonne. Als der Notarzt mit Cortisonspritzen eintraf, ging es allmählich wieder.

Der Doktor kümmerte sich auch um den Mann, der nach einem Schlag mit Nagengasts Drainagespaten die Engel singen hörte. Neben dem Besinnungslosen lag eine Motorsense. Es handelte sich um Wilfried Popp, einen stadtbekannten Rosenzüchter.

Inzwischen wimmelte das Grundstück von uniformierten Polizisten. Nagengast verteilte an alle Stamperl mit Bio-Zwetschger aus eigener Herstellung. Das hob die Moral.

Was war passiert?

Brandeisen und Küps waren in Fallen getappt, die Nagengast aufgrund der Morde an seinen Rivalen ausgelegt hatte, zum Schutz gegen Eindringlinge. Zur gleichen Zeit war der mutmaßliche Serienmörder in Aktion getreten, um Nummer Sechs zu beseitigen. Anschleichen, abwarten, zuschlagen. Mit einer Motorsense hatte sich Popp Nagengast genähert – und die zahlreichen Nacktschnecken auf dem biergetränkten Rasen übersehen. Er war ausgerutscht, dann hatte ihn der Spaten getroffen.

Wie sich herausstellte, war Popp in der Vorrunde der Bamberger Gartenmeisterschaft ausgeschieden. Er setzte zu viel Technik ein: Zeitschaltuhren zur Bewässerung, automatisch gesteuerte Beschattungssegel, Rasenmäher-Roboter. Dass ihn die anderen übertrumpft hatten, konnte er nicht ertragen. Er wollte sich rächen.

Nach einer Weile kam er wieder zu sich. War es Trotz, Überheblichkeit oder akute Hirnerweichung, die ihn zu einem kompletten Geständnis veranlassten? Popp gab sämtliche Morde ohne Umschweife zu. »Die restlichen vier hätt' ich auch noch erwischt«, spie er dem Kommissar am Ende seiner Suada entgegen.

»Und welche Mordwaffen hätten Sie dafür benutzt?«, fragte Brandeisen. »Sind Sie mit Ihren Männerspielzeugen nicht langsam durch?«

»Ich hab' alles genau geplant. Für den nächsten hätt' ich einen Hochdruckreiniger genommen, dann einen elektrischen Astschneider und einen Zementmischer.«

»Einen Zementmischer?«, wunderte sich Küps.

»Sie wissen gar nicht, was es in einem Garten alles zu betonieren gibt. Und beim zehnten wär ich mit einem kleinen Bagger angerückt.«

»Warum dieser Aufwand?«

»Um ein Zeichen zu setzen!«, eiferte sich Popp. »Für Ordnung und Sauberkeit. Damit der Ökoterror endlich aufhört. Gegen diesen Energiesparwahn hat ein gestandener Gärtner ja keine Chance.«

Inzwischen waren die Schutzpolizisten und der Notarzt wieder abgezogen. Nagengast wässerte seine Flaschentomaten.

Popp lullte Brandeisen und Küps mit seinen seltsamen Ansichten ein. Geschwächt wie die beiden waren, ließ ihre Wachsamkeit nach. In einem unbeobachteten Augenblick sah er eine Gelegenheit zur Flucht. Er sprang auf und rannte zu einer auffällig lichten Stelle der Sträucherhecke. Schon bog er die Zweige zur Seite ...

»Obacht!«, warnte Nagengast.

Popp hatte es fast geschafft, als das erste Fangeisen zuschnappte. Er schlug hin – weitere Marderfallen wurden ausgelöst. Binnen kurzem konnte er sich nicht mehr rühren. Seine Gliedmaßen befanden sich in einem festen und äußerst schmerzhaften Klammergriff. Er schrie Zeter und Mordio.

Der Kommissar und der Staatsanwalt schauten dem Schauspiel mit fachmännischem Interesse zu.

Dann bemerkte Küps eine Pflanze, die Popp platt getreten hatte. »Schauen Sie mal, Nagengast. Guter Heinrich. Wächst hier einfach so neben dem Borretsch.«

Nagengast eilte herbei. »Sie haben Recht, Chenopodium bonus-henricus.« Er freute sich wie ein Kind. »Den päppel ich wieder auf.«

»Das bringt Pluspunkte für die Gartenmeisterschaft«, sagte Brandeisen.

Popps Flüche gingen in kleinlaute Bitten über. Schon besser.

Almuth Heuner

kröte am hals

Keineswegs, Frau Anwältin, wie kommen Sie nur darauf? Ach so, diese alte Geschichte ... Nein, ich will niemanden verklagen, sondern brauche Ihren fachlichen Rat. Gestatten Sie mir, dass ich etwas aushole. Die Sache ist ziemlich knifflig, und ohne die Vorgeschichte – ja, ich werde mich so kurz fassen, wie ich kann. Nein, das gehört alles dazu. Sie werden es sehen.

Sie wissen, dass ich kein kreativer Mensch bin. Ich brauche immer eine Anleitung. Deswegen macht mir mein Beruf auch solchen Spaß – als Rechnungsprüfer weiß ich immer, woran ich bin und was als Nächstes zu tun ist. Wahrscheinlich habe ich deshalb jetzt all diese Probleme; mir fällt einfach nichts Originelles ein, und wenn ich in einer ungewohnten Situation bin, dann kann ich im Grunde nur das tun, was ich immer tue.

Vom Umweltgedanken war ich, und das hat mich selbst völlig überrascht, sofort überzeugt. Aber vielleicht ist das auch nicht so abwegig: Wenn die Natur einen Plan hat, ist es nicht gut, sie darin zu stören. Weil ich dann merkte, dass ich immer unsicher war, ob ich mich nun wirklich ökologisch sinnvoll verhielt, bin ich eben in diesen Verein eingetreten, in der Hoffnung, dass mir die anderen das jeweils erklären könnten. Das war auch so, und ich konnte ja auch etwas beitragen, worin ich gut war. Ich wurde also Kassenwart, und weil sich nie jemand anders fand für den Posten, hab ich den nun schon seit vielen Jahren. Mir gefiel auch immer, welches Prestige so ein Vereinsposten mit sich bringt.

Den ökologischen Alltag habe ich mir hart erarbeitet. Ich las alles, jedes Buch, jede Broschüre, jedes Faltblatt und Hunderte von Websites, bevor ich sicher sein konnte, auch wirklich umweltverträglich leben zu können. Na ja, so gut das in der Stadt eben geht. Als Erstes verkaufte ich mein Auto und war nur noch mit öffentlichen Verkehrsmitteln oder per Fahrrad unterwegs. Dann schloss ich einen Vertrag mit einem Ökostromanbieter ab. Aus meiner Wohnung entfernte ich – natürlich säuberlich getrennt und nachhaltig – alles, was Giftstoffe ausdünstete. Und so weiter. Am schwierigsten fand ich es, meine Ernährung umzustellen. Der einzige Naturkostladen in der Nähe hatte gerade Pleite gemacht, und das Einkaufen im Supermarkt war vor ein paar Jahren noch ziemlich schwierig, wenn man auf Bio-Vollwertkost und Regionalität Wert legt. Heute ist es zwar etwas einfacher, dafür wird man fast noch öfter betrogen. Ja, ich weiß – Sie kennen ja meine Anzeigen gegen diverse Firmen und haben mich in einigen Prozessen vertreten. Daher weiß ich ja auch, dass ich Ihnen vertrauen kann.

Ich kann doch auf Ihre Verschwiegenheit zählen? Ach, Sie meinen, eine Straftat müssten Sie aber anzeigen? Hm ... Eigentlich nicht. Vielleicht können wir uns aber sicherheitshalber dahin gehend einigen, dass ich bestätige, Sie hätten sich ernsthaft bemüht, den Erfolg abzuwenden. Dann sind Sie auf jeden Fall aus dem Schneider, Frau Anwältin. Nun gucken Sie nicht so streng. Wir kennen uns doch.

In meinem Verein galt ich bald als derjenige, an den man sich in allen Fragen wenden konnte. Der Öko-Experte. Ja, ich gebe zu, auch das hat mir gefallen. Und ich habe mich bemüht, immer auf dem Laufenden zu sein. Was der Verein gemacht hat? Ach, eine Menge lokale Projekte, davon müssten Sie doch das eine oder andere mitbekommen haben. Wir hatten immer gute Presse. Unsere spektakulärste Aktion war die Besetzung des Abwasserkanals. Ja, genau, der die Abwässer der Firma Müller-Chemie in den Auenbach einleitete. Sonst haben wir meist Aufklärung gemacht, mit den Einzelhändlern und den Bürgern geredet und Flugblätter verteilt und Kampagnen in Betrieben und Schulen veranstaltet. So was muss auch getan werden. Sie glauben ja nicht, wie viel Unwissen in dem Bereich immer noch herrscht. Wissen Sie denn beispielsweise, wohin der Inhalt Ihrer gelben Tonne geht? Sehen Sie! Wären Sie nur voriges Jahr mit uns auf die »Müllsafari« gegangen!

Die bessere Ernährung und all die Bewegung hatten übrigens noch einen zusätzlichen Effekt, mit dem ich nie gerechnet hätte. Ich fühlte mich nicht nur wohler und fitter, sondern sah mit der Zeit für einen Fünfzigjährigen ganz passabel aus. Das fand dann auch Ingrid, eine Vereinskollegin. Auch wenn wir beide noch nicht bereit sind, zusammenzuziehen – obwohl das ökologisch gesehen sinnvoll wäre, so nach dem Motto »Wasser sparen – mit Freunden baden« –, fühlen wir uns einander sehr verbunden. In meiner Jugend hätte man das »miteinander gehen« genannt. Ingrid ist für alles Neue leicht zu begeistern, und ich merkte, wie mich das ebenfalls mehr in Schwung brachte.

Ja, ich komme jetzt zum Punkt. Das war dann kurz nach der »Müllsafari«, als Norbert in meinem Verein Mitglied wurde. Bei der ersten Sitzung, an der er teilnahm, war ich leider beruflich verhindert. Ingrid rief mich danach gleich an und schwärmte mir schon von ihm vor. »Ein echter Experte!«, das hörte ich dann auch immer wieder von den anderen. »Der kennt sich richtig aus!«

Genau so wie Sie jetzt hab ich auch geguckt. War ich doch bisher der »echte Experte« gewesen – und dann sollte so ein

Neuling plötzlich mir nichts, dir nichts meinen Rang übernehmen? Norbert war neu in unsere Stadt zugezogen. Ich hingegen hatte zahlreiche Verbindungen in alle Bereiche, vor allem auch zur Stadtverwaltung mit all ihren für uns so wichtigen Abteilungen, etwa den Verkehrsbetrieben oder der Entsorgung, und auch ins Bauamt. Ein bisschen neugierig war ich dann auch: Was hatte dieser Norbert, was ich nicht hatte? Im Internet konnte ich nichts über ihn finden, aber das heißt ja auch nichts. Vieles Gute wird im Verborgenen bewirkt.

Bei der nächsten Versammlung kam er dann auch gleich auf mich zu. Groß, schlank, blond, so der Typ Reinhold Messner. Er drückte mir fest die Hand. »Genau der Mann, den ich brauche«, sagte er ohne viel Federlesen. »Du kannst mir doch sagen, was der Verein derzeit flüssig hat? Ich habe da was ganz Großes im Sinn.«

Ich schluckte die erste Antwort, die mir auf der Zunge gelegen hatte, herunter und murmelte unverbindlich, dass wir sicherlich Kapazitäten hätten. Während der Sitzung und vor allem beim anschließenden Umtrunk ließ ich Norbert erst mal auf mich wirken. Besonders jedoch wirkte er auf die anderen. Wie kommen Sie denn jetzt auf »scharwenzeln«, Frau Anwältin? Bei einem älteren Mann hätte ich sein Benehmen »jovial« genannt, aber für einen Mittdreißiger passte der Ausdruck wohl kaum. Mir fiel auf, wie sehr die anderen an seinen Lippen hingen, und der Tisch, an dem er saß, war dicht umstellt von Vereinsmitgliedern. Nein, nicht nur Frauen.

An meinem Tisch drehte sich das allgemeine Gespräch auch nur um Norberts fantastische Leistungen. Nur gut, dass niemand von uns die so schnell hätte nachprüfen können – Jungtiere auswildern am Amazonas, Wasserversorgung verbessern in Nepal, Mikrokredite organisieren für nigerianische Frauen, Wale bewachen in der Antarktis ... wenn es gerade hip war, hatte Norbert mitgemischt. Und deshalb kannte er sich auch fantastisch aus. Mit allem. Weil er nämlich so global orientiert war. Der kannte das große Ganze. Sie können sich denken, Frau Anwältin, dass ich nach ein paar Stunden die Wörter »fantastisch« und »global« einfach nicht mehr hören konnte. Aber ich riss mich zusammen. Vermutlich waren das ja alles nur meine eigenen kleinstädtischen Vorurteile. Nein, mit meiner Berufswahl hat das nichts zu tun. Ganz bestimmt nicht.

Natürlich komme ich nun zum Wesentlichen! Nach ein paar Monaten hatte ich Norbert mehr als gründlich satt. Auch machte ich mir Sorgen um unsere Vereinskasse. Wir hatten auch früher schon für große Projekte gespendet, wenn wir der Meinung waren, dass sie uns relativ nah auch betrafen. Aber nun stimmten die Mitglieder immer öfter dafür, unser Geld für Kläranlagen in Indien oder Klagen gegen den Uranbergbau in Südafrika oder Ähnliches auszugeben. Meine Warnungen verhallten ungehört, wenn Norbert seinen Charme aufdrehte. »Du solltest wirklich globaler denken«, meinte unser Vorsitzender und klopfte mir auf die Schulter.

Ich hingegen fand, dass es höchste Zeit war, lokal zu handeln. Und die oberste Priorität hatte dabei die Beseitigung von Norberts Einfluss. Nach langen Überlegungen kam ich zu dem Schluss, dass es am nachhaltigsten war, wenn ich Norbert beseitigte. Nur wie? Ich habe nicht nur wenig Fantasie, sondern hatte mich bis dahin auch als durch und durch friedfertigen und gewaltfreien Menschen gesehen. In Gedanken ging ich immer wieder alle Methoden durch, ein Leben zu beenden: erstechen, erschießen, erschlagen, erwürgen, ertränken, vergiften ...

Vergiften, das wurde mir schon gleich klar, kam für mich nicht in Frage. Wenn ich mich dafür entschieden hatte, mir und meiner Umwelt kein Gift zuzumuten, dann galt das auch für Norbert. So als Teil meiner Umwelt. Ich wollte mir schließlich noch selbst ins Gesicht sehen können. Außerdem hätte ich ja nicht nur ihn, sondern über seine Leiche auch die Umwelt vergiftet, und das vertrug sich nun gar nicht mit meinen Prinzipien.

Erschießen erforderte ein entsprechendes Gerät, das ich natürlich nicht besaß, und selbst wenn – ich hätte ja auch gar nicht damit umgehen können. Dasselbe galt für Erstechen, auch wenn ich nicht nur einen schönen, scharfen Küchenmessersatz besaß, sondern der Einsatz von blankem Stahl mir auch umweltverträglicher vorkam, als wenn dabei noch chemische Reaktionen wie die Explosion von Schießpulver stattfanden, ganz zu schweigen vom ökologischen Fußabdruck all dieser Teile. Sorgen machte mir beim Erstechen vor allem das Blut. Sicher würde doch dann Blut fließen? Und das wäre doch in irgendeiner Weise umweltverschmutzend?

Ertränken wäre nicht schlecht, erforderte aber einen zu hohen Organisationsaufwand. Bei welcher Gelegenheit käme ich schon dazu? Ich weiß, dass schon Menschen in zwei Zentimeter tiefen Pfützen ertrunken sind, aber ich konnte mir einfach nicht vorstellen, wie ich Norbert dazu bringen könnte, sich mit Mund und Nase in eine Pfütze zu legen und freundlicherweise auch noch so lange stillzuhalten, bis er tot war. Das Stillhalten war wirklich sehr problematisch; ich habe jetzt durch mein tägliches Hanteltraining eine sehr sportliche Figur erlangt – sagt auch Ingrid immer –, doch mit dem dschungelerprobten Norbert konnte ich es nicht mehr aufnehmen, da hatte er mir eben fünfzehn Jahre voraus. Oder vielmehr umgekehrt. Merken Sie das nicht auch manchmal, Frau Anwältin? Dass sich das Alter bemerkbar macht? Ich will nicht ungalant sein, aber wir beide sind nun einmal keine fünfunddreißig mehr.

Ähnlich wie Ertränken hatte auch Erwürgen seine Tücken, schien mir aber leichter zu bewerkstelligen. Schade, dass Norbert keine Krawatten trug. Ingrid meinte immer, dass alle Männer in Anzügen besser aussehen. Aber mir war auf den Sitzungen aufgefallen, dass Norbert hin und wieder einen indianisch aussehenden Anhänger an einem Lederriemen um den Hals trug, und der Riemen machte einen überaus tauglichen Eindruck. Leider konnte ich mich nicht darauf verlassen, dass er den Halsschmuck immer anlegte. Was wäre, wenn sich eine Gelegenheit ergäbe und er ihn nicht dabei hatte? Für alle Fälle besorgte ich mir einen ähnlich aussehenden Riemen, den ich stets bei mir führte.

Denn eine Gelegenheit, das war mir nach vielen Überlegungen klar geworden, musste sich für mich ergeben. Ich war viel zu unkreativ dafür, einen komplizierten Plan zu entwerfen. Geschweige denn ein Alibi für mich. Ich musste einfach abwarten und dann meine Chance ergreifen, wenn sie sich bot.

Und da war es am besten, wenn ich Norbert einfach erschlug und dabei etwas benutzte, das sowieso an der Stelle herumlag. Einen Stein, beispielsweise. Oder einen dicken Ast. So was fiel doch bestimmt auch weniger auf. Und wäre nachhaltig und ökologisch. Und falls ich doch erwischt wurde, dann könnte ich immer noch auf Totschlag plädieren. Sehen Sie, Frau Anwältin! Meine Hausaufgaben mache ich gründlich. Eine Unterkategorie des Erschlagens, fiel mir dann noch ein, wäre, etwas Schweres auf ihn drauffallen zu lassen. Und eine andere Unterkategorie bildete der Sturz aus größerer Höhe.

Besonders Letzteres müsste sich doch mal ergeben! Und das traute ich mir auch am ehesten zu.

Sie finden das alles übertrieben, Frau Anwältin? Ich bitte Sie! Wenn Sie auch nur auf einer unserer Sitzungen gewesen wären, hätten Sie mich sofort zur Seite gedrängt und Norbert selbst beseitigt. Er war mittlerweile zum zweiten Vorsitzenden gewählt worden, mit nur einer Gegenstimme und ohne Enthaltungen. Ingrid, die sich wie stets für alles Neue begeisterte ... aber lassen wir das jetzt.

Meine bisherigen Pläne waren allesamt daran gescheitert, dass mir nie eine umweltfreundliche Möglichkeit zur Entsorgung der Leiche eingefallen war. Ich sagte ja, dass ich nicht so kreativ bin. Doch dann starb unser Vorsitzender ganz plötzlich. Nun gut, er war ohnehin nicht mehr der Jüngste gewesen, und Übergewicht, Diabetes und all die üblichen Volkskrankheiten hatten vermutlich das Ihrige beigetragen. Wir betrauerten ihn aufrichtig, denn er war nicht nur ein netter Kerl, sondern auch wirklich tüchtig im Sinne unseres Vereins gewesen. Zu seiner Beerdigung wollten wir vollzählig erscheinen.

Kurz davor hörte ich jedoch zu meinem Entsetzen, dass bereits über seine Nachfolge gesprochen wurde. Es war weniger das – schließlich kann ein Verein ja nicht kopflos bleiben –, sondern mehr der Wunschkandidat. Richtig geraten: Norbert.

Jetzt drängeln Sie mich nicht, Frau Anwältin, ich bin ja fast schon auf der Zielgeraden!

Neben unserem neuen Friedhof am Stadtrand ist, wie Sie vielleicht wissen, eine weitläufige Feuchtwiese, wo eine bislang unbekannte Unterart der grün gepunkteten Molchkröte gesichtet wurde. Unser Verein bemüht sich darum, das Gebiet deswegen unter strengsten Naturschutz stellen zu lassen. Während wir im Vorstand darüber sprachen, wie wir vorgehen wollten, hatte ich plötzlich ausnahmsweise mal einen Geistesblitz. Ich fragte Norbert, ob wir nicht gemeinsam die Krötenpopulation dokumentieren wollten – weil er doch dschungelerprobt war und so.

Gesagt, getan, Norbert und ich zogen in Gummistiefeln und mit Klemmbrett am nächsten Abend in der Dämmerung – »weil man da Tiere am besten beobachten kann«, sagte er mit Kennermiene – los. Nachdem wir eine Weile im hohen Gras herumgekrochen waren, kamen wir an eine breite Pfütze. Und was soll ich sagen: Wie bestellt saß da eine Kröte, und sie laichte auch noch! Ich hätte ja nicht gewusst, ob sie nun wirklich eine grün gepunktete Molchkröte war, aber Norbert robbte gleich an den Rand der Pfütze und filmte sie mit seinem Smartphone.

Das war meine Chance! Ich hechtete auf ihn drauf und drückte sein Gesicht in die feuchte Erde. Natürlich hat Norbert versucht, sich zu wehren. Die folgenden Minuten erinnerten etwas an Schlammcatchen. Doch schließlich, wie mir vorkam, nach Stunden, regte er sich nicht mehr. Ich blieb noch eine ganze Weile auf seinem Kopf sitzen, sicherheitshalber.

Wie ich mich so umsah, musste ich zu meinem Entsetzen feststellen, dass nicht nur Norbert dran geglaubt hatte. Auch die Kröte war Matsch. Ihren Laich hatten wir offenbar ebenfalls plattgemacht. Ich beruhigte mich damit, dass es sicher noch mehr Kröten hier geben würde, zum Beispiel musste es doch zu dem Laich auch einen Kröterich gegeben haben, der bestimmt noch fröhlich hier herumhopste.

Ich versteckte Norberts Leiche und verließ unbefangen das Gelände. Falls mich jemand sah, war ich ja zum Krötenbeobachten hier gewesen. In der nächsten Nacht, nach der Beerdigung unseres Vorsitzenden, wollte ich Norbert holen und ihn mit in dem frischen Grab verbuddeln. Unser Vorsitzender hatte sicher nichts gegen seine Gesellschaft einzuwenden. Danach würde ich den Friedhof über die Feuchtwiese verlassen, so konnte ich immer sagen, dass ich die Krötendoku noch fortgesetzt hätte.

Bei der Trauerfeier fiel es natürlich auf, dass Norbert nicht da war. Ich erzählte, dass er nach unserer Krötensafari einen dringenden Anruf von Robin Wood erhalten habe, die ihn für eine hochgeheime Aktion sofort brauchten. Die anderen nickten, das leuchtete ihnen ein, dass das wichtiger war.

Und am folgenden Morgen stand die Polizei vor meiner Tür.

Sehen Sie, Frau Anwältin, sobald der Prozess anfängt und bekannt wird, worum es geht, bin ich ruiniert. Meine Glaubwürdigkeit wäre in den Binsen. Kein Mensch wird mir noch vertrauen. Sie müssen mir einfach helfen! Ich bin mir sicher, dass mich niemand gesehen hat. Es kann mich also nur ein Vereinsmitglied angeschwärzt haben – wer wusste denn sonst, dass ich auf der Feuchtwiese gewesen bin?

Wie, Mord? Wie kommen Sie denn darauf? Nein, ich habe eine Klage wegen Verstoßes gegen das Bundesnaturschutzgesetz am Hals! Weil ich ein streng geschütztes Tier getötet habe. Was denn, doch nicht Norbert – von dem weiß ja niemand was. Nein, es geht um die verfluchte Kröte!

Carsten Sebastian Henn

bier her

Wo steckte denn jetzt bloß die letzte Dynamitstange? Verdammt noch eins. Wahrscheinlich hatte er die schon bei den Zwergohrnasen deponiert. Oder doch zu Hause gelassen? Egal, es würde auch so reichen. 127 Sprengladungen waren mit Sicherheit genug, um eine Staatssekretärin zu erwischen. Rein statistisch gesehen war sie bereits tot.

Günther Dröske stand frierend unter einer Fichte und blickte sich um. Fuhr ihre Limousine etwa gerade vor? Er stellte sich auf die Zehenspitzen, um über die Köpfe der anderen Wartenden im Mayener Grubenfeld blicken zu können. Der Chauffeur stieg aus, ging um den Wagen und öffnete die Seitentür der Rückbank. Ein Bein im anthrazitfarbenen Hosenanzug erschien. Es gehörte der Feindin! Dr. Gisela Müller-Gluck, Parlamentarische Staatssekretärin beim Bundesminister für Umwelt, Naturschutz und Reaktorsicherheit. Jetzt tauchte auch ihr Kopf auf, die dunklen Haare wie immer streng zurückgebunden. Sie lächelte routiniert, die Presse schoss Fotos.

Und Günther Dröske dachte nur: Bumm!

Dann trat Andreas Kiefer vom NABU zu ihr und begrüßte sie per Handschlag. Er leitete das Büro dieses Naturschutzgroßprojekts, das vom Bundesumweltministerium unterstützt wurde. Daher auch der heutige Besuch der Feindin anlässlich des Internationalen Jahres ...

Günther Dröske hatte mehr als einmal auf ihn eingeredet, doch Kiefer begriff einfach nicht. Wie auch? Er war kein Bier-, sondern Fruchtsafttrinker. So ein Gesunder! Er besaß deshalb auch keine Bierwampe wie jeder ordentliche Mann sie sein eigen nennen sollte. Was wusste so einer von echtem Bierdurst? Und seit Günther Dröskes Vorräte zu Ende gegangen waren, wusste keiner mehr als er, wie man ein Bier vermissen konnte. Er hatte Marken aus aller Welt als Ersatz ausprobiert, aber keines war dem Mayener Höhlenbier auch nur nahegekommen. Wie also sollte er sein Rentnerleben ohne es weiterführen? Wenn die Staatssekretärin aus dem Weg wäre, würden die Zuschüsse wegfallen und hier konnte wieder eine Brauerei einziehen. Ganz Mayen würde aufatmen. Ach was, die ganze Eifel!

Dröske schnupperte die kühle, aus der Höhle dringende Luft und meinte auch jetzt noch, den köstlichen Duft des Mayener Bieres riechen zu können, obwohl es schon so viele Jahre her war, dass die Fässer in den Höhlen heranreiften, welche nun von diesen Viechern, diesen Blutsaugern, diesen Fledermäusen okkupiert waren. Günther Dröske war mittlerweile zwar klar, dass nur drei südamerikanische Fledermausarten vampirisch veranlagt waren. Sie ritzten mit den Zähnen Wunden und leckten dann Blut, bevorzugt das der weidenden Rinder in Argentinien. Aber mit der ganzen Klimaerwärmung wusste man ja nie, wann die mal einen Ausflug nach Europa angehen würden.

Dröske hatte sich heute Morgen mit anderem Bier Mut angetrunken. Pils aus Norddeutschland. Es war einfach nicht dasselbe. Aber leicht angetrunken war er trotzdem. Na gut, sehr angetrunken.

Die Menge setzte sich in Bewegung. Richtung Höhleneingang – und damit zur ersten Sprengladung. Kiefer und Müller-Gluck voraus. Dröske hatte die letzten sieben Monate nichts anderes gemacht als Sprengladungen in der Höhle anzubringen. Als Rentner hatte man ja Zeit und seine Lisbeth wollte ihn sowieso nicht zu Hause haben. Die machte drei Kreuze, dass er endlich ein Hobby gefunden hatte, das ihm Freude bereitete.

Aber bald wäre er wieder zu Hause. Denn sein Hobby endete heute. Mit einem Knalleffekt.

Wo hatte er denn jetzt bloß die Fernbedienung gelassen? Er tastete seine Jacke ab. Nichts. In seiner Umhängetasche? Auch nicht. Verflixt noch eins. Ah, da! Ganz nach unten gerutscht. Typisch. Aber nun lag sie in seiner Hand. Jetzt musste er nur noch schnell ...

Verdammt!

Zu spät Die Gruppe schob sich in den Eingangsbereich. Hier fanden sich die Massenquartiere der Zwergfledermäuse. Günther Dröske hatte sich beim NABU als ehrenamtlicher Helfer zur Zählung der Viecher gemeldet. Seitdem hatte sich niemand mehr über sein Erscheinen in der Höhle gewundert, ganz im Gegenteil, gelobt hatten sie ihn, weil er so oft da war. Und er hatte die vielen, kleinen Gesichter tatsächlich gezählt – und nebenbei die vielen, kleinen Sprengladungen angebracht. Obwohl ihn dabei immer wieder eine große Fledermaus geärgert hatte, mit einer Blesse auf der Stirn. Keine Ahnung, was das für eine war, eine nervige auf jeden Fall. Es gab ja unzählige Arten hier. Die Hälfte aller in Rheinland-Pfalz im Winter gezählten Fledermäuse fanden sich in Mayen und Mendig. Es war das wichtigste Überwinterungsquartier in Deutschland und hatte auch europäische Bedeutung, als Zwischenstopp bei Wanderungen. Quasi als Raststätte, wie auf der Autobahn.

Andreas Kiefer geleitete Dr. Gisela Müller-Gluck nun ins Zentrum der vordersten Höhle, wo symbolisch ein rotes Band zwischen zwei Pfählen gespannt war. Denn schließlich fand heute die offizielle Eröffnung des NABU-Projektes statt. Dröske blickte auf den Boden, denn dort hatte er seine Markierungen angebracht. Aber nicht auffällig in Form von aufgemalten Kreuzen, nein, sondern in Form von Fledermauskötteln. Da redete natürlich keiner gerne drüber. Die Viecher schieden die Reste der von ihnen verdauten Insekten wieder aus, zum Beispiel Chitinpanzer von Käfern, Flügel oder Brustpanzer. Die Höhle war voll damit. Ein Superdünger. Fledermaus-Kot macht Tomaten rot! Hier lag ein Vermögen an Guano.

Und die Staatssekretärin stand mit ihren teuren Schuhen voll drin. Und jetzt auch an der genau richtigen Stelle.

Günther Dröske blickte an die Decke und drückte den größten Knopf der Fernsteuerung. Die Explosion war nicht zu hören, denn er hatte nur winzige Ladungen an den Sollbruchstellen verankert. Es sollte alles ganz natürlich wirken. Nur ein leises Knacken und Knirschen erklang, dann fiel die Basaltsäule wie das Fallbeil einer Guillotine hinab.

Und traf ... Franz.

Günther Dröskes besten Kumpel. Mit dem er unzählige Abende in der Kneipe verbracht hatte. Und der sich auch als Ehrenamtler gemeldet hatte. Was sich nun als folgenschwerer Fehler herausgestellt hatte. Franz hatte die Staatssekretärin genau im falschen Moment in die Mitte geschoben und ihr die Schere zum Durchschneiden des Bandes in die Hand gedrückt. Andererseits war es vielleicht ganz gut so. Franz wollte immer einen ausgegeben bekommen. Das ging ins Geld. Vor allem, wenn bald wieder das Höhlenbier floss.

Chaos brach aus. Die Menschenmasse stob auseinander wie kopflose Hühner, es wurde geschrien, geheult, einige blickten ängstlich empor, andere duckten sich vorsorglich.

Günther Dröske schaffte es trotzdem, Dr. Gisela Müller-Gluck im Blick zu behalten. Sie rannte tiefer in den Berg hinein, wo das Große Mausohr an Decken und Wänden hing. Sowie einige Bartfledermäuse, die Spalten bevorzugten oder sich sogar im losen Gestein oder in Geröllhalden vergruben. Dröske kannte den Feind genau, so gehörte sich das schließlich.

Sie lief genau in die richtige Richtung. Dröske zündete die Sprengladungen 7, 23 und 101. Damit erschlug er Uwe, den Wirt seiner Stammkneipe, Rainer Stösser, den Bürgermeister, sowie Flatter, das Maskottchen der Höhle. Wer in dem riesigen Fledermaus-Kostüm steckte, konnte Günther Dröske nicht sagen. Aber tot war er auf jeden Fall. Mist verdammter! Wie konnte alles nur so schrecklich schiefgehen? Er hatte doch genau ausgemessen, wo die Basaltsäulen landen würden.

Er blickte empor. Hing da ein Mann an der Decke? Oder war es das kleine Mistvieh mit der Blesse? Oder etwa das Bier in seinen Blutbahnen? Dröske war sich nicht sicher. Gab es überhaupt so große Fledermäuse? Er hatte sich beim Anbringen der Sprengladungen manchmal sehr beobachtet gefühlt – kein Wunder bei rund 100.000 überwinternden Fledermäusen ...

Wo steckte jetzt die elende Frau Doktor?

Dröske musste noch tiefer in das Höhlensystem, ehe er sie wieder sah. Kiefer versuchte gerade den hochrangigen Gast zu beruhigen.

»Das ist ein schreckliches Unglück, aber leider nicht ungewöhnlich. Einzelne Stollen fielen schon bei einem Erdbeben zu Beginn der 90er Jahre zusammen. Im Dezember 2002 ereignete sich ein Vorfall im Mauerstollen, der ohne unser Eingreifen den Tod für Tausende von Fledermäusen bedeutet hätte! Der Eingang wurde bei Abbauarbeiten zugeschüttet, die Winterschläfer waren eingeschlossen. Erst Ende Januar 2003 rückte dank unserer Bemühungen der Bagger an, um den Zugang wieder freizulegen. Wir müssen diese Höhlen endlich sichern!«

Dr. Gisela Müller-Gluck war so bleich wie frischer Ziegenkäse aus der Gillenfelder Käserei. »Ich will hier raus!« Sie blickte Kiefer mit roten Augen an. »Sofort.«

Dröske konnte sein Glück nicht fassen. Die beiden standen genau unter einer Ladung! Er wollte diese gerade zünden, als eine Fledermaus auf ihn herabschoss. Es war das Mistvieh mit der Blesse, das ihn schon bei den Vorbereitungen immer wieder gepiesackt hatte. Dröske drückte, aber leider den Bruchteil einer Sekunde zu spät.

Die Basaltsäule verfehlte Kiefer knapp.

Ebenso Frau Dr. Gisela Müller-Gluck.

Dafür traf sie Günther Dröske selbst. Seinen linken Fuß. Es tat höllisch weh. Aber es war immerhin nicht sein Lieblingsfuß. Und auch mit einem Bein ließ sich Bier trinken.

Günter Dröske beschloss, kurzen Prozess zu machen und alle Sprengladungen hintereinander zu zünden. Irgendeine würde schon treffen. Er selbst humpelte an den einzigen, sicheren Platz nahe der zentralen Säule. Wo hatte er nur den Zettel mit der Reihenfolge? Immer verlor er etwas, es war zum Haare raufen. Dann musste es eben ohne gehen. Und dann drückte er und drückte und drückte. Und die Fledermaus mit der Blesse kam wieder und wieder und wieder. Dröske wehrte sie jedes Mal ab.

Zum Schluss waren sämtliche lockeren Basaltsäulen herabgefallen.

Und niemand war getroffen worden.

Nun gut, Dröskes rechtes Ohr hatte es erwischt. Aber da hörte er sowieso seit einem Jahrzehnt nicht mehr so gut. Das andere funktionierte aber noch. Und mit dem vernahm er nun die atemlose Dr. Gisela Müller-Gluck.

»Herr Kiefer, Sie haben völlig recht. Wir müssen die Mittel bereitstellen, um dieses Höhlensystem zu untersuchen und zu sichern. Verlassen Sie sich da ganz auf mich. In Zukunft werden die Fledermäuse eine ordentliche Heimstatt haben.«

Günther Dröske konnte nicht fassen, was seine Ohren da hörten. Er musste endlich Schluss mit diesem Spuk machen: Eine Dynamitladung hatte er noch. Die größte und stärkste. Aber keine Ahnung, wo genau die befestigt war. Vermutlich am Eingang. Sie würde die ganze Mischpoke verschütten. Fledermäuse wie Menschen. Das waren ziemlich viele Opfer für ein schönes Bier, aber manchmal musste man eben Prioritäten setzen. Er rannte zum Ausgang der Höhle. Wo kam der dunkel gekleidete Mann mit der weißen Haarsträhne so plötzlich her? Und warum schubste er ihn hinaus?

Doch Dröske hatte keine Zeit und Lust darüber nachzudenken, er lief zu seinem Wagen und warf sich auf den Fahrersitz, um vor eventuellen Splittern geschützt zu sein. Ein letztes Mal drückte Günther Dröske auf den Knopf. Genau in diesem Augenblick, in der Millisekunde, als er den Daumen herunterdrückte, sah er, wo die letzte fehlende Sprengladung sich befand.

Sie war unter den Beifahrersitz gerutscht.

Bumm!

Einige Fledermäuse zuckten zusammen, als draußen die Explosion das Umland erschütterte. Doch dann schlummerten sie einfach weiter.

Was Günther Dröske nicht ahnte: er hatte mit seinen Sprengungen alle instabilen Basaltsäulen der Höhle beseitigt.

Eine wundervolle Arbeit.

Christiane Franke

mrs. lee's kräutergarten

Noch am gleichen Tag, an dem ihr Gatte verstarb, nagelte Mrs. Eleanor Lee ein mit einem Totenkopf versehenes Emailleschild an die niedrige Holzpforte, die ihren Kräutergarten vom Rest des Grundstücks trennte.

»Das ist eine ganz klare Drohung«, schimpfte Mrs. Barnes, die das an den Kräutergarten grenzende Grundstück ihr Eigen nannte, als ich mit meiner Arbeit in ihrem Garten fertig war. »Ich bin die nächste auf ihrer Todesliste.«
»So ein Unsinn«, gab ich zurück und fragte neugierig: »Woher wissen Sie das mit dem Schild überhaupt?« Schließlich gab es eine drei Meter hohe Steinmauer zwischen den beiden Grundstücken.
»Ich habe rübergeschaut«, gab Rose Barnes zu, und jetzt wusste ich auch, weshalb die Holzleiter an der Mauer lehnte.
»Ach.« Das verblüffte mich. Seit dem Tod von Mr. Barnes waren Rose Barnes und Eleanor Lee nämlich verfeindet. So richtig mit allem drum und dran. War aber auch zu dumm, dass Rose nach dem mysteriösen Tod ihres Mannes von dessen Liaison mit ihrer besten Freundin Eleanor erfahren hatte. Ihr Gatte Harold war so unbekümmert gewesen, Durchschläge von seinen Briefen an Eleanor in seinem Schreibtisch aufzubewahren. Im Ort hatte man schon lang gemunkelt, dass sich der weit über die Grenzen der Kanalinseln bekannte Gartenarchitekt Harold Barnes nicht nur um die Gestaltung des Lee'schen Gartens sondern auch um Eleanor persönlich

kümmerte. Was nicht weiter verwunderte, weil Mr. Lee unter der Woche auf dem Familiensitz auf dem englischen Festland beschäftigt und Eleanor eine überaus attraktive Frau war.

»Natürlich. Ich muss doch wissen, was drüben los ist. Gerade jetzt, wo sie auch ihren eigenen Mann beseitigt hat. Garantiert hat sie schon ein neues männliches Opfer im Visier. Und mit dem Schild will sie mir zeigen, dass ich vorsichtig sein muss. Weil auch ich auf ihrer Abschussliste stehe.«

»Warum sollten Sie auf irgendeiner Abschussliste stehen?«

»Ich weiß zu viel über sie.«

Ich hielt diese Behauptung für übertrieben, aber Rose war allgemein für ihre überbordende Emotionalität bekannt. Vielleicht lag das an den Umständen von Harolds Tod vor zwei Jahren. Dass sein Boot herrenlos vor der Küste trieb, bildete wochenlang Thema Nummer eins auf Jersey, zumal er weder gekentert noch bei Sturm über Bord gefallen war, sondern tot in der Kajüte gefunden wurde. Vergiftet, wie die Obduktion ergeben hatte. Er wäre selbst dann nicht zu retten gewesen, hätte man ihn rechtzeitig gefunden.

»So eine widerliche Kakerlake« schimpfte Rose Barnes noch heute auf den Rechtsmediziner, »mir zu unterstellen, ich hätte Harold das Gift in seinen Segeltörn-Proviant gegeben. Ich hab zu dem Zeitpunkt doch gar nicht gewusst, dass Harold und das Miststück was miteinander hatten.«

Rose war allerdings nichts nachzuweisen gewesen. Sie verfügte über ein perfektes Alibi: Mit Eleanor Lee wanderte sie an jenem Tag von La Cobière nach St. Brelade, Harold war selbst für seinen Proviant zuständig gewesen. Und da alles, was Rose tat, auf die eine oder andere Art Aufsehen erregte, fiel es nicht schwer, Zeugen zu finden, die bestätigen konnten, dass Rose und Eleanor mittags einen Hummersalat gegessen und die Tea time beim Ehepaar Cheston eingenommen hatten. Ich selbst hatte als Zeugin ausgesagt, dass Mr. Barnes sich drei Sandwiches mit Käse, Schinken und diesem grünen Brotaufstrich zubereitet hatte, den Mrs. Barnes hergestellt hatte.

»Nein, Sie hatten gar keinen Grund, Ihren Mann zu töten«, bestätigte ich ihr zum wiederholten Male.

»Wie denn. Ich hab die furchtbaren Briefe ja erst nach seinem Tod gefunden! Mir hat Harold nicht ein einziges Mal auf diese Art geschrieben.« Rose Barnes schnaufte ein paar Mal, dann beruhigte sie sich. »Wie dem auch sei«, kam sie auf den Grund zu sprechen, weshalb sie mir heute ausgiebig Zeit schenkte. »Mrs. Lee sucht händeringend einen Gärtner. Vollzeit. Was halten Sie davon, wenn Sie sich bei ihr bewerben? Das wäre für Sie *die* Chance finanziell wieder auf die Beine zu kommen.«

»Oh Mrs. Barnes, das ist wirklich lieb von Ihnen!« Ohne groß darüber nachzudenken, weshalb sie mich in Lohn und Brot bei ihrer verhassten Nachbarin sehen wollte, stimmte ich zu. Denn seit einem unglückseligen Hauskauf vor zehn Jahren krebsten mein Mann Edgar und ich am Rand des Existenzminimums herum. Das Haus, für das wir bei einer Zwangsversteigerung den Zuschlag erhalten hatten, brannte nämlich noch in der gleichen Nacht ab. Samt des Vorbesitzers, der den Brand gelegt hatte. Wäre nicht so dramatisch gewesen, hätte es eine Brandversicherung für unser ersteigertes neues Heim gegeben. So aber waren wir innerhalb von nicht einmal vierundzwanzig Stunden ruiniert. Kein Sparguthaben mehr, einen Sack voll Schulden und keinen Gegenwert. Alles in Schutt und Asche. Edgars Gehalt reichte nicht für die Tilgung der Schulden und unseren Lebensunterhalt: wir waren bankrott.

Ich hatte Mrs. Barnes damals davon berichtet.

»Wenn es bei Mrs. Lee klappt, können Sie am Wochenende trotzdem bei mir noch ein wenig im Garten helfen?«, bat sie.

»Klar! Ich lasse Sie doch nicht im Stich.«

»Und vielleicht erzählen Sie mir ein bisschen, was bei Mrs. Lee vor sich geht?«

Ah, daher wehte der Wind.

* * *

Eleanor Lee war eine sympathische, zurückhaltende Frau, der die Freude darüber im Gesicht stand, so schnell jemanden für den Garten zu finden.

»Nur den Giftgarten, um den brauchen Sie sich nicht zu kümmern«, erklärte sie, »der ist mein ganz besonderes Steckenpferd.«

Ich sah sie fragend an, woraufhin sie glockenhell lachte. »Ich habe dort Pflanzen angebaut, die allesamt giftig sind. So giftig wie das Mundwerk meiner Nachbarin.«

Ich schloss sie sofort in mein Herz. Jeden Nachmittag nahmen wir zusammen den Tee in ihrer Küche ein und ich bedauerte es, Mrs. Barnes versprochen zu haben, sie über Eleanor Lees Aktionen auf dem Laufenden zu halten.

Eines Tages sprach ich meine Arbeitgeberin einfach auf die hässliche Steinmauer an. »Wie kommt es, dass Sie, wo Sie doch so viel Wert auf Ästhetik legen, solch eine Mauer am Rand Ihres Grundstücks haben?«

»Das war leider nicht zu vermeiden. So sehr ich es auch bedauere. Denn Rose und ich waren über lange Jahre hinweg ziemlich beste Freundinnen. Doch nach Harolds Tod veränderte sie sich. Unsere Freundschaft starb mit ihm.«

Das hielt ich für eine ziemlich geschönte Version der tatsächlichen Ereignisse und ich betrachtete meine Arbeitgeberin mit einer gewissen Skepsis, die ihr nicht verborgen blieb.

»Ach, Sie haben wohl die Gerüchte gehört, Mr. Barnes und ich hätten ein Verhältnis gehabt?«

Einen Moment lang war ich versucht zu nicken und Eleanor Lee auf die Briefe anzusprechen, ließ es jedoch sein. Denn *sie* war ja diejenige, bei der ich meinen Lebensunterhalt verdiente. Ich sollte vielleicht besser meinen Zweitjob aufgeben, nicht, dass Mrs. Lee mir unterstellte, ich würde bei ihr schnüffeln und mich hinauswarf.

»Ja. Das habe ich tatsächlich«, gab ich zu.

»So ein Unsinn. Ich habe meinen Mann geliebt. Nie hätte ich ihn betrogen.«

Einerseits glaubte ich ihr, weil ich ihr glauben wollte, andererseits meldete sich die starke Stimme des Zweifels.

* * *

»Ich denke, Sie tun Mrs. Lee Unrecht mit Ihrer Vermutung, dass sie was gegen Sie ausheckt«, berichtete ich Rose Barnes. »Sie ist sehr sympathisch und trauert aufrichtig um ihren Mann. Es macht überhaupt nicht den Eindruck, als sei sie froh, ihn los geworden zu sein. Geschweige denn, dass ich den Eindruck habe, sie hätte diesbezüglich nachgeholfen.«

»Hat die alte Hexe Sie also auch in ihren Bann gezogen«, wetterte Mrs. Barnes. »Es ist kein Zufall, dass sie den Giftgarten hat. *Sie* ist diejenige, die Harold das Gift verabreicht hat. Das habe ich natürlich auch der Polizei gesagt, aber das Miststück war schlau genug, alle Beweismittel zu vernichten. Ich wünsche ihr, dass sie elendig an Nierenversagen verreckt, bevor sie noch mehr Menschen umbringt!«

Upps. Das war ja ziemlich heftig. »Wieso sollte sie ausgerechnet an Nierenversagen sterben?«, fragte ich skeptisch.

»Ach, sie hat so eine Autoimmunkrankheit, die langsam die Nieren schädigt. Seien Sie vorsichtig, Sie dürfen mit der Vergabe Ihrer Zuneigung nicht so unkritisch sein! Sie müssen aufpassen, wem Sie Ihre Zuneigung schenken.«

»Aber Mrs. Barnes«, gab ich entrüstet zurück. »Ich kann doch keine Erkundigungen über Menschen einholen und erst dann entscheiden, ob ich jemanden mag oder nicht.«

»Doch. Das hätten Sie in diesem Fall tun sollen.« Das Lächeln, das sich jetzt auf Rose Barnes Gesicht ausbreitete, war voller Genugtuung. »Denn dann hätten Sie herausgefunden, dass Eleanor vor zehn Jahren die Vertreterin der Bank war, als Sie und Ihr lieber Mann Edgar bei dieser vermaledeiten Zwangsversteigerung das Haus kauften.«

»Nein.« Völlig entgeistert sah ich Mrs. Barnes an.

»Doch.«

»Die Maklerin hieß aber nicht Lee sondern Jones.«

»Stimmt. Eleanor hat George erst vor sechs Jahren geheiratet.«

»Nein.«

»Doch.«

»Warum haben Sie mir das denn damals nicht gleich gesagt?«

»Elenor war zu der Zeit ja noch meine beste Freundin. Ich wollte sie nicht verraten. Und geändert hätte es ja doch nichts.«

Ich konnte es nicht fassen. Meine nette, sympathische Arbeitgeberin war jene falsche Schlange, die ein nicht brandversichertes Haus kaltblütig verhökert hatte. Ich schluckte und verabschiedete mich zügig. Das musste ich erst einmal mit Edgar besprechen.

Noch am gleichen Abend hatte Edgar beschlossen, dass wir Eleanor Lee nicht so einfach davonkommen lassen würden. Sie sollte eine gerechte Strafe erhalten. Nur welche, das wussten wir noch nicht, aber es kam ja auf ein paar Wochen nicht an. Edgar sagte, ihm würde schon das Richtige einfallen.Ich war Mrs. Barnes jedenfalls überaus dankbar und kündigte meinen Zweitjob nicht. Eleanor Lee hingegen betrachtete ich von nun an argwöhnischer. Da ich für den Garten zuständig war, konnte ich mich nicht ohne Weiteres im Haus umsehen, doch mir ließ die Sache keine Ruhe. Als wir wieder einmal beim Tee zusammensaßen, sagte ich scheinheilig: »Es muss sehr schwer für Sie sein, Ihren Mann nach so vielen Ehejahren zu verlieren. Können Ihre Kinder denn nicht wenigstens für eine Weile nach Jersey kommen, um Ihnen beizustehen?«

Eleanor Lee seufzte dezent. »William und Benjamin sind nicht meine Söhne, sie stammen aus der ersten Ehe meines Mannes.«

»Ach.« Ich tat verdutzt.

»Ich lernte meinen Mann vor sieben Jahren kennen, als er sich auf der Insel für ein Haus interessierte. Ich war zu der Zeit in der Immobilienabteilung einer Bank angestellt.«

»Ach nee.« Es stimmte also tatsächlich.

»Ja. Ich war damals schon mit Rose Barnes befreundet und hatte von ihr erfahren, dass dieses Haus zum Verkauf angeboten werden sollte. So habe ich es meinem Mann vermittelt, und wir verliebten uns ineinander.«

»Wie romantisch«, sagte ich mit einem schalen Geschmack im Mund, der mich auf eine Idee brachte.

* * *

»Ich habe Ihnen Rhabarbermarmelade mitgebracht«, sagte ich zwei Tage später zu Mrs. Lee. »Selbstgemacht.«

»Das ist ja lieb.« Sie freute sich offensichtlich, und ich feixte in mich hinein, weil sie mir so gar nicht zu misstrauen schien. Am Nachmittag stellte sie Scones auf den Tisch, Schlagsahne und meine Marmelade, auf die ich jedoch mit dem Hinweis verzichtete, ich hätte ja noch etliche Gläser davon zuhause.

Die Marmelade schmeckte ihr gut, ich hatte ordentlich Vanillezucker und auch eine ganze Vanilleschote drangegeben, sodass die ebenfalls mitgekochten Rhabarberblätter geschmacklich nicht herausstechen konnten. Ich wollte ja nicht, dass sie argwöhnisch wurde. Denn nachdem ich den Rhabarber im Giftgarten entdeckt hatte, hatte ich im Internet recherchiert und zu meiner Begeisterung entdeckt, dass Rhabarber, besonders aber dessen große Regenschirmblätter Oxalsäure enthalten. Und die war gerade für nierenkranke Menschen gefährlich. Damit hatte ich eine Möglichkeit, Eleanor Lee mit ihren eigenen Waffen zu bestrafen. Denn mittlerweile war ich wie Rose Barnes der Meinung, dass Eleanor ebenso für Harolds Tod wie für den ihres eigenen Gatten verantwortlich war. Auch wenn beim herzkranken George kein Fremdverschulden attestiert worden war. Doch selbstredend wuchs auch Digitalis im mörderischen Giftgarten der liebenswerten Eleanor. Um ganz sicher zu gehen, dass sie auch wirklich ihr Fett abkriegte, bereitete ich obendrein frisches Bärlauch-Pesto zu, wobei ich allerdings nur einen kleinen Teil Bärlauch und einen größeren Teil Maiglöckchenblätter verwendete. Ich band ein rot-grün-kariertes Stoffband um das hübsch gemusterte Glas und malte ein nach Landhaus anmutendes Etikett, das ich daran knotete. Mrs. Lee freute sich auch über dieses Geschenk aus meiner Küche.

* * *

Als ich an diesem Samstag bei Rose Barnes mit der Gartenarbeit fertig war, staunte ich nicht schlecht, als ich mein liebevoll dekoriertes Bärlauch-Glas auf deren Küchentisch stehen sah.

»Es geht los«, behauptete Rose aufgeregt. »Jetzt fängt sie an, mir Gift zu verabreichen. Sie weiß, wie sehr Harold und ich Bärlauch-Pesto lieben und hat mir dieses Glas gebracht. Als Freundschaftsangebot.« Ein abschätzendes Schnauben folgte. Ich schluckte. In der Tat würde der Genuss dieses Pestos niemandem eine Freude bereiten.

»Dann sollten Sie vielleicht doch vorsichtig sein und es nicht essen«, schlug ich vor.

»Natürlich werde ich das nicht, du dummes Ding, ich werde es in einen Gefrierbeutel packen und der Polizei überreichen. Damit haben sie endgültig den Beweis, dass Eleanor wirklich die Gifthexe ist, wie ich es seit Harolds Tod behaupte.« Sie lehnte sich zufrieden zurück. »Ja. Mit diesem Glas hat sie sich ans Messer geliefert.«

Mir wurde heiß und kalt im Wechsel. Auf dem Glas waren meine Fingerabdrücke und das Etikett trug zweifelsfrei meine Handschrift. Ich musste etwas unternehmen. »Vielleicht ist es sicherer, wenn ich das Glas bei mir zu Hause deponiere. Dann können wir es immer noch der Polizei übergeben.«

»Das ist eine gute Idee«, stimmte Mrs. Barnes zu und erleichtert nahm ich das Glas im Gefrierbeutel mit. Entsorgen konnte ich es später immer noch.

* * *

Als nächsten Schritt lud ich Eleanor Lee zu uns nach Hause ein. Vorgeblich, damit sie Edgar und mich in Sachen Hauskauf beriet. Als sie an unserer Tür klingelte, trug sie ein blaues Kostüm mit weißer Bluse und hatte eine lederne Aktenmappe in der Hand. Sie hatte also tatsächlich keine Erinnerung mehr an den unsäglichen Vorfall vor zehn Jahren. Was für ein eiskaltes Luder. Umso gerechter schien es mir, dass sie ihre Strafe erhielt. Diesmal hatte ich die Maiglöckchen mit frisch geriebenem Parmesan, Pistazienkernöl und Ruccola vermischt und als besonderes Bruscetta zubereitet. Auf Edgars und meinem Teller befanden sich natürlich Brotscheiben, die mit maiglöckchenfreiem Ruccola-Mix bestrichen waren. Mrs. Lee, die ohnehin schon etwas angeschlagen wirkte, weil ihre Nierenprobleme sicher aufgrund meiner Rhabarbermarmelade gestiegen waren, wartete zunächst ab, ob auch Edgar und ich vom grünen Bruscetta aßen, bevor sie von ihrem Teller nahm.

»Wissen Sie«, gestand sie, als sie das erste kleine Maiglöckchen-Baguette verspeist hatte, »ich war Ihnen gegenüber doch ein wenig argwöhnisch. Ich wusste, dass Sie Rose im Garten helfen und ich weiß natürlich, wie sehr sie mich hasst. Doch ich habe nichts mit Harolds Tod zu tun. Im Gegenteil. Seine glühenden Liebesbriefe haben mich schockiert. Ich habe mit George darüber geredet, der mir riet, die Briefe einfach zu ignorieren, wenn mir etwas an der Freundschaft zu Rose lag. Denn wenn ich sie darauf ansprechen würde, hätten zwar sicher die Briefe ein Ende, die Freundschaft zu Rose aber auch. Also habe ich auf nichts reagiert, was Harold mir schrieb. Nur George hat alles gelesen, denn ich wollte, dass er Bescheid wusste. Als Harold auf diese Art eines Tages verkündete, er würde sich von Rose scheiden lassen, um frei für mich zu sein, sah ich mich gezwungen, mit meiner Freundin zu reden, um sie auf die Gefahr hinzuweisen, in der ihre Ehe steckte.

Wenige Tage später war Harold tot. Er starb an dem Tag, an dem Rose und ich auf ihren Vorschlag hin eine Wanderung unternahmen. Kurz darauf stellte ich fest, dass aus meinem Giftgarten, an dem damals noch kein Schild prangte, Digitalis-Pflanzen fehlten. Rose hatte herzhaft gelacht, als ich vor vier Jahren den Garten plante. Sie wisse dann ja, wo sie sich bedienen könnte, falls sie mal in die Verlegenheit käme, Gift zu benötigen, hatte sie gesagt. Ich habe mit ihr gelacht, ahnte ich doch nicht, dass Rose es ernst meinen würde. Digitalis war dann auch das Gift, das bei Harold gefunden wurde.« Wieder griff sie zum Maiglöckchen-Bruscetta. Ich zuckte automatisch, um sie davon abzuhalten, doch Edgar hielt mich mit einer fast unmerklichen Bewegung zurück. Er hatte ja recht. Konnte mir doch egal sein, wie die beiden Männer ums Leben gekommen waren, sie war ja auch nicht ohne und hatte ihre Strafe verdient.

»Deswegen habe ich die Mauer bauen lassen. Beweisen konnte ich ihr nichts, aber ich wollte, dass sie weiß, dass ich weiß. Als jetzt jedoch aus heiterem Himmel auch mein Mann ums Leben kam, von dem jeder hier wusste, dass er herzkrank ist und als an jener Stelle, an der meine Digitalis-Pflanzen wuchsen, wieder ein Loch prangte, hatte ich genug. Sie darf so nicht weitermachen. Deshalb habe ich das Emaille-Schild an das Gatter genagelt, denn ich weiß, dass sie regelmäßig über die Mauer in meinen Garten linst. Es sollte eine Warnung sein.«

Ich war schockiert. Also hatte Rose Barnes tatsächlich nicht übertrieben. Eleanor Lee bemerkte meine Bestürzung nicht, sondern fuhr fort: »Und das nächste Mal werde ich Beweise haben. Ich habe nach Georges Tod eine Überwachungskamera anbringen lassen. Davon hat sie keine Ahnung, ich habe den Techniker in der Zeit bestellt, als sie zu ihrer Yoga-Stunde in der Stadt war. « Langsam biss Eleanor ab und als ihre Atmung langsamer wurde, stieg doch leichte Panik in mir auf.

»Edgar«, flüsterte ich, als sie an die Rückenlehne unserer Couch sank. »Wir wollten ihr einen Denkzettel verpassen, nicht sie töten. Was tun wir, wenn sie hier bei uns ihren Geist aufgibt?«

Mein Gatte sah mich kurz darauf ebenfalls erschrocken an als bei Eleanor Lee kein Puls mehr zu fühlen war, doch er hatte sich schnell wieder im Griff.

»Keine Angst, ich regel' das schon«, beruhigte er mich. Edgar wusste einfach in jeder Situation, was zu machen war. Sicherheitshalber betteten wir sie über Nacht auf die Couch, deckten sie mit einer Wolldecke zu und Edgar hielt Wache im Sessel. Auch am nächsten Morgen war kein Lebenszeichen spürbar.

»Also?«, fragte ich unbehaglich.

»Wir nehmen sie mit auf ihr Grundstück.«

»Willst du sie in ihr Wohnzimmer legen?«

»Nein.« Edgar sah mich kopfschüttelnd an. »Dann findet irgendwer ihre Leiche und es gibt Ermittlungen. Dabei könnte man auf uns stoßen. Wir machen es so, dass nichts mehr von ihr übrig bleibt.«

»Wie willst du das denn schaffen?«

»Das ist gar nicht so schwierig, Darling. Wir decken sie mit einer dünnen Schicht biologischer Abfälle auf ihrem Komposthaufen zu und geben großzügig Schnellkomposter darauf. In wenigen Tagen ist nichts mehr von ihr da. Nur noch die Knochen. Sie lebt seit dem Tod ihres Mannes doch sowieso zurückgezogen, da wird sich so schnell niemand wundern, wenn sie nicht ans Telefon geht oder nicht in der Stadt auftaucht.«

»Edgar.« Allein bei dem Gedanken daran wurde mir übel. Ich sah uns schon in Handschellen abgeführt im Kerker sitzen.

»Keine Angst. Die Knochen stecke ich in den Häcksler und das Knochenmehl verteilen wir als Dünger auf den Blumenbeeten. Man wird uns nichts nachweisen können.«

Ja, ich wusste genau, warum ich Edgar geheiratet hatte: Er fand einfach für alles eine zufriedenstellende Lösung.

CHRISTIANE DIECKERHOFF

ethikmüll

Herr M. aus D. war Hausmeister in einem mittelgroßen Krankenhaus der Regelversorgung. Hausmeister wohlgemerkt: Nicht Facilitymanager, nicht technischer Leiter, nicht Hausmeister M., sondern einfach nur Hausmeister. So wie Gott nur Gott war. Und das gedachte Herr M. bis zu seiner Pensionierung in zwei Jahren, elf Monaten und neunundzwanzig Tagen zu bleiben. Er hätte allerdings nicht gedacht, dass er dafür über Leichen gehen würde.

* * *

Alles fing damit an, dass die Oberin ihn zu sich bestellte. Das tat sie nur selten. Eigentlich nur, wenn es sich gar nicht vermeiden ließ, oder wenn wieder einmal eine Toilette in der Klausur durch Binden verstopft war. Was übrigens erstaunlich häufig der Fall war, wenn man das Durchschnittsalter der verbliebenen Schwestern zur Innigen Andacht bedachte, die noch in der Klausur lebten. Die Jüngste zählte 58 Jahre, die Älteste feierte in diesem Jahr ihr 75-jähriges Ordensjubiläum.

Aber, pflegte Herr M. den Schwestern zu erklären, die Wege einer mehr als achtzigjährigen Kanalisation sind ebenso unerforschlich, wie die des Herrn.

Das erklärte er auch den diversen Stationsleitungen, dem Verwaltungsleiter und selbst dem Chefarzt, wenn sie sich mit dem gleichen Problem an ihn wendeten. Und weil immer

Damenbinden für die Verstopfungen in den Rohren sorgten, standen mittlerweile alle weiblichen Mitarbeiter des Krankenhauses unter Generalverdacht.

Die Nonnen, Krankenschwestern und Ärzte waren so sehr daran gewöhnt, sich Hilfe suchend an ihn, den Hausmeister, zu wenden, dass niemand seine Autorität infrage stellte. Keine Oberin. Kein Chefarzt, keine kleine Stationsschwester und auch keiner der Handwerker, die er mit strenger Hand führte.

Auch wenn er mit seinem grauen Arbeitskittel und dem ebenso grauen Filzhut, den er bei jedem Wetter trug, wesentlich unspektakulärer aussah, als die Oberin mit ihrer gestärkten Haube, oder der Chefarzt mit den goldenen Knöpfen am wehenden Kittel, war Herr M. der unangefochtene Herrscher des Krankenhauses. Sein Heer waren die Handwerker, die er nach Gutdünken einsetzte. Seine Waffen die Reparaturanforderungen und Damenbinden.

Herr M. steckte also nur aus reiner Gewohnheit eine supersaugfähige Binde in die Tasche seines Arbeitskittels, als er sich eine halbe Stunde zu spät auf den Weg zur Oberin machte.

Schwester Oberin war weniger entspannt. Allein die Aussicht, dass sie nach all den Jahren nun endlich ins Mutterhaus zurückkehren und den Rest ihres Lebens in trauter Zwiesprache mit Gott verbringen konnte, gab ihr die Kraft, diese letzte Pflicht zu erfüllen. Sie kenne den Hausmeister schließlich am längsten, hatte der Verwaltungsleiter argumentiert, und selbst Professor Hochmuth, der sich sonst gerne in den Mittelpunkt drängte, hatte sofort zugestimmt. Dabei wussten beide, dass er bereits als Assistenzarzt in diesem Haus tätig gewesen war, als Schwester Oberin noch in Malawi Negerbabys geimpft hatte. Trotzdem hatte sie sich gefügt, wie sie sich immer fügte. Schrieb nicht schon der heilige Apostel Paulus in seinem Brief an die Kolosser? »Ihr Weiber, seid untertan euren Männern in dem HERRN, wie sich's gebührt.«

Schwester Oberin glaubte an die Weisheit der Apostel. Wenn sie allerdings an die Männer dachte, mit denen sie die Verantwortung für dieses Krankenhaus trug, zweifelte sie an der Weisheit der Frauen. Anders als mit Dummheit war es in ihren Augen nicht zu erklären, dass Frauen sich für ein Leben an der Seite eines Mannes entschieden.

Bereits vor zwei Jahren hatte Schwester Oberin die Pensionsgrenze erreicht, aber der Generaloberin hatte es nicht gefallen, sie ins Mutterhaus zurückzurufen. Also hatte Schwester Oberin weiterhin ihre Pflicht erfüllt und die Niederlagen gegen den Hausmeister hatten immer tiefere Furchen in ihr Gesicht gemeißelt.

»Wie schön, dass Sie Zeit finden konnten, Hausmeister.« Schwester Oberin zwang ein mildes Lächeln in ihr Gesicht, als Herr M. in ihr Büro einbrach.

»Ich hab 'ne Baustelle«, knurrte der Hausmeister. Die Hände in den Kitteltaschen versenkt, blieb er vor ihrem Schreibtisch stehen und ihre Schultern hoben sich unwillkürlich, als gelte es, einen Schlag abzuwehren. Der Hausmeister setzte sich grundsätzlich nicht. Schwester Oberin wusste das. Was sie nicht wusste, war, dass er es ebenso hielt, wenn Professor Hochmuth oder der Verwaltungsdirektor ihn zu einem Gespräch baten. Jedes Mitglied des Direktoriums behielt seine Niederlagen für sich.

Herr M. war ein gewiefter Stratege, deshalb wusste er, dass es immer besser war, wenn Bittsteller zu ihm aufschauten. Es klärte die Rangordnung. Und weil er nur von mittlerer Größe, man konnte auch sagen, eher kleinwüchsig war, achtete er auf solche Feinheiten.

»Natürlich«, pflichtete ihm Schwester Oberin eilig bei, wie sie es immer tat, deshalb holte ihn ihr nächster Satz von den Beinen und zum ersten Mal, seit sie ihn kannte, plumpste er auf den Besucherstuhl vor ihrem Schreibtisch.

»Sie haben was?«, krächzte Herr M.

»Verkauft«, antwortete Schwester Oberin und spürte, wie unchristliche Schadenfreude ihre Wangen färbte. Deshalb wiederholte sie den Satz noch einmal Wort für Wort. »Der Orden hat erkannt, dass es uns unter den heutigen Umständen nicht mehr möglich ist, ein Krankenhaus dieser Größenordnung zu führen und deshalb verkauft.« Sie genoss jedes einzelne Wort, wie ein junges Mädchen die schmetterlingsgleichen Küsse ihres Liebsten an einem linden Abend im Mai. Erschrocken über diesen Vergleich aus einem anderen Leben, senkte Schwester Oberin die Lider. »Die Luna Kliniken GmbH und Co. KG wird sicherlich besser geeignet sein, dieses Haus durch die Untiefen des Diagnosis Related Group-Zeitalters zu führen, als unser doch eher mildtätiger und kontemplativer Orden.« Diesen Satz hatte sie sich zurechtgelegt, wie ihr Sonntagshabit. Vor allem die englischen Worte hatte sie geübt. Diese ganzen neumodischen Fachbegriffe waren ihr ebenso fremd und unheimlich, wie ausländische Namen oder die Kanalisation des Krankenhauses. Überall Fallstricke.

»Und was wird mit mir?« Die Hände zwischen den Knien hockte Herr M. auf dem Besucherstuhl und zum Ende ihrer Dienstzeit sah Schwester Oberin zum ersten Mal den Menschen hinter dem Hausmeister. Einen sehr kleinen und sehr ängstlichen Menschen. Sie dankte dem Herrn für dieses Geschenk, wenn sie auch wünschte, er hätte es ihr früher gemacht. Aber die Wege des Herrn waren unerforschlich. Sie lächelte milde. »In der nächsten Woche nimmt ein Diplomingenieur Aygün den Dienst auf. Wenn ich das richtig verstanden habe ...« Schwester Oberin benutzte diese Floskel nur, um dem folgenden Satz die Spitze zu nehmen, sozusagen aus christlicher Nächstenliebe. Sie hatte sehr genau verstanden, was dieser Songül Aygün für eine Funktion hatte. »... ist er der neue technische Leiter.«

* * *

Herr M. aus D. war so erschüttert, dass er vergaß, die Binde in der privaten Toilette der Schwester Oberin zu versenken. Zurück in seinem Büro neben der Schreinerei – im gesamten Krankenhaus gab es aktuell keine Baustelle, die seiner Aufmerksamkeit bedurfte – genehmigte er sich erst einmal einen ordentlichen Schluck aus der Vertreterflasche. Aygün hatte sie gesagt. Das klang nicht deutsch. Das klang nach Knoblauch und Zwiebelfresser. Sein Krankenhaus würde in die Hände eines Türken fallen. Herr M. straffte die Schultern. Im Laufe der Jahre in einem christlichen Krankenhaus hatte er gelernt, seine Vorurteile zu verbergen. Nonnen waren für ihn Pinguine und Ausländer Zwiebelfresser oder Kopftuchayses. Die Habsburger hatten das heilige römische Reich deutscher Nation vor Wien verteidigt, sein Platz war hier. Das Mobiltelefon wieherte, und mit einem Seufzer stellte er die Flasche zurück. Das wiehernde Pferd zeigte interne Anrufe an. Es unterbrach zuverlässig jede Besprechung und verhinderte, dass jemand die Handwerker, die Herrn M. unterstellt waren, über Gebühr beanspruchte. Diesmal meldete sich die neue leitende OP-Schwester, die bereits zum dritten Mal in dieser Woche irgendwelche von ihr bestellten XXL Spezialbehälter für E-Müll anmahnte. Herr M. hielt nicht viel von dem neuen Kram und ein Blick auf die Preisliste hatte ihn in seiner Ansicht bestärkt. Deshalb würde auch dieser neue Besen sich mit den grauen Abfallsäcken zufriedengeben müssen, da konnte sie telefonieren, soviel sie wollte. Bisher war die Neue immer sehr freundlich gewesen, aber heute war ihr wohl ein Arzt quer gekommen und sie suchte einen Doofen, an dem sie ihr Mütchen kühlen konnte. Nun, da war sie bei ihm an der richtigen Adresse. Herr M. tastete nach der Damenbinde in seiner Kitteltasche. Es ginge doch nicht an, dass Amputationsabfall in Plastikbeuteln verpackt dem Hol- und Bringdienst übergeben werde, keifte sie in den Hörer. Das sei mittelalterlich. Sie würde sich an geeigneter Stelle beschweren.

Eine Stunde später keifte sie nicht mehr, sondern bat lammfromm um einen Klempner, der sich um die Personaltoilette am aseptischen OP kümmern könnte. Herr M. liebte es, Professor Hochmuths OP-Plan zu torpedieren, und so vergaß er glatt die dunklen Wolken, die am Horizont aufzogen und hängte gut gelaunt Hut und Kittel an den Haken und ging hinüber in seine Dienstwohnung im Schwesternwohnheim.

* * *

Am nächsten Morgen erwischte ihn die Wirklichkeit umso eisiger. Udo, der Elektriker, der ihn immer in den zwei Wochen vertrat, in denen er in Winterberg Urlaub machte, fing ihn in der Schreinerei ab.

Die Neue sei da, flüsterte er.

»In meinem Büro?« Herr M. schob Udo aus dem Weg. Was dachte sich diese Schnepfe von OP-Schwester eigentlich und was war in Udo gefahren? Er riss die Tür auf und taumelte zurück.

»Darf ich vorstellen«, sagte Udo, der ihm gefolgt war. »Diplomingenieur Aygün.«

Herr M. starrte auf die Frau, die an seinem Schreibtisch lehnte. Eine moppelige Kopftuch-Ayse mit Turnschuhen an den Füßen. Sein Verstand taumelte wie ein leeres Blatt durch die blutleeren Weiten seines Gehirns, bevor Gewitterwolken in seinem Hinterkopf aufzogen: Nicht genug, dass diese Muslime ihre Krankheiten in dieses christliche Haus trugen und mit ihren unangemessenen Essenswünschen Schwester Reinfriede zur Verzweiflung brachten, die für die Küche verantwortlich war und für die Schweinebraten zum Sonntag gehörte wie die Frühmesse. Nicht genug, dass diese Kopftuch-Ayses mit ihren Putzwagen sämtliche Fluchtwege blockierten. Eine von denen hatte sogar versucht, mit ihrem Wischmopp in das Herz des Krankenhauses, den zentralen Technikraum, einzudringen. Herr M. zitterte immer noch bei dem Gedanken an die dreiste Türkin mit ihrem Putzwagen. Nein, das alles war noch nicht genug. Jetzt setzten sie ihm auch noch eine Kopftuch-Ayse vor die Nase.

»Ich freue mich auf die Zusammenarbeit.« Die Kopftuch-Ayse sprach fließend deutsch, allerdings rollte sie das R auf die gleiche hinterlistig niederrheinische Art, wie seinerzeit Feldwebel Dünnpfurt, der ihn beim Barras schikaniert hatte.

»Ich hab schon sehr viel von Ihnen gehört.«

An dieser Stelle lachte Udo und Herr M. hatte eine Ahnung, wer die Quelle ihrer Informationen gewesen war.

»Was machst du eigentlich noch hier?«, fauchte er. »Hast du nichts zu tun.«

»Ich dachte, ich …«, stotterte Udo.

»Ich hielt es für sinnvoll, wenn Herr Warnke uns erst einmal bei der Bestandsaufnahme unterstützt. Ihr Einverständnis vorausgesetzt.« Ohne seine Antwort abzuwarten, setzte die Kopftuch-Ayse sich hinter seinen Schreibtisch und stellte einen dieser flachen Kästen auf den Tisch, den die jungen Ärzte ständig mit sich herumschleppten. »Bis auf Weiteres werden wir uns das Büro teilen müssen«, fuhr sie fort. »Die Kollegen von der EDV stehen bereits in den Startlöchern. Wie ich sehe ...« Die türkische Schnepfe schaute sich um, ihre dunklen Augenbrauen verschwanden fast unter dem Kopftuch. »... hat die Klinikleitung die Technikabteilung wohl EDV-mäßig sträflich vernachlässigt. Das wird sich ändern.« Sie strahlte ihn an, als hätte sie ihm ein Geschenk gemacht. Herr M. verzog keine Miene. Er schaute hinüber zu Udo, der begeistert nickte. Der Idiot hatte doch keine Ahnung. Auch wenn er ständig Kurse belegte und Bücher über Arbeitssicherheit las. EDV in der Technikabteilung. Jede Schraube im Computer: vom Einkauf bis zum Einbau. Jeder Arbeitsauftrag, jeder Handgriff erfasst, für jeden einsehbar. Das wäre das Ende seiner Herrschaft.

»Vielleicht setzen Sie mich erst einmal ins Bild.« Freundlich lächelnd schoss die Kopftuch-Ayse ihre Fragen ab: *Steuerungstechnik? Mess- und Regeltechnik? Strukturierte Verkabelung? Entsorgungskonzept? Strategieplanung? Betriebssicherheitsverordnung? Brandschutzordnung? Risikomanagement? Umweltmanagementsysteme? Flächenmanagement? Projektmanagement? Qualitätsmanagement? Med. GV? Six Sigma? CAFM System?*

Die Fragen sirrten wie Pfeile um seinen Kopf. Udo beantwortete die meisten – er hatte einen ebenso flachen Kasten vor sich stehen – und Herr M. fragte sich, welche Schlange er all die Jahre an seinem Busen genährt hatte. Jetzt einen Schnaps oder ein erlösendes Wiehern. Doch sein Telefon schwieg. Wenn diese Ayse wenigstens einmal zum Klo gegangen wäre, dann hätte er Udo schon zurechtgestutzt. Aber sie schien eine Blase aus Edelstahl zu haben.

»Nun«, sagte sie schließlich und klappte die flache Kiste zu. »Danke Herr Warnke, und natürlich auch Ihnen«, fügte sie hinzu. »Das war ein sehr interessanter Einblick.« Sie stand auf und schob das Kopftuch mit der gleichen Geste in die Stirn, mit der Herr M. seinen Filzhut zurechtrückte. »Ich denke, dieses Krankenhaus zu einem ökologisch wirtschaftenden Betrieb umzubauen, wird eine Herausforderung.« Herr M. überlegte, ob sie die Patientenscheiße zum Heizen nehmen wollten, wie in Afrika die Kuhfladen, nickte aber vorsichtshalber verständnisvoll.

»Vielleicht führen Sie mich jetzt erst einmal herum und nach dem Mittagessen würde ich gerne die anderen Handwerker kennenlernen.«

Herr M. öffnete die Tür und prallte zurück. Mit verschränkten Armen und in einen grünen Schutzkittel gehüllt stand die leitende OP-Schwester vor ihm. »Ich habe mich im Einkauf erkundigt«, keifte sie. »Sie haben die Spezialbehälter für den E-Müll noch nicht einmal bestellt!«

»Die dürften doch sicherlich vorrätig sein«, mischte sich Ayse ein.

»Das glauben vielleicht Sie«, fauchte die OP-Schwester. »Unser Amputationsabfall wird in grauen Plastiksäcken aus der Abteilung geholt.

»In grauen Plastiksäcken?«, wiederholte Kopftuch-Ayse. Die OP-Schwester nickte. Udo starrte auf die Sicherheitskappen seiner Schuhe und Herr M. ahnte, dass diesmal Damenbinden nicht ausreichen würden, um die Schlacht zu gewinnen. »Das haben wir immer so gemacht«, knurrte er. »Doppelte Beutel, die reißfeste Qualität. Hält prima. Außerdem sind die ökologisch unbedenklicher.«

»Das mag sein«, erwiderte die Kopftuch-Ayse mühsam beherrscht. »Aber laut Mitteilungsblatt 18 der Bund/Länderarbeitsgemeinschaft Abfall sind wir verpflichtet ...«

»… Ethikmüll in geeigneten Gefäßen zu entsorgen«, murmelte Udo.

»Und warum sind die dann nicht da?«, schnauzte Herr M. ihn an. Dieser Brutus würde sich noch an seiner eigenen Klinge schneiden. »Muss ich denn alles selbst machen?«

»Herr Warnke wird sich sofort um die Bestellung kümmern.« Kopftuch-Ayse zog ein Notizbuch aus ihrer Schultertasche und schrieb etwas hinein. »Ich danke Ihnen.« Sie nickte der OP-Schwester zu. »Wenn wir dann bitte weitermachen könnten. Um zwei habe ich eine Besprechung mit dem Direktorium.«

Herr M. hatte das Gefühl an einer Damenbinde zu ersticken. Die Schnepfe hatte eine Besprechung mit dem Direktorium und er wusste nichts davon.

Immer noch an seiner Wut kauend, zeigte er der Kopftuch-Ayse die Werkstatt der Medizintechnik, die Malerwerkstatt, die Schreinerei, die Elektrowerkstatt, die Schlosserei, den Entsorgungshof, die Zwischendecke der Klimaanlage, den Aufzugschacht und schließlich die Gärtnerei. Überall schaute sie sich um und machte sich mit dieser winzigen Fliegenschissschrift, die Herr M. nicht entziffern konnte, Notizen.

»Was ist mit dem Technikraum?«, fragte sie schließlich, als sie wieder vor seinem Büro standen.

»Dem Technikraum?«, wiederholte Herr M. Sein Herzschlag setzte aus. Kein Wiehern rettete ihn.

»Genau.« Die türkische Schnepfe schob eine Haarsträhne unter ihr Kopftuch. »Das Herz der Klinik.« Sie lächelte wie über einen geheimen Scherz.

Herr M. vergaß zu atmen: eine Frau im Technikraum! Seinem Technikraum. Doch er hatte keine Chance.

Ihre Turnschuhe zertraten seine Ehre auf den blank gescheuerten roten Fliesen, ihre Blicke besudelten die schimmernden Rohre. Ihre Hände hinterließen fettige Spuren auf den blinkenden Messinggittern, die den Zugang zur Hebeanlage sicherten.

Mit jeder Notiz, die sie in ihr schwarzes Buch schrieb, wuchs der Hass in Herrn M., und als die türkische Schnepfe dann noch die Lippen aufpustete und etwas von Raumreserve murmelte, war das die Binde, die seine Wut zum Überlaufen brachte.

Und seine Wut wuchs noch mehr, als er von dem großzügigen Angebot der Luna GmbH und Co. KG erfuhr, ihn unter Beibehaltung seiner Bezüge freizustellen.

* * *

Herr M. genehmigte sich einen ordentlichen Schluck aus der Vertreterflasche. Der Schnaps brannte einen Weg durch die Wut, die an den Magenwänden des Hausmeisters nagte. Er starrte auf das Mobiltelefon, das vor ihm auf dem Tisch lag und das ihm nur noch für wenige Stunden gehörte. Das Rauschen der Klospülung bohrte sich wie ein Lichtstrahl in seine düsteren Gedanken: Noch war er nicht geschlagen. Er ging hinüber zu dem Schrank, zu dem nur er den passenden Schlüssel besaß.

»Was machen Sie da?« Die Stimme der türkischen Schnepfe erwischte ihn zwischen den Schulterblättern.

»Ich ...« Er stellte sich mit dem Rücken zum Schrank.

»Alkohol im Dienst ist strengstens untersagt.« Das hinterlistig niederrheinische R rollte nur so über ihn hinweg. Mit spitzen Fingern entsorgte Kopftuch-Ayse die Vertreterflasche im Abfall, dann griff sie nach seinem Mobiltelefon und verließ das Büro.

»Glasabfall wird getrennt entsorgt«, murmelte Herr M., als sie das Büro bereits verlassen hatte. Dann öffnete er den

Schrank und entnahm ihm nicht eine XL Binde, nicht zwei XL Binden, nicht vier XL Binden, sondern die gesamte, noch nicht angebrochene Vorratspackung, die eigentlich für die nächsten zwei Jahre, elf Monate und neunundzwanzig Tage gedacht war. Aber! Besondere Ereignisse erforderten besondere Maßnahmen. Jedes Klo würde er verstopfen und dann dafür sorgen, dass sie in die Hebebühne musste. Und dort würde sie leider ertrinken. Ein tragischer Unfall. Herr M. hatte gerade noch Zeit, die Packung hinter seinem Rücken zu verstecken, als sich die Bürotür schon wieder öffnete.

»Was willst du denn hier?«, schnauzte er Udo an, der sofort den Kopf einzog.

»Die Container sind da und ich wollte ...«

»Dich einschleimen.«

»Nein Hausmeister, wirklich nicht. Nur fragen, wo ich sie hinstellen soll.« Hektische rote Flecken wanderten Udos Hals hinauf.

»Bring sie in den Technikraum.«

»Den Technikraum?« Udos Kiefer klappte auf, wie ein gebrochenes Scharnier.

»Wieso nicht. Schon mal was von Platzreserve gehört? Raummanagement?«

»Aber ...«, setzte Udo an, doch jahrelange Gewohnheit erstickten seinen Widerspruch im Keim und er trollte sich.

* * *

Nachdem Herr M. die letzte Damenbinde versenkt hatte, kehrte er an seinen Schreibtisch zurück, fischte die Vertreterflasche aus dem Abfall und malte sich aus, wie das Telefon in der Tasche der Kopftuch-Ayse wieherte und wieherte und wieherte.

»Was ist hier eigentlich los?« Sich das Kopftuch wutschnaubend aus der Stirn schiebend, fegte die Türkin in sein Büro. »Nicht ein Klo in diesem ganzen verdammten Krankenhaus funktioniert.«

»Hhm.« Herr M. wackelte bedenklich mit dem Kopf. Sein Plan saß wie eine Schraube im Dübel. »Wahrscheinlich streikt die Hebepumpe.« Er griff sich ans Kinn. Eine Geste, die er sich beim Chefarzt abgeschaut hatte. Wir haben immer mal wieder Probleme mit Damenbinden.«

»Dann legen Sie das System trocken und schicken einen Ihrer Männer runter. Aber ein bisschen pronto.«

»Sind alle auf Baustellen.« Herr M. verschränkte die Arme und lehnte sich zurück. Der Alkohohl half ihm, die nötige Gelassenheit zu bewahren.

»Aha. So ist das also.« Kopftuch-Ayse beugte sich vor. Ein Nerv an ihrem Augenlid zuckte. »Wenn ich herausfinde, dass Sie für diese Schweinerei verantwortlich sind«, zischte sie. »Dann gnade Ihnen Allah.« Sie stürmte aus dem Raum.

Herr M. zählte bis hundert, dann folgte er ihr.

»Hausmeister!«, Schwester Reinfriede stand plötzlich zwischen Entsorgungsaufzug und Geschirrwagen. »Haben Sie schon gehört?« Mit dem Schleier wischte sie sich über die Augen. »Bauer Engelkamp darf unsere Schweineeimer nicht mehr abholen. Können Sie sich das vorstellen? Und ...« Ein Schluchzen hinderte sie am Weitersprechen.

»Das wird schon.« Herr M. schaute sich nach einem Fluchtweg um, aber ihre massige Gestalt versperrte ihm den Weg. Wenn er nicht bald im Technikraum war, wäre die türkische Schnepfe raus aus der Pumpenkammer.

»Stellen Sie sich vor«, jammerte Schwester Reinfriede »Er darf uns nicht einmal mehr beliefern. Er sei nicht zertifiziert.« Ihre Stimme wechselte die Tonlage. »Als ob gespritzte Wasserschweine aus der Fabrik jemals so eine Kruste hätten.«

»Wahrscheinlich gibt's hier bald sowieso nur noch Tofu ...« Mit dieser Bemerkung, die Schwester Reinfriede ratlos zurückließ – sie hörte dieses Wort zum ersten Mal in ihrem Leben – drängelte sich Herr M. an ihr vorbei. Mit einem lauten Pling sprang ein Metallknopf von seinem Arbeitskittel. Atemlos keuchend erreichte er die Tür zum Technikraum. Sein Herz schickte Schmerzblitze in seine Finger.

Plumpe trauerschwarze Behälter standen zu zwei Türmen gestapelt neben dem geöffneten Messingtor, das den Zugang zur Hebeanlage sicherte. Herr M. schob sich den Hut aus der Stirn. Schweißtropfen perlten von seinen Augenbrauen. Er hasste die türkische Schnepfe für das, was er ihr nun antun musste. Hätte sie nicht noch zwei Jahre, elf Monate und neunundzwanzig Tage in ihrem anatolischen Dorf Ziegen hüten können? In seinem gesamten Leben hatte er noch keine Straftat begangen, nicht einmal bei Rot über eine Ampel war er gegangen. Seine Hände hinterließen Schweißabdrücke auf dem Messinggitter, in seinen Ohren rauschte die Wut. Vier Stufen. Drei Stufen, zwei Stufen. Die letzte Stufe erwischte er mit der Ferse und stolperte gegen die spaltbreit geöffnete Tür. Mit einem dumpfen Knall schlug sie zu. Das Schicksal hatte es so gewollt. Nicht er. Das Schicksal hatte ihn stolpern lassen. Er hatte die Tür nicht absichtlich geschlossen. Hastig verriegelte Herr M. die Tür und startete die Anlage. Der Boden unter seinen Füßen vibrierte, als die Pumpe stampfend anlief und Wasser in den Hebeschacht strömte. Herr M. hinkte die Stufen hinauf und schraubte den Deckel von der ersten Tonne. Nicht mehr lange und er würde die Türkin samt Kopftuch und Turnschuhen ethisch korrekt in diese trauerschwarze Tonne stopfen.

»Was machen Sie denn hier?« Das heimtückisch rollende R traf ihn wie eine Faust zwischen den Schulterblättern. Schmerz explodierte in seiner Brust. Zu spät. Er brach in die Knie. Rote Schlieren waberten vor seinen Augen. Luft, dachte er. Atmen. Das letzte, was er sah, war das orangefarbene *E* auf weißem Hintergrund der schwarzen Kanister. *E* wie Ethikmüll.

Klaus Stickelbroeck

alles mist

Mein Blick fiel durchs Küchenfenster über die frühlingsfrischen Felder des Linken Niederrheins. Mitten auf einem der taufrischen Äcker entdeckte ich ein fröhlich tobendes Rudel Kaninchen. Ich seufzte zufrieden. Schön war es hier.

Im gleichen Moment flog mit einem kräftigen Ruck die Tür auf. »Susanne, ich hab es geahnt. Schon immer. Und jetzt bin ich mir sicher!«, keuchte er.

Werner stürmte in die Küche. Seine langen, dünnen Haare hingen wild, verschwitzt und fettig, an seinem Hals baumelte ein schweres, Nato-grünes Fernglas. Ich blickte meinen Göttergatten fragend an, denn ich hatte keinen blassen Schimmer, was so überaus Entsetzliches anlag.

»Zehn Nächte lang habe ich ihn beobachtet. Bis jetzt gerade. Ich habe alles aufgeschrieben.« Er blickte triumphierend. »Ein Güllefass fasst 26 Kubikliter. Ha!«

»Aha«, kommentierte ich die Information gelassen, Güllefässer oder Miststreuer waren nicht meine Leidenschaft. »Und was hat das da damit zu tun?« Ich zeigte auf das Fernglas.

»Das ist ein Nachtsichtgerät.«

»Wozu brauchst du ein Nachtsichtgerät?«

Er blickte irritiert. »Für den Ludwig. Damit ich nachts den Ludwig beobachten kann.«

Ludwig und seine Frau Monika waren unsere Nachbarn. Ludwig war Landwirt. Hundertsiebzig Kühe, sechstausend Schweine.

»In den vergangenen zehn Nächten sind siebenundzwanzig Güllewagen an den Jauchebottich gefahren. Alle Fahrzeuge mit holländischen Kennzeichen. Dreiachser. Mit Zapfwelle und Drehschieberpumpe. Merkst du was?«

Ich hatte *schon* was gemerkt. Nämlich, dass Werner nicht im Ehebett geschlafen hatte. Das war mir allerdings nur Recht gewesen, denn Werner schnarchte. Sehr laut. Wie ein Kanadier. Echt unangenehm. Ich hatte ihn allerdings auf dem Sofa im Gästezimmer vermutet.

»Und dafür hast du extra das Fernglas gekauft?«, bohrte ich nach.

Werner richtete sich auf. »Es ist ein Nachtsichtgerät. Für unsere Gesundheit sollte nichts zu teuer sein.«

Meine Augen huschten zur Decke. Sein Lieblingsspruch.

Werner schnalzte aufgeregt mit der Zunge. »Ich hab dir doch erklärt, dass in den Grundwasserproben, die ich ans Veterinäramt geschickt habe, deutlich erhöhte Nitratkonzentrationen nachgewiesen wurden.«

Ich nickte, denn ich erinnerte mich nur zu gut. Schweineteuer waren die Untersuchungen gewesen. Ganz zu schweigen von dem ganzen Equipment, das er kaufen musste, um die Proben auch beweiskräftig abfüllen zu können.

»Die Holländer dürfen den größten Teil ihrer Jauche nicht ausfahren. Das hängt mit dem hohen Grundwasserspiegel bei denen zusammen. Rammst du in Holland einen Spaten in den Boden, kriegst du sofort nasse Füße. Deshalb landet achtzig Prozent deren Gülle bei uns in Deutschland. Zum Beispiel bei Ludwig im Bottich. Unter der Hand natürlich, heimlich. Sonst kämen da ja Steuern drauf. Deshalb pumpen die auch immer nachts um. Und tags drauf fährt der Ludwig das Zeug auf die Felder und vergiftet unser Grundwasser.«

»Ach?«

»Deshalb stinkt das auch so!«

Ich fand, dass ein bisschen herb-scharfe Würze in der Luft zum Niederrhein dazugehörte. So wie Kopfweiden.

Werner rupfte ein Foto aus seiner Jeanshose. »Aber jetzt habe ich Fotos gemacht.« Er schnippte nacheinander mehrere Fotos auf den Tisch. »Hier und hier und hier!«

Ich ahnte Übles. »Das sind tolle Fotos. Mit was für einer Kamera hast du die denn gemacht?«

»Mit meiner neuen.«

»Du hast eine neue Kamera?«, fragte ich leise.

»So teuer war die gar nicht«, murmelte Werner vorsichtig. »Gut, das nachttaugliche Teleobjektiv war nicht ganz so preiswert, aber ich brauchte ja eines mit Restlichtverstärker.«

»Du weißt, dass wir für unseren Urlaub sparen wollten!«

»Urlaub, ja. Das ist dann noch die andere Sache.«

»Was?«

»Hängt alles zusammen!«

»Was hängt zusammen, Werner?«, verlor ich langsam die Geduld mit diesem Trottel.

»Na, die Sache mit der Gülle und warum wir den Urlaub verschieben müssen. Also … Du. Deinen.«

»Äh …«

»Ich habe mich erkundigt und bin auf eine ganz besondere Sorte Mangrovenbäume gestoßen.«

Ich schnappte nach Luft. »Mangrovenbäume?«

»Eine ganz bestimmte, brasilianische Pflanzenart entzieht dem Boden in großen Mengen Nitrat. Der Baum gedeiht und unser Grundwasser wird gereinigt. Ich werde für zwei Wochen nach Brasilien fliegen, einige dieser Bäume kaufen und sie bei uns in den Garten pflanzen.«

»Einige Bäume?«, fragte ich entsetzt.

»Ja. Nicht mehr als vielleicht fünfzig. Erst mal.« Er schürzte die Lippen. »Billig ist das nicht. Aber für unsere Gesundheit sollte nichts zu teuer sein.«

Mir wurde schwindelig. »Ich halte das für keine gute Idee, Werner.«

»Wir müssen auch an kommende Generationen denken. Das Flugticket habe ich schon bestellt. Der Flug geht in drei Wochen.« Er klatschte entschlossen in die Hände. »Und wenn die Bäume gepflanzt sind, nehme ich mir den Ludwig mit seiner Gülle vor!«

»Mist«, murmelte ich.

* * *

Mangrovenbäume aus Brasilien? Ich fuhr mir durch meine peppige Kurzhaarfrisur. Der war irre! Im Grunde genommen blieb mir jetzt gar nichts anderes übrig. Als Werner und ich heirateten, war mein Gatte noch halbwegs klar bei Verstand und hatte auf einen Ehevertrag bestanden. Werner hatte das Geld in die Ehe eingebracht und ihm würde es bei einer Scheidung auch wieder zustehen. Eine ordentliche Trennung kam also nicht in Frage. Auf einen tödlichen Unfall hoffte ich seit ein paar Jahren vergeblich. Wenn man sich *einmal* was so richtig doll wünscht …

Aber mit dieser Mangrovenbaumaktion war das Maß jetzt voll. Der würde mit seinem wirren Öko-Kopf das ganze Geld durchbringen. Werner gehörte entsorgt. Von mir aus auch biologisch korrekt. Für die Gesundheit durfte nichts zu teuer sein.

Zuerst hatte ich spontan daran gedacht, ihn im Schlaf mit dem neuen Nachtsichtgerät zu erschlagen. Aber das wollte geschickter eingefädelt sein. Irgendwie, fand ich, hatte Werner die passende Idee gleich mitgeliefert.

»Mangrovenbäume, Brasilien. Ja. War nicht schön. Aber sollte klappen.«

* * *

Ich brauchte allerdings professionelle Hilfe, einen Experten. Der Basar am kommenden Sonntag im Pfarrhaus war wie immer gut besucht. Aber ich war nicht wegen der selbst gemachten Kuchen oder wegen des Trödels hier. Ich ruckelte lächelnd meine bunte Sommerbluse zurecht. »Hallo Ricardo.«

»Hallo« grüßte mich der junge, schlanke Pastoralassistent aus Sao Paulo zurück.

»Kannst du mir die Erdbeertorte empfehlen?«, fragte ich und knabberte wie unschlüssig auf der Unterlippe.

»Ja«, hauchte Ricardo.

»Na dann, gib mir was du hast!«, forderte ich ihn auf und er schob mit geröteten Wangen ein Stück Kuchen auf meinen Teller.

»Hast du noch einen Spritzer Sahne für mich?«

Das schien fast ein bisschen zu viel für ihn zu sein. Vorsicht, Susanne, nicht übertreiben! Ich brauchte einen Fachmann für meine Vorbereitungen und durfte den lieben Ricardo nicht verprellen.

Ich hatte den kleinen Brasilianer in den letzten Wochen ein paar Mal beim Einkaufen getroffen und seine neugierigen, forschenden Blicke auf meinen immer noch frischen und festen Rundungen gespürt. Ricardo war für meine Zwecke perfekt.

»Ich backe für mein Leben gerne«, flüsterte ich. »Willst du mich mal besuchen, damit ich für *dich* etwas backen kann?«

Als er mir wenig später heimlich seine Handynummer zusteckte, blitzte es frech und heiß in seinen dunklen Augen und ich wusste, dass ich den richtigen Fisch an der Angel hatte.

Wieder zu Hause freute ich mich über dieses schöne Wortspiel ...

* * *

Am Tag nach Werners Abreise lud ich Ricardo zu mir ein. Ich ging scharf ran, schließlich hatte ich für die Vorbereitungen nur schlappe zwei Wochen Zeit, das war nicht viel. Für einen Pastoralassistenten ließ sich Ricardo dann erstaunlich schnell nachhaltig beeindrucken.

Schließlich zog ich ihn an der Hand hinter mir her in den Keller und öffnete die eiserne Tür zum ehemaligen Heizungsraum. Muffige, abgestandene Luft schlug uns entgegen. Von der Decke baumelnd tauchte eine matte Glühbirne den kargen Ort in trübes Licht. Ich deutete auf den großen, rechteckigen Plastikbehälter, der – durch eine einen Meter hohe Steinmauer eingefasst – den hinteren Teil des tristen, niedrigen Raumes einnahm.

»Das ist der alte Öltank, von dem ich dir erzählt habe. Dann hat Werner ökologisch korrekt die Sonnenpaneele aufs Dach schrauben lassen.«

»Hm«, meinte Ricardo skeptisch. »Wenn in dem Tank mal Öl drin gewesen ist ...«

»Werner hat den Tank von einer Spezialfirma reinigen lassen.«

Ricardo nickte nachdenklich. »Wenn der Tank richtig sauber ist, könnte das funktionieren. Man muss den Deckel abschneiden, also, aus dem Tank ein Becken machen. Aber wo willst du ...?«

Ich legte ihm schnell den Zeigefinger auf die Lippen. »Das lass mal meine Sorge sein.«

* * *

Ich erstand die Tiere und ein bisschen erforderliches Zubehör in Holland. In Holland konnte man alles kaufen. Nicht nur Gülle. Auch Kaffee. Oder Holzschuhe. Oder eben Piranhas. Für die bissigen Biester hätte ich sogar eine Quittung bekommen können, aber ich wollte die Sache aus nahe liegenden Gründen möglichst inoffiziell halten. Inoffiziell, aber professionell. Deshalb ja auch Ricardo.

Ich durfte mir keine Fehler erlauben, die kleinen Viecher sollten hübsch kräftig zubeißen. Wie hätte ich ohne fachmännischen Rat als braves Mädchen vom Niederrhein wissen sollen, wie man Piranhas hält? Süßwasser, Salzwasser, Schwarmverhalten, Wassertemperatur? Konnte ich doch alles gar nicht wissen.

Ricardo konnte das!

»Die Tiere sind hungrig«, murmelte er ein paar Tage später mit einem vorsichtigen Blick über den Rand des Beckens. »Und wenn sie hungrig sind, sind sie gefährlich. Dann fressen sie alles, was sie zwischen die scharfen Zähne kriegen. Bis auf die Knochen.«

»Aufregend.«

Ich warf ein Stück mitgebrachtes Fleisch ins Becken. Wie wild stürzten sich die kleinen, schwarzen Burschen auf das Kotelett, das Wasser spritzte.

»Ich weiß nicht, ob das eine gute Idee ist«, unkte Ricardo.

Ich legte beruhigend eine Hand auf seine Schulter. »Werner wird sich riesig über die Tiere freuen. Er ist ein richtiger Brasilien-Fan. Ich werde ihn bei seiner Rückkehr mit diesem Aquarium überraschen. Im Zimmer nebenan würde sich ein exotisches Vogelhaus gut machen.«

»Ich weiß nicht«, flüsterte Ricardo.

»Ach, sicher.« Ich zögerte und lehnte mich über die Mauer Richtung Becken. »Schwimmt da eines der Tiere mit dem Bauch nach oben?«

»Wo?«, fragte Ricardo.

»Da vorne. Ist es tot?«

Ich deutete in den Behälter. Ricardo beugte sich über den Mauerrand weit nach vorne.

Unauffällig trat ich einen Schritt zurück. Jetzt brauchte ich mich nur noch zu bücken, die beiden Hosenbeine zu packen und den schlanken Brasilianer vornüber ins Wasser zu hebeln. Das Wasser würde brodeln, Ricardo wild mit seinen Armen rudern. Er würde immer wieder versuchen, sich aufzurichten, mich entsetzt anblicken, verzweifelt schreien und schließlich im aufgewühlten Wasser versinken. Das Wasser würde sich blutrot färben und wenige Minuten später würde ein erster, blanker Knochen an die Wasseroberfläche schwippen.

»Ich sehe nichts«, sagte Ricardo.

»Gut«, lächelte ich zufrieden und trat wieder an seine Seite.

Meinen braven, katholischen Ricardo hatte ich unter Kontrolle. Er würde kein Sterbenswörtchen über seine heimliche Affäre mit einer verheirateten Frau verlieren, denn das würde das Ende seiner Pastoralzeit bedeuten. Nein, kein Grund, aus ihm Fischfutter zu machen.

Bei Werner sah die Lage natürlich anders aus.

Ich warf einen weiteren Fleischbrocken ins Wasser, auf den sich die schwarzen Racker gierig stürzten. »Die sind aber auch hungrig, die Kerle.«

* * *

In der Gartenabteilung des größten Baumarktes der Umgebung erstand ich eine Stunde später ein massives Metallsieb und bei einem freundlichen Mitarbeiter der Elektroabteilung einen PS-starken Winkelschleifer.

»Jetzt brauche ich noch eine Trennscheibe, oder?«, fragte ich.

»Da gibt es verschiedene. Was soll es denn für eine Scheibe sein?«, fragte der junge Mann.

Ich grinste. »Scharf muss sie sein. Ich brauche es ... scharf.«

Er grinste zurück. »Was soll denn durchtrennt werden?«

»Dies und das«, blieb ich verständlicherweise vage.

Er griff hinter sich in ein Regal. »Dann empfehle ich eine Scheibe mit Diamantüberzug. Schärfer geht es nicht.«

Ich nahm das Teil entgegen. »Wenn ich es noch schärfer brauche, darf ich dann auf Sie zurückkommen?«

Der süße Bursche wurde tatsächlich rot. »Aber sicher.«

Ich merkte mir seinen Namen und verabschiedete mich. Vielleicht würde ich seine Dienste demnächst bei anderer Gelegenheit in Anspruch nehmen müssen. Oder wollen. So oder so.

»Man weiß ja nie.«

Draußen auf dem Parkplatz warf ich Sieb, Schleifer und Scheibe auf den Rücksitz. Ich kannte eine fantastische Goldschmiedin in Mülheim an der Ruhr. Wenn alles vorbei war, würde ich mir zur Belohnung aus der Diamantscheibe eine schicke Brosche machen lassen. Auf der Rückfahrt überlegte ich mir die Gesprächsstrategie für den nächsten Teil meines Entsorgungsplans. Die Frau im Rückspiegel lächelte. Das fing an, richtig Spaß zu machen.

* * *

Am nächsten Vormittag sprach ich Bauer Ludwig in einem seiner Schweineställe an und eröffnete ihm, dass Werner seinen üblen Gülletricks auf die Spur gekommen war.

»Mit einem Nachtsichtgerät hat er mich beobachtet?«, konnte es Ludwig nicht fassen. »Und hat Fotos gemacht? Das ist doch krank!«

Ich wollte nicht widersprechen.

Auf einmal grinste er verschlagen. »Ach so. Da läuft der Hase lang. Jetzt willst *du* mich erpressen?«

Ich lachte und schüttelte den Kopf. »Nein, mein Guter. Ich habe ein Entsorgungsproblem und bräuchte deine Unterstützung.«

»Ein Entsorgungsproblem?«

Ich erklärte es ihm.

Er schnappte nach Luft. »Du willst den Werner in ein Becken voller Piranhas schubsen, seine Knochen raussieben und ihn mit einem Winkelschneider zersägen?«

»Genau. Dann werfe ich die Knochenstücke wieder ins Becken. Du fährst mit deinen Güllegeräten vor, saugst Werner, Wasser und Piranhas ab und verteilst alles zusammen mit dem Miststreuer auf einem deiner Felder.«

»Das ist nicht dein Ernst?«

»Aber sicher!«

Ludwig kniff seine kleinen Schweinsäuglein zusammen. »Und was, wenn ich nein sage und zur Polizei renne?«

»Dann werde ich die Beamten umfassend über deine nächtlichen Zusatzgeschäfte informieren und ihnen ein paar aussagekräftige Fotos zukommen lassen. Ludwig, du bist keinen Deut besser! Nitrat steht im Verdacht, krebserregend zu sein.«

Er zuckte mit den Schultern und grinste. »Du bist ein Biest!«

»Kann schon sein.«

»Gefällt mir aber«, lachte Ludwig, trat einen Schritt zurück und öffnete grinsend den Reißverschluss seiner Hose. »Monika ist ein paar Wochen in Kur, die Gelegenheit ist günstig. Lass uns die frische Geschäftsbeziehung am besten gleich partnerschaftlich besiegeln.«

Ich lächelte. »Aber nur, wenn du dich in den letzten drei Tagen geduscht hast.«

Ludwig schloss nachdenklich den Reißverschluss. »Na gut. Dann heute Abend um sieben bei den Kühen im Melkstall.«

Melkstall klang gut. Und so passend.

* * *

Ein paar Tage darauf kehrte Werner aus Brasilien zurück, nur einen Koffer in der Hand.

»Keine Bäume?«, fragte ich.

»Die brauchen bei der Bank erst ein paar Unterschriften.«

»Was für Unterschriften?«

»Wegen der Hypothek. Für das Haus.«

Mir klappte der Mund auf. Aber ich blieb erstaunlich gelassen. Alles richtig entschieden, lobte ich mich innerlich für die knochenrichtige Entscheidung. Werner war im Öko-Wahn und hatte inzwischen voll einen an der Klatsche.

Ich nahm ihn an die Hand. »Werner, komm mit, ich habe eine tolle Überraschung für dich.«

»Äh ... Was denn?«

»Was Brasilianisches!«

Schnell zog ich ihn in den Keller, riss die Eisentür auf und führte ihn an das Becken. »Tadaa!«

Werner hob die Augenbrauen. »Du hast den Plastiktank kaputt geschnitten.« Er beugte sich über die Steinmauer. »Und Wasser reingefüllt. Soll das ein Whirlpool werden?«

Ich musste heftig lachen, Tränen schossen mir in die Augen. Whirlpool? Da lag er ja gar nicht so falsch.

»Knapp daneben«, hustete ich. »In dem Becken befinden sich dreihundert brasilianische Piranhas.«

»Was?« Werner trat erschrocken einen Schritt zurück. »Die Tiere sind gefährlich!«

»Nur, wenn sie hungrig sind. Glaub mir, ich habe vor, sie sehr, sehr regelmäßig zu füttern.«

Werner wagte sich an den Beckenrand.

Ich legte behutsam eine Hand auf seine Schulter. »Ich dachte, die würden doch gut zu den Mangrovenbäumen passen.«

Werner strich sich nachdenklich übers Kinn. »Ein Piranhabecken! Gar keine üble Idee.«

Ich beugte mich über die Steinmauer. »Guck mal schnell. Der Fisch da, schwimmt der Fisch mit dem Bauch nach oben? Ob der was hat?«

Werner ... duckte sich und ergriff blitzschnell meine Beine. Mit einem Ruck wuchtete er mich kopfüber ins Becken.

»Wieso ...?«

Aber als der erste Fisch seine scharfen Zähne in mein Fleisch schlug und bei seinen Artgenossen den typischen Fressrausch auslöste, da ahnte ich, dass es kein Zufall war, dass Ludwigs Monika genau zu der Zeit in Kur war, als Werner nach Brasilien aufbrach.

Beim zweiten Biss und nach einem letzten Blick in Werners zufrieden-glückliches Gesicht war ich mir sicher.

Bestimmt wusste Monika auch, wie man ein Fischbecken leer pumpt und einen Miststreuer fährt.

Oliver Buslau

der öko-mörder

Rudy entfuhr ein leises Ächzen, als er das linke Bein bewegte. Sein Knie schmerzte, er musste es unbedingt in eine andere Haltung bringen. Sein Schuh schabte über das Holz des Hochsitzes, in dem er verkrümmt hockte. Verdammt, er war den Job nicht mehr gewohnt. Die zwölf Jahre Gefängnis hatten ihn ziemlich einrosten lassen.

Reiß dich zusammen, befahl er sich innerlich. Du kommst schon wieder nach oben. Dieser Auftrag, ein paar vom selben Kaliber, und du könntest bescheiden, aber einigermaßen sorglos in Rente gehen.

Abknallen. Die Leiche loswerden. Honorar kassieren.

So kompliziert war das doch alles gar nicht.

Wieder musste Rudy sein Gewicht verlagern. Wenn es so weit war, musste alles ganz schnell gehen. Den gezielten Schuss setzen. Die gut fünfhundert Meter zum Waldweg hinüberrennen und die Leiche vom Weg runterziehen. Sie danach in einem der kleinen Tümpel versenken, die Rudy vorher weiter hinten im Wald ausgekundschaftet hatte.

Er versuchte den Gedanken zu verdrängen, dass das hier seine letzte Chance war. Wenn er sie versiebte, konnte er sich gleich wieder einbuchten lassen. Auf der Fläche von Rudys Hand, die das Präzisionsgewehr hielt, bildete sich ein Schweißfilm.

Er lenkte sich ab, indem er an die hundert Riesen dachte, die er kassieren würde. Es war pures Glück gewesen, dass er diese hohe Summe überhaupt hatte aushandeln können. Ein Auftragskiller, der schon mal im Knast gesessen hatte, war eigentlich nicht mehr so viel wert. Aber es war halt einfach dumm gelaufen damals. Rudy hatte es für eine gute Idee gehalten, eine seiner Leichen in einem alten, heruntergekommenen Bauernhof in Brandenburg zu verstecken. Er war sicher gewesen, dass das Gelände bald eingeebnet würde, um einem Industriegebiet Platz zu machen. Leider hatte dann aber ein Professor aus dem Westen alles gekauft und bei den Renovierungsarbeiten die Entdeckung seines Lebens gemacht. Es dauerte nur drei Wochen, da hatte die Polizei die Spur zu Rudy zurückverfolgt. Und weitere 15 Jahre dauerte es, bis er wieder auf freiem Fuß war. Er aktivierte die alten Kontakte, und eines Tages traf er auf einen Typen, dessen Namen er nicht verstand. Was aber auch egal war, denn je weniger man über seinen Auftraggeber und seine Mitarbeiter wusste, desto besser.

Der Typ – offenbar derjenige, der ihn im Auftrag seines Bosses anheuern sollte – wirkte wie einer dieser Vorstadtganoven aus den 70ern. Schmal, dunkler Anzug, weißes Hemd. Und dann diese langen, schwarzen Koteletten.

Der Mann erklärte ihm, wer Rudys Zielperson war. Mehr brauchte Rudy auch gar nicht zu wissen. Es interessierte ihn grundsätzlich nicht, warum seine Opfer dran glauben mussten. Ob irgendwelche Machtkämpfe von rivalisierenden Drogenkönigen dahintersteckten oder einfach nur ein Ehestreit, war ihm egal. Er hatte nur seine Arbeit auszuführen.

Umlegen, Leiche loswerden, Honorar kassieren. Dabei selbst natürlich unerkannt bleiben.

Rudy wurde bewusst, dass ihn die Erinnerung abgelenkt hatte. Auch so eine Unart, die das Gefängnis mit sich brachte. Er zwang sich zur Konzentration. Noch war der Waldweg dort hinten leer. Nichts rührte sich. Rudys Gedanken schweiften schon wieder ab.

Der Mann mit den Koteletten hatte etwas Seltsames gesagt. Etwas, was Rudy noch nie von einem Auftraggeber gehört hatte. Er hatte die Worte noch genau im Ohr:

»Wir verlangen Maßarbeit nach modernen Maßstäben. Das ist sehr wichtig. Ich gehe davon aus, dass Sie wissen, was das bedeutet. Es ist die Grundlage unserer Zusammenarbeit.«

Rudy hatte nichts gesagt, nur ein Nicken angedeutet. Natürlich wusste er das. Moderne Maßstäbe waren kein Problem. Damit war doch sicher gemeint, dass er eine vernünftige Waffe besaß. Dass er sauber und diskret arbeitete. So richtig modern war das nicht, denn so arbeiteten Profikiller schon immer. Aber wenn der Typ es dafür hielt, sollte es Rudy recht sein. Er wusste, wie man Spuren verwischte. Und wie man die Leiche beseitigte.

Letztlich ging es darum, den Typen umzulegen und so loszuwerden, dass man ihn nicht fand, oder? Und genau das konnte er liefern. Fertig.

Rudy hatte sich gleich ans Werk gemacht. Hatte das Opfer unauffällig beschattet.

Es handelte sich um einen Mann von Mitte siebzig, ziemlich rüstig und scheinbar der Oberboss von irgendetwas. Die meiste Zeit verbrachte er in einem Bürogebäude in der Stadt, und wenn er sich mal außerhalb davon bewegte, war er meist mit einem tätowierten Muskelprotz unterwegs. Der war offenbar sein Bodyguard. Rudy war klar, dass er eine körperliche Konfrontation mit dem Tätowierten unbedingt vermeiden musste. Dabei konnte er nur den Kürzeren ziehen.

Es war eine ziemlich harte Nuss, die Schwachstelle des alten Mannes herauszufinden.

Aber seine Hartnäckigkeit wurde belohnt. Seine Zielperson zählte zur Stammkundschaft eines Fachgeschäftes für Wanderartikel. Rudi beobachtete, wie der Mann sich lange mit einem Verkäufer unterhielt. Der Tätowierte hielt währenddessen vor der Tür Wache. Er beäugte Rudy kurz, schien aber keinen Verdacht zu schöpfen und ließ seinen Blick weiter professionell durch die Kölner Fußgängerzone gleiten.

Es kostete Rudy nicht viel Mühe, dem Verkäufer nach Dienstschluss aufzulauern, ihm in seine Wohnung zu folgen und ihn nach allen Regeln der Kunst auszuquetschen. Natürlich ohne dass er Rudy überhaupt richtig zu Gesicht bekam. Und von der Stimme des Killers bekam er nicht mehr als ein Flüstern mit. Rudy erfuhr Entscheidendes.

Der alte Mann hatte so seine Rituale. Vom Frühling bis zum Herbstanfang unternahm er jeden Mittwoch eine Wanderung im Bergischen Land. Rudy spürte das wohlige Kribbeln der Gewissheit, die ersehnte Schwachstelle gefunden zu haben, als er die Zielperson bei einer dieser Wanderungen überwachte. Der alte Mann schien Wert darauf zu legen, alleine durch die Landschaft zu marschieren. Der Tätowierte blieb beim ersten Mal die gesamten vier Stunden im Auto sitzen, das auf dem Wanderparkplatz geparkt war. Beim zweiten Mal folgte Rudy, der ja nun die Strecke kannte, dem Mann in großem Abstand von etwa 20 Minuten. Er checkte die Möglichkeiten. Und entdeckte den Hochsitz.

Rudy sah auf die Uhr. Jeden Moment musste so weit sein. Er atmete ruhig. Das war unbedingt nötig, damit gleich der erste Schuss ein Treffer war.

Und da sah er, dass sich hinten am Waldrand, an dem der Weg entlangführte, etwas bewegte.

Erst erkannte er nur einen in langsamem Tempo dahinschwebenden grauen Filzhut. Eine Sekunde später wurde der Oberkörper des alten Mannes sichtbar. Er trug ein kariertes Hemd und einen Rucksack. Auf seinem Gesicht lag ein Lächeln. Er schien den Tag zu genießen. Sollte der Tätowierte ausnahmsweise doch dabei sein, musste er eben auch dran glauben. So hatte Rudy sich das gedacht. Aber der Bodyguard war nicht zu sehen.

Noch drei, vier Sekunden, und der alte Mann befand sich haargenau im Fadenkreuz des Zielfernrohrs. Eins, zwei, drei ...

Rudy zuckte zusammen, als das Holz des Hochsitzes vibrierte. Er konnte seinen Finger gerade noch vom Abzug nehmen. Jemand kam die Leiter herauf. Gleich würde man Rudy hier oben entdecken – mit dem Gewehr in der Hand. Wer immer das war, er musste sich raffiniert angeschlichen haben.

Sicher war es der Tätowierte.

Am oberen Rand der Leiter erschien ein Gesicht. Rudy kannte es.

»Schönen guten Tag«, sagte der Mann mit den Koteletten freundlich lächelnd. Mit einer geschmeidigen Bewegung betrat er den kleinen Holzverschlag und setzte sich neben Rudy auf das roh gezimmerte Bänkchen. Wie bei ihrem ersten Treffen trug er einen schwarzen Anzug.

Rudy war so verdattert, dass er erst mal kein Wort herausbekam. Er wandte den Kopf zum Waldrand hin. Einen halben Kilometer weiter setzte der alte Mann mit dem grauen Filzhut seine Wanderung fort. Jetzt wäre gerade noch Zeit gewesen, den Auftrag auszuführen. Rudy, ganz Profi, ignorierte den Typen mit den Koteletten und legte an. Doch der Mann zog mit einer beherzten Bewegung den Gewehrlauf zu Seite. Die Zielperson verschwand. Die Chance war dahin.

Rudy spürte, wie sich in ihm die Wut staute.

»Was soll denn das?«, rief er.

Und dann wurde ihm etwas klar. Dass er daran nicht gedacht hatte!

»Du bist ein Bulle«, entfuhr es Rudy. Sofort schaltete er um und plapperte los. »Ich kann das erklären. Ich will niemanden töten. Ok, ich gebe zu, ich wildere manchmal ein bisschen, aber ich will keinen Menschen erschießen. Was wir besprochen haben, war alles Quatsch. Du kannst mir nicht das Geringste beweisen.«

»Ganz ruhig«, sagte der Mann. »Der Auftrag steht noch.«
»Was willst du dann hier?«, fragte Rudy.

Der Mann starrte auf seine schwarzen Halbschuhe. An den Sohlen hatte sich etwas Dreck festgesetzt. Er holte ein Stofftaschentuch hervor, wischte sorgfältig das Leder sauber und faltete das Tuch wieder zusammen.

»Wir müssen vorher noch etwas klären«, sagte er. »Das ist alles.« Damit steckte er das Tuch wieder ein.

»Klären? Was denn?«

»Haben Sie einen Bioscanner?«, fragte er.

»Einen was?«

»Aha, Sie haben keinen. Ich wusste es.« Sein Blick wurde streng. »Dabei haben Sie mir zugesagt, den Auftrag in Maßarbeit und nach modernen Maßstäben durchzuführen. Können Sie mir sagen, wie das ohne Bioscanner gehen soll?«

»Wie das … gehen soll?« Rudy suchte nach Worten. »Na, ich schieße, und der Mann ist tot. Dann beseitige ich die Leiche.« Und kriege das Geld, fügte Rudy in Gedanken hinzu. Sein Gefühl sagte ihm, dass es besser war, jetzt erst mal nicht vom Honorar zu sprechen.

»Und das ist alles?«, fragte der Mann mit den Koteletten.

Was meinte der Typ? Vielleicht hatte Rudy es mit einem Irren zu tun. So was konnte in seinem Beruf schon mal vorkommen. Ausgerechnet jetzt, wo Rudy dringend das Geld brauchte – und auch noch so kurz vor dem Ziel.

»Mann, wovon reden Sie eigentlich?«, fragte er und packte sein Gewehr fester.

»Sie waren im Gefängnis«, stellte der Kotelettenträger klar. »Das hatte ich übersehen. Offenbar haben Sie deswegen die Entwicklung verschlafen. Das hätten wir im Vorfeld besser klären sollen. Ich gebe zu, das Versäumnis ist auch ein wenig unsere Schuld.«

Rudy wollte etwas sagen, aber der Mann unterbrach ihn. »Ich hole das jetzt nach«, sagte er. »Damit Sie es wissen. Ein für alle Mal. Wie wollten Sie denn die Leiche Ihres Opfers entsorgen?«

Rudy erklärte ganz ruhig seinen Plan mit den Tümpeln hinten im Wald. »Wenn man es geschickt anstellt«, fasste er zusammen, »bleibt der Tote dort jahrelang unentdeckt. Und der Fall ist geritzt. Wenn Sie nicht dazwischengekommen wären, hätten wir das jetzt alles schon hinter uns.«

Der Mann sah ihn an, aber jetzt wirkte es nicht mehr freundlich, sondern eher höhnisch. »Und das ist alles, woran Sie gedacht haben?«

»Ja, reicht das denn nicht? Ich bin hier der Profi. Sie müssen schon mir überlassen, wie ich das mit der Entsorgung anstelle. Hauptsache, man findet ihn nicht.« Der Typ behandelte ihn wie ein kleines Kind, und das mochte Rudy gar nicht.

»Nein, das reicht nicht«, sagte der Mann scharf. »Sie haben überhaupt keine Ahnung. In ganz Europa ist es mittlerweile Standard, dass man auch die Umweltverträglichkeit ins Auge fasst. In Amerika sind wir noch nicht ganz so weit, aber das kommt bald. Gerade arbeiten wir daran, die Mexikaner ins Boot zu holen. Das wäre besonders ratsam bei den vielen Morden im Drogenmilieu, die es dort gibt, aber es ist schwierig.« Er schüttelte den Kopf, und in der Geste lag so etwas wie Resignation. »So ein schönes Land, dieses Mexiko, und sie machen sich systematisch die Umwelt kaputt ...«

»Was soll denn dieser Quatsch«, rief Rudy. »Hier geht's doch nicht um eine illegale Müllhalde, sondern um Mord. Ich soll jemanden töten und kein Altöl in den Wald kippen.« Zu spät fiel ihm auf, dass er geschrien hatte. Sollte sich jemand im Umkreis von 50 Metern aufhalten, hatte er es gehört. »Ich würde jetzt gerne weitermachen«, fuhr Rudy mit gesenkter Stimme fort. »Lassen Sie mich jetzt die Zielperson weiterverfolgen.«

»Ohne Scanner?«, sagte der Mann, und in seiner Stimme lag eine gewisse Fassungslosigkeit.

Jetzt fängt der wieder mit dem Scanner an, dachte Rudy. »Aber ich will doch nur ...«

»Sie würden eine Leiche im Wald verstecken, die möglicherweise Schadstoffe enthält«, sagte der Mann. »Die modernen Standards verlangen, dass Sie sich vorher vergewissern, wie schadstoffbelastet der Tote ist. Sie können ihn doch unmöglich ohne vorherige Analyse in einem Tümpel versenken. Denken Sie mal an das Grundwasser ...«

»Schadstoffe?«, entfuhr es Rudy. »Was denn für Schadstoffe?«

»Reste von Medikamenten. Amalgam aus Zahnplomben. Herzschrittmacher.«

»Herzschrittmacher?«

»Wussten Sie nicht, dass es noch bis vor kurzem Herzschrittmacher gab, die Plutonium enthalten? Der Mann, Ihre Zielperson, ist alt. Er wird eine Menge solcher Stoffe in sich haben. Je älter die Person, desto mehr. Mein Gott, sind Sie naiv. Ich hätte Ihnen diesen Auftrag nie geben dürfen. Sie sind nicht in der Lage, den Job richtig zu machen.«

»Aber ich soll jemanden umbringen!« Rudy hatte wieder geschrien, und er hätte sich am liebsten dafür geohrfeigt. Aber jetzt war ihm alles egal. »Umbringen, verstehen Sie? Ich begehe einen Mord. Da ist dieser ganze Umweltquatsch doch völlig egal.«

»Umweltquatsch? Wenn ich das gewusst hätte. Sie disqualifizieren sich immer mehr, merken Sie das nicht?«

Rudy richtete seine Waffe auf den Kotelettenträger.

»Sie wollen allen Ernstes Umweltauflagen für Auftragskiller durchsetzen?«, fragte er.

Der Mann ließ sich nicht aus der Ruhe bringen »Ich will sie nicht durchsetzen, es gibt sie schon. Wie eben für jede Berufsgruppe, die davon betroffen ist. Jedes Kind versteht, warum. Allein in der Europäischen Union verwendet man mehr als 70 Tonnen Quecksilber für Amalgam pro Jahr. Mehr als 2000 Tonnen davon tragen die EU-Einwohner in ihren Zähnen spazieren. Können Sie sich vorstellen, was das bedeutet? Und all die anderen Gifte kommen noch hinzu.«

»Wir sind Mörder«, sagte Rudy, jetzt ganz ruhig in einer Art Weißglut. »Warum sollten sich Mörder an so was halten?«

»Das sagt Ihnen doch Ihr gesunder Menschenverstand. Weil eben auch die Auftraggeber der Auftragsmörder eingesehen haben, dass es nur eine einzige Welt gibt. Und wenn man auf Dauer was von den Morden haben will, muss man eine saubere Umwelt hinterlassen. Die Umwelt kennt keine Grenzen zwischen legal und illegal. Nur wenn man das einsieht, erhält man die Welt so, dass es sich darin zu leben lohnt. Und das gilt auch für die Überlebenden der Auseinandersetzungen in der Unterwelt.«

»Ich knall dich ab«, brummte Rudy.

»Das wäre sehr dumm«, gab der Kotelettenmann zurück. »Denn dann ist es nicht nur mit dem Auftrag vorbei, sondern auch mit allen Aufträgen danach. Sie würden in dem Geschäft kein Bein mehr auf die Erde kriegen.«

Rudy sah zu, wie der Mann in die Innentasche seines Anzugs griff und einen zusammengefalteten Prospekt hervorholte. »Schauen Sie sich das hier an«, sagte er. »In dieser Broschüre erfahren Sie alles, was Sie über den Scanner wissen müssen. Er ist die Lösung. Ein kleines Gerät scannt Ihr Opfer im Vorfeld auf Schadstoffe. Wenn der Wert zu hoch ist, müssen Sie die Methode der Leichenbeseitigung modifizieren. Es gibt da mehr Möglichkeiten, als man auf den ersten Blick glaubt. Aber so einfach in einen Tümpel werfen – das geht nicht.«

Rudy nahm den Prospekt, entfaltete ihn und sah sich die Abbildung eines solchen Scanners an. Er war etwas größer als eines dieser Smartphones, die jetzt so modern waren. Rudy schluckte, als er den Preis las. Das Gerät kostete über 5000 Euro.

»Also, nichts für ungut«, sagte der Mann. »Ich gebe Ihnen noch eine Chance. Ich denke, Sie brauchen den Auftrag. Wenn Sie den Nachweis führen, dass Sie umweltfreundlich arbeiten, bleibt alles beim Alten. Der Scanner zeichnet die Daten auf. Sie schicken sie uns vor der Geldübergabe.«

Er erhob sich und machte sich an den Abstieg. »Bis später.« Seine Schritte verloren sich schnell im Gebüsch hinter dem Hochsitz.

Wo sollte Rudy die 5000 Euro für dieses Ding hernehmen? Und wie sollte er seine Opfer loswerden? Das war doch alles ein Witz. Er und all die anderen Auftragsmörder waren Verbrecher, verdammt noch mal. Umweltschutz gut und schön, aber was hatten sie denn damit zu tun?

Plötzlich überfiel ihn eine große Müdigkeit. Und sein Bein tat ihm wieder weh. Für heute war es zu spät, noch etwas zu unternehmen. Er musste sich also dieses Gerät besorgen und alles noch mal von vorne planen. Wenn er die hundert Riesen haben wollte. Und das wollte er. Das wollte er unbedingt.

Rudy sicherte das Gewehr und stieg von dem Hochsitz. Er war immer noch in Gedanken, als er sich dem Waldweg näherte. Und so bemerkte er ziemlich spät, dass da jemand war. Ein Mann.

Rudy hatte das Gewehr noch in der Hand. Ok, sollte der Typ doch denken, er sei der Förster.

Es war der Tätowierte.

»Dachte ich es doch«, sagte er grinsend. Er streckte die Hand aus. Darin war keine Waffe, sondern etwas, das wie ein Handy aussah. Plötzlich gab das Ding ein elektronisches Geräusch von sich.

»Alles sauber«, sagte der Mann, zog mit einer schnellen Bewegung eine Pistole aus seiner Jacke und schoss.

Klar, dachte Rudy, kurz bevor er für immer das Bewusstsein verlor. Keine Zahnfüllungen, kein Herzschrittmacher, keine Medikamente. Ich bin vollkommen gesund und umweltverträglich. Genau richtig für den Tümpel.

Sunil Mann

die tofu-allergie

Unser Vorhaben hätte eigentlich nach einem verrauchten Hinterzimmer in einer dieser Kaschemmen rund um den Bahnhof verlangt. Nur waren verrauchte Hinterzimmer seit dem allgemeinen Rauchverbot in Lokalen Mangelware geworden und die zwielichtigen Bars des Rotlichtviertels hatten längst schicken Neubauten weichen müssen, in denen sehr dünne Menschen in unglaublich großflächigen Wohnungen enorm hohe Mieten zahlten. Notgedrungen verabredeten wir uns also in einem dieser neonhell erleuchteten Glaskästen, die von außen an ein trocken gelegtes Aquarium erinnerten. Innen stützten gut gekleidete junge Leute auf schwindelerregend hohen Barhockern ihre Ellbogen auf noch höhere Tische. Da der tiefere Sinn dieser Art von Treffpunkt das Sehen und vor allem das Gesehenwerden war, konnte man sich wohl gar nicht hoch genug platzieren. Für unsere Zwecke war der Ort dennoch perfekt. Der dicke Geri trug wie immer eines seiner gestreiften T-Shirts, weil er felsenfest überzeugt war, damit schlanker zu wirken. Wir ließen ihn im Glauben. Andres machte in seinen Überhosen und den über und über tätowierten Armen den Anschein, als käme er direkt von der Baustelle, und ich bemühte mich wie immer als Einziger um etwas Stil, indem ich mich in einen der abgewetzten Anzüge gestürzt hatte, die Franzi beim Leerräumen unserer Bude freundlicherweise zurückgelassen hatte. Gemeinsam waren wir unter all den Hipstern so gut wie unsichtbar. Drei vierzigjährige Männer aus der Provinz, die sich wohl im Lokal geirrt hatten, dachten wohl diejenigen mitleidig, die überhaupt Notiz von uns nahmen.

»Ich hab keinen Bock mehr, immer nur kleine Brötchen zu backen«, erklärte Geri gerade und stopfte sich eine Handvoll Salzmandeln in den Mund.

Andres und ich nickten bloß zustimmend. Seit wir draußen waren, hielten wir uns mit Gelegenheitsjobs über Wasser und drehten hin und wieder ein kleineres Ding. Nichts Spektakuläres, Einbrüche, Diebstahl und dergleichen. Bei mir reichte der daraus resultierende Erlös knapp für die Alimente und einen monatlichen Konzertbesuch in der Tonhalle. Hätte ich an jenem Morgen beim Frisör nicht so lange warten müssen und deswegen in dieser Illustrierten geblättert, es wäre wohl ewig so weitergegangen. Doch der mehrseitige Bildbericht über die adelige und steinreich verheiratete »Societylady« - als welche Hildegard Schaffalitzky von Mukadell im Klatschheftchenjargon bezeichnet wurde – inspirierte mich, in größeren Dimensionen zu denken.

Meine enthusiastische Ankündigung des Plans wurde zwar ziemlich nüchtern aufgenommen, doch bei den Vorbereitungen legten sich meine beiden Kumpels dann mächtig ins Zeug. Ihnen war wohl klar geworden, dass dies unser Ticket in die Freiheit war. Nicht die Aus-dem-Knast-raus-Freiheit, sondern die richtige, schuldenfreie, sorglose Freiheit. Die Freiheit, die nach Zukunft roch.

Wir waren das Vorgehen bei Geri zu Hause mehrfach durchgegangen, hatten den Plan ein letztes Mal auf Schwachstellen hin abgeklopft, Risiken abgeschätzt, versucht, Unvorgesehenes mit einzuberechnen. Und hatten dabei festgestellt, dass wir ausgezeichnet vorbereitet waren. In den Wochen davor hatten wir das Zielobjekt rund um die Uhr beobachtet, den Keller mit allem Nötigen ausgestattet und uns alle Filme zum Thema Entführung angeschaut. Was wir jetzt noch tun mussten, war, uns Mut zuzusprechen und vor allem anzutrinken. Deshalb das Lokal, deshalb die Feierlaune.

»Nächste Woche sind wir reich!«, flüsterte Geri und hob sein Bierglas. »Karibik, here I come!«

»Auf meine neue Penthousewohnung!«, schloss ich mich an, nur Andres sagte wie immer nichts.

»Gemeinsam schaffen wir das«, gab ich mich überzeugt und blickte meine beiden Kumpel zuversichtlich an. In diesem Moment glaubte ich tatsächlich daran, dass unser Vorhaben glücken würde.

Wir hatten den Lieferwagen gut sichtbar am Rand des Stadtparks abgestellt. Je selbstverständlicher er herumstand, desto weniger fiel er auf, das war zumindest meine Ansicht. Nur wenige Meter trennten seinen Standort vom Spazierweg, auf dem Frau Schaffalitzky von Mukadell jeden Morgen ihre Runden joggte. Natürlich war sie nicht die einzige, die sich hier körperlich ertüchtigte. Deshalb mussten wir sie zwingend in der schwer einsehbaren, da von Büschen gesäumten Kurve am Nordende des Parks erwischen.

Bereits vier Mal war die Schaffalitzky von Mukadell jetzt an unserem Versteck vorbeigehastet, doch stets war dieser ältere Typ direkt hinter ihr gewesen. Hätten wir es nicht besser gewusst, wären wir zur Überzeugung gelangt, sie würde verfolgt. Ungeduldig warteten wir ab, doch bis zur achten Runde konnte sie den Mann nicht abschütteln. Aus unseren Beobachtungen wussten wir, dass sie jeweils zehn Runden drehte. Uns blieben also noch genau zwei Möglichkeiten. In der neunten Runde sah es ganz danach auch, als wäre sie ihren Verfolger losgeworden. Wir hielten uns bereit für den Zugriff, als er plötzlich doch noch in der Wegbiegung auftauchte, geradezu obszön hechelnd und mit puterrotem Gesicht. Andres schnaubte ungehalten, und wir zogen uns unverrichteter Dinge wieder ins Dickicht zurück. Uns blieb ein einziger Versuch.

Zum zehnten Mal bog sie in die Kurve ein – allein. Diesmal stürzten Andres und ich uns ohne zu zögern auf sie. Wir stülpten ihr einen Jutesack über den Kopf, worauf sie einen überraschten Laut ausstieß. Ich fesselte ihre Handgelenke, im nächsten Moment schrie sie schrill um Hilfe. Dabei strampelte sie verzweifelt mit den Beinen und trat nach uns, sodass es schlicht unmöglich war, sie hochzuheben und in den Lieferwagen zu verfrachten. Ich packte sie mit einem Griff, der in jedem Nothelferkurs als Heimlich-Manöver gelehrt wird. Entsprechend begann sie zu würgen und ein Schwall widerlich riechender, weißer Soße rann unter dem Jutesack hervor und ergoss sich über meine Hände.

»Proteinshake mit Sojamilch, Aroma Kokos«, stellte Gourmand Geri sofort fest, und ich lockerte meinen Griff. Ein Fehler, Frau Schaffalitzky von Mukadell entwand sich blitzschnell meiner Umarmung und rannte – wegen ihrer Kopfbedeckung – blindlings los. Verdutzt sahen wir ihr hinterher, wie sie auf eine doch ziemlich kräftige Birke zuhielt, im nächsten Moment geschahen zwei Dinge gleichzeitig: Die Schaffalitzky von Mukadell prallte gegen den Baumstamm, torkelte benommen zurück und fiel schließlich zu Boden, wo sie reglos liegen blieb. Derweil bog der ältere Jogger um die Ecke und hielt entsetzt nach Luft schnappend inne. Nach einem flüchtigen Blick auf die Szenerie erachtete er es wohl als klüger kehrtzumachen, doch Geri war mit wenigen Schritten bei ihm. Mit einem irgendwie erleichtert klingenden Seufzer sackte der Alte zusammen.

»Da werde ich endlich mal entführt und nun das!« Frau Schaffalitzky von Mukadell wanderte aufgebracht in ihrer Zelle auf und ab und rieb sich die Beule an der Stirn. Wir hatten den Luftschutzkeller so wohnlich wie möglich eingerichtet, doch das Interieur schien unserem Opfer überhaupt nicht zuzusagen.

»Was ist mit Kabelfernsehen? Ein Teekocher? Minibar? Und wer um Gottes Willen hat dieses grässliche Monetplakat über die Pritsche gehängt?«

Geri, Andres und ich tauschten ratlose Blicke aus. Wir hatten unsere Sturmhauben aufbehalten, schließlich durfte die Schaffalitzky von Mukadell unsere Gesichter unter keinen Umständen sehen. Doch ihr Verhalten war im höchsten Maße irritierend. In den Filmen war das Opfer immer entweder verzweifelt oder niedergeschlagen gewesen, weinte bitterlich oder lag vor Leid gekrümmt unter einer Decke. Mit einer aufgebracht herumstapfenden Furie hatten wir nicht gerechnet. So viel zu Unerwartetem.

»Und ich will Magazine! Gala, Bunte, den ganzen Frauenkram dazu, und sorgt dafür, dass der Gin nicht ausgeht!«

»Aber gnädige Frau …«, wagte ich einzuwenden, doch sie überging meinen Versuch, eine zivilisierte Konversation anzuregen, mit einem herablassenden Handwedeln.

»Was steht ihr noch so dämlich rum? Los, los, tut, was ich euch befohlen habe! Und wenn ihr mit meinem Mann verhandelt: Lasst euch nicht reinlegen! Der Typ ist raffiniert, und es würde mich nicht wundern, wenn er euch Dilettanten mit links über den Tisch zieht.«

»Das ist das Problem«, kam ich endlich zu Wort.

»Er hat euch schon über den Tisch gezogen?«

»Nein, aber er weigert sich, das Lösegeld zu bezahlen.«

Sie erstarrte mitten in der Bewegung und riss die Augen auf.

»Was?«

Ich wiederholte meine Aussage, worauf sie sich erst mal auf die Pritsche setzte.

»Wir haben insistiert, doch offenbar will er Sie nicht zurück, gnädige Frau. Nicht einmal für einen Viertel des Lösegelds.«

»Sie haben ihm einen Preisnachlass gewährt?«

»Es blieb uns nichts anderes übrig.«

Frau Schaffalitzky von Mukadell schlug sich die Hände vors Gesicht und schluchzte laut auf. »Wie viel?«

Ich nannte ihr die Summe.

»Nicht mehr?« Abrupt hob sie den Kopf und funkelte mich empört an. »Das ist ja ein Schnäppchenpreis!«

Ich hob vorsichtig die Schultern. »Nun, die Nachfrage bestimmt die Höhe des Lösegelds ...«

»Ach, halten Sie die Klappe!« Sie sprang auf und tigerte durch die Zelle. »Dieser Bastard! Diese lächerliche Summe könnte der locker aus der Portokasse berappen! Also hat er doch was mit dieser blonden Tusse!«

Sie blieb dicht vor mir stehen und stieß mir ihren Zeigefinger vor die Brust. »Aber dem werd ich's zeigen! Mit eurer Hilfe!«

Wir besorgten ihr ein Laptop und eine halbe Stunde später hatte sie alle Konten aufgelistet, auf denen ihr Mann rund um den Erdball sein Vermögen vor dem Steueramt versteckte.

»Das sollte ihn zum Einlenken bringen«, sagte sie zufrieden, während ich nach dem Telefon griff.

»Und erhöhen Sie um Gottes Willen den Preis!«

Mein Wagen glitt durch die nächtliche Stadt, leise Musik im Radio. Bei jeder Leuchtreklame, jedem erhellten Schaufenster verlangsamte ich, doch die Läden waren alle geschlossen.

Unsere Zukunft hatte gerade begonnen rosig zu strahlen, als es zu diesem Zwischenfall gekommen war.

»Was ist das?«, hatte mich die Schaffalitzky von Mukadell scharf angefahren, als ich ihr das grüne Thaicurry im Reisring serviert hatte. Die Geldübergabe war reibungslos verlaufen, und Geri hatte zur Feier des Tages in seiner Wohnung gekocht. Unser zur Erpresserkomplizin mutiertes Entführungsopfer hatten wir aufgrund der veränderten Vorzeichen längst aus dem Keller befreit, die Sturmhauben abgelegt.

»Hühnchen«, hatte ich nichtsahnend erwidert, worauf die Schaffalitzky von Mukadell einen angeekelten Schrei ausstieß, als hätte ich ihr soeben eine fröhlich winkende Filzlausfamilie unter die Nase gestreckt.

»Ich ernähre mich ausschließlich vegan!«

Konsterniert starrte ich sie an. Dieses Detail war uns entgangen. Keiner von uns hatte eine Ahnung von veganer Küche. Keine tierischen Produkte, daran erinnerte ich mich gerade noch, aber wie man einzig aus Gemüse und Hülsenfrüchten eine halbwegs schmackhafte Mahlzeit zubereiten sollte, war mir ein Rätsel.

»Ich hätte da noch einen Rest Salat«, schlug Geri besänftigend vor.

Doch ihre strikte Antwort ließ keine Optionen offen: »Nein! Ich verhungere!«

Deshalb war ich nun auf der Suche nach Tofu. Und zwar Seidentofu, bitte schön, hatte mir die Schaffalitzky von Mukadell ans Herz gelegt, nicht diese nach Karton riechende Pappe aus dem Billigdiscounter. Ich hatte sie im Verdacht, dass sie – wie momentan so viele – bloß einem aktuellen Modetrend folgte. Weshalb es dieser Lifestyle zu einer derartigen Popularität gebracht hatte, war mir schleierhaft. Nach meiner Erfahrung stellten sich Veganer bei Einladungen stets furchtbar umständlich an und betonten dabei unablässig, wie unkompliziert sie seien und dass das alles überhaupt kein Problem sei. Irgendwie schafften sie es immer, dass sich das Gespräch innert kürzester Zeit nur noch um sie und ihre Ernährung drehte, um spätestens bei der Suppe erstmals misstrauisch die Nasen zu rümpfen, als hätte man ihnen toxische Schlacken vorgesetzt. In der Folge trieben sie den Gastgeber mit inquisitorischen Fragen zu Zubereitung und Zusammensetzung des Menüs an den Rand des Nervenzusammenbruchs. Um am Ende ihren mitgebrachten Proviant auszupacken und an Karotten mümmelnd den anderen Gästen das Essen mit galligen Bemerkungen madigzumachen.

Ich hatte alle Tankstellen der näheren Umgebung abgeklappert, doch natürlich führte keine von ihnen Seidentofu. Auch am Bahnhof war ich gewesen. Die asiatischen Essensstände dort verwendeten zwar den vermaledeiten Sojabohnenquark, doch in einer Qualität, wie Frau Schaffalitzky von Mukadell sie niemals im Leben akzeptieren würde. Blieben die chinesischen Restaurants im Quartier. Ich stattete einem nach dem anderen einen Besuch ab, doch die meisten waren bereits geschlossen, bei zweien war Tofu aus. Das letzte Lokal namens »Shanghai Dragon« war leer, einzig die Belegschaft saß noch an einem runden Tisch und bediente sich mit Stäbchen von diversen Platten mit köstlich riechenden Gerichten.

Auf meine Frage nach Tofu, schüttelte der Patron, ein drahtiger kleiner Kerl, vehement den Kopf.

»Aber da hinten liegt doch welcher!« Der Durchgang zur Küche stand offen, und ich konnte die auf der Anrichte liegenden Packungen deutlich sehen.

Das Kopfschütteln wurde noch heftiger, es war die Rede von einem morgen stattfindenden Feiertag und traditionellen Tofugerichten. Ich kümmerte mich nicht darum und stürmte in meiner Verzweiflung am Personaltisch vorbei in die Küche. Rasch raffte ich die Tofupackungen zusammen, doch als ich mich umwandte, stand der Chef mit einem gezückten Filetiermesser im Türrahmen.

Sie begleiteten mich allesamt zu meinem Wagen hinaus und warteten, bis ich den Motor gestartet und abgefahren war. Im Rückspiegel sah ich ihre stoischen Gesichter immer kleiner werden. An der nächsten Kreuzung bog ich ab, fuhr zurück und wartete auf der gegenüberliegenden Straßenseite, bis das Licht im Restaurant ausging. Als es endlich soweit war und die Belegschaft den »Shanghai Dragon« verließ, stieg ich aus und überprüfte, ob die Luft rein war. Dann zerschmetterte ich mit einem Stein eine der Fensterscheiben und stieg ins Lokal ein. Kaum hatte ich die Tofupackungen in einem Kühlschrank entdeckt und an mich genommen, ließ mich ein leises Geräusch zusammenfahren. Jemand atmete dicht hinter mir. Ich schnappte mir eine große Flasche süßsaurer Chilisoße aus dem Kühlschrank und wirbelte herum. Dabei traf ich den Restaurantpatron mit dem Flaschenboden an der Schläfe. Der Hieb schleuderte seinen Kopf zur Seite, das Männchen vollführte eine Pirouette und krachte gegen den Herd. Stöhnend glitt es auf den gekachelten Boden, und ich machte mich aus dem Staub.

Als ich in die Einfahrt zur Wohnsiedlung einbog, zuckte gespenstisches Blaulicht über die Hausmauern. Dutzende von Menschen standen auf der Straße und glotzten zum Eingang eines Wohnblocks. Es war der Block, in dem Geri wohnte. Ich sprang aus dem Wagen und erstarrte. Er und Andres wurden gerade in Handschellen abgeführt. Ich bemühte mich, mich nicht zu hastig abzuwenden, doch ehe ich wieder in den Wagen steigen konnte, hörte ich einen grellen Aufschrei.

»Dort ist er!« Es handelte sich dabei eindeutig um Frau Schaffalitzky von Mukadells Stimme.

Manchmal, wenn ich in den Illustrierten blätterte, stieß ich auf ein Bild von ihr, ein Bericht, wo sie sich gerade aufhielt, mit welchem wesentlich jüngeren Schönling sie zusammen war. Sie hatte die Entführung gut verarbeitet, schrieben die Blätter, die Albträume plagten sie nur noch selten, gab die Schaffalitzky von Mukadell gern zu Protokoll.

Erst hatte ich vermutet, sie hätte Hilfe angefordert, als wir sie an den Laptop gelassen hatten. Doch unsere Verhaftung hatten wir allein uns selber zu verdanken. Der Jogger im Park hatte sich deutlich an Geris typisch gestreiftes T-Shirt erinnert, sobald er das Bewusstsein wiedererlangt hatte. Beim Kontrollbesuch in der Wohnung war den Beamten dann das Diebesgut aus unseren kleineren Einbrüchen aufgefallen. Und im Schlafzimmer eingesperrt hatten sie eine wimmernde Hildegard Schaffalitzky von Mukadell aufgefunden. Später kam dann noch meine Identifizierung durch den lädierten Chinesen hinzu. Die Liste der Anklagepunkte reichte von Entführung und versuchter Erpressung über Körperverletzung bis hin zu Einbruch. Wir hatten überdeutlich gegen unsere Bewährungsauflagen verstoßen, was uns etliche weitere Jahre hinter Gittern bescherte. Das Lösegeld war nie gefunden worden, obschon es sich beim Entführungsopfer im Schlafzimmer befunden haben musste. Nur wusste außer uns und dem Ehepaar Schaffalitzky von Mukadell niemand davon. Frau Schaffalitzky von Mukadell hatte die Erpressung ihres Ehemanns wegen Schwarzgeld nie erwähnt, und er sowieso nicht.

Aus den Illustrierten wusste ich, wie ein knüppelharter Ehevertrag verhindert hatte, dass die Schaffalitzky von

Mukadell bei der Scheidung reich geworden war. Auf wundersame Weise schien ihr das Geld dennoch nie auszugehen.

»Igitt! Tofu süß-sauer«, hörte ich Geri ausrufen.

Ich ließ das Journal sinken und starrte wütend auf die käsig-weißen Stückchen, die in einer glibbrigen Soße versanken. Ich hatte nicht vor, den Gefängnisfraß anzurühren. Trotz allem war ich noch immer der Meinung, dass wir unsere erneute Haft vor allem Frau Schaffalitzky von Mukadell zu verdanken hatten. Hätte ich mich an jenem Abend nicht auf die Suche nach Tofu machen müssen, sondern wäre beim Besuch der Beamten anwesend gewesen, wäre vielleicht alles anders gekommen. Redete ich mir zumindest ein. Auf jeden Fall machte sie sich auf unsere Kosten ein schönes Leben, und ich reagierte seither höchst allergisch auf das Wort »Tofu«.

»Schmeckt gar nicht so übel«, warf Andres mampfend ein.

»Echt jetzt«, fügte er hinzu, als er meinen giftigen Blick bemerkte. »Ich meine ...«

Der Rest des Satzes ging im Blubbern unter, das entstand, als ich seinen Kopf in den Teller drückte.

Rudi Jagusch

seelenblicker

Augen!
Überall diese dunklen und gefühlskalten Augen. Wenn ich jemals dem Gevatter Tod gegenübertrete, erwarte ich sogar von ihm mehr Mitgefühl im Blick.

Widerwillig betrete ich das Wohnzimmer, wie immer läuft mir ein Schauder über den Rücken. Schon als Kind habe ich diesen Raum gemieden wie die Pest.

Im Kielwasser folgt mein Besucher, ein urwüchsiger Bayer im Trachtenanzug und Lodenmantel, auf dem Kopf ein Hut mit Gamsbart, garantiert schon jenseits der siebzig. Er scheint direkt aus einem Heimatfilm entsprungen zu sein, sieht aus wie Heinrich Gretler, der gütige Vater aus dem Film »Kohlhiesels Töchter«, der das Gasthaus betreibt. Fast erwarte ich, gleich würde eine Frau im Dirndl auftauchen. Doch er ist allein angereist, ein jodelndes Maria-Hellwig-Remake bleibt mir somit erspart. Irgendwie wirkt er bei genauerer Betrachtung ungesund aufgeschwemmt. Entweder ist er ein Säufer, oder krank.

»Fantastisch!«, ruft er aus. »Sie haben mir am Telefon wirklich nicht zu viel versprochen.«

Ich versuche einen freundlichen Gesichtsausdruck. Mehr als eine Grimasse, mit der ich Kinder verängstigen könnte, gelingt mir nicht. Ohne ihn näher zu kennen steht für mich fest, dass er ein Perversling ist.

Wie mein kürzlich verstorbener Vater. Der gehörte auch in diese Kategorie.

Na ja, man soll nicht schlecht über Tote reden. Gott hab ihn selig.

Wobei ich mir nicht vorstellen kann, dass mein Vater dem gütigen Mann im Himmel begegnet ist.

Nicht nach seinen Gräueltaten.

Der Teufel persönlich wird meinen alten Herrn empfangen und ihn in den siebten Kreis der Hölle geführt haben. Dorthin, wo Adolf Hitler, Josef Stalin, Nicolae Ceausescu und das übrige fürchterliche Diktatorengesocks immer und immer wieder in Lava gebadet und anschließend mit einer Drahtbürste abgeschrubbt werden. »Ja, fantastisch«, murmle ich und wünsche mich gleichzeitig weit fort. Diese toten Augen, es ist kaum auszuhalten. Sie scheinen in mein Inneres zu blicken und jeden dunklen Fleck auf meiner Seele erkennen zu können.

Um den Blicken zu entgehen, schaue ich aus dem Panoramafenster ins Freie. Ein Bagger steht im Garten und schaufelt ein Loch. Der Dieselmotor hämmert, der Auspuff stößt rußige Abgase aus. Konzentriert sitzt der Fahrer in der Kabine, eine Kippe in den Mundwinkeln, und bedient die Hebel so fließend, als wäre er mit der Mechanik und Hydraulik verwachsen. Auf dem Armaturenbrett steht seine Tasche, die Tageszeitung klemmt zwischen ihr und der Frontscheibe. Ich kann die riesige Schlagzeile lesen: »Erneut Frau vermisst«. Das abgebildete Fußballergebnis daneben kämpft mit der Schlagzeile um Aufmerksamkeit.

Nervös wische ich meine feuchten Hände an der Jeans ab. Heute Morgen erst habe ich erfahren, dass die Arbeiten eine Woche eher beginnen als geplant. Das hatte ich nicht auf dem Schirm. Wie auch, normalerweise kommen Bauarbeiter später oder überhaupt nicht. Ich starre auf das schlammige Loch im Garten. Nur noch fünf Meter, fünf verdammte Meter, bis die von meinem Vater zu Lebzeiten geliebten Rosensträucher dran glauben müssen. In den letzten Jahren, als er aufgrund des Schlaganfalls an das Bett gefesselt war, habe ich mich hingebungsvoll um sie gekümmert. Bis in die Nacht hinein habe ich geschuftet, Erde ausgehoben, umgeschichtet, den *Spezialdünger* eingebracht und Sträucher versetzt. Den großen Komposter fernab der Rosen am Ende des Gartens habe ich ebenfalls gebaut. Dahinter befindet sich freies Feld, die Geruchsbelästigung hält sich für die Nachbarn in Grenzen. Das alles habe ich gerne getan, für mich waren es zwei Fliegen mit einer Klappe gewesen. Zum einen konnte ich bei meinen Besuchen den scheußlichen Augen entfliehen, zum anderen ...

»Lassen Sie sich einen Pool bauen?«, unterbricht der Bayer meine Gedankengänge.

Ich schüttle den Kopf. »Damit habe ich nichts zu schaffen, hab' alles verkauft. Aber ja: Der neue Eigentümer wünscht eine Erfrischungsmöglichkeit an heißen Tagen.«

Die Baggerschaufel frisst ein weiteres Stück des Gartens.

Verdammt!

Keine fünf Meter mehr.

Es wird Zeit. Ich wende mich dem Bayer zu, vermeide wenn möglich den Blick in die grausamen Augen um mich herum. Was nicht einfach ist, denn sie sind überall, dichtgedrängt, unzählige spiegeln meine Seele.

Der Bayer hebt die Augenbrauen. »Und Sie wollen wirklich alles veräußern?« In seiner Stimme schwingt die Vorfreude mit, gleich einen geilen Deal mit mir abschließen zu können.

»Alles, ja. Wie gesagt, mir gehört das Haus nicht mehr. Daher muss ich es schnellstmöglich räumen. Machen Sie mir ein tolles Angebot, und gut ist.«

»Verbinden Sie denn damit keine schönen Kindheitserinnerungen? Bedeutet es Ihnen nichts?«, fragte der Bayer verwundert.

Warum ist das wichtig? Er soll die Augen mitnehmen, alle, und ein wenig Geld da lassen, damit ich im Ausland neu durchstarten kann.

Der Bayer lacht, dabei tanzt sein feister Bauch auf und ab wie ein hüpfender Medizinball. »Schauen Sie nicht so überrascht, Sie müssen nicht antworten. Es ist ein Spleen von mir. Ihre Erinnerungen gehen mich nichts an, ich weiß. Aber ich liebe es, Geschichten zu hören.«

Gequält lächle ich. Soll ich ihm die Wahrheit sagen? Wie ich mich in meiner Kindheit jeden Morgen gefürchtet habe, aufzustehen? Bis zur letzten Minute habe ich es hinausgezögert, das Bett zu verlassen und die Treppe hinunterzugehen. An guten Tagen, überwiegend an Schultagen, war ich so spät dran, dass ich die Frühstücksstulle rasch in der Küche essen konnte. Mein Vater schimpfte zwar, ließ es aber durchgehen. Allerdings nicht am Wochenende und in den Ferien. Da frühstückten wir am Esstisch im Wohnzimmer. Selten bekam ich mehr runter als ein Glas Orangensaft. Die Abscheu vor den Augen zog meine Kehle zusammen. Ich meine, alles hat doch ein Recht, dahinzugehen, wo es hergekommen ist, um neu entstehen zu können. Jeder Pfaffe predigt so etwas wie Asche zu Asche, Staub zu Staub und Ruhe in Frieden. Der tote Organismus verrottet in der Erde und aus ihm sprießt neues Leben, ein natürlicher, von Gott vorgesehener Kreislauf. Niemand sollte sich anmaßen, in diesem ausgeklügelten Kosmos einzugreifen zu dürfen. Kindheitserinnerungen, ha, ja, die habe ich. Wie ich zitternd dagesessen habe, am liebsten jedoch das Wohnzimmer fluchtartig verlassen hätte. Doch der finstere Blick meines Vaters hielt mich auf dem Stuhl fest. Zwei weitere gefühlskalte Augen in dem Meer von stierenden Seelenblickern um mich herum. »Stell dich nicht so an«, brummte er dann. Und: »Aus dir werde ich noch einen richtigen Kerl machen.« Mutters Einwände und Bitten um Nachsicht schmetterte er mit: »Meinst du, ich will eine Schwuchtel als Sohn? Der bleibt hier und gewöhnt sich seine eingebildeten Ängste ab, die Mimose.«

Ich war immer froh, wenn ich in die Schule durfte. Die Ferien hasste ich wie Hundescheiße an der Schuhsohle. Nur gut, dass für das Mittag- und Abendessen meine Großmutter zwei Straßen weiter verantwortlich war. Sonst wäre ich bestimmt irgendwann verhungert. Oder wahnsinnig geworden.

Ich entschließe mich, dem Bayer gegenüber nicht darauf einzugehen. Eine gute Verkaufsatmosphäre garantierte einen besseren Abschluss. Mit der Wahrheit könnte ich ihn vergraulen. Der Typ sieht nicht so aus, als könnte er Verständnis für meine Abscheu aufbringen. Er dreht sich im Kreis, seine Wangen glühen, er reibt die Hände ineinander. Nein, er ist absolut begeistert, niemals würde er meinen Horror verstehen. Und für den Empfang eines weiteren Perverslings fehlt mir schlicht die Zeit. Der Flieger wartet nicht.

»Ich bin nicht sentimental«, antworte ich. »Für mich zählt die Zukunft. Davon abgesehen ziehe ich ins Ausland und muss mich beschränken. Ich wüsste gar nicht, wohin damit.«

Er nickt und lacht. »Gut für mich. Eine Zwangslage drückt den Preis.«

»Übertreiben Sie es aber nicht«, warne ich ihn, »denn sonst sehe ich mich gezwungen, alles zu entsorgen.«

Sein Lachen bricht ab, empört schüttelt er den Kopf und legt die Hand aufs Herz. »Sagen Sie doch nicht so etwas. Was wäre das für ein Verlust. Unschätzbar.«

Genau in dieser Ecke will ich ihn haben. »Also?«, frage ich ihn wie beiläufig, wobei ich wieder zum Bagger schaue. Drei Meter noch. Der schaufelt schneller, als ich gedacht habe.

»Haben Sie noch mehr Präparate?«, fragt der Bayer.

Nur mit Mühe kann ich meinen Ekel verbergen. Noch mehr ausgestopfte Tiere? Noch mehr Vögel an den Wänden, Greifvögel, Krähen, Amsel, Drossel, Fink und Star, dazu Füchse, Wildschweine, Nager und zahllose andere Wirbeltiere, die herumstehen? Noch mehr seelenlose Augen, die mich ausspähen? Gott bewahre. »Leider nein«, gebe ich mich bedauernd.

»Sie erwähnten am Telefon eine Afrikasammlung.«
»Stimmt. Im Keller.« Ich gehe los, froh darüber, dem Wohnzimmer entfliehen zu können. Ein kurzer Blick in den Garten, bevor ich den Raum verlasse.

Noch zwei Meter, bis die Schaufel die Rosen frisst.

* * *

Die Glühlampe wirft ein fahles gelbliches Licht und die Wände strahlen eine ungemütliche Kälte aus, trotzdem fühle ich mich hier unten behaglicher. Niemand, der mir in die Seele starrt. Vom Baggermotor ist auch nur noch ein fernes Brummen zu vernehmen.

Um uns herum stehen Schilde aus Lederhäuten, Speere in unterschiedlichen Längen, drei Schaufensterpuppen, gehüllt in die typisch kunterbunte Stammeskleidung der Masai, Trommeln und diverse andere Gegenstände. Ehrfürchtig streichelt der Bayer über das Antilopenfell, das an der Wand hängt. »Solche Schätze«, haucht er, »die darf man doch nicht der Feuchtigkeit hier unten aussetzen.« Vorwurfsvoll blickt er mich an. »Es ist doch alles echt, nicht wahr?«

»In der Tat. In den Siebzigern war mein Vater als Frachterkapitän rund um Afrika auf großer Fahrt, Kap Horn, Elfenbeinküste, Suezkanal und so weiter. Den Kongo rauf war er wohl auch mal.« Ich deute auf die Artefakte. »Er war ein leidenschaftlicher Sammler.« Mit Widerwillen denke ich an die ausgestopfte Hyäne neben dem Sofa.

»So viele Erinnerungen«, ruft der Bayer aus. »Einfach unvorstellbar.« Er streift sich Handschuhe über und greift sich einen Speer. Prüfend betrachtet er die Spitze. »Ihr Vater ist mir sehr sympathisch. Mit ihm hätte ich mich gerne mal unterhalten. Er muss ein echter Tausendsassa gewesen sein.«

Am liebsten würde ich dem Bayer ein »Nein!« ins Gesicht brüllen. Kein Tausendsassa, ein miserabler Vater war er, mehr nicht. Und ein noch schlechterer Ehemann. Minderwertig habe ich mich vor ihm gefühlt, winzig, verletzlich und verängstigt. Minderwertig fühle ich mich heute noch, es ist sein Vermächtnis, das ich mit mir rumtragen muss. Streit gehe ich aus dem Weg und meine eigene Meinung vertrete ich nicht. Trägt mir jemand etwas auf, kusche ich, auch wenn ich die Aufgabe für sinnlos halte. Nur mit meinen Freundinnen bin ich glücklich. Schade, dass sie es nicht lange bei mir aushalten.

Ein leichtes Beben in den Fußsohlen signalisiert mir, dass die Schaufel des Baggers sich erneut in den Boden gesenkt hat. Meine Rosen sind garantiert nicht mehr weit. Und wenn erst mal die Rosen ... ich mag nicht daran denken, sage daher rasch: »Sie hätten sich bestimmt gut verstanden.«

Ein seltsames Lächeln stiehlt sich in seine Mundwinkel. Listig? Gemein? Die Freundlichkeit scheint verflogen. Plötzlich wirkt er jünger, ja, fast dynamisch. Was hat diese Veränderung ausgelöst?

»Ich kannte Ihren Vater«, sagte er.

Ich stutze. Was wird das jetzt? »Ach ja? Sind wir uns denn schon mal begegnet?«

»Nein. Ich habe Ihren Vater über dreißig Jahre nicht gesehen.«

»Interessant.« Ich weiß nicht, was ich sonst sagen soll. Der Alte wird mir unheimlich. Ich spüre, wie mir die Situation entgleitet.

»Ich bin mit ihm als erster Offizier zur See gefahren.« Er lacht und klingt dabei selbstsicher wie ein Disco-Türsteher. »Mann, was waren das für Zeiten. Mehr als einmal sind wir fast draufgegangen, wenn wir den Masais die Sachen klauten.«

»Sie haben sie ... ?«

»Geklaut, genau Bürschchen. Was für ein Spaß. Alles war ein Spaß, dein Vater war ein Haudegen, und ich stand ihm in nichts nach. Skrupeln hatten wir nicht. Wenn uns einer blöd kam, gab es Hiebe. Und wenn uns einer an die Wäsche wollte, also so richtig, dann ...« Er stößt mit dem Speer in die Luft. Es wirkt gekonnt, die Bewegungen sind geschmeidig. Sein Übergewicht und das Alter scheinen ihn nicht zu behindern. »... schreckten wir vor nichts zurück.«

Mir wird heiß, der Hals fühlt sich trocken und rau an.

»Dein Vater war übrigens nach dem Schlaganfall nicht so von der Rolle, wie du denkst.«

»Nicht?« Der konnte noch nicht mal ohne Hilfe pissen.

»Er war ein fabelhafter Schauspieler. Das hat uns mehr als einmal das Leben gerettet. Ich erinnere mich noch ...«

Der Bagger verstummt. Bestimmt liegen die Rosensträucher in der Schaufel. Und nicht nur die. Unruhig schaue ich auf die Uhr. Ich muss fort. »Ja, ja«, falle ich dem Bayer ins Wort. »Hören Sie, es ist mir egal, ob Sie meinen Vater kannten oder nicht. Ich hatte kein gutes Verhältnis zu ihm, tut mir leid, Ihnen nichts anderes erzählen zu können. Für Sie scheint er ja so etwas wie ein Bruder gewesen zu sein, mit dem man durch Dick und Dünn gehen konnte. Im Endeffekt ist es aber auch egal. Geben Sie mir einfach fünftausend, und

Sie können alles mitnehmen.« Ich halte ihm meine Hand hin. »Aber nur Bares ist Wahres«, ergänze ich.

Von draußen höre ich einen überraschten Aufschrei. Mist, die Rosen sind eindeutig ausgegraben.

Langsam nickt der Bayer. »Dein Vater hat mir gesagt, dass du die Sachen verramschen wirst.«

»Ach Blödsinn! Wann soll denn das gewesen sein?«

»In der Nacht, als er alle Kraft und Willen zusammennahm, aus dem Bett kroch, ans Fenster taumelte und dich bei den Rosen sah.«

Ich schlucke heftig, die Kehle schnürt sich zu. »Rosen?«

»Er hat dich gesehen. Wie du die erste Leiche von der Frau vergraben hast. Und auch die anderen. Immer wenn du dich um die Rosen gekümmert hast, ist er ans Fenster und hat dich heimlich beobachtet. Vor zwei Wochen hat er mich angerufen. Ich habe ihn kaum verstanden, aber es hat gereicht.«

Meine Knie werden weich. »Was ... was hat er gewollt?«

Der Bayer wirbelt den Speer vor meinen Augen im Kreis, sticht dann zu. Zunächst spüre ich nichts, doch dann schießt mir der Schmerz durch die Eingeweide. Er breitet sich aus wie eine riesige, heiße Welle. Der Bayer zieht die Speerspitze aus meinem Bauch und sticht erneut zu. »›Kein Gericht‹, hat dein Vater genuschelt, und ›Bring das Monster um, bitte, ich flehe dich an.‹«

Ein metallischer Geschmack macht sich in meinem Mund breit. Angewidert spucke ich aus, Blut benetzt den Boden.

»Und weißt du was?«, fragt mich der Bayer.

Ich schüttle den Kopf, denn meine Stimmbänder gehorchen mir nicht mehr.

»Gleich spaziere ich hier raus und verschwinde, ohne dass ich jemandem auffalle. Denn alle werden um das Loch stehen, das der Bagger ausgehoben hat und geschockt deine

Opfer anstarren. Ein glücklicher Zufall, ha! Bis du gefunden wirst, bin ich über alle Berge. Und wenn ich doch erwischt werde, ist es auch egal. Ich bin krank, ich habe nicht mehr lange zu leben. Du hast es dir bestimmt schon gedacht. Es gab für mich also keinen Grund, deinem Vater den letzten Freundschaftsdienst, um den er mich gebeten hat, zu verweigern.« Er zieht den Speer heraus. Ich taumle vorwärts, falle auf die Knie. Alles in mir scheint zu brennen. Es kostet mich übermenschliche Anstrengung, zu ihm aufzublicken.

Seine Augen leuchten, sie scheinen bis in meine dunkle Seele. Wie die Augen der Präparate. Er setzt die Speerspitze auf meine Brust und erhöht den Druck, mit beiden Händen umklammert er das Holz. Ich bin unfähig, mich zu wehren.

Diese Augen.

Gebannt starre ich hinein.

Seine Arme rucken vor, kräftig, machtvoll, entschlossen. Mein Herz fühlt sich an, als würde es explodieren.

Mir wird schwarz vor Augen, eine ungeahnte Gelassenheit überflutet mich. Nein, eher ein Hochgefühl. Ich muss niemandem mehr Schmerzen zufügen, um mich gut und stark zu fühlen. Ich habe keine Angst mehr vor den Augen. Sie werden mich nicht mehr verfolgen, mich ausspähen, in meine Seele schauen. Mich nicht mehr in den Wahnsinn treiben.

Ich bin ... ... erlöst.

Guido M. Breuer

lachs und leder

»Hier ist es.«
Lars Hackenberg bleibt vor einem unscheinbaren Haus stehen. Der graue Quader, ganz ohne Werbung oder Firmenschild, hat in dem Gewerbegebiet eine seltsame, fast verlorene Anmutung. Seine Begleiterin mustert argwöhnisch den nüchternen Eingang.

»Hier ist ein Swingerclub?«

»Soll man nicht meinen, oder?«, antwortet Hackenberg und drückt auf den unbeschrifteten Klingelknopf.

»Warum müssen Sie mich nun eigentlich in einen solchen Club bringen, um mir zu helfen, einen Krimi über vegane Biokost zu schreiben?«

»Gemach, meine junge Schülerin, gemach«, grinst Hackenberg, ohne der jungen Frau einen Anhaltspunkt dafür zu geben, wie sehr sie ihn mit ihrer Anhänglichkeit seit Wochen nervt.

Die Gegensprechanlage knackt leise, dann meldet sich eine verrauschte Stimme: »Ha'm noch nicht offen.«

»Ist mir klar.«

»Wer ist denn da überhaupt?«

»Hacki.«

Ein Summen ertönt, was Hackenberg zum Anlass nimmt, die Tür aufzudrücken. Die junge Frau, die ihm zögernd folgt, späht in den dunklen Hausflur. Er weist nach unten, wo eine Treppe ins Nichts zu führen scheint. »Die eigentlichen Clubräume sind im Keller«, sagt er und geht voran. Nach ein paar

Schritten, kurz bevor die Stufen in völliger Dunkelheit zu verschwinden drohen, erreichen sie eine weitere Türe, die nur angelehnt ist. Dahinter eröffnet sich ihnen der Blick auf einen Raum von vielleicht zehn Metern im Quadrat, dessen Boden mit Parkett belegt ist und der sich anhand von Beleuchtungsmitteln und Lautsprechern, die jedoch allesamt nicht in Betrieb sind, als Tanzfläche erkennbar zeigen will. Auf dem Boden ausgelegte Matten deuten allerdings noch auf ganz andere Nutzungsmöglichkeiten. Hinter dem Parkett befindet sich eine Theke, und hinter der Theke eine Blondine, die den Eintretenden ihre Kehrseite zuwendet und ihnen mit einer rückwärtig verdrehten Hand zuwinkt. Diese seltsame Haltung hat eine optische Wirkung, die irgendwo zwischen frivol und witzig liegt. Das hängt vor allem mit ihrer Kleidung zusammen. Eine schwarze Corsage, ein winziger Slip und Overknees mit verchromten, absurd hohen Absätzen.

»Komma helfen, Achim«, ruft sie. »Der scheiß Verschluss von dem Bierzapfdrecksleitungsding klemmt schon widder.«

»Ich bin Hacki, nicht Achim.« Hackenberg tritt näher und bedeutet seiner Begleitung, ihm weiter auf dem Fuße zu folgen.

Nun dreht sich die Blondine zu den beiden um, mustert erst Hackenberg flüchtig, dann wesentlich intensiver die junge Frau hinter ihm.

»Ach – Hacki«, sagt sie nach ein paar Sekunden, in denen es so aussieht, als krame sie vergeblich in ihren Hirnwindungen nach einem Zusammenhang zwischen diesem Namen, dem Gesicht des Mannes und ihrem Lebenslauf, in dem dieser Hacki vielleicht einmal eine Rolle gespielt haben mochte.

»Wo is denn Achim?« fragt sie mehr sich selbst als die Anwesenden. »Wir machen inner Stunde auf, da muss die Gülle laufen. Weißte doch, wie der Chef is, wenn nicht von

Anfang an alles perfekt is, auch wenn sich die ersten zwei Stunden sowieso noch kein Schwanz in den Mäusepuff verläuft.«

»Eigentlich weiß ich das nicht, liebe Wolke«, meint Hackenberg trocken. »Wir sind nicht wegen dem Bieranschluss gekommen.«

»Wollt Ihr meine Möpse sehen?«

»Nein danke.«

»Sind aber nicht von schlechten Eltern. Habe ein geiles neues Nippelpiercing. Echt aufsehenerregend.«

Sie begleitet diese Aussage mit einem irren Lachen.

»Danke, wir möchten kein Aufsehen erregen.«

Die Schlafzimmeraugen der Blondine flammen zu einem stechend scharfen Blick auf, den sie Hackenberg für einen Moment in die Pupillen brennt. Dann erlischt ihre Miene wieder. Sie weist mit einer schlaffen Handbewegung in den leeren Raum, der ohne Betriebsbeleuchtung von einer nüchternen Tristesse beherrscht wird.

»Würde auch momentan schwer fallen«, sagt sie und schließt dann noch an: »Trotzdem willkommen im Club Promesse. Was trinken?«

Dann wendet sie sich schon wieder halb ab, um weiter an der Zapfanlage zu fummeln.

»Ich meine, was anderes als Bier natürlich«, fügt sie hinzu. Dabei macht sie den Eindruck, als suche sie nun nicht nur in ihren Erinnerungen nach einem Mann namens Hacki, sondern auch danach, warum er sie bei ihrem Vornamen angeredet hat. Dann spricht sie Hackenberg unvermittelt mit völlig veränderter, sehr klarer Stimme an, jedoch ohne ihre handwerklichen Bemühungen zu unterbrechen. »Hacki, du kommst wegen dem Stand der Ermittlungen im Lachs-und-Leder-Fall, nicht wahr?«

»Ja. Woher weißt du?«

Wolke Hartwachs lacht leise glucksend vor sich hin, bevor sie antwortet: »Weshalb solltest du sonst kommen? Du bist doch kein Clubtyp. Und erst recht nicht diese zugeknöpfte Dürre.«

Sie kramt unter ihrer Schnürcorsage herum, ohne darauf zu achten, welche Wirkung ihre letzten Worte auf Hackenbergs Begleiterin haben, und fördert ein Päckchen Tabak zutage. Sie wirft es Hackenberg zu.

»Drehste mir mal eine? Ist organic – echt gesundes Biokraut.«

Wieder ein unmotiviert wirkendes irres Lachen.

Hackenberg fängt das Päckchen auf und öffnet es. Er nimmt ein Blättchen und wickelt ungeschickt ein Häufchen Tabak hinein. Er merkt, dass er viel länger brauchen wird, als es Wolke Hartwachs vermutlich recht ist und versucht die Zeit mit einem Gespräch zu überbrücken.

»Liebe Wolke, du weißt ja vielleicht noch, dass ich seit einiger Zeit nicht mehr im Dienst bin. Habe ja mein Alter. Schreibe nun Krimis. Die junge Frau hier heißt Sabine und besucht meinen Schreibkurs. Heute gibt's praktischen Einzelunterricht in Recherche.«

»Du bist seltsam«, murmelt Wolke und beobachtet abschätzend, welche Art von Tüte Hackenberg gerade zusammenfaltet.

»Wenn du das sagst, hört es sich wie ein Kompliment an«, grinst Hackenberg. »Ich habe Frollein Sabine erzählt, dass du einmal eine sehr ambitionierte Kriminalkommissar-Anwärterin warst und in meinem Team gearbeitet hast, als du hier in diesem Club deinem ersten und leider auch letzten Mordfall begegnet bist. Dieser Fall ist übrigens mittlerweile gelöst. Vor allem deshalb bin ich hier.«

»Gelöst?«, fragt Wolke und fingert dabei ungeniert dort herum, wo ihr das frische Piercing vermutlich Irritationen verursacht. »Das kann nicht sein. Die Mörderin ist noch nicht wieder aufgekreuzt. Aber sie wird kommen, und ich werde da sein. Das habe ich versprochen, und ich irre mich nicht.«

»Ich habe befürchtet, dass du das sagst«, meint Hackenberg und überreicht der Blondine etwas, das nur aus dem Kontext des Geschehens als Zigarette erkannt werden kann. Wolke nimmt das Ding entgegen, betrachtet es kurz und wirft es dann in den Mülleimer. Sie greift nach dem Tabak und dreht sich selbst in wenigen Sekunden eine neue Zigarette.

»Wie gesagt, ich habe Sabine von dem Lachs- und Leder-Fall berichtet«, spinnt Hackenberg den Gesprächsfaden weiter. »Ich hatte gedacht, du erzählst uns vielleicht die Geschichte noch mal aus deiner Sicht. Wie lange ist das jetzt her?«

Wolke benötigte keine Sekunde für ihre Antwort. »Vier Jahre und zweiundachtzig Tage. Und klar, ich erzähle gerne, wie das damals war. Solange dieser faule Achim nicht kommt, kann ich hier eh nix weiter machen. Also sperrt die Öhrchen auf.«

* * *

Wolke sah mitleidig auf den Mann herab, der sich mit zitternden Fingern und zunehmender Verzweiflung bemühte, seine in einem erdbeerfarbenen Gummi verknuddelte Halberstarkung irgendwie in sie hineinzukneten.

»Moment noch, geht sofort los«, stammelte der Kerl. Wolke stöhnte leise auf und verdrehte die Augen. Sie hatte sich wohl von diesem beeindruckendem Sportlerkörper täuschen lassen. Nun überlegte sie, wie sie die peinliche Veranstaltung beenden konnte, ohne einen weinenden nackten Kerl auf der zentralen Matte des Swingerclubs zurücklassen zu müssen. Die Frau, die schreiend und heftig mit den Armen wedelnd aus dem Nebenraum stolperte und damit alle Aufmerksamkeit auf sich zog, kam ihr gerade recht. Wolke stand auf, zupfte ihren Schlüpfer in eine mittige Position und ging zu der Frau, deren Schreiattacke in einen von krampfhaftem Atemholen durchsetzen Weinanfall überging.

»Was'n los?« fragte Wolke und nahm das Gesicht der Frau beruhigend in beide Hände. »Der Typ im Käfig ist tot«, stieß die Frau augenrollend hervor. »Richtig tot.«

Alarmiert und sich sofort ihrer beruflichen Pflichten erinnernd, wandte die angehende Kriminalkommissarin Wolke Hartwachs sich abrupt ab und ging schnellen Schrittes in das Käfigzimmer. Hier bot sich ihr ein sogar für die hiesige Location ungewöhnlich bizarres Bild. In dem etwa 2 mal 2 Meter messenden Käfig lag ein Mann, mit Händen und Füßen an die metallenen Stäbe gefesselt. Der Reißverschluss seines Lederslips stand offen und ließ so Platz für sein schlaff heraushängendes Gemächt. Bizarr wurde dieser Anblick für Wolke, die so etwas regelmäßig sah, jedoch erst durch die weit aufgerissenen und starr blickenden Augen des Mannes, der so aussah, als würde er sich selbst am meisten über das Riesenstück gebeizten Lachses wundern, welches in seinem Mund steckte und ihn offenbar gehörig am Atmen hinderte. Wolke brauchte nur Sekunden um festzustellen, dass diese Behinderung wohl nachhaltig gewesen war, denn sowohl Atem als auch Puls waren dem Mann für immer vergangen. Sie riss den Lachs, der wirklich verdammt groß war und bis tief in den Rachen hineinreichte, sofort heraus und begann mit gekonnten Versuchen der Reanimation. Vergeblich. Hier war nichts mehr zu machen. Als sie den Versuch aufgab, den Herrn aus seinem leblosen Zustand herauszuholen, hatte sich schon eine große Ansammlung geschockter Swinger in dem Raum versammelt.

»Das ist der Adalbert«, sagte eine Frau und hielt sich entsetzt eine Hand vor den Mund. »Ist der tot?«

»Aber so was von«, antwortete Wolke und holte tief Luft. »Wer war hier mit dem zugange?«

Alle sahen sich fragend an. Schnell war man sich einig, dass es auf keinen der Anwesenden zutraf.

»Der ist doch mit seiner Frau da«, sagte Jupp, der Barmann, und wandte sich ab, offenbar um ebendiese Frau in den heiligen Hallen seines Clubs ausfindig zu machen. Wolke rief den Herumstehenden zu: »Keiner fasst den Käfig oder den Adalbert an!«, und folgte Jupp. Bald hatten sie eine Gruppe von Männern ausgemacht, die sich lautstark mit einer einzelnen Dame vergnügten und deshalb den Trubel um den Fund des Toten noch gar nicht zur Kenntnis genommen hatten.

»Danuta«, sagte Jupp und schob die Jungs auseinander, um Kontakt mit der Frau aufnehmen zu können. »Danuta, hör mal zu.«

Etwas irritiert und sichtlich noch in einer anderen Welt, blickte die Angesprochene auf. »Was?«

»Es ist was mit deinem Adalbert«, sagte Jupp und wies in Richtung des Nebenraumes. Dort drängten sich mittlerweile alle übrigen Gäste des Clubs, um einen Blick auf den Toten zu erhaschen.

»Ach nee«, maulte Danuta und erhob sich unwillig.

Zwei Minuten später hielt Wolke Hartwachs eine zwischen Weinen und dumpfem Starren ständig wechselnde Danuta Weber im Arm. Sie war vom Ableben ihres Ehegatten Dr.

Adalbert Weber sichtlich geschockt. Wolke übergab Danuta an den Barmann Jupp. Der schickte sich sofort an, beruhigend und tröstend auf Danuta einzuwirken. Das machte er zumindest so gut, dass Wolke die Mordkommission, in der sie seit Kurzem tätig war, verständigen konnte, ohne von lautem Weinen beim Telefonieren gestört zu werden.

Kriminalhauptkommissar Lars Hackenberg und sein Team tauchten sehr schnell am Ort des Geschehens auf. Wolke hatte nicht einmal Zeit gefunden, ihren Clubdress gegen zivile Kleidung zu tauschen. Die Kollegen begutachteten erst einmal ausführlich ihren minimal bekleideten Körper, bevor sie sich der Leiche zuwandten.

Wolke ignorierte das unverschämte Grinsen der anwesenden Kriminalisten und erklärte ihrem Chef, wie sie den Toten vorgefunden hatte. Da es unwahrscheinlich war, dass Dr. Adalbert Weber sich selbst den Lachs in den Rachen gestopft und an allen Vieren gefesselt hatte, musste man von der Einwirkung anderer Personen ausgehen. Um deren Identifizierung bemühte man sich umgehend, während die Spurensicherung ihre Arbeit aufnahm. Doch obwohl der Club sofort geschlossen worden und alle Anwesenden daran gehindert worden waren, das Etablissement zu verlassen, konnte sich keiner der Anwesenden erinnern, mit Adalbert im Käfig zugange gewesen zu sein. Auch hatte natürlich niemand etwas beobachtet. Der schöne Jupp wusste lediglich von einer einzigen Frau zu berichten, die den Club an diesem Abend vorzeitig verlassen hatte. Leider hatte er die Dame nicht gekannt, was er nun aus verschiedenen Gründen bedauerte. Aber da weibliche Gäste keinen Eintritt zahlten, hatte er sich auch nicht sonderlich um sie gekümmert. So blieb Hauptkommissar Hackenberg zunächst nur, die kriminaltechnischen Untersuchungen ihren Fortgang nehmen und sein Team alle Gäste befragen zu lassen, während er selbst sich mit der Frau des Toten beschäftigte. Die wusste sich vor Trauer und Verzweiflung immer noch nicht zu lassen und gab nur stückweise Auskunft. Ein paar Fakten bekam Hackenberg immerhin heraus: Dr. Adalbert Weber war Vegetarier und hätte den Lachs niemals freiwillig in den Mund genommen, selbst vor dem Hintergrund seiner devoten sexuellen Ausrichtung nicht. Auf die Frage, warum denn überhaupt Lachs im Spiel gewesen sei, gab Jupp die Auskunft, das heutige Motto des Abends sei »Lachs und Leder«, was sich natürlich sowohl auf den Dresscode als auch auf die Gestaltung des Buffets bezog.

»Aber liebe Frau Weber«, fragte der Kommissar die aufgelöste Danuta. »Warum gehen Sie denn als Vegetarier zu einem solchen Mottoabend?«

»Ach, wir haben im Internet die Beschreibung nur überflogen und Lack und Leder verstanden«, schluchzte Danuta heraus. »Und überhaupt, wir sind doch nicht zum Essen da!«

Nach diesem Ausruf verfiel sie wieder in einen Weinkrampf, von dem Hackenberg sich entnervt abwandte und Wolke den Wink gab, sich wieder der Frau anzunehmen. Dabei raunte er ihr zu: »Menschenskind, nun zieh dir doch bitte was über, die Kollegen haben kaum Blick für was anderes.«

Wolke gehorchte und nahm sich zwei Minuten, um in die Umkleide zu gehen und sich in die Kleidung zu werfen, in der sie gekommen war. Dann kümmerte sie sich wieder um Danuta Weber. Mittlerweile hatten sich die Ermittler auf den Tatbestand des Tötungsdeliktes geeinigt. Vor allem, da die einzige Person, die vielleicht mit Adalbert zugange gewesen war, den Club unerkannt verlassen hatte, kurz bevor der

Tote im Käfig entdeckt worden war. Als Danuta realisierte, dass es sich tatsächlich um einen Mord handeln könnte, nahm der Grad ihrer Auflösung und des daraus resultierenden Gejammers groteske Züge an. Hackenberg telefonierte nach einer psychologischen Betreuung, und Wolke tat ihr Bestes, um die Frau zu beruhigen. Sie streichelte ihr über den Kopf und sagte: »Frau Weber, ich versichere Ihnen, wenn Ihr Mann wirklich von dieser Frau ermordet wurde, werden wir sie finden. Ich verspreche Ihnen, bei allem was mir heilig ist, ich werde diese Frau finden!«

Danuta nickte dankbar und schien sich tatsächlich durch dieses Versprechen etwas beruhigen zu lassen. Kommissar Hackenberg nahm seine junge Kollegin beiseite und raunte ihr zu: »Mädchen, versprich so etwas nicht. Das führt meist zu nichts Gutem.«

* * *

Wolke nimmt gedankenverloren einen Zug aus ihrer Zigarette und inhaliert den Rauch sehr tief. Es strömt kaum etwas davon aus ihrem Mund zurück, als sie langsam und tonlos sagt: »Ich werde dieses Versprechen halten. Irgendwann kommt diese Frau wieder in den Club. Sie wird kommen. Und ich werde da sein.«

»Oh mein Gott«, stößt Sabine entsetzt hervor. »Sie haben wirklich den Dienst quittiert und warten hier auf die Mörderin? Wissen Sie denn nicht, dass diese Frau niemals kommen wird, niemals kommen kann? Herr Hackenberg, erzählen Sie ihr bitte alles, was Sie mir berichtet haben!«

»Sagen Sie es ihr doch, meine Liebe«, versetzt Hackenberg.

Die junge Frau beeilt sich, dieser Aufforderung in einem hektischen Vortrag nachzukommen.

»Bitte glauben Sie mir, Ihr Warten ist völlig sinnlos! Die geheimnisvolle Frau, die den Mann mit einem Stück Lachs erstickt haben soll, hat es nie gegeben, das war die Ehefrau selbst. Ihr Liebhaber Jupp hatte ihr im Club, in dem er damals Barmann war, die passende Legende und das Alibi verschafft. Danuta Weber hat ihren Mann mit Tofu vergiftet, und zwar mit einem Gift, welches zu Atemstillstand führt. Das mit dem Lachs war ein Ablenkungsmanöver und sollte den Erstickungstod plausibel machen, was ja auch gelang. Dann wollte sie mit ihrem Geliebten das Geld ihres Mannes verprassen, doch die Beziehung hielt nicht lange. Jupp war nicht treu. Er wurde zuletzt selbst Opfer eines Verbrechens und erleichterte sein Gewissen auf dem Sterbebett.«

Wolke sieht die erregt vortragende Sabine mit ausdruckslosem Gesicht an. »Jupp war nicht treu«, wiederholt sie entseelt und fügt nach einer Pause, die der entsetzten Jungautorin wie eine halbe Ewigkeit vorkommt, hinzu: »Die Mörderin wird kommen. Und ich werde da sein. Ich habe es versprochen.«

Sabine hat das Gefühl, von dem offensichtlichen Wahnsinn der Frau erdrückt zu werden. Ihr Gesicht ist knochenbleich geworden. »Ich muss hier raus«, würgt sie hervor. »Kommen Sie bitte, Herr Hackenberg! Bringen Sie mich fort.«

»Ich bleibe noch und warte, bis der Bierzapf wieder funktioniert. Sehen wir uns morgen im Seminar?«

»Ich weiß nicht, weiß nicht«, stammelt die junge Frau und verlässt fluchtartig den Raum. Wolke Hartwachs und Lars Hackenberg lauschen ihren unregelmäßig tapsenden Schritten, bis sie oben die Tür ins Schloss fallen hören. Dann kommt Leben in Wolkes ausdrucksloses Gesicht. Sie gibt eine Kostprobe des herzerfrischendsten Kutscherlachens, das man sich aus dem Mund einer Frau vorstellen kann, und meint dann: »Die Süße hat ein Gesicht gezogen, als hätte sie Wurstwasser getrunken.«

»Du warst aber auch verdammt gut«, grinst Hackenberg anerkennend. »Mit dieser Geschichte werde ich jeden noch so aufdringlichen Schüler los, und mit jedem Mal wirst du besser. Diese Sabine ging mir zuletzt echt auf den Sack. Will knallharte Krimis schreiben und ist sensibel wie ein rosa Kaninchen.«

»Macht mir auch jedes Mal mehr Spaß, mein Hase. Übrigens, Hacki, bleibst du wirklich noch was? Wird sich bestimmt lohnen. Für heute Abend hat sich die Gangbang-Jutta mit ihrer verrückten Freundin Elvira angemeldet. Und Jutta hat versprochen, wenn sie dich hier trifft, darfst du bei beiden als erster und als letzter ran.«

»Aber klar bleibe ich«, freut sich Hackenberg. »Das nenne ich mal ein Versprechen. Und das Dürrenmatt-Seminar kann ich auch morgen noch vorbereiten.«

Tatjana Kruse

die kleinen freuden der kannibalen, die vegan leben

»Guten Abend, meine Damen und Herren, herzlich willkommen zu *Bäuerin sucht Knecht*. Ich begrüße Sie heute auf dem Hof von Traudl Gerstenberg!«

Marco Zanoni feuerte seine Jacketkronen-Strahlekanone in die Kamera und zog Traudl mit festem Griff neben sich. Das heißt, er wollte ziehen, doch eine Traudl Gerstenberg ließ sich nicht ziehen. Seine ausgestreckte Hand verkrallte sich in ihren gestärkten Blusenärmel, aber es war ein wenig so, als wollte ein Ein-Mann-Kajak die majestätische Queen Mary zwo aus ihrem Fahrwasser bewegen. Wobei Traudl kein Fleischberg war, wie die Redaktion es sich erhofft hatte, kein unschöner Trampel vom Lande mit einer Sonnenblume neckisch hinter das verlegenheitsrote Ohr geklemmt, in allzu eng sitzender Sonntagstracht und mit Schlammspritzern an den flachen Bequemschuhen. Traudl war ja auch nur die Ersatzkandidatin. Suse Schmidt, die diesem Anforderungsprofil genau entsprochen hatte, musste in allerletzter Sekunde vor dem Aufnahmetermin absagen, weil sie vor lauter »Oh Gott, ich komm ins Fernsehen« in einen Häcksler geraten war und der Sendeleiter aus Angst vor der Behindertenlobby keine frische Einarmige bloßstellen wollte. Denn – mal ehrlich – bei dem neuen Sendeformat *Bäuerin sucht Knecht* ging es nicht nur um Partnervermittlung mit erotischem Kick, sondern ganz wesentlich auch um Partnervermittlung mit Demütigungspotenzial. Moderator Zanonis Marschbefehl lautete: Provoziere Peinlichkeiten und verbreite Häme. Von beidem reichlich. Natürlich alles vor dem Hintergrund ökologischer Landwirtschaft nach dem Nachhaltigkeitsprinzip, Demeter zertifiziert.

»An dieser Stelle kommt jetzt der Einspieler, den meine Kollegen letzte Woche hier auf dem Hof gedreht haben«, sagte Zanoni zu Traudl. Er sagte es mit Unzufriedenheit in der Stimme. Traudl entsprach nicht seinem Idealbild einer plumpen, strohköpfigen Hinterwäldlerin, die in Brunft geraten war. Traudl war eine sympathische, patente, dunkelblonde Walküre mit Sommersprossen und einem Diplom in Agrarwissenschaften. Wie sollte er mit der Quote machen? Er brauchte tumbe Bäuerinnen und noch tumbere Landwirtschaftshelfer.

Sie standen in Traudls Hofladen. Wenigstens der war genau so, wie man sich einen Biohofladen vorstellte: klein, mit vielen Strohblumen und Wurstwaren. Was hatte er sich gefreut, als der Sender sein Konzept *Bäuerin sucht Knecht* angenommen und ihn als Moderator akzeptiert hatte. Es war ja auch eine geile Idee: Jungbäuerinnen, die sich einen Mann an ihrer Seite wünschten, der auf ihrem Hof mit anpacken konnte, wurden mit kräftigen Kerlen – möglichst aus einem anderen Teil Deutschlands oder der Welt – verpaart. Marco Zanoni hatte sich in bunten Farben ausgemalt, wie er rotwangige, ostfriesische Aal-Züchterinnen mit kenianischen Kraftprotzen und dralle Pfälzer Winzerinnen mit Steroid-gestählten Ruhrpottkraftsportlern zusammenbrachte. Aber die Wirklichkeit pinkelte den Wünschen der Fernsehschaffenden ja immer ans Bein.

Für die in jeder Hinsicht normale und nette Traudl gab es nur einen einzigen Kandidaten, dem es leider auch in jeder Hinsicht an Skurrilität mangelte: ein Schafe hütender Bergbauernsohn aus irgendwo bei Garmisch-Partenkirchen, der in seinen Krachledernen eine ausnehmend gute Figur machte und dessen Drei-Tage-Bart ihm ein verwegenes Aussehen verlieh. Keine gute Ausgangssituation für Peinlichkeiten und Häme. Marco war enttäuscht, aber auch Profi. Er würde schon dafür sorgen, dass die eine oder andere Eskalation erfolgte, notfalls im Schneideraum, wo er Kommentare zusammenhanglos aneinanderreihen und mit Spannungsmusik unterlegen konnte. Von jetzt an würde er aber dafür sorgen, dass sich die Kandidatinnen ihren künftigen Herzensbuben nicht selbst aussuchen durften ...

»*Bäuerin sucht Knecht* entführt Sie heute ins idyllische Hohenlohe, zur Erbin eines Hofes, auf dem man sich seit fünf Generationen dem Wohl des schwäbisch-hällischen Landschweines verschrieben hat. Schweine wie Gustav.«

Traudl tätschelte Gustav den Kopf. Dafür musste sie sich nicht bücken, denn Gustav war ein ausgewachsener Eber. Sie war extra um vier Uhr früh aufgestanden, um ihn zu waschen und zu bürsten. Noch nie war ein schwäbisch-hällisches Landschwein so makellos aufgebrezelt gewesen. Gustav fand sich schön. Er rieb sich an Traudl. Er war mit der Flasche aufgezogen worden und hielt sich für einen Menschen.

»Traudl Gerstenberg hat sich aus der Vielzahl der Zuschriften für einen einzigen Kandidaten entschieden, den bayrischen Naturburschen Alex.«

Marco gab ein Zeichen. Hier würde der Schnitt zum kurzen Einspieler von Alex auf seiner Alm kommen, mit glücklichen Schafen auf Edelweißwiesen. Oder so ähnlich, das war nicht Marcos Problem, den Einspieler hatte der Redaktionspraktikant gedreht.

Usch, die Redaktionsassistentin kam mit bleichen Wangen angelaufen. Seit sie erfahren hatte, dass sie als überzeugte, vegan lebende Tierschützerin – PETA-Mitglied seit 2008 – auf einem Schweinehof drehen sollte, war ihr ständig schlecht. Aber in diesem Moment schien sie noch bleicher als sonst. Leise flüsterte sie Marco hinter vorgehaltener Hand etwas zu. Zanonis Stirn legte sich in Falten.

Traudl kraulte Gustav derweil weiter hinter dem Ohr. Sie war die Ruhe in Person – Fernsehen hin oder her. An Bewerbern um ihre Gunst hatte es nie gemangelt, aber sie suchte jemand, mit dem zusammen sie sich der Sisyphos-Arbeit einer modernen Schweinezucht mit glücklichen Tieren widmen konnte. Keiner der Jungs aus dem regionalen Jungbauernverband teilte ihre Überzeugungen oder brachte ihr Herz zum Pochen. Da war es ihr als legitimer Versuch erschienen, überregional mit Hilfe eines Privatsenders auf Gattenfang zu gehen. Qualitäts-Eber zur Begattung ihrer Sauen suchte sie ja auch auf Zuchtschauen.

Aber die Hoffnung, dass es tatsächlich klappen könnte, war längst verraucht. Schaf und Schwein, das vertrug sich nicht. Diesem krachledernen Alex hatte sie nur deshalb zugestimmt, weil sie aus ihrem Vertrag mit dem Sender nicht mehr herauskam. Jetzt tröstete sie sich mit dem Gedanken, dass durch die Sendung mehr Leute als bisher auf ihren Hofladen mit ihrer selbstgemachten Schweinswurst im Glas aufmerksam wurden. Traudl wanderte mit ihrer Streichelhand von Gustavs Stirn zu den mit hübschen Schleifen verzierten Wurstgläsern. Wenn man selbst wurstete, wusste man ganz genau und zu hundert Prozent, was drin war.

Sie schaute erst auf, als Marco Zanoni fluchte wie ein Bierkutscher.

»Problem?«, erkundigte sie sich.

»Dieser Scheiß-Bayer ist in eine Radar-Falle gefahren!«, schimpfte Zanoni.

»Ja und? Geblitzt?«

»Nein. Gescheppert. Er ist volle Kanne in die verdammte Radarfalle gebrettert. Offenbar angetrunken. Jetzt liegt er mit schwerem Schleudertrauma im Krankenhaus. Verdammte Scheiße, verdammte!« Marco ging ruckartig in die Knie, als wolle er sich ungespitzt in den Boden rammen. »Wo soll ich denn auf die Schnelle einen Ersatz-Bauern herkriegen?«

An jedem anderen Tag hätte er den Dreh einfach abgebrochen. Das hier war sowieso keine ergiebige Ausgangslage. Aber dieses Projekt *musste* einfach ein Erfolg werden, der Sendeleiter wachte mit Argusaugen darüber. Wenn Zanoni jetzt bravourös die Situation rettete, geriet er womöglich aus der Schusslinie und würde erst dann wieder zittern müssen, wenn es um die Quote ging.

Er trat aus dem Hofladen und sah sich auf dem Gerstenbergschen Anwesen um, auf der sie die Eingangssequenzen drehten. Sein Blick fiel auf das schmucke Bauernhaus, auf einen glucksenden Brunnen, auf Stallungen und ... Max.

Max war der Redaktionspraktikant, der an diesem Drehtag eigentlich nur für das Catering der Crew und diverse Botengänge zuständig war. Ein hochgewachsener Schlacks mit abstehenden Ohren. Und Drei-Tage-Bart.

»He ... äh ... du!«, rief Zanoni, der sich die Namen von Subalternen nicht zu merken pflegte. »Du springst ein!«

»Wie bitte?«, fragte Traudl Gerstenberg.

»Wie bitte?«, entfuhr es Max entgeistert.

»Den Unterschied merkt keiner. Wir stecken dich in eine Lederhose und gut.«

»Aber ...«, wollten Max und Traudl protestieren.

Keine Chance!

Eine halbe Stunde später stand Max in der viel zu großen, knielangen Krachledernen, die Usch für Axel mitgebracht hatte, weil der Sender natürlich nicht erlaubte, dass sich die Bäuerinnen und Knechte selbst einkleideten – womöglich hätten sie das ja mit Geschmack getan! – vor dem Gerstenbergschen Bauernhaus und schaute bedröppelt. Traudl neben ihm fühlte sich wie eine Krippenräuberin. Angeblich war Max zwar volljährig, aber das sah man ihm wirklich nicht an. Sie hätte gern auch den Bettel hingeworfen, doch laut Vertrag müsste sie dann dem Sender eine Aufwandsentschädigung in fünfstelliger Höhe zahlen, und so viel Geld hatte sie nicht.

»So, jetzt drehen wir den Moment, wo die Jungbäuerin den neuen Knecht zum ersten Mal sieht.« Zanoni gab Kameramann und Tontechniker ein Zeichen. »Du ... äh ... Dings ... klingelst an der Tür. Und Sie ... äh ... machen die Tür auf und schauen überrascht und erfreut. Kriegen wir das hin?«

»Ich brauche noch etwas Puder. Meine Stirn glänzt«, bat Traudl.

Zanoni fand, dass Bäuerinnen fettig zu glänzen hatten. Das war quasi das Siegel der Echtheit: Frisch verschwitzt aus dem Stall. »Dazu haben wir jetzt keine Zeit mehr. Die Lichtsituation kann sich sekündlich ändern. Also gut, Action!«

Max schwankte steifbeinig zur Tür, hob den gefaketen Gamsbarthut von den dunklen Locken und klingelte.

Traudl öffnete und presste sich beglückt die Hand auf den Mund.

»Grüß Gott«, bellte Max auf bajuwarisch.

»Grüß Gott«, rief Traudl auf schwäbisch.

Soweit, sogut und alles nach Script.

Hausschwein Gustav hielt sich jedoch nicht an die Regieanweisungen, stürmte an seinem Frauchen vorbei auf Max zu und machte ihn platt.

Es war weiter nicht tragisch, Max lachte, Kameramann und Tontechniker lachten und hielten weiter drauf, Traudl lachte und lief auf Max zu, um ihm den Staub von der Lederhose zu klopfen und ihm auf die Beine zu helfen. Im Grunde eine sehr sympathisch-menschliche Szene. Aber eine Szene, die Zanoni so nicht vorgesehen hatte.

»Cut!« Er stemmte die Hände in die Hüften und schüttelte den Kopf. »So geht das nicht!«

Traudl Gerstenberg überlegte in diesem Moment, in dem sie Zanoni am liebsten ungespitzt in den Boden gerammt hätte, was wohl für ihn sprechen mochte. Jeder Mensch hatte doch auch sein Gutes, selbst Attila der Hunne. Aber ihr wollte partout nichts einfallen.

»Wirklich, Frau ... äh ... das ist doch kein Schuljunge, dem Sie den Dreck vom Podex klopfen wie man einen Teppich ausklopft. Da muss Erotik aufkommen! Geben Sie sich doch mehr Mühe!« Zanoni wischte sich einen ärgerlichen Schweißtropfen von der Botoxstirn. »Noch mal!«, befahl er. »Meinetwegen mit Schwein. Aber es muss prickeln!«

»Das Schwein?«

»Nein! Die Szene!«

»Take zwei«, rief Usch und ließ die Klappe klappern.

Beim nächsten Versuch gaben Max und Traudl alles, was man an schmierenkomödiantischem Amateurtheater geben konnte, nur Gustav hatte keine Lust mehr. Er hatte diesen Menschen ja schon begrüßt, warum dann das Ganze noch mal? Grunzend legte er sich vor dem Stall im Schatten ab und blieb liegen. Und da das Schwein im Allgemeinen und Gustav im Besonderen zu der Crème de la Crème intelligenter Lebewesen zählte, war ihm mit Befehlen auch nicht beizukommen. Gut, Traudl wusste, dass man Maxens nackte Beine nur mit Bier hätte bestreichen müssen, dann hätte Gustav ihn mit Genuss abgeschleckt, aber ihr Wille zur Kooperation mit Zanoni nahm sekündlich ab.

»Na ja, da kann man im Schnitt vielleicht noch was retten«, tröstete sich Zanoni und nahm einen Schluck Mineralwasser. Natürlich nicht irgendeines, sondern Südseewasser aus dem Hochland der Fidschiinseln, die Flasche für neunzehn Euro, aus der Kühltasche, die Usch immer bei sich trug, falls dem Meister die Stimmbänder verdorrten.

Traudl fand, dass Zanoni genau dem Klischee entsprach, das sie von trendigen Fernsehschaffenden hatte. Entsprach sie auch seinem Stereotyp einer Bäuerin? Sie wollte darüber nachdenken, aber Zanoni hatte schon einen neuen Regie-Einfall.

»Die erste gemeinsame Mahlzeit ... ein Picknick am plätschernden Bach.«

»Es gibt keinen Bach auf meinem Grundstück«, wandte Traudl ein.

Jeder andere als Zanoni wäre mit fertigem Storyboard angereist, hätte sich auch sonst irgendwie vorbereitet, aber er lebte die Inspiration des Augenblicks, wie er es nannte. Wenn es keinen Bach gab, dann eben ... nein, der Brunnen gab optisch nichts her ... dann also ...

»Ein Picknick mitten unter den Schweinen. Sie zeigen Ihrem künftigen Liebsten gleich, mit wem er Ihr Herz zu teilen hat. Wie klingt das?« Zanoni strahlte.

Traudl musste zugeben, dass es gut klang. Nur Max hatte olfaktorische Bedenken. »Im Schweinestall?«, fragte er unsicher.

Traudl betrieb eine ökologische Schweinezucht mit glücklichen Tieren, die zu einhundert Prozent Öko-Futter ohne beigemengte Leistungs- oder Wachstumsförderer bekamen, und die nach Lust und Laune im Freien herumstreifen oder im Wühlareal herumtollen durften, falls sie nicht lieber im Stall blieben und sich auf ihrem Strohbett eine gemütliche

Auszeit gönnten. Es war eine kleine, aber höchst zufriedene Schar an Tieren. An diesem Sommertag jedoch suhlte sich die Gruppe an Säuen genüsslich im Schlammbad und war weder durch gute Worte noch durch Bestechungen zu bewegen, in den Stall zu kommen, um das Bild der beiden Picknicker pittoresk zu umrahmen. Nicht einmal die zehn Liter Bier im Trog waren für die Damen Anreiz genug, nur Gustav kam angelaufen und schlürfte hingebungsvoll und geräuschintensiv.

»Ohne Schweine macht das keinen Sinn!«, beschwerte sich Zanoni. »Na, dann machen wir jetzt ...«

»*Jetzt* machen wir die gewerkschaftlich vorgeschriebene Mittagspause«, sagte der Kameramann und trottete zum Kleinbus des Senders. Usch und der Tontechniker folgten ihm.

Zanoni guckte verdrossen, Max erleichtert.

Und Traudl? Traudl sah in diesem Moment, was Zanoni auf der karierten Picknickdecke von der Redaktionsassistentin hatte vorbereiten lassen.

»Was ist das?« Sie hauchte es nur. Ungläubig. Entsetzt. Fassungslos.

Zanoni sagte: »Schnitzelbrötchen, Saitenwürstle, Schmalzbrote, Fleischwurstringe, Gummibärchen aus Schweinegelatine – alles vom Schwein. Damit der Zuschauer künftig den Verzehr von Schwein immer mit Ihnen verbindet, Frau ... äh ... genau. Lieber wenig Fleisch, dafür von glücklichen Schweinen. Wir geben der Wurst ein Gesicht. Das Gesicht von dem hier.« Er zeigte auf Gustav, der mittlerweile hackedicht war und dessen Zunge unschön aus der Schnauze hing.

Gustav rülpste. Dann fiel er um.

»Sie haben meinetwegen Hand an ein Schwein gelegt?«, zischelte Traudl.

Max sah den Moment gekommen, wo er seinem eigentlichen Job nachkommen und sich um das Catering der Crew kümmern sollte. Er lief ebenfalls zum Kleinbus.

Jetzt standen nur noch Traudl und Zanoni im Stall.

»Ich habe natürlich nicht selbst Hand angelegt«, sagte Zanoni. »Ich fasse doch kein Schwein an. Aber wir wollen doch auch Werbung für Ihren Hofladen machen, nicht wahr?«

Zanoni bereitete sich ja nie vor und vertraute immer dem Augenblick, aber selbst die beste Vorbereitung hätte ihn nicht darauf vorbereitet, dass Traudl überzeugte Kämpferin für das Recht des Schweins auf Leben war. Wer denkt bei einer Schweinebäuerin schon an Schweinerechte?

Aber für Traudl waren Schweine die besseren Menschen: klug, charaktervoll, loyal. »Sie haben den Tod eines Schweines für Ihre lächerliche Sendung billigend in Kauf genommen?«, spuckte Traudl aus.

Zanoni schluckte. In der offenen Stalltür erschien jetzt auf einmal die Gruppe an Säuen, eingeschlammt und mit demselben irren Blick in den Augen wie ihn Traudl Gerstenberg hatte.

»Ist das nicht der Sinn einer Schweinezucht?« Er räusperte sich: »*Mein idealer Lebenszweck ist Borstenvieh, ist Schweinespeck*«, summte er plötzlich den Arienrefrain aus dem *Zigeunerbaron*. Er wollte einen Schritt zurücktreten, aber hinter ihm war die Scheunenwand. »*Das Schreiben und das Lesen ist nie mein Fach gewesen, denn schon von Kindesbeinen befasst ich mich mit Schweinen ...*« Zanoni wurde immer leiser, dann verstummte er. Das war jetzt irgendwie eine bedrohliche Situation. Hatte diese Verrückte ihre Tiere zu Killerschweinen abgerichtet? Natürlich hatte er davon gehört, dass Schweine Menschenfleisch fraßen, aber würden sie sich hier und jetzt auf Befehl ihres Frauchens auf ihn stürzen und ihn in Stücke reißen?

Plötzlich lächelte Traudl. »Huch, Sie wirken ja ganz verschreckt! Ich wollte Ihnen keine Angst einjagen – Sie konnten ja nicht wissen, dass ich den Verzehr von Schweinefleisch ablehne.«

Zanonis Blick wanderte zu den Säuen.

Traudl lachte. »Vor denen brauchen Sie keine Angst zu haben. Die sind nur sauer, dass wir die Inneneinrichtung hier ohne ihr Wissen verändert haben. Wie wir Frauen eben so sind.« Sie bückte sich, griff mit spitzen Fingern nach dem Essen auf der karierten Picknickdecke und warf alles in den Korb, den sie anschließend nach draußen trug. »Kommen Sie«, rief sie Zanoni über ihre Schulter zu. Er wuselte hinterher. Die Säue machten es sich auf ihren Strohlagern gemütlich. Gustav schnarchte.

Draußen, im strahlenden Sonnenlicht des Sommertages, fühlte Zanoni sich gleich sicherer. Was für ein unheimlicher Moment im Stall. »Puh …«, sagte er.

Mehr sagte er nicht.

Er würde nie wieder etwas sagen.

Traudl hatte die Klappe zur Güllegrube angehoben. Und ihn hineingestoßen. Schwungvoll und mit einem Lächeln im Gesicht.

In vollständig dichten Güllebehältern wie dem ihren konnten durch den sauerstofffreien Abbau von Fest- und Flüssigexkrementen der Schweine Konzentrationen von Ammoniak und Methan bisweilen gefährlich hoch werden. Aber für Zanoni lag die Betonung in diesem Moment nicht auf Ammoniak oder Methan, sondern auf sauerstofffrei. Es gab da drin keine Atemluft. Das merkte er rasch, aber da hatte Traudl die Bodentür bereits wieder geschlossen und gesichert.

Sie richtete sich auf und ging zu dem kleinen Klappstand vor dem Eingang zu ihrem Hofladen. Es würde Fragen geben. Man würde nach ihm suchen.

Gustav kam immer noch angetrunken, aber wieder wach, aus dem Stall getorkelt und grunzte.

Traudl wusste, dass sie seine Zukunft nicht aufs Spiel setzen durfte. Wer würde sich um ihn kümmern, wenn man sie einsperrte? Wenn wer fragte, musste sie erklären, die Filmaufnahmen seien abgeschlossen worden und der Kleinbus habe sich auf den Weg zurück in die Stadt gemacht. Wie, er sei nie angekommen? Sowas ...

»Usch«, rief sie, »könnten Sie mal kommen? Herr Zanoni will Sie sprechen.«

Max, Usch, der Kameramann und der Tontechniker würden problemlos alle neben Zanoni in die Güllegrube passen. Es war eine große Grube. Den Kleinbus würde man irgendwann verlassen auf einem Autobahnparkplatz finden. Das hatte schon mit dem Staubsaugervertreter, den Zeugen Jehovas und dem Verehrer vom Jungbauernverband geklappt, das würde auch jetzt wieder klappen! Das Geheimnis bestand darin, die frisch Erstickten rasch wieder aus der Güllegrube zu ziehen, bevor das Fleisch dauerhaft einen jauchigen Beigeschmack bekam.

Zärtlich strich sie über die Wurstgläser auf dem Klappstand.

Da kam auch schon Usch angelaufen ...

Regine Kölpin

sein letzter wille

Hinter mir liegt ein verkorkster Abend, den ich lieber mit Fernsehgucken hätte verbringen sollen. Aber ich wollte unbedingt raus, in die Kneipe und was erleben.

Der Abend ist allerdings dermaßen in die Hose gegangen, dass ich froh bin, schon jetzt über den angrenzenden Parkplatz zu meinem altersschwachen R4 schlurfen zu können. Ist vielleicht besser so, ich muss morgen arbeiten, selbst wenn Sonntag ist. Als Floristin mit eigenem Laden und einer kleinen Gärtnerei ist es nötig, auch an solchen Tagen geöffnet zu haben. Es gibt genug Leute, die gerade an diesem Tag nach Blumen verlangen. So wie es Friedhelm stets tat, aber der ist Geschichte. Endgültig.

Mir war das Dasein an seiner Seite zu eng geworden. Couchpotatoe mit 25 ist einfach nicht mein Ding. Nun steht mir die Welt offen, ich kann losziehen, wann immer ich will. Nur gestaltet sich das wilde Leben leider als schwierig, wenn man in Ostfriesland am Rande eines großen Naturschutzgebietes wohnt und die größte Attraktion das ewige Moor ist. Um es kurz zu machen: Hier steppt nicht der Bär. Das einzige Highlight ist diese eine Kneipe mit angesagter Mucke und Menschen, mit denen ich normalerweise gern meine Zeit verbringe.

An diesem Abend drehten sich die Gespräche allerdings vornehmlich um Geister, Zombies, Untote und so einen Blödsinn. Vielleicht wird man so, wenn es an Abwechslung mangelt und das Moor so nah ist. Mir fehlte einfach die Lust, über aus dem Morast auftauchende Leichen zu diskutieren. Das war Humbug. So etwas gab es in amerikanischen Horrorschockern, jedoch nicht bei uns in Ostfriesland. Den gesamten Abend aber ist es nur um dieses Thema gegangen und ich beschloss, vorzeitig zu gehen.

Gerade als ich aufstehen wollte, setzte sich ein junger Mann zu mir, den eine Duftwolke aus Schweiß, Gauloises und Kernseife umwaberte. Er stellte sich mir als Benjamin vor. Hennagefärbte Rastalocken umrahmten ein schmales, pickeliges Gesicht, seine beigefarbige Leinenkleidung wirkte verwahrlost und verströmte eben diesen penetranten Schweißgeruch. Während er das Bierglas umklammerte, fielen mir auch die gelblich verfärbten Fingerkuppen und die ewig zitternden Hände auf. Er machte den Eindruck, als stünde er unter Drogen, aber er ließ mich einfach nicht gehen. Denn er wollte nicht nur Bier trinken. Benjamin war missionarisch unterwegs. Nicht religiös und auf Zombietour wie meine Freunde, sondern eher ökologisch.

Ich lauschte ihm mehr oder weniger konzentriert, schließlich sind meine Hobbys weder die Ökologie noch der Spuk. Ich begeistere mich für etwas ganz anderes: Ich bin Messerwerferin! Nur kann man das einem sich ereifernden Öko und Friedensaktivist sagen? Dass es mir Freude bereitet, am Wochenende meine Zielscheibe aufzubauen, darauf eine Pappfigur zu fixieren und mit Wonne meine Messer ringsherum zu platzieren?

Es ist so befriedigend, sich dabei vorzustellen, es sei ein nerviger Kunde, der da vor Angst wimmernd ausharrt und hofft, nicht getroffen zu werden. Manchmal geht aber einfach ein Wurf daneben … Ich posaune das allerdings nicht herum, denn bei meinen Käufern kommt dieses Hobby sicher nicht so gut an, und auch meine Freunde haben das Gesicht verächtlich verzogen, als ich es mal erwähnte. Für sie ist es so etwas wie Jahrmarktscheiße.

Das Schloss meiner Rostlaube klemmt, als ich den Schlüssel hineinstecke, außerdem sind die Scheiben von innen beschlagen. Ich werde mit geöffnetem Fenster fahren und den Kopf seitlich herausstrecken müssen, aber das bin ich schon gewöhnt. Und um diese Zeit ist in dieser gottverlassenen friesischen Einöde ohnehin nichts los. Da stört die mangelnde Sicht nicht. Wen soll ich schon umfahren?

Der Motor röchelt beim Starten ein paar Mal, gibt anschließend seinen Widerstand auf und beginnt zu knattern. Als ich das Ortsausgangsschild passiere, kommt der R4 erneut leicht ins Stottern. Hinter mir blinkt ein Licht auf. Ich werfe einen Blick in den Rückspiegel, was angesichts der beschlagenen Scheibe natürlich sinnlos ist. Kurz darauf versuche ich es dennoch erneut und zucke dermaßen zusammen, dass der Wagen ins Schleudern gerät. Da hat sich tatsächlich einer meiner Zombiefanfreunde einen miesen Scherz erlaubt! Ich bin nämlich nicht allein in meiner Rostlaube. Auf der Rückbank sitzt jemand und er sitzt nicht so, wie ein lebendiger Mensch sitzen sollte. Der Tritt auf die Bremse erfolgt zeitgleich mit dem Herumreißen des Lenkrades, das den Wagen an der Böschung halten lässt.

Ich schlucke, kneife die Augen zusammen und wende den Kopf. Ich habe mich nicht geirrt. Mit zitternden Händen taste ich suchend nach dem Lichtschalter. Das Innere des Wagens erhellt sich in einem dumpfen Licht. Hinter mir auf dem schönen weinroten Kunstleder befindet sich tatsächlich ein Mann mit einem meiner Wurfmesser im Herzen. Rund um die Einstichstelle hat sich eine Lache gebildet, sein Gesicht ist aschfahl. Der Tote ist Benjamin.

»Wie bist du Öko-Typ in meinen Renault gekommen?«, beginne ich das einseitige Gespräch. »Durch die Tür«, erkläre ich mir dann auch selbst. Denn diese vermaledeite, blöde Rostlaube lässt sich bei nassem Wetter nicht verriegeln. Ich habe einfach selbst Schuld. Kein Mensch meiner Generation fährt heute noch einen R4 aus dem letzten Jahr seiner Erbauung 1992. Gnädige Stimmen bezeichnen meinen Wagen als Oldtimer. Vermutlich haben sie recht, denn er wird den TÜV auch mit ganz viel weiblichem Charmeeinsatz meinerseits nicht bestehen. Doch das sollte jetzt mein geringstes Problem sein.

Auf meiner Rückbank sitzt der Mann, den ich vorhin mehr als deutlich habe abblitzen lassen, und in ihm steckt überflüssigerweise eines meiner Messer. Wahrscheinlich ohne die Fingerabdrücke des Mörders, aber genügend von meinen. Meine Gedanken fahren Karussell, ich bekomme sie so rasch nicht geordnet. Die Polizei holen ist bei der Sachlage ausgeschlossen. Ich könnte gar nicht so schnell gucken, wie sie mich eingebuchtet hätten. Wer mir das angetan hat, ist für den Augenblick ebenfalls unerheblich, darum musste ich mich später kümmern. Nur eines ist für diesen Moment klar: Ich muss die Leiche schnellstmöglich und auf eine endgültige Art und Weise loswerden. Einfach auf der Böschung ablegen entfällt somit. Spätestens morgen hätte man Benjamin gefunden. Tat ich das nicht, würde alle Welt dumme Fragen stellen und ich könnte gar nicht so schnell gucken, wie ich im Knast landete. Die Beweislast erscheint mir erdrückend. In der Nähe gibt es einen See, allerdings habe ich gelesen, dass die Toten nach einer Weile wieder aufsteigen. Aufgeweicht mit Waschhaut und Schmiere und lauter solchen widerlichen Begleiterscheinungen. Das entfällt also. Ich bin zwar enthusiastische Messerwerferin, aber auch Ästhet. Mein kleiner Blumenladen mit äußerst geschmackvollen und kreativen Gestecken spricht seine eigene Sprache. Wasserleichen stören mein Empfinden.

Mir rinnt der Schweiß übers Gesicht, meine Ohren glühen angesichts der galoppierenden Gedanken, das Herz rennt gerade Marathon und meine Hände zittern, als wäre ich auf Entzug. Ich hatte in meinem ganzen Leben noch nie Angst. Jetzt stülpt sich dieses Gefühl allerdings wie eine Glocke über mich und begräbt meine Selbstsicherheit.

Der Tote muss aber weg. Schnell weg ... weg ..., hämmert es durch meinen Kopf. Ich mag nicht mal seinen Namen denken. Mir bleibt einfach keine Wahl, als ihn irgendwo hinzuwerfen, ihn geradezu zu entsorgen wie ein Stück Müll. »Ich könnte ihn auf den Friedhof bringen«, schlage ich mir selbst vor. »Nur wenn man ihn mit einem durchstochenen Herzen findet, wird man den Stichkanal meinen Messern zuordnen können. Viele Messerwerfer in Ostfriesland gibt es schließlich nicht.«

So komme ich nicht weiter. Ich steige aus und atme die kühle Nachtluft ein. Die kleinen Wolken, die meinen Mund verlassen, haben eine beruhigende Wirkung. Nach ein paar Minuten bin ich in der Lage, wieder klare Gedanken zu fassen. Ich rekapituliere zunächst den Abend in der Hoffnung, dadurch eine plausible Lösung zu finden.

Benjamin ist mir heute zum ersten Mal begegnet. Ich bin davon überzeugt, dass meine Freunde ihn überhaupt nicht wahrgenommen haben. Ich überschlage die Zeit und denke, wir haben höchstens eine halbe Stunde zusammengesessen. Ich bin auf die Toilette geflohen, und als ich zurückkam, war Benjamin fort. Das war gut so, er nervte einfach.

Ich bin für Naturschutz, aber man kann es auch übertreiben. Und der Typ war die Übertreibung in Person. »Ich schlafe nur auf Strohsäcken«, hat er gesagt. »Ich heize nur dann, wenn ich drohe zu erfrieren. Ich will einfach nicht schuld am Klimawandel sein.«

Dass er sich diese stinkenden Zigaretten drehte, hielt er offensichtlich für irrelevant und ich hatte keine Lust, darauf herumzureiten. Benjamin war sowieso noch lange nicht fertig. Im Gegenteil: Er hatte sich eben erst so richtig warm geredet. »Weißt du, wie viel Gift sich auf deinen Blumen befindet?«, fragte er, als er meinen Beruf erfahren hatte.

Anstandshalber nickte ich, denn mir sind die Bedingungen durchaus bekannt. Nur soll ich deswegen meinen Laden schließen und, wie er, ohne Heizung auf Strohsäcken schlafen, weil ich mir meine Wohnung nicht mehr leisten kann? Benjamin war Student. Aber er gönnte sich gerade ein Sabbatjahr. Vielleicht auch zwei, je nachdem, wie rasch sich sein Biorhythmus dem des ständigen Lernens angepasst hatte. »So etwas kann man ja nicht planen.«

Ich rückte ein Stück weg. Er bemerkte es aber gar nicht, sondern dozierte über den Klimawandel, die Jagd auf Nashörner in Afrika und die Gefahr durch die Massentierhaltung. Er ließ nichts aus. Gar nichts. Sogar, dass er später nackt und ohne Sarg vom Schiff ins Meer geworfen werden wollte. Als Fischfutter würde er optimal recycelt werden. Woher hätte er schließlich wissen sollen, dass genau diese endgültige Entscheidung zur Entsorgungsthematik bald anstand? Und zwar von mir getroffen.

Ich startete einen letzten Versuch, mich elegant zu verabschieden. »Ich stimme dir ja in allem zu, Benjamin. Ich denke auch, wir müssen alle etwas tun und Verantwortung übernehmen. Jeder sollte das machen, was er kann. Und nun möchte ich mein Wochenende genießen.« Doch es war entweder zu spät oder sogar die falsche Ansage. Benjamin hatte mich bereits als seinesgleichen eingeordnet.

Allein die Tatsache, dass ich ein so altes Auto fahre, mich nicht schminke und überhaupt von der Kleidung her eher der alternativen Szene zugeordnet werde, hatte ihn vermutlich motiviert, an mehr als nur einen Small Talk zu denken. Meine verständnisvolle Rückmeldung war Wasser auf seine Mühlen. Es wäre besser gewesen, ihm zu antworten, dass ich am liebsten einen amerikanischen Schlitten mit möglichst hohem Benzinverbrauch fahre, Fast Food zu meinen täglichen Gepflogenheiten gehört und ich mich nach einem Eigenheim mit Eichenmöbeln rustikal sehne. So was richtig Ätzendes. Vielleicht hätte ich damit eine Chance gehabt und er würde nicht ausgerechnet meinen R4 mit seinem Blut besudeln. Er hätte doch um so vieles besser in einen der Zombiefanwagen gepasst. Nur hat er sich das ja ohnehin nicht selbst ausgesucht. Ich war also von vornherein chancenlos gewesen.

Ich stecke jetzt jedenfalls in einer äußerst misslichen Lage. Ich stehe auf der einsamsten Landstraße der Welt am Rand des Moores und habe keine Leiche im Keller, sondern auf der Rückbank meiner Rostlaube.

Benjamins Hand lag jedenfalls schon bald auf meinem Knie und seine gauloisegeschwängerte Atemluft streifte meine Wange. Sämtliche Versuche, ihn mir auf irgendeine Art und Weise vom Hals zu halten, scheiterten. »Ich werde jetzt gehen, Benjamin. Ich möchte nichts weiter von dir! Gar nichts weiter!«

Er ignorierte das geflissentlich, tat so, als hätte ich ihm gerade eine wundervolle Liebeserklärung gemacht. Er hauchte mir mit heiserer Stimme ins Ohr: »Ich mache es immer ohne Gummi. Allein aus ökologischen Gesichtspunkten. Ist das kein besonderer Reiz für dich?«

»Naturdarm wäre eine Alternative. Das haben sie auch schon im Mittelalter benutzt«, stieß ich wütend aus, wollte ihn endgültig abschrecken, sah aber augenblicklich, dass ihn dieser Gedanke reizte. Ich hätte mich ohrfeigen können, mich überhaupt auf diese Diskussion eingelassen zu haben.

Er fuhr sich mit der Zunge über die spröden Lippen. »Natur ist trotzdem schöner. Viel schöner, meinst du nicht? Dann muss auch kein Tier für meine Lust sterben.« Er lächelte verzückt und fuhr sich über den Schritt.

Ich war kurz davor, ihm eine zu kleben. Allerdings entschied ich mich für den rettenden Toilettengang und verbrachte dort ein paar Minuten länger als gewöhnlich. Warum Benjamin die Kneipe vor mir verlassen hat, weiß ich nicht. Da ich befürchtete, ihm draußen in die Arme zu laufen, setzte ich mich danach noch eine halbe Stunde zu meinen Freunden. Deren Gesprächsthema war derweil irgendein Zombieplaystationspiel.

Benjamin kam glücklicherweise nicht zurück und so verabschiedete ich mich in der Hoffnung, ihm nie mehr begegnen zu müssen. Er war mir auf eine eigenartige Weise unheimlich. Und jetzt, wo er tot ist, ist es noch viel schlimmer. Seine Augen schimmern im dumpfen Autolicht smaragdfarben, seine Haut ist kalkweiß.

Es ist mir völlig gleich, warum er da liegt und wer es getan hat. Ich kannte Benjamin gar nicht, und weiß nicht einmal, mit welchen Typen er sich abgegeben hat, wenn er nicht gerade auf Brautschau war. Vielleicht hat er Drogen genommen und Ärger mit einem Dealer gehabt? Vermutlich war es so. Nun oblag es mir, eine Lösung zu finden.

Das Zittern hört mit einem Mal auf. Mir wird klar, was zu tun ist. Er hat es mir ja selbst gesagt. Ich muss nur seinen Auftrag erfüllen, vielleicht hat er doch mehr geahnt als ich dachte. Ich würde seinen letzten Willen erfüllen und mir das zunutze machen, was mir in meiner ostfriesischen Heimat so nah war wie nur was: Das Moor.

Die von ihm gewünschte Bestattung auf dem Meer war natürlich unvorstellbar, aber er musste auch bereit sein, Kompromisse zu schließen.

Ich bin hier aufgewachsen, ich kenne die Gegend, ich weiß, welche Stellen im Moor man betreten darf und welche nicht. Meine Intuition war ein grandioser Einfall, der sich sogar als äußerst nachhaltig erwies und ganz sicher in Benjamins Sinn war. Als Fischfutter würde er zwar nicht dienen, aber bestimmt fand man ihn in einem späteren Jahrhundert als Moorleiche. Er würde in dieser Funktion wissenschaftlichen Zwecken nützen. Es war ihm vergönnt, in einer Glasvitrine zu liegen und er würde auf diese Weise wirklich überhaupt keine ökologisch verwerfliche Last sein!

Zufrieden steige ich ein. Ich mochte Benjamin nicht, aber jeder Tote hat das Recht auf die Erfüllung seines letzten Willens und wenn der dann auch noch so konform mit meinem Selbsterhaltungstrieb geht, passt das wunderbar. Im Moor ist keine aufsteigende Wasserleiche zu befürchten, ich brauche ihn nicht zu zersägen oder was für andere unappetitliche Entsorgungsmöglichkeiten sonst üblich sind. So schnell würde ihn keiner vermissen, denn er tourte offensichtlich schon länger durchs Land.

Ich bin von jeher ein pragmatischer Mensch und kann mich fantastisch auf bestimmte Dinge konzentrieren, wenn es Not tut. Das ist ein Wesenszug, der mir das Messerwerfen überhaupt erst möglich macht. Mit etwas Glück würde es mir von dem Augenblick an, in dem Benjamin im Moor versinkt, gelingen, diesen Abend aus meinem Gedächtnis zu verbannen. Immerhin trage ich keinerlei Schuld an diesem widrigen Umstand!

Ich steige ein, starte den Wagen und fahre mit durchdrehenden Reifen los. Über der Straße wabern Nebelschleier, ein

Kaninchen hoppelt mir unerschrocken vors Auto und würde das fortan nicht wieder tun. Mir fehlt aber die Zeit für Mitleid. Ich muss das hier so rasch es geht zu Ende bringen.

Ab und zu tauchen Scheinwerfer hinter mir auf. Sie verschwinden meist an der nächsten Abzweigung. Ich kann nicht verleugnen, dass mich eine Art Verfolgungswahn gepackt hat. Nach jedem Baum vermute ich jemanden, jedes Auto, das mir begegnet, scheint zu wissen in welcher Mission ich unterwegs bin. Ich, Selma, bin dabei einen Mord zu vertuschen, den ich nicht einmal begangen habe. Wer würde mir schon glauben, dass ich ihm dieses Messer nicht in die Brust gerammt habe? Der Mörder hatte seine Sache mit Sicherheit gut durchgeplant und keine Fingerabdrücke hinterlassen. Nicht umsonst hatte er genau meine seltenen Messer verwendet, nicht umsonst lag der Typ in meinem Auto. Ich hätte nie geglaubt, wie rasch das Leben kippen kann.

Nach einer Viertelstunde bin ich am Ziel. Nun erwartet mich der schwierigste Augenblick meiner Aktion. Ich bleibe eine Weile im Wagen sitzen, um abzuwarten, ob mir wirklich niemand gefolgt ist, aber auch, damit ich mir den besten und kürzesten Weg überlegen kann. Zum einen ist es stockfinster und zum anderen möchte ich nicht von einem einsamen Wanderer auf den letzten Metern überrascht werden.

Glücklicherweise bin ich das Schleppen meiner Blumenpaletten gewöhnt, dazu bin ich wegen der harten Arbeit in Garten und Gewächshaus dazu in der Lage, schwere Gegenstände zu tragen. Bislang ist mir eine Leiche zwar erspart geblieben, aber so groß würde der Unterschied nicht sein. Ich habe mich getäuscht.

Obwohl Benjamin von eher zierlicher Statur ist, bringt er mich an die Grenze, zumal der Boden aufgeweicht und schlammig ist. Ich bin froh, den Weg bei Tageslicht schon öfter gegangen zu sein. Es sind nur 20 Meter bis zu dem sumpfigen Moorloch, in dem Benjamin seine letzte Ruhe finden soll.

Nach einer Weile habe ich es geschafft. Das Moor knistert verlockend, fast als rufe es. Kleine Lichter tanzen über der Oberfläche des nicht weit entfernten Moorsees. Mächtige Birken versenken ihre Arme im Wasser und streicheln es, bis es sich kräuselt.

Mir bleibt zuvor noch die unangenehme Aufgabe, das Messer aus der Brust zu reißen. Sicher ist sicher. »Er ist tot, hat keinen Kreislauf mehr. Es wird kaum nachbluten«, mache ich mir selbst Mut. Ich umfasse den Griff und ziehe die Klinge heraus. Es geht erstaunlich einfach.

Hernach rolle ich Benjamin in den sumpfigen Untergrund und betrachte, wie er langsam, aber unaufhörlich im Moor versinkt. Der Mond kommt hinter einer Wolke hervor und schickt seinen Schein fast andächtig auf das bleiche Gesicht. Ich falte die Hände zum Gebet. Er war bestimmt nicht gläubig, aber etwas Besseres fällt mir nicht ein.

»Habe mir gedacht, dass du genauso handelst«, reißt mich eine mir sehr vertraute Stimme aus der Andacht. Ich schnelle herum und vor mir steht Friedhelm, mein Couchpotatoe, der mich neben sich und seine Schale Kartoffelchips für den Rest meines Lebens verbannen wollte. »Du bist eine Mörderin.«

»Ich habe ihn nicht getötet«, entfährt es mir. »Ich kenne ihn kaum und ...« Meine Worte verstummen. »Moment, Friedhelm. Warum bist du hier? Woher wusstest du, dass er auf meiner Rückbank liegt?« Ich ahne es. Nein, ich weiß es. Friedhelm will mich besitzen. Wollte mich immer besitzen. Er muss Benjamins Annäherungsversuche beobachtet haben.

Mein Ex lächelt mich an. Es wirkt verunglückt und über sein Gesicht huscht Hass.

»Du hast ihn umgebracht!«, stoße ich aus.

»Es ist völlig egal, welchen Anteil ich an der Sache habe.« Er holt sein Handy heraus, prüft den Empfang. »Fakt ist, dass er in deinem Auto saß, da wird man Spuren nachweisen können. Dein Messer ist die Tatwaffe, du hältst es ja noch in der Hand. Und du warst es auch, die ihn hier untergehen lassen hat. Die Stelle kenne ich ja nun. Man wird ihn finden.« Seine Finger liegen auf der Tastatur. Mich trennen drei Zahlen von seinem Verrat an die Polizei. Er tippt die 1, mein Blick gleitet zum Moorloch. Benjamin ist bereits abgetaucht, von ihm zeugen lediglich einzelne, kleine Luftblasen.

»Ich war es nicht.« Mein letzter Versuch, mich reinzuwaschen. Fast glaube ich selbst daran, dass ich Benjamin getötet habe. War ich am Ende gar nicht auf der Toilette, sondern hatte einen Aussetzer, weil Benjamin mir was ins Getränk gemischt hat? Dass er Drogen genommen hat, habe ich ja von Beginn an vermutet.

»Mag sein, nur kannst du das nicht beweisen«, sagt Friedhelm ganz ungerührt und tippt die zweite 1 ins Display. Es scheint ihm diebische Freude zu bereiten. »Ich habe dich in der Hand und, nachdem du mich so schmählich verlassen hast, finde ich diese Situation äußerst vergnüglich.«

»Du warst doch gar nicht in der Kneipe«, versuche ich ihn einzuwickeln.

Er lacht auf. »Selma, ich bin immer in deiner Nähe. Seit Wochen lasse ich dich nicht aus den Augen. Ich weiß, wann du Licht ausmachst, ich weiß, mit wem du dich herumtreibst. Und auch, wer dir an die Wäsche will.« Er holt kurz Luft. »Damit ist jetzt natürlich Schluss, wenn wir von nun an wieder zusammen sind und ich mir nicht mehr in der Kälte die Beine in den Bauch stehen muss. Du hast die Wahl: Kopf oder Zahl!« Friedhelm drückt die Zahlen weg. »Sag ja zu mir und ich werde ihn da unten in Frieden ruhen lassen.« Mein Ex nimmt mich in die Arme, flüstert etwas von romantischem Mondschein und dass er meinen Duft so sehr vermisst hat. »Nun wird alles gut. Denn wenn du gehst, dann nur noch in den Knast. Das willst du nicht und so bist du von jetzt an für immer mein.«

»Wie hast du es angestellt?«, frage ich, um Zeit zu gewinnen. Friedhelm riecht nach Bier und Chips. Wie immer.

»Hab dem Typen gesagt, ich hätte Speed draußen im Wagen. Dass deine Hintertür klemmt, war für mich kein Geheimnis und auch nicht, wo du deine Messer aufbewahrst.«

Er hat mich in der Hand, mein Ex. Für immer Couchpotatoe. Er und ich. Das war sein Plan.

Ich schließe die Augen, lasse mich von Benjamins Mörder küssen, dulde seine Finger an meinen Oberarmen, in meinem Gesicht, an der Brust. In der Ferne ruft ein einsamer Kauz. Die Szenerie wirkt friedlich und doch brodelt es nicht nur dort, wo Benjamin eben versunken ist.

Vor meinem inneren Auge spult sich ein schrecklicher Film ab. Ein überdimensionaler Flatscreen tut sich dort auf, darauf erblicke ich drei Flaschen Bier, die Kronkorken daneben, alle in der Mitte geknickt. Eine Schüssel Kartoffelchips, Sorte Paprika oder wahlweise Erdnussflips. Die restlichen Krümel liegen auf dem Tisch. Vorsichtig löse ich mich aus der Umarmung und lächle Friedhelm an.

Die Wissenschaft freut sich sicher auch über zwei Objekte für die Glasvitrinen. Ich tue wahrlich ein gutes Werk, als ich Friedhelm einen Stoß verpasse. Er sieht mich erstaunt an, macht einen Schritt rückwärts, breitet die Arme seitlich aus und fällt Benjamin hinterher. Ich trete zurück, schließe die Augen und presse die Hände auf die Ohren. Ich mag es nicht, wenn man schreit.

Friedhelm sinkt schneller als Benjamin, weil er um sich schlägt und bald zeigt sich auch von ihm nur noch ein leises Blubbern. Dann ist er weg. Kurzerhand schnappe ich das blutige Messer, das neben mir im Gras liegt und reinige die Klinge im Graben. Den Rest würde ich zu Hause erledigen.

Als ich das Auto starte, fühle ich mich recht entspannt, denn alles in allem habe ich den Abend doch ganz gut überstanden. Es hätte schlimmer kommen können. Benjamin als Moorleichenzombie, den Geschichten meiner Freunde entstiegen. Oder ich, Chips naschend, für immer an Friedhelms Seite auf der Couch.

Ich starte den Motor, es wird Zeit nach Hause zu kommen. In sechs Stunden muss ich den Laden öffnen. Und meine Polster im Wagen reinigen. Es gibt viel zu tun.

Richard Birkefeld

the green undertaker

Vincent de Buer arbeitete nahezu Tag und Nacht.
Er hatte nach seinem Studium der Geologie das heißbegehrte Doktorandenstipendium der Brandenburgischen Technischen Universität in Cottbus-Senftenberg erhalten, um am Lehrstuhl für Pedologie, also der Bodenkunde, an einem Forschungsprojekt zur Öko-Melioration, das hieß in diesem Fall zur Werterhöhung von Wald- und Feldböden und dessen pH-Wert-Anhebung durch neu zu entwickelnde Kalkungsmittel für eine nachhaltige Ertragssteigerung, mitzuarbeiten.

Während die Mitstipendiaten sich hauptsächlich um die jeweiligen Bodenanalysen und deren Auswertung kümmerten, arbeitete de Buer eng mit dem Institut für Ökologische und Nachhaltige Chemie an der TU-Braunschweig zusammen, um dort mit Calcium- und Magnesiumcarbonaten sowie innovativen Stickstoffdüngern zu experimentieren. Seine vier Semester Ökochemie bei Professor Dr. Dr. Adalbert Jacobus-Brandtstetter, einer Koryphäe auf dem Gebiet der Mikrofauna und dem Recycling von Nährstoffen zur Verbesserung der ökosystemaren Dienstleistung des Bodens an der Wiener BOKU, kam ihm dabei sehr zugute.

Vincent war für dieses Projekt extra von Wien zunächst nach Cottbus, schließlich aber nach Braunschweig in eine winzige Wohnung gezogen, um sich seiner Aufgabe im Labor des Institutes völlig hinzugeben. Er fühlte sich nur der Forschung verpflichtet und besaß so gut wie keine Freunde, von Freundinnen ganz zu schweigen, die von ihm private Gesellschaft oder Zuwendung erwartet hätten.

Der zur Adipositas neigende de Buer glich mit seiner schwarzen Balkenbrille, der unreinen Haut, seiner Hühnerbrust und der leicht bechterew'schen Körperhaltung einem typischen Nerd, wie er so oft in diesen Teenie-Komödien aus Hollywood karikiert wird. Trotz seiner neunundzwanzig Jahre hatte de Buer noch nie mit einer Frau geschlafen, schlimmer noch, er war auch noch nie, außer von seiner Mutter, von einer anderen Frau geküsst worden. Er litt sehr an dieser Kontaktlosigkeit und fühlte sich von seinen Mitmenschen nicht angenommen, kompensierte aber gleichzeitig in seinen Forschungsarbeiten diese zwischenmenschlichen Defizite. Er wusste sehr genau um seine wissenschaftlichen Höchstleistungen und war sich seiner akademischen Karriere sowie der Wertschätzung der Fachkollegen sicher. Alles andere, wie Frau, Kinder und Eigenheim, würde sich schon im Laufe der Zeit ergeben. Aber bis dahin hieß es halt: Forschen, forschen, forschen – bis er jenes kalkhaltige Spezialsuperdüngesalz entwickelt haben wollte, das die globalen Nutzflächen für die Ernährungsgrundlage der Menschheit optimieren würde.

Und wenn das jemand schaffen könnte, dann dieser naive, pickelige und immer etwas nach Schweiß riechende Sonderling! So sah das jedenfalls Sebastian Trautmann, wissenschaftlicher Mitarbeiter am Institut und extra als de Buers Assistent von der Uni eingestellt.

Sebastian Trautmann, ein gut aussehender, schlanker Pedologe, war zeit seines Lebens ein Luftikus, der alles auf die leichte Schulter nahm. Nicht ohne Talent, aber ohne jeden

Ehrgeiz, gelang es ihm immer wieder, in der Schule, im Studium, in seinem oft wechselhaften Berufsleben, die Menschen, mit denen er es zu tun hatte, wortreich von sich zu überzeugen, ohne dabei wirkliche Leistungen zu erbringen. Jeder hielt ihn für kompetent, fleißig und strebsam, obwohl er, wie einige seiner Freunde wussten, *die faulste Sau auf akademischem Boden war* und nur eine Lebensmaxime verfolgte, nämlich mit geringstem Aufwand an Zeit und Arbeit so viel Geld wie möglich abzugreifen. Ihm kam es nicht darauf an, wie weiß eine Weste war, sondern nur wie weiß sie aussah. Denn das Leben, dass er führte bzw. zu führen gedachte, war teuer und der chronische Geldmangel sein ständiger Begleiter. Sein Lieblingsspruch lautete deshalb auch: *Geld ist nicht alles, aber es steht deutlich vor dem, was an zweiter Stelle folgt.*

Insofern hielt Trautmann das Kalksalz-Projekt, wie es intern genannt wurde, eh für eine Nullnummer, da hier, seiner Meinung nach, Forschungsgelder nur im Dienste der Wissenschaft verbrannt wurden, die man mit großen internationalen Firmen und deren Sponsorengeldern finanziell nutzbringender hätte einsetzen können. Aber die Uni wollte keine Chemiemultis ins Boot holen, sondern sich nur der Forschung verpflichtet fühlen.

Trautmann aber hatte da andere Pläne.

Er kannte nämlich einen ehemaligen Kommilitonen, Juri Pabachurkow, der bei *Uralkali* im russischen Beresniki verantwortlich in der Abteilung *Verwertung ausländischer Forschungsergebnisse* arbeitete und seit jeher Interesse am schnellen Geld hatte. Schon während ihrer gemeinsamen Studienzeit in Wien versorgten sie die einschlägige Szene mit LSD-ähnlichen *Drift-Aways*, die sie in ihrer WG-Küche hergestellt hatten. So zeigte sich sein russischer Kumpel auch sehr an de Buers Ergebnissen interessiert und ließ durchblicken, dass er sich für nachhaltige Infos über dessen Experimente auch nicht lumpen ließe.

Also tauschte Trautmann via Skype und Facebook mit Pabachurkow die Forschungsergebnisse de Buers aus, um in erweiterten Versuchsreihen, die in Beresniki durchgeführt wurden, andere kommerziell verwertbare Verwendungsmöglichkeiten der neuartigen Salzverbindungen zu finden. Bei möglichen Erfolgen stellte Pabachurkow Trautmann eine hohe Gewinnbeteiligung in Aussicht.

Aber noch war es nicht soweit. De Buer intensivierte zwar seine Experimente, doch viele Salzverbindungen benötigten bis zu sechs Monaten Zeit, um sich in den Versuchsböden zu entfalten und nachweislich die gewünschten Erfolge zu erzielen. Einige benötigten dazu viel Wasser, andere brauchten überhaupt keine Feuchtigkeit oder zerstörten gar den Mikroorganismus der jeweiligen Humusschichten. Im Labor sammelten sich deshalb immer mehr von de Buers akribisch aufgelisteten Gläsern mit den entsprechend gekennzeichneten Düngesalzen, die bereits verwendet oder noch getestet werden sollten.

Die ersten Erfolge stellten sich nicht unerwartet, aber doch überraschend ein. Das von de Buer entwickelte Salz zersetzte organische Stoffe in verhältnismäßig kurzer Zeit und verwandelte gewissermaßen als Superkompostierer typische Küchenabfälle in Humus und verkürzte damit den natürlichen Verrottungsprozess des Nährstoffkreislaufes auf knapp zwei Wochen. Man konnte also durch Hinzufügung des Salzes die Abfälle, also Grünschnitt oder Essens- und Fleischabfälle, direkt unter die Erde pflügen und damit ausgelaugte Nutzböden relativ schnell wieder rekultivieren. Der einzige Nachteil war, dass härtere organische Substanzen wie Äste, Stängel, Knorpel oder Knochen nach wie vor der üblichen Kompostierungszeit unterlagen, und damit die landwirtschaftliche Bearbeitung des Bodens erschwerten. Natürlich konnte man mit derartig hartleibigen Materialien durchsetzte Abfälle schreddern, doch der dafür benötigte Energieaufwand relativierte schnell die Kosten-Nutzen-Rechnung von Herstellung und Weiterverarbeitung des Düngemittels. Aber dieser Forschungserfolg wies, nach Trautmanns Einschätzung, zumindest in die richtige Richtung.

Während de Buer fieberhaft an der Verbesserung der chemischen Verbindungen arbeitete, suchte Pabachurkow, nachdem ihn Trautmann informiert hatte, bereits im fernen Beresniki nach kommerziellen Verwendungsmöglichkeiten des Salzes und entdeckte schnell eine Marktlücke, um das bisherige Forschungsergebnis bereits in diesem Entwicklungsstadium an den Mann bringen zu können.

Auf einer mehrsprachigen Website im Internet bot er das granulatähnliche Reaktant als einen Spezialdünger für Hobbygärtner an, die ihre Böden auch mit größeren organischen Teilen nahezu rückstandsfrei verbessern konnten. Die Effektivität des Mittels wurde professionell angepriesen, kiloweise verpackt und hochpreisig unter dem Namen *Body Fertilizer* verkauft.

Die internationalen Spezialisten unter den Kleingärtnern verstanden diese Botschaft sofort, und bereits nach wenigen Wochen auf dem Internetmarkt gingen aus Medellin, Sinaloa, Chicago, Palermo, Marseille, Grosny und Bogota die ersten Bestellungen ein.

Trautmann bekam aus Beresniki wie vereinbart 10% vom Umsatz überwiesen, und der Rubel rollte im wahrsten Sinne des Wortes.

Nur drei Monate später hatte Trautmann ein Penthaus in der City angemietet und eine attraktive langbeinige Geliebte aus dem Rotlichtmilieu namens Jana Albers, die sich gerne von ihm durch die Luxuswohnung jagen ließ. Er wähnte sich auf der Gewinnerseite, beglückwünschte sich zu seiner Skrupellosigkeit und genoss die Früchte seiner unakademischen Nebentätigkeit.

Die wahre Funktion des Düngers schien sich schnell herumzusprechen, denn bald folgten, wenn auch mengenmäßig kleinere Bestellungen von Privatgärtnern, von Männern wie Frauen aus Stadt und Land und aller Herren Länder.

Philanthropen wären natürlich, hätten sie den wahren Zweck vom *Fertilizer* gekannt, über das Treiben der Kundschaft entsetzt gewesen und hätten gerechterweise konstatieren müssen, dass Gelegenheit Diebe macht oder, um es präziser zu formulieren, die Menschen auch das Verwerflichste, wenn es ihren eigenen Interessen gilt, sofort umsetzen, sollte dabei die Möglichkeit bestehen, unbemerkt und ungestraft damit durchzukommen. Trautmann und Pabachurkow gehörten zu den ersten Zeitgenossen, die diese bittere anthropologische Prämisse vor Augen geführt bekamen, wenngleich sie sich diese Erkenntnis durchaus gut bezahlen ließen. *Jeder Mensch ist nun einmal des anderen Wolf*, zitierte Pabachurkow Thomas Hobbes bei jeder passenden Gelegenheit, und Trautmann ergänzte, dass sie immerhin mit ihrem Beitrag die Rückkehr der Wölfe in die urbanen Biotope unterstützen würden.

Doch langsam trudelten auch die ersten Beschwerden ein, in denen beklagt wurde, dass Teile der organischen Düngebeigaben nicht völlig rückstandslos abgebaut wurden und anhand der Überbleibsel immer noch forensische Rückschlüsse auf die Biomasse zu schließen wären, sollten diese einmal unplanmäßig von den entsprechenden Behörden überprüft werden.

Die *Thump-Downs* auf der Internetplattform häuften sich, das Produkt wurde nach und nach niedergemacht, bis ein internationaler Shitstorm über die Website fegte, und der Verkauf des *Body-Fertilizers* rapide zurückging.

Der Hype war zunächst vorbei, Pabachurkow schloss die Seite und verlangte von Trautmann weiterhin über die de Buer'schen Forschungsergebnisse auf dem Laufenden gehalten zu werden, denn es habe sich schließlich mit dem Produkt gezeigt, dass hier ein Monopol geschaffen und eine globale Marktlücke auf Dauer geschlossen werden könnte, sollte man das passende Düngesalz entwickelt haben. Außerdem täte es ja der Verbesserung der Bodenqualität zur Ertragssteigerung nicht den geringsten Abbruch. Es läge schließlich eine Win-Win-Situation vor, die den der Allgemeinheit dienenden landwirtschaftlichen Nutzen mit höchstpersönlichen Interessen zu einer Symbiose verschmelze, die beiden Möglichkeiten zum Vorteil gereiche. Nur müsste diesmal das Produkt einhundertprozentig biologisch abbaubar und rückstandsfrei zu verwerten sein. Sollte ein solcher Dünger entwickelt werden, könnten Pabachurkow und Trautmann doppelt abkassieren und wären bis zum Rest ihres Lebens gemachte Männer. Allerdings sollte Trautmann sich nicht auf das schmale Brett wagen und Informationen zurückhalten oder gar auf die Idee kommen, sich selbstständig zu machen, denn in dem Fall kenne Pabachurkow keine Verwandten oder Freunde, und müsste dann auf althergebrachte, aber überaus bewährte sowjetische Methoden zurückgreifen, unliebsame Personen über die Wolga zu schicken.

Trautmann ignorierte diese Warnung. Längst hatte er den Plan geschmiedet, die Nummer selbst durchzuziehen, sollte de

Buer ein noch besseres Düngesalz entwickelt haben, denn nun wusste er ja, wie man ein solches Produkt marketingmäßig an den Bedarfer bringen konnte. Kannte er die Zusammensetzung des Granulats, würde ihm jede xbeliebige Chemieklitsche das Zeug auch kiloweise herstellen und verpacken.

Und dann war es soweit. De Buer hatte es endlich geschafft. Die Versuchsreihen waren erfolgreich, denn bei diesem Salz wurden auch die harten Substanzen innerhalb eines Tages kompostiert, sodass sich – mit dem Salz bestreut – die Fleisch- und Knochenabfälle ganzer Abdeckereien unter die Erde pflügen ließen und dabei einen Düngeeffekt erzielten, als hätte man dem Nutzpflanzenwachstum tonnenweise mit teurem Guano nachgeholfen.

Wenn man das Düngesalz, das übrigens eine meergrüne Farbe besaß, auf die Abfälle streute und anschließend mit warmem oder gar heißem Wasser besprengte, dann ließ sich der Verrottungsprozeß auf nur wenige Stunden verkürzen. Dabei war natürlich die Menge des Düngesalzes entscheidend. Nach mehreren Versuchsreihen hatte man die Grundformel für das Mischungsverhältnis gelöst: 1 Teelöffel Salz auf ein Kilo Bioabfall plus zwei Liter Wasser. Zwei bis drei Tage später hatte sich der Abfall gewissermaßen in ein körniges rückstandsfreies Substrat atomisiert. Die im Reaktant angesiedelte Mikrofauna absorbierte die in der Biomasse vorhandene Zellstruktur vollständig und verwandelte die Proteine samt ihrer Aminosäuren in einem einzigartigen Stoffwechsel zu neuartigen Ribosomen, die wie ein Dopingmittel auf pflanzliches Wachstum wirkten bei gleichzeitiger Werterhöhung des Bodens.

Für die radikalen Aktivisten unter den Kunden bedeutete diese Innovation endlich: *Ohne Leiche kein Mord!* Hier war also das Zeug, auf das die kriminelle Menschheit und die

Welternährung gewartet hatten. Die einen wie die anderen. Das war Trautmann klar. Er hatte auch schon einen Namen und ein Marketingkonzept für seine gewaltbereiten Kunden: *Green Undertaker – Denn aus Staub bist du, und Staub wirst du wieder werden.*

Doch Pabachurkow schien das falsche Spiel Trautmanns zu durchschauen, denn seine Drohungen wurden konkreter: *Nächsten Monat will ich hier Ergebnisse sehen, sonst ...* Die Sache hatte nur einen Haken. Trautmann kannte zwar die Wirkung von diesem grünen Dünger, doch an die Formel war er bisher noch nicht herangekommen. De Buer war nämlich vorsichtig geworden, als befürchtete er, dass man ihn um seinen Erfolg bringen könnte und hielt die Zusammensetzung auf seinem Notebook für neugierige Augen verschlossen.

Aber Trautmann wusste, dass diesem hagestolzen Nerd nur ein wenig der Bauch und die kleineren Teile darunter gepinselt werden mussten – und zwar von einer attraktiven Frau. Ein paar geschickte Handgriffe sollten ausreichen, diesen unbedarften Jungmann in den höchsten Tönen zum Singen zu bringen. Das war ein Fall für Jana. Eindeutig! Sie musste nur an das Passwort zum Öffnen des Laptops herankommen. Alles andere war dann ein Kinderspiel.

Vincent de Buer schien sein Glück nicht zu fassen. Erst hatte er mit der Entwicklung seines Düngers die Tür zu internationalen Auszeichnungen weit aufgestoßen, und dann war ihm noch vor wenigen Tagen im Supermarkt diese bildschöne Frau über den Weg gelaufen, die ganz offen und unverblümt Interesse an ihm gezeigt und ihn deshalb ermutigt hatte, sie an der Wursttheke anzusprechen.

Er druckste und stotterte herum, kam sich vor wie ein lallender Idiot, doch sie hörte ihm interessiert zu, lenkte sein unbeholfenes Geschwafel über den hohen Fettanteil in der Leberwurst und die gestiegenen Preise der Topfsülze durch geschicktes Fragen auf sein Lieblingsthema, der Melioration von Humusschichten durch innovative Stickstoffdünger, und schien ganz Ohr zu sein, als er in diesem Fall den komplizierten Gesprächsstoff druckreif referierte.

Ja, das war eine Frau nach seinem Geschmack, keine *Brigitte-* oder *Bunte*-Leserin, sondern eine, die auch an seinen Lippen hing, wenn er beispielsweise über die verbesserungswürdigen ph-Werte eines Calenberger Ackers sprach.

Zwei Tage später fand er sich mit ihr in seinem Bett wieder und genoss die süßen Geheimnisse der Liebe, die ihm bisher verschlossen geblieben waren. Die Küsse, die er jetzt erleben durfte, waren mit Muttis trocknen Schmatzern nicht zu vergleichen, und das erste Mal in seinem Leben machte de Buer blau, weil er nicht von dieser Frau, ihren Verführungskünsten, ihren Liebestechniken und ihrer Hingabe lassen konnte. Ja – sie war entweder sein Düngemittel, das ihn zum schnellen und nachhaltigen Wachsen brachte oder sie war zugleich sein Acker, der gepflügt werden musste, um ihn mit seinem Samen zu befruchten. Auch den nächsten Tag blieb er mit Jana im Bett und pflegte überaus befriedigt den Muskelkater in seiner Lendengegend.

Auf seinen Wunsch hin hatte seine Geliebte am Abend ein Bad für Vincent eingelassen, denn er spürte nach der ungewohnten körperlichen Arbeit das drängende Verlangen nach Entspannung im heißen Wasser. Als er sich in das leicht schäumende Nass gleiten ließ, fühlte er das wohlige Prickeln, das seinen nackten Körper umperlte.

Seine Eroberung, die neben der Wanne stand und mit ihrer Hand die Temperatur prüfte, ließ den Bademantel vom Körper gleiten und fragte ganz beiläufig, ob sie noch mal schnell, bevor sie zu ihm in die Wanne stiege, sein Laptop benutzen könnte, denn sie erwarte auf Facebook eine wichtige Nachricht von einer Freundin.

Natürlich, erwiderte Vincent, tauchte für einen Moment ganz unter Wasser, kam prustend wieder hoch und teilte ihr das Passwort mit. *Muttischatz.*

Sie lächelte ihn zärtlich an, und mit den Worten *Ach, ich kann die Nachricht auch später abrufen* stieg sie zu ihm in die Wanne. Seine Freude darüber guckte keck aus dem Wasser und animierte seine Gespielin dazu, das Eiland näher zu erkunden. Vincent, der bis zum Hals ins Wasser gerutscht war, genoss die Erkundung und erzählte dabei nicht ohne Stolz vom Institut, von seinen Forschungen, seinen Experimenten, den vielen Salzen, den verkürzten Kompostierungsprozessen und vom Verdacht, dass einige Kollegen hinter seinen Ergebnissen her wären, er aber Vorsorge getroffen habe und nicht die Absicht hätte, sich von irgendwelchen Epigonen um den Lohn seiner Arbeit bringen zu lassen.

Vincent war sich nicht ganz sicher, ob die Geliebte überhaupt seinen Ausführungen folgen konnte, denn ihr wippender Kopf und ihre Ohren waren mal im und mal außerhalb des Wassers. *Ich habe die Formel nie den anderen Kollegen gezeigt*, fuhr er mit geschlossenen Augen fort, *im Institut selbst ein unwirksames Düngesalz in der Versuchsreihe als Volltreffer gekennzeichnet und die echte Probe mit nach Hause genommen. Sie steht als grünes Badesalz getarnt in meinem Allibert über dem Klowaschbecken.*

Vincent kicherte noch vor sich hin, öffnete dann aber langsam die Augen, als er spürte, wie sie sich von ihm löste, den Kopf hob und ihn anblickte. Das nasse Haar hing ihr ins Gesicht, ihre Gesichtszüge schienen sich aufzulösen, ihr förmlich aus dem Gesicht zu tropfen. Ihre Antwort brachte seinen Körper so zum Zittern, dass ihn das schreckliche Gefühl durchzuckte, das Fleisch löste sich von seinen Knochen.

Ich glaube, das ganze Zeug habe ich vorhin in unser Badewasser geschüttet!

Braunschweiger Zeitung, Nr. 74, Dienstag, 15. März 2014
In der Nähe vom Aussichtsturm am Schapenbruchteich wurde gestern die Leiche von Sebastian T., (28), Wissenschaftlicher Mitarbeiter an der TU Braunschweig, gefunden, der, wie die Kriminalpolizei mitteilte, Opfer eines Gewaltverbrechens wurde. Ob die Tat mit dem spurlosen Verschwinden seiner Lebensgefährtin, Jana A., und seines Vorgesetzten, dem Bodenforscher Vincent B., (wir berichteten letzte Woche darüber) in Zusammenhang steht, kann zur Zeit von den ermittelnden Behörden noch nicht beantwortet werden. Fest steht wohl nur, dass die Tatausführung auf Methoden der organisierten Kriminalität verweist, sprich Russenmafia, wie der Pressesprecher der Polizei mutmaßte.

Auch für den riesenhaften Algenwuchs in der Badewanne des Vermissten Vincent B. konnte der Sachverständige auf Nachfragen der B.Z. bisher keine plausible Erklärung finden. Mitarbeiter der TU nehmen aber an, dass das seltsame Ereignis wie auch die Ermordung T.s mit dem Forschungsauftrag des Verschwundenen in Zusammenhang stehen könnte. Bis zur endgültigen Klärung seines Verbleibs hat die TU die Nominierung B's. für den Chemienobelpreis erst einmal zurückgezogen.

tofutitten

»Essen ist fertig!«, keifte Erna.

Sie stand am Herd, in einem einfachen Baumwollkleid, darüber eine Kochschürze. Die schulterlangen Haare mit zwei Clips hinter die Ohren zurückgesteckt. Bratgeruch hing in der Luft.

Den schrillen Ruf seiner Frau, mit leicht hysterischem Ton unterlegt, hätte es gar nicht gebraucht; so groß war ihre Wohnung nun auch wieder nicht. Micha konnte sie sogar sehen. Aber Erna liebte es genau so, ihn zu beschreien, wie sie es hasste, dass er sich immer gleich nach Feierabend in Jogginganzug und T-Shirt warf – sein »Kleiner Bieranzug« – und im Wohnzimmer auf der Couch verschwand. Ihr Argument war, dass sie ja den lauten Fernseher übertönen müsse.

Michi verzog das Gesicht, stemmte sich hoch und watschelte Richtung Essküche. Er wischte sich kurz mit der Hand echte oder eingebildete Schweißtropfen von der hohen Stirn, nahm seine randlose Brille ab und putzte sie mit einem Papiertuch. Sog die Essensgerüche durch die Nase ein. Seufzte leise und drehte das Licht an. Es nervte ihn, wie seine Frau trotz grauem Himmel vor dem Fenster im Halbdunkel herumfuhrwerkte.

»Was gibt's denn?«

»Setz dich und lass dich überraschen«, murmelte sie mit einer Freundlichkeit, die ihn misstrauisch machte. Im Alltag gingen sie einfach nicht mehr allzu freundlich miteinander um. Der einzige Grund, warum sie nach beinahe neunzehn

Ehejahren immer noch zusammen waren, war ein elender: Beide wussten, dass sie kaum noch jemand anderen – Besseren? – finden konnten. Mit kalter Routine mogelten sie sich durch den Alltag. Redeten nur das absolut Notwendige miteinander, versuchten aber trotzdem, Streit so weit wie möglich zu vermeiden. Außer, wenn Erna darauf aus war, ihn zu demütigen. Das konnte sie bisweilen gut. Ihr böser Humor passte nur bedingt zu seinem, den er selbst für direkt und offen hielt. Männerhumor eben.

Nachdem er jedoch zuletzt ein, zwei Mal ausgerastet war, kam es immer seltener vor. Erna hatte schmallippig zur Kenntnis genommen, dass sie zu weit gegangen war. Nun lebten sie in einer Mischung aus friedlicher Koexistenz und Waffenstillstand. Wie in Millionen anderer Ehen.

»Wo's mein Bier?« maulte er, als Erna ihm ein Glas Wasser hinstellte. Statt einer Antwort knallte sie ihm ein Magazin auf den Tisch.

»Schau da mal rein! Dann siehst du und weißt endlich mal, wieso du so aufgeschwemmt bist. Hast ordentlich zugelegt in den letzten Monaten, seit dein Bierkonsum sich so erhöht hat. Und hier, in der Apotheken-Rundschau, steht drin, dass da, im Bier, so ein Zeug drin ist, das daran schuld ist« Sie runzelte die Stirn, suchte nach dem Wort und nickte, als es ihr einfiel: »Phyto-Östrogene.«

Er überflog die Seiten, während er mit einem Ohr zuhörte. War das wieder einer ihrer schlechten Scherze? Ohne jede Ironie fuhr sie fort:

»Also so was wie weibliche Hormone sind das. Und da steht auch was drin von einer Studie aus den USA, dass es Männer gibt, die da drauf ansprechen und weibliche Merkmale entwickeln, wenn sie zu viel Bier trinken.«

Er grinste, trotz der Predigt, und erwiderte: »Ach so, du meinst, wenn ich zu viel Bier trinke, kann ich nicht mehr anständig Auto fahren oder einparken?«

Er lachte schallend über seinen Witz.

»Nein, du Trottel«, Erna kam in Fahrt. »Aber unfruchtbar werden kannst du. Nicht, dass das bei dir noch groß was ausmacht.«

Michi rutschte auf der Küchenbank hin und her. Ganz unrecht hatte sie nicht. Seit sein Chef ihm vor ein paar Monaten die in seinen Augen absolut verdiente Beförderung verweigert hatte, hatte er sich mit dem einen oder anderen Bierchen zu viel getröstet. Die zwei Kisten Pieselberger Pils, die vorher für einen Monat gereicht hatten, waren nun schon nach einer Woche leer. Und weil mehr Bier ihm auch mehr Hunger machte, hatte der innere Schweinehund eine weitere Bresche in Michis schon vorher nicht allzu strikte Ernährungsdisziplin geschlagen. Er wollte gar nicht wissen, wie viele Pfunde er seither zugelegt hatte.

Er schob die Zeitung zur Seite, um Platz zu machen für den Teller mit einem appetitlichen Hamburger drauf. Trank einen Schluck Wasser, wollte in dem Moment keinen Streit.

Biss ab, kaute, schluckte.

»Was'n das? Schmeckt komisch.«

»Vegetarischer Burger. Aus Tofu.«

Mit einem Satz sprang er auf. Der Tisch kippte um, die Teller und das Essen flogen auf den Fußboden.

»Sag, spinnst du jetzt komplett?«, brüllte er und warf das Besteck auf das Durcheinander auf dem Boden. »Erst kein Bier, und dann soll ich noch Gemüseburger futtern?«

Mit großen Schritten kämpfte er sich durch das Chaos in den Flur und knallte die Wohnungstüre hinter sich zu.

Er schlief unruhig in dieser Nacht. War seine Reaktion zu heftig gewesen? Oder hatte sie am Ende sogar recht mit ihrer Kritik?

Am nächsten Morgen schien alles vergeben und vergessen. Er hatte ein schlechtes Gewissen, beim Frühstück – Obst und Quark –, fragte er sie:

»Wo hast du diese Zeitung von gestern? Vielleicht sollte ich wirklich was tun.«

Sie lächelte kalt und hinterhältig, auf ihrer Stirn stand die Boshaftigkeit buchstäblich angeschrieben.

»Wenn ich dich so ansehe, liegt dein BMI schon locker über 32. Das bedeutet nichts anderes, als dass du für dein Gewicht etwa fünfundzwanzig Zentimeter zu klein bist. Und da ich die Hoffnung aufgegeben habe, dass du noch so viel wächst, schlage ich eine Diät vor. Weniger Fleisch, weniger Fett, weniger Bier. Mehr Gemüse, Tofu, Salat und Obst.«

»Das Zeug schmeckt aber Scheiße«, jammerte er. »Obst ist ja O.k., Quark auch, aber bleib mir mit dem Tofu vom Leib.«

Erna war gnadenlos.

»Dann eher ein Bier am Abend, bevor du deine normale Schnitzel-Burger-Pommes-Diät weiter machst.«

Michi seufzte. Dann fiel ihm ein, dass er ja in Zukunft mehr zu Mittag essen könnte.

»In Ordnung«, tat er resigniert. »Ich bekomme ein Bier am Abend, dafür versuche ich, dein Tofuzeug reinzuwürgen.«

Später, im Bad, stellte er sich vor den Spiegel und zog sein Shirt aus. Er war nie ein sportlicher Typ gewesen, immer mehr Waschbär- als Waschbrettbauch. Aber seine unbehaarte Brust war tatsächlich schwammiger geworden in den letzten Monaten, das sah sogar er ein. Und wenn er nicht aufpasste, würde sein stattlicher Bauch der Schwerkraft nachgeben und zur Fettschürze absinken. Wollte er das?

Sollte er mit Mitte Vierzig schon alle Ambitionen beim anderen Geschlecht begraben müssen? Er packte mit beiden Händen zu und schob seine Fleischmassen hin und her. So hatte er auf jeden Fall keine Chance. Nicht einmal auf ein ehrlich gemeintes Kompliment.

Also, was tun? Sich Ernas Diätdiktat beugen? Es wäre zumindest mal einen Versuch wert. An den komischen Geschmack würde er sich sicher irgendwann gewöhnen. Und ein Bier am Abend gönnte sie ihm ja. Noch.

Die Wochen gingen ins Land. Michi hatte sich beinahe an das Tofuzeug gewöhnt. Schmecken tat es ihm immer noch nicht, aber mit ein wenig gutem Willen konnte er sich einreden, dass er richtige Burger, ein leckeres Stück Fleischwurst oder echten Leberkäse aß. Eher waren es die Beilagen, die ihm zu schaffen machten. So viel Salat und Gemüse hatte er in seinem ganzen Leben zuvor nie gegessen. Das war für einen Carnivoren reinsten Wassers, wie er sich immer selbst gerne bezeichnet hatte, noch gewöhnungsbedürftiger.

Was Erna nicht wusste, vielleicht aber ahnte: Seit Michi seine Diät durchzog, aß er regelmäßig zu Mittag in der Firmenkantine. Jahrelang hatte er über das dort angebotene Menu geschimpft und gelästert, nun war er hochzufrieden, dort dreimal die Woche Schnitzel oder Currywurst zu essen, und zwar *echte* Schnitzel und *echte* Currywurst. Was sein schlechtes Gewissen nicht gerade minderte.

»Was haben Sie denn mit sich angestellt?« Sein Hausarzt war entsetzt. »Lassen Sie sich jetzt völlig gehen?«

Michi schaute ihn verdattert an. Soooo schlimm war es nun doch auch wieder nicht.

Offensichtlich aber schon. Der Doc studierte das Blatt mit den aktuellen Laborergebnissen.

»Seit Ihrem letzten Besuch, vor etwa einem Jahr, haben sich Ihre Werte dramatisch verschlechtert. Fett, Leberwerte, Purine, HbA1. Wenn Sie so weitermachen, sind Sie in einem Jahr Diabetiker«, ergänzte der Doc ungehalten. »Was ist los mit Ihnen?«

»Hab'n paar berufliche Probleme. Da trinkt man halt mal'n Bier mehr.«

Die ganze, vollständige Wahrheit traute er sich nicht zu sagen.

»Das müssen Sie abstellen. Und zwar sofort. Auch kein Schweinefleisch mehr, kein Wein, nichts Frittiertes. Noch ist es nicht zu spät. Aber nicht mehr lange!«

Das hatte gesessen.

Michi war ab sofort lammfromm. Meckerte nicht mehr, futterte brav, was immer Erna ihm auf dem Teller legte. Träumte des Nachts bisweilen von Tofu, in Form von Tofukälbern auf der Weide und Tofuschweinen, die sich im Dreck suhlten. Tofu, Obst und Gemüse. Kein Tropfen Bier. Radikal. Drei Monate lang.

Er litt. Erna weniger. Sie verfolgte sein kulinarisches Elend mitleidlos, kommentierte bisweilen spöttisch.

Er erduldete alles klaglos, hoffte auf Besserung.

Dann endlich wagte er wieder den Ganzkörperblick in den großen Spiegel.

Was war das? Er blinzelte.

Der Bauch war merklich geschrumpft, aber seine Brust? Waren es die fehlenden Bauchringe, der größere Kontrast, der seine Brust weiblicher aussehen ließ? Oder bekam er tatsächlich so was wie richtige Titten? Vorsichtig berührte er sie mit dem ausgestreckten Zeigefinger und zuckte zurück. Weiß, unbehaart, schwabbelig und unansehnlich war das, was er im Spiegel erblickte und unter seiner Fingerspitze spürte. Ekelhaft! Kein Wunder, dass Erna zuletzt Wert darauf gelegt hatte, das Bad nur alleine zu benutzen.

»Muss mal mit dem Doc reden, was da los ist«, murmelte er vor sich hin, fischte das Handy von der Ablage und wählte die Nummer der Praxis.

»Ihre Blutwerte sind schon viel besser. Gewichtsreduktion und Ernährungsumstellung können Wunder wirken. Jetzt noch ein bisschen mehr Sport, und Sie sind bald wieder so fit, wie Sie vor fünfzehn Jahren waren«, wiegelte der Doc ab.

»Aber was ist mit meiner Brust?« warf Michi ein. »Ich sehe ja bald aus wie meine Frau.«

Der Doc lachte. »Alles halb so wild. Habe ich Ihrer Frau auch schon gesagt.«

»Meiner Frau? Wieso das denn? Und wann?«

»Ist schon ein paar Wochen her. Kurz nachdem wir Ihre Diagnose hatten und Sie auf Diät gegangen sind. Da hat Ihre Frau sich bei mir erkundigt, wie wir Sie am schnellsten wieder auf Kurs bringen.«

Michi verstand die Welt nicht mehr.

»Sie wollte sie nur mit Tofu, Obst und Salat ernähren, da habe ich ihr von abgeraten. Zu viel Tofu ist ja auch nicht gut.«

»Wieso das denn?« In Michis Kopf begannen einige große Alarmglocken zu läuten.

»Da müsste ich ein wenig ausholen. Haben Sie schon mal von Phyto-Östrogenen gehört?«

Michi nickte. »Ja, tatsächlich. Die sind doch angeblich im Bier drin. Und können dafür sorgen, dass Männer wie Frauen aussehen. Das war ja der Grund, warum Erna mir das Bier verboten hat.«

Der Doc wurde ernst.

»So weit nicht ganz falsch, aber in Tofuprodukten sind viel mehr dieser Phyto-Östrogene drin als im Bier. Das bisschen, was über den Hopfen ins Bier reinkommt, kann man fast vernachlässigen. Bei Sojabohnen sieht es da ganz anders aus. Es gibt bereits einige Studien dazu, angefangen mit Unfruchtbarkeit bei Schafen bis zu Langzeitstudien mit Männern und Frauen. Fakt ist wohl, dass diese Phytoöstrogene die gleichen Effekte wie echte, körpereigene Östrogene auslösen können.«

Er hielt kurz inne und dachte nach.

»Im Guten wie im Schlechten.«

»Was ist denn das Schlechte«, hakte Michi nach.

»Naja, bei Frauen halt Unfruchtbarkeit und Entwicklungsstörungen. Bei Männern eher« – er zeigte auf Michis Brust, »die so genannte Gynäkomastie. Das sind vergrößerte Brustdrüsen. Kann bei zu viel Bierkonsum passieren, dann ist es aber meist eine so genannte falsche Gynäkomastie. Oder bei zu viel Tofu. Dann ist es meist eine echte.«

Michi schluckte. »Und Sie haben meiner Frau davon abgeraten, mir zu viel Tofu zu essen zu geben?«

Der Doc nickte. »War vielleicht immer noch zu viel.« Dann wiegelte er aber ab: »Das legt sich wieder. Hauptsache, mit Ihrem Gesamtzustand geht es wieder bergauf.«

Das sah Michi nun ganz anders.

Abends, daheim. »Du, Erna, ich war heute beim Arzt.«

Erna murmelte etwas Unverständliches durch die halb offene Tür aus der Küche.

»Weißt du, was der mir gesagt hat?«

Ein gemurmeltes Fragezeichen folgte.

»Ich kriege Titten von deinem Tofuzeug!«

Etwas schepperte, offensichtlich hatte Erna irgendetwas fallen lassen. Vor Schreck? Mit einem Blick, der zwischen Erstaunen und Belustigung schwankte, steckte sie den Kopf durch die Türe.

»Willst du mich auf den Arm nehmen?«

Michi schüttelte den Kopf. Ihre Schauspielerei war widerlich.

Dafür würde sie bezahlen. Früher oder später.

Einige Tage danach schien alles friedlich.

Michi kam nach Hause, wollte sich umziehen und dann wie gewohnt an den Tisch setzen. Erwartete sein Abendessen. Irgendwas mit Tofu. Laibchen, Geschnetzeltes, Auflauf, er hatte es alles SO satt! Erna war nicht da. Stattdessen lag ein Zettel auf dem Tisch.

»Dein Essen steht in der Mikrowelle. Ich muss noch ein paar Besorgungen machen. Bis später.«

Und ein kleines Päckchen lag daneben. Mit Geschenkverpackung. Und einem Kuvert, offensichtlich mit einer Karte drin.

Michi grinste. Hatte sie jetzt doch das schlechte Gewissen gepackt? Wollte sie es wieder gutmachen, für die Diät, mit der sie ihn die letzten Monate traktiert hatte?

Er nahm das Essen, so eine widerliche Tofupampe mit Linsen. Schüttete es in den Mülleimer. Nie wieder Tofu!

Trank einen Orangensaft. Dann öffnete er voller Erwartung und Vorfreude das kleine Geschenkpaket. Hübsches Papier, rot-schwarz mit Herzchen drauf. Wie vom Erotikversand. Er riss das Papier auf, sah die Packung und las:

»Verlockender Erotik-Lack-BH mit vorgeformten Cups, Träger verstellbar, Haken und Ösenverschluss hinten, Material: 100% Polyurethan, Farbe: Schwarz«

Was sollte das? War Erna jetzt völlig verrückt geworden?

Er öffnete das Kuvert, zog die Karte heraus. Eine einfache, weiße Grußkarte. Drei Worte, in Ernas schönster Schrift, standen drauf. Mehr nicht.

Er las – und begann zu hyperventilieren.

Das war zu viel!

Als die Polizisten, von den Nachbarn gerufen, am späten Abend in die Wohnung in der Gartenstrasse 13 eindrangen, bot sich ihnen ein Bild des Grauens. Erna Striezlhuber (43 Jahre) saß, mit einer Axt im Schädel, am Esstisch. Salat und Fruchtsaft in zwei Gläsern standen noch drauf.

Am Tisch saß Michi Striezlhuber (46 Jahre), in einer Jogginghose und mit fast nacktem Oberkörper. Er trug nur einen schwarzen Latex-BH, in der rechten Hand hielt er eine blutverschmierte Glückwunschkarte und lachte irre.

»Phyto-Östrogene! Tofu! Hahahahahaha…«

Die Polizisten verstanden überhaupt nichts.

Denn auf der Karte in der rechten Hand standen lediglich drei Worte und ein gemaltes Herzchen daneben, geschrieben in einer akkuraten Frauenschrift:

»Für meine Tofutittenmaus.«

Regina Schleheck

der wunschkanal

Jeder Mensch braucht einen Ort, wo er hingehört.
Rüdi hat immer vom ewigen Kreislauf gesprochen, aber zum Schluss konnte ich sein Gefasel einfach nicht mehr ertragen. Soll er doch selber mal sehen, wie das ist mit Karma, Reinkarnation und Nirwana, oder wie die alle heißen! In Wirklichkeit war das doch bloß ein blöde Masche, um sich aushalten zu lassen und möglichst viele Frauen zu vögeln.

Ich kannte den Rüdi seit unserer Grundschulzeit in Roggendorf-Thenhoven. Frau Leutseelig-Schnarrenberger, unsere Lehrerin, hatte ihn schon in der ersten Klasse eine Kanaille genannt. Ich hab damals noch gedacht, es hieße, dass er einen Knall hätte. Hatte er ja auch. Einen, der sich gewaschen hatte. Machte gern die große Welle und tauchte dann ab! Der war schon immer gefährlich nah am Wasser gebaut!

Nachdem wir die Schule hinter uns gebracht und uns in alle Winde verstreut hatten, hab ich erst mal ganz andere Sachen im Kopf gehabt. Lehre als Einzelhandelskauffrau angefangen, abgebrochen, Jobs ausprobiert, geschmissen, bis ich schließlich Guido getroffen und mit ihm den Kiosk gemacht hab. Da kamen alle früher oder später vorbei. Genau genommen waren die meisten natürlich dageblieben. Einmal Chorweiler, immer Chorweiler! Roggendorf-Thenhoven ist zwar nicht Chorweiler, aber direkt dahinter und keine Spur besser. Na gut, die in Chorweiler haben höhere Hochhäuser. Dagegen konnten wir nur mit dem Arsch der Welt anstinken. Wer hier groß wurde, würde nie zu den Großen gehören. Selbst die Kriminalität ist erbärmlich! Alten

Frauen Handtaschen wegreißen, Zigarettenautomaten plündern, Reifen schlitzen. Raffinierte Kapitalverbrecher sind eine ganz andere Liga. Rüdi war unterste Kreisklasse. In der ersten Klasse zog er den Mädels Poesiealbum-Abziehbilder ab, später versuchte er einen Hausaufgaben-Handel aufzuziehen. Alle, die ein bisschen Grips im Kopf hatten, gewöhnten sich doppelte Heftführung an. Wem Rüdi die Faust ins Gesicht hielt, der rückte bereitwillig falsche Lösungen raus, und da er zu doof war, die Qualität seiner Ware zu beurteilen, sank die Nachfrage schneller als die amerikanische Flotte in Pearl Harbour.

Nach der Zehnten war er dann eine ganze Weile weg von der Bildfläche. Vermisst hat ihn keiner. Weit hat er es immerhin gebracht. Hat in Köln nach einer Sauftour bei einem Schiffer angeheuert, weil die letzte Bahn weg und ihm kalt war.

Er hätte die ganze Welt gesehen, hat er später gestrunzt. Zumindest die Containerverladestationen, sag ich mal. Mehr wird der nicht zu Gesicht gekriegt haben. Die großen Schiffe fahren doch unter den billigsten Flaggen, die sie kriegen können, und heuern vorzugsweise Chinesen oder Malinesen oder wie die heißen an, denen sie die dreckigsten Hungerlöhne zahlen. Die werden, wenn sie irgendwelche Häfen anfahren, nicht gerade ein Sightseeing-Programm für die Besatzung einplanen.

Irgendwann müssen sie ihn unterwegs rausgeschmissen haben. Keine Ahnung, was da vorgefallen ist. Er hat es im Nachhinein als göttlichen Wink dargestellt. Der Kapitän wird seine Gründe gehabt haben, Rüdi Winke-Winke zu machen. Hundertpro hatte der Dreck am Stecken. Der Rüdi, meine ich. Der Kapitän vermutlich auch. Rüdi war jedenfalls in Indien gestrandet. In Bombay. Da war zu der Zeit gerade allerhand gebacken. So gurumäßig. In den Sechzigerjahren gab es ja hier diese scheußlich Mode mit Orange. Möbel, Tapeten, Klamotten, selbst Klodeckel sorgten für Augenkrebs. Im indischen Poona haben sie das in den Siebzigern wieder aus der Mottenkiste geholt und zur Glaubenssache erklärt. Als ich zum ersten Mal davon in den Nachrichten hörte, das war kurz vor Weihnachten, da dachte ich noch: ›»*Backwaren!*«, schrie Ranjesch? – Ja, will der uns verarschen?‹ Aber der hieß wirklich so! Bhagwan Shree Rajneesh.

Jedenfalls, als Rüdi wieder auftauchte, war er von Kopf bis Fuß orange, nannte sich Babakrishna und hatte einen neuen Perso. Stammte jetzt angeblich aus Bad Salzuflen-Knetterheide. Ich vermute, die haben da nicht nur Sex- und Drogen-Orgien gefeiert, sondern einen schwunghaften Papier-Handel betrieben. Nach dem Motto: *Kommet her zu mir, die ihr mühselig und beladen seid mit Sünden und Vorstrafenregistern, und fangt ein neues Leben an!* Irgendwo auf der Welt wird jetzt ein Rüdiger Schmitz aus Roggendorf-Thenhoven vielleicht Amazonas-Anwohnern Mobilfunkverträge der Firma Orange, ehemals France Télécom, verticken.

Der in Roggendorf-Thenhoven – auf dem Papier in Bad Salzuflen-Knetterheide – aufgewachsene Rüdiger Fischer, ehemals Schmitz, kreuzte eines Tages bei mir am Kiosk in Thenhoven auf, bestellte einen Kaffee und fing an zu missionieren. Er hätte in Köln im Belgischen Viertel einen Ashram aufgemacht.

Ich dachte, ich höre nicht richtig. »*Arschram?*«

Da hat er mir von dem Bhagwan erzählt und von der freien Liebe und zurück zur Natur. Ausgerechnet in Thenhoven, wo jeder froh ist, wenn er vom Land wegkommt! Aber neugierig waren sie doch. Ich auch! Ich war die allererste! Keine Woche hat es gedauert, bis ich meinen Anteil am Kiosk verkauft, die Wohnung gekündigt, Guido kalt abserviert, meine Möbel auf den Sperrmüll und die Klamotten in den nächsten Container entsorgt hatte. Zumindest die, die ich nicht mit Batikfarbe auf Orange umtrimmen konnte. Mein ganzes

Leben hab ich umgekrempelt aus einem einzigen feuchten Grunde! Eins hatte der Rüdi Babakrishna nämlich in Poona gelernt: vögeln! Er hat mir zum ersten Mal gezeigt, was die Biologie Männern und Frauen so ermöglicht. Also nicht nur Raus-rein-Zigarette, wie ich das von Guido kannte. Das mit dem »Arschram« hat mich in unserer WG im Belgischen Viertel allerdings anfangs immer zum Kichern gebracht. Na, und dass er auf ohne Bettdecke, sogar mit Spiegel an der Decke bestand – das war mir erst mal schon peinlich!

Als eine Woche später die Caro aus Chorweiler einzog, dann die Uschi aus Urbach, die Moni aus Monheim, die Uli, die Babette, die Ulli Zwo (mit Doppel-L), die Marita, und wie sie alle hießen – manche blieben ja nur ein paar Nächte –, also das fand ich dann erst mal ziemlich scheiße. Aber alle haben mitgemacht! Sich gegenseitig einen runtergeholt, dass der Pascha seinen hochkriegte! *Bloß* nicht spießig sein! Dabei ging es doch nur darum, dass Rüdi zu jeder Tages- und Nachtzeit aufspießen konnte, was ihm vor die Wampe kam. Er behauptete, das mit vielen Frauen auf einmal, das wär in der Natur so eingerichtet. Weil die Männer ihren Samen möglichst breit streuen müssten, um die Evolution voranzutreiben. Ich bin mir nicht so sicher, ob das jetzt exakt das war, was sein Guru gemeint hatte. Außerdem verstehe ich nicht ganz, warum der Babakrishna-Rüdi seinen kostbaren Samen dann so gerne an Stellen verspritzte, wo die Evolution nun wirklich keine Chance hatte. Ein bisschen Biologie war von der Gesamtschule ja schon noch bei mir hängen geblieben.

Das müsste ich halt schlucken, hat der Rüdi gesagt. Sein Samen wär äußerst eiweißreich, gut verdaulich und biologisch abbaubar. Der wär nicht nur kosmisch, sondern auch kosmetisch wertvoll. Wenn man sich damit eincremen tät, das gäb Marmorhaut. Ganz glatt. Einziehen lassen, fertig.

Das mit dem biologischen Abbau hat er später dann auch unter Beweis gestellt. Schlagkräftig. Mehr als einmal.

Der konnte nämlich ganz schön ausrasten. Sobald nämlich das passierte, was die Natur eben so macht, wenn man Samen streut. Präser kamen dem Mann der Liebe ja nicht in die Tüte. Die gehörten nicht zur Produktpalette des kosmischen Plans, behauptete er.

Ich weiß nicht, wie viele von den anderen er geschwängert hat. Mich hat es dreimal getroffen. Sobald er Wind davon kriegte, rastete er aus. Wie ich mir das vorgestellt hätte? Wer das Geld für das Blag ranschaffen würde? Dass der Erlös von dem Kiosk nicht lange reichte, war klar. Dabei war ich nicht die einzige, die ihm alles in den Rachen schmiss. Weil wir doch alle eine große orange Wir-haben-uns-lieb-Gemeinschaft waren. Genauer: Eine Wir-haben-unseren-Baba-lieb-Gemeinschaft, die sich alle seine Gemeinheiten gefallen ließ!

Wir Frauen nahmen jeden Job an, um den gemeinsamen Haushalt zu finanzieren. Lagerarbeiten bei Lidl, Putzen im Pullmann Hotel, Wochenzeitungen und Werbung austragen. Unserem Pascha war jede Quelle recht, solange sie nicht Strich oder *Pascha* hieß. Keine Götter neben Guru Rüdi! Er selbst hatte bis über beide Ohren zu tun mit der Ashram-Akquise. Jeden Tag zog er durch Cafés, abends durch Bars und Diskotheken, um weitere Frauen abzuschleppen – na, und zwischendrin gab's Liebe. Kam nach Hause, ließ sich von uns baden, füttern, salben – und vögeln. Und wehe, irgendetwas war nicht nach seinen Wünschen! War der Tee bitter, hagelte es fliegende Untertassen. Gerichte, die seinen Geschmack nicht trafen, verfehlten die Köchin nicht. Die kriegte das ganze Gedeck an den Kopf gepfeffert. Wer beim Massieren zu feste zupackte oder beim Sex gar kniff, bekam Extradienste aufgebrummt, die immer gemeiner wurden. Nacktputzen war da noch die harmloseste Variante.

Alles hab ich hingenommen. Ich bin nun mal nichts Besonderes, hab's auch nie anders kennengelernt, als dass ich wie ein Stück Scheiße behandelt werde. Am Anfang fand ich den Sex halt super. Die Nebenfrauen hab ich gehasst. Später war's umgekehrt.

Mit allem hätte ich leben können.

Dass er mir aber dreimal das werdende Leben aus dem Leib geprügelt hat, das schlug dem Fass den Boden aus.

Er muss genau Buch geführt haben über unsere Menstruationszyklen. Wenn bei irgendeiner eine Weile was ausblieb, setzte es Tritte unter die Gürtellinie. Früher oder später ging dann da was ab. Beim ersten Mal war ich so überrascht, dass ich es kaum sortiert kriegte. Es ist ein bisschen wie Achterbahnfahren. Egal, was der Kopf dazu sagt, eines ist klar: Im Bauch ist alles Natur. Und die tickt bei Frauen nun mal anders. Wenn Rüdi Babakrishna dafür sorgte, dass die Früchte seiner Lenden biologisch abgebaut wurden, dann ging das gegen unsere Natur! Und die unserer Kinder und Kindeskinder! Natürlich kann es immer passieren, dass man Kinder verliert. Aber doch nicht so! Wenn es wenigstens ein Grab gegeben hätte, an dem man sich hätte ausheulen können. Man braucht einen Ort! *Mir* blieb ja nichts, als mich übers Klo zu hängen! Am Ende hätte ich nur noch kotzen mögen. Irgendwo in der Kanalisation lagen meine Wünsche und Hoffnungen versenkt. Das gärt. Das kann man nicht gut aushalten.

Na, und dann kam Rüdiger mit dieser Kanal-Idee. Swantje hatte ihn darauf gebracht. Sie war frisch aus Amsterdam zugezogen und brachte ein Hausboot in den Ashram ein. Ich meine, das Boot blieb natürlich schön, wo es war, irgendwo bei Loosdrecht in Holland. Aber es gehörte ihr. Und damit unserem Babakrishna-Boss. Meinte der zumindest. Deshalb wollte er jetzt auf das Boot umziehen, über die Kanäle schippern und die Niederlande seinem Ashram angliedern. Die wären eh schon auf Oranje abonniert. Da fehlte ihnen nur noch der Baba zum Glück. Meinte der Rüdi.

Wir hatten, was den Kölner Ashram anging, den Kanal voll mittlerweile. Und so beschlossen Caro, Uschi, Moni, beide Ulis (mit einem und mit Doppel-L) und Marita mit Swantje auf das Hausboot umzuziehen. Den Rüdi verstanden wir da schon eher als notwendiges Übel. Nur Babette wollte die Stellung in Köln halten. Die hatte sich gerade frisch verliebt. In einen Finanzbeamten mit gestreiftem Hemd und Bügelfalten. Aber das schmierte sie dem großen Babakrishna natürlich nicht aufs Butterbrot. Dafür uns allen einen fetten Stapel Stullen, als wir an einem sonnigen Maitag in Monis VW-Bus in Richtung Loosdrecht lospreschten.

Unser Leithammel saß am Steuer und übte Bleifuß. Ich gab als Harems-Dienstälteste die Beifahrerin. Die übrigen Mädels knubbelten sich hinten und hatten ihren Spaß. Ich klemmte die Nase in ein Buch, das mir Uschi geliehen hatte.

Natürlich passte ihm das nicht.

»Du *liest*?« Es klang, als hätte er wissen wollen, ob ich noch alle Tassen im Schrank hätte. Als ich nicht antwortete – was denn auch?, – riss er mir das Buch aus der Hand und lachte verächtlich: »*Patrizia Hochschmitz*, sieh an! Seit wann interessierst du dich für Krimis?«

Es hätte genauso gut ein Gebetbuch sein können. Ich hatte kein Wort bisher gelesen, hatte nur keinen Bock, Rüdis rüden Sprüchen zustimmen zu müssen, wenn er sich über die Fahrkünste seiner Mitmenschen lustig machte. Ich guckte mir das Buch genauer an. Die Autorin hieß gar nicht Hochschmitz! Die hatte einen englischen Namen, der ganz ähnlich klang. »Der talentierte Mr Ripley« war der Titel. Wieso hatte Rüdis Stimme so einen komischen Unterton gehabt? So – unbehaglich! Das Buch begann mich zu interessieren. Ich klappte es auf und las mich fest. Als wir ankamen, hatte ich gerade die letzte Seite durch.

Das Boot war ein Traum! Das war der Ort, wo wir hingehörten! Und: Wir hatten ein Ziel. Keine von uns sprach es aus. Aber unser aller Blicke wandten sich unwillkürlich gen Südwesten. Frankreich! Spanien! Portugal!

Rüdiger Babakrishnas Versuch, das Boot in die andere Richtung zu steuern war exakt der Tropfen, der das Fass zum Überlaufen brachte. Eine einzige falsche Bewegung! Wer wollte schon nach Amsterdam? Acht Frauen auf dem Weg nach Paris. Der Stadt der Liebe!

Nur die Sonne war Zeuge, als Caro, Uschi, Moni, beide Ulis (mit einem und mit Doppel-L), Marita, Swantje und ich zu den Tauen griffen.

Es geht nichts über eine Gemeinschaft von Menschen, die sich die Liebe auf die Fahnen geschrieben haben. Acht Frauen und ein Mann.

Es geht uns gut.

Der Mann hat ein bisschen abgebaut. Aber das ist ein ganz normaler biologischer Prozess, wenn man fest verschnürt in einem Netz unter einem Schiffsrumpf hängt. Bis wir irgendwann vielleicht am Meer ankommen, wird nicht mehr viel von ihm übrig sein. Die Fischschwärme, die unser Boot begleiten, tun ganze Arbeit.

Manchmal fragen wir uns, ob eine Kanaille aus Bad Salzuflen-Knetterheide oder Roggendorf-Thenhoven vermisst wird.

Von wem?

Wir vermissen nichts.

In Spanien soll man die Orangen im Vorbeifahren von den Bäumen rechts und links des Kanals pflücken können.

Für hellhäutige Westeuropäerinnen ist das jedenfalls gar keine Farbe.

Eva Lirot

bis dass der tofu uns scheidet

Zartrosa. Innen. Fast noch lebendig. Gebettet in rotem Saft. Eigenblut. Ihn kribbelte es, seine Erregung wuchs. Das Gleitmittel schob er beiseite. Wenn es Frischfleisch gab, brauchte er keinen Senf.

Er streckte den Finger aus, berührte das Filet auf dem Teller, spürte den sanften Widerstand. Ein Schauer durchlief ihn. Er griff nach der Gabel. Dem Messer. Die Serviette legte er über den Schoß. Er sah nichts mehr, nur diesen perfekt angebratenen Rohdiamanten. Nahm niemanden wahr, wähnte sich allein beim himmlischen Festbankett. Gleich würde es soweit sein. Er und das Filet, sie würden eins werden.

Er hob die Gabel und setzte sie feierlich an. Er verstärkte den Druck, ließ die Zacken behutsam ins Innere des Filets gleiten. Er stöhnte laut auf. Kaum Widerstand! Feuchte sammelte sich in seinem Mund, breitete sich aus zu einem See, aus dem sich ein Faden Speichel den Weg nach draußen bahnte und an seinem Kinn herabrann. Nein, er hielt es nicht mehr aus, die Lust, sie verzehrte ihn schier! Mit Leib und Seele stürzte er sich in einen animalischen Fressrausch, das silberne Schneidwerkzeug blitzte auf. Und es brannte. Lichterloh. Alles stand in Flammen. Auch er selbst.

»Was ist denn los, Schatz?«

Marcel Landgraf saß pfeilgerade im Bett und wedelte mit den Händen die dichten Rauchschwaden weg, die nicht da waren. Klatschnass vom Schweiß japste er nach Luft. Fragte sich, wo er war. Und wer ...

»Leg dich wieder hin, es ist alles gut.«

Nelly. Da sprach Nelly. Marcel Landgraf erkannte die Umrisse des Schlafzimmers im Dämmerschein der Nacht und das schmale Gesicht seiner Freundin. Ihre Blässe.

»Du hast geschrien wie am Spieß.« Sie rieb sich die Augen, gähnte. »Hast schlecht geträumt. Wie so oft, wenn du dich heillos überfressen hast.« Leise seufzend schickte sie noch hinterher: »Das passiert ja immer, wenn du mit diesen grässlichen Leuten unterwegs warst. Jetzt lass mich schlafen. Mir ist's schon seit Mittag nicht gut und ich habe Bauchschmerzen. Keine Ahnung wovon, aber sie wollen nicht weggehen. Gute Nacht.« Nelly drehte sich auf die Seite.

Und Marcel erinnerte sich. An das allwöchentliche Treffen zur Schnitzeljagd bei Reiner. Wer das Größte ergatterte bekam dazu Freibier. Er grinste feist. Er liebte die Treffen. Zu denen Nelly stets mitgekommen war. Bis vor Kurzem. Dann zerbrach ihre Liebe. Zum Fleisch. Nachdem ihr die Schwester, das unbemannte Fluchtobjekt, das ekelhaft grüne Buch von diesem Safran-Fuzzi mitgegeben hatte. »Tiere essen«. Ja klar, was denn sonst?

Marcel schlug die Bettdecke zurück, kam mit einem Satz auf die Füße, schlüpfte zackig in die Pantoffeln, legte den Morgenmantel an und knotete ihn mit Verve zu, als wäre es der Uniformgürtel eines Oberst. Er marschierte ins Wohnzimmer ein. Sondierte das Terrain. Er erspähte das gesuchte Objekt und startete den Laptop. Erwin, Manni, Rudi, Ralle, Ändi, Thilo, seine neuen Freunde aus dem »Fleischfresser-Forum« waren fast rund um die Uhr für ihn da. Er hatte das Forum vor ein paar Wochen ins Leben gerufen – das blutrote Portal im Universum der blassen Kraut- und Rübenfraktion, wie er zu witzeln pflegte. Sie nannten sich »Nordmänner« und standen auf derselben Seite. Hatten eine Aufgabe. Eine Mission!

Aber vorher musste er zur Toilette. Blitzverdauung.

Er ging in die Küche und hörte dabei Nelly, wie sie den Eimer über den Fußboden zog und sich übergab. Inbrünstig übergab. Marcel runzelte die Stirn und schnappte sich das Hochglanzmagazin aus dem Bräter, der seit der Verbannung alles Fleischlichen aus der Küche ein Dasein im Exil unter der Spüle fristete. Er machte es sich auf der Toilettenschüssel bequem. Fing an zu blättern. Alles sehr lecker und appetitlich aufbereitet, das Heft war jeden Cent wert. Tipp des Monats: Scharfes aus Andalusien. Doppelseitig präsentiert und ästhetisch abfotografiert. Marcels Augen glitten an Ramonas prallen Brüsten über den wohl gerundeten Bauch zum Venushügel hinab. Er spürte ein Rumoren, hörte es grummeln in seiner Mitte. Er konnte es riechen, schmecken, er leckte sich die Lippen, die pure Gier im Blick beim Betrachten des Hüftstücks, das sein mit Fleischgenuss unterversorgtes Bewusstsein ihm anstelle der Rundungen Ramonas vorgaukelte...

Er brach seine Sitzung wütend ab. So erging es ihm in letzter Zeit ständig! Seit der Tofu das Tatar verdrängt hatte. Seit er darbte, weil Nelly nur noch fleischlos kochte.

Marcel verließ den Abort, beförderte das Hochglanzheft zurück in den Bräter. Im Affekt zerknüllte er ein loses Werbeblatt, das ihm auf dem Parkettboden aufgelauert hatte und auf dem er mit seinen Pantoffeln beinahe ausgerutscht wäre. Er drückte noch einmal fest zu, öffnete die Faust wieder, hörte es leblos knistern. Kamintür auf, rein damit. Feuerbestattung!

Nein, die Lage war ernst. Und viel zu wenige hatten das begriffen. Konnte man daran sehen, wie viele Grünzeugfresser im Netz Stimmung machten im Vergleich zur verschwindend geringen Menge der Aktivisten aus der Fleischfraktion.

Marcel wusste: Das lag nur daran, dass die meisten Leute die Gefährlichkeit der Vegetarier- und Veganerbewegung, die seit Jahren wie Efeu wucherte, eklatant unterschätzten. Hier ging es nicht mehr um Aufklärung, oh nein, nichts weniger als die freie Speisewahl stand auf dem Spiel. Sie sollte abgeschafft und eine Ökodiktatur installiert werden. Und das nicht etwa durch saubere Überzeugungsarbeit oder einen fairen Kampf – nein, da wurden perfideste Propagandamittel angewandt zur Verblendung der Massen. Er, Marcel Landgraf, ließ sich aber nicht beirren. Er hatte keine Lust auf Löwenzahn, von einem findigen Werbetexter zur Delikatesse verklärt. Das war plumpe Gehirnwäsche. Er würde kein Gras fressen, nur, damit der Chinese billig an die Bulette kommt!

Die Lösung, sie lag für ihn klar auf der Hand. Es war alles nur eine Frage des Weltbildes. Und die beantwortete er so: Weniger Buddha, mehr Bonanza. Da stand Hop Sing in der Küche und briet das Fleisch für die Cartwrights!

Und von wegen Ressourcenschonung, globales Denken, alles nur Worthülsen im Geschrei um den Platz vorn am Futtertrog. Er, Marcel Landgraf, hatte längst durchschaut, dass hier ein simpler Wirtschaftskrieg tobte: Fleisch *global* bedeutete Ebbe in Reiners *Lokal*, da gingen dann nämlich die Schnitzel aus.

Und mit Massentierhaltung brauchte ihm auch keiner kommen. Hier bei ihnen in Hintermberghausen gab es keine Fleischfabriken, sondern Jupp Schmödel. Den Metzger. Der seinen Laden dicht machen muss, wenn die Grasfresser sich durchsetzen. Ja, und dann? Der hat doch nichts anderes gelernt, der Jupp!

Aber mit den Militanten brauchte man gar nicht erst reden. Die wurden zum Tier, sobald das Wort Fleisch fiel, geiferten gleich los wie räudige Hunde. Denen fehlte es ohne Zweifel an der nötigen Toleranz. Da mussten sie noch viel lernen. Zum Beispiel von *ihm*.

Er hatte ja absolut nichts einzuwenden gegen das Grünzeug. Das wollten oder konnten sie aber nicht begreifen. Und restlos offenbarten sie ihm ihren kindlichen Starrsinn, wenn sie mit der Mär von der ungesunden Ernährung kamen. Selbstverständlich nahm auch er ausreichend Gemüse und Salat zu sich. Wenn es vorher durch den Magen der toten Sau auf seinem Teller gegangen war. Also bitte, wo lag das Problem?

Marcel Landgraf stemmte seine kräftigen Hände in die muskulösen Seiten. Nein, so ging das nicht weiter. Das erbärmliche Gewürge von Nelly, zum einen. Es fing an, ihm Unruhe zu verursachen. Fast tat sie ihm ein bisschen leid, die Ärmste kotzte sich in der Tat gerade die Seele aus dem Leib. Er würde wohl gleich mal nach ihr sehen. Zum anderen: Man durfte die Menschheit nicht den Fanatikern überlassen. Den Spaltern des heimischen Esstisches. Von den Gelben geschickt, die ihren Reis satt hatten und jetzt auch ans Steak wollten. *Sein* Steak. Ja genau, so war es!

Marcel nahm Kurs auf den Laptop, sah alles kristallklar vor sich: Kopf der giftigen Grasfressertruppe war ein dürrer Chinese, der die Agenten des Löwenzahns steuerte, um den Westlern gehörig in die Soße zu spucken – und seine Nelly hatten sie auch indoktriniert!

Zähnefletschend ließ er sich in den Sessel fallen, hackte den Befehl zum Öffnen des Internetbrowsers in die Tastatur des Laptops und loggte sich ins Forum ein. In ihm war der Kampfgeist erwacht. Er – Marcel, der Große – er würde das Heer der Nordmannen führen gegen die Schnickschnacks aus Fernost im Krieg ums Fleisch!

Sieben Personen waren on. Und das um drei Uhr morgens. Immerhin. *Graswurzeltaktik im Fleischfresserforum*, Marcel Landgraf amüsierte sich über sein gelungenes Gedankenspiel. Bis seine Aufmerksamkeit von einem dumpfen Schlag in Bann gezogen wurde. Aus Richtung Schlafzimmer. War Nelly beim Kotzen etwa aus dem Bett gefallen?

Marcel Landgraf wollte aufspringen, wurde aber von einem Fenster zurückgehalten, das in diesem Moment auf dem Bildschirm hochpoppte. Eilmeldung. Von Ralle. Pressemann des Forums. Er hatte Kontakte, besaß einen Verlag für internationale Gourmetliteratur. Spitzentitel: *Natural Born Griller*. Gab es sogar als Spruch auf T-Shirts.

Marcel blieb sitzen und öffnete die Meldung, vertraute darauf, dass Nelly schon nicht gleich sterben würde von ihrem freien Fall aus dem Futonbett. Er überflog Ralles Zeilen. Sie waren signalgelb eingefärbt und auf dem grellroten Hintergrund entsprechend schwer zu lesen, nach nur wenigen Worten hatte Marcel das Gefühl, unmittelbar in das Licht einer 100-Watt-Glühbirne zu starren.

Achtung, bei den Tofuwaren des Großhändlers Wiesenhuf aus der Region Dunkelwalde handelt es sich um einen gigantischen Etikettenschwindel ...

Marcel merkte auf. Er zoomte das Etikett heran. Das Logo des Anbieters nahm den halben Bildschirm ein. Es dauerte nicht lang, bis er es erkannte. Er hatte es schon mal gesehen. Bloß wo? Er dachte angestrengt nach. Er aß so etwas nicht, musste also erst mal herausfinden, zu wem ein solches Ernährungsprofil passen könnte... Ach ja, Nelly.

Marcel Landgraf starrte noch eine Weile auf den Monitor. Dann hellte sich seine Miene schlagartig auf. Er klatschte in die Hände. Grinste breit. Er hob die Siegerfaust, ein Laut des Jubels löste sich aus seiner Kehle.

Mannis Plan hatte offenbar funktioniert! Über den Kontakt eines Kontaktes hatte sein Kumpel veranlasst, dass ein weiterer Kontakt aktiviert worden war. Aus der rumänischen

Mafia. Nicht schön, klar. Doch radikale Zeiten erforderten nun mal radikale Maßnahmen. Und etliche der Militanten hatten beim Verzehr ihres vermeintlichen *Tofus* garantiert nicht gemerkt, dass die Schnitzel auf ihrem Teller in Wahrheit zu hundert Prozent aus Schweinefleisch bestanden, da hielt Marcel jede Wette.

Er nickte. Seine Freude währte dennoch nur kurz, er realisierte plötzlich ein sehr mulmiges Gefühl. Kein Geräusch unterbrach seine Überlegungen. Im ganzen Haus war es unnatürlich still. Hoffentlich hatte der Kontakt von Mannis Kontakt alles sauber organisiert. Es durfte auf keinen Fall eine Spur zu ihnen und dem Fleischfresser-Forum führen. Das wäre nicht gut für die Sache.

Marcel runzelte besorgt die Stirn und las erst mal weiter, was Ralle aus dem offiziellen Pressetext einer größeren Polizeibehörde zitierte. Er war an diesem Abend, als sie gemeinsam in Reiners Schnitzeloase gehockt hatten, bundesweit über die Nachrichtenticker gegangen:

... muss von einem bewusst ausgeführten Anschlag auf die Vegetarier und Veganer ausgegangen werden, über dessen Hintergründe bisher nichts bekannt ist. Der Verzehr des Tofus, bei dem es sich um gestrecktes Gammelfleisch handelt, das durch die chemische Behandlung geruchs- und geschmacksneutral aus der Verpackung kam, führt zu einer schweren Lebensmittelvergiftung, die, wenn sie nicht zeitnah behandelt wird ...

»Neeeeelly!« Marcel Landgraf stürzte aus dem Raum.

Es war zu spät.

fahrenheit 149 oder: selbst kocht der mann

Eine Recycling-Story

Als Freytag in den Speisesaal »Berchtesgaden« kam, war Slezak schon halb fertig mit dem Mittagessen. »Szegediner Gulasch!« Er quetschte die letzte Salzkartoffel in die Soße. »Geht so.«

Freytag stellte sein Tablett ab, setzte sich, platzierte Messer und Gabel rechts und links und den Dessertlöffel über dem Teller. Dann faltete er die Hände und schloss die Augen.

»Amen!«, mümmelte Slezak. »Dass du das nicht lassen kannst!«

Die ersten Bewohner von ›Haus Abendrot‹ waren schon fertig und folgten der Heimleiterin mit ihren Rollatoren hinüber zum Aufenthaltsraum »Engadin«, um nicht die Kochshow mit dem verrückten Italiener zu verpassen. Wer die »Privatdetektive im Einsatz« sehen wollte, musste das auf seinem Zimmer machen.

Freytag spießte ein Stück Gulasch auf und drehte die Gabel vor den sieben Dioptrien seiner Hornbrille. »Naja«, meinte er. »Möchte wissen, wo dieser fette Koch sein Fleisch einkauft.«

»Ich tippe auf Restemarkt. Oder Abdecker.« Slezak strich eifrig die Gulaschreste auf seinem Teller zusammen. »Das war kein Filet, das war Rücken oder Nacken oder so was. Nicht richtig abgehangen und dann noch gegen die Faser geschnitten.«

Freytag kaute zur Probe einen Bissen durch. »Und nicht richtig angebraten«, sagte er. »Gulasch musst du portionsweise machen. In heißem Fett, sonst sinkt die Kerntemperatur unter 65 Grad. Außerdem hat er Fertigbrühe genommen. Das wäre bei mir im Casino nicht durchgegangen.«

»Schon klar!« Slezak kannte Freytags Geschichten aus 20 Jahren Küchenchef im Casino von Krupp auswendig.

»Da habe ich für den Vorstand und die Geschäftsleitung gekocht, 50 Portionen, vier Tage die Woche. Ich …«

Als er bemerkte, das Slezak nicht mehr zuhörte, widmete sich Freytag seinem Gulasch. Nachdem sein Teller leer war, strich er sich die weißen Haare aus der Stirn. »Ich lass mir morgen vom Kubitzky frisieren. Auch Augenbrauen, Nasenhaare und die in den Ohren, das ganze Programm.«

»Irgendwann fliegt der Kubitzky noch auf«, sagte Slezak. »Dann macht die Schröder ihn fertig. Die hat doch irgendeine Abmachung mit dem Stadtfriseur laufen, der hier alle 14 Tage kommt.«

»Der nimmt 15 Euro!«, sagte Freytag. »Und für Nasenhaare und Ohren nochmal zwei Euro extra, hab ich gehört. Beim Kubitzky zahl ich einen Heiermann für alles. Der ist ein Spitzenfigaro und erzählt immer tolle Sachen, beim Frisieren.«

»Was solln das denn für Sachen sein?« Slezak hatte eine Glatze und war deshalb nicht auf Kubitzkys Künste angewiesen.

»Na, wie er früher in seinem Salon im Segeroth die Damen aus der Stahlstraße onduliert hat, verstehste?«

»Du Schweinigel!«, sagte Slezak.

»Genau, Schwein!« Freytag starrte nachdenklich auf seinen Teller. »Schwein hatten wir lange nicht mehr. Was hältst du von Koteletts? Schön mariniert.«

Slezak sah sich sichernd um. Dann senkte er die Stimme. »Kann ich besorgen. Ich sag mal zehn Stück. Dazu meine Spezialgrillwürstchen. Was ist mit Kartoffelsalat?«

»Schaff ich«, sagte Freytag.

»Die Schröder hat dir doch die Kochplatte beschlagnahmt?«

»Ich nehm den Wasserkocher!«, sagte Freytag. »Man muss sich nur zu helfen wissen.«

Am Donnerstag saß Freytag schon am Tisch, als Slezak mit seinem Tablett von der Essensausgabe kam. Freytag standen die Haare wirr vom Kopf. »Möhrengemüse!«, rief er Slezak entgegen.

Slezak setzte sich. »Nicht mal ne Bratwurst dabei!«

»Es ist Gemüsetag, Slezak!«

»Also ich hab früher jeden Tag …«

»… einen Riesenbatzen Fleisch zu essen gekriegt!«, ergänzte Freytag. »Ich weiß!«.

»Wenn es doch so war!«, knurrte Slezak.

»Als Metzger hast du ja auch an der Quelle gesessen!«

Slezak schaufelte stoisch das Möhrengemüse in sich hinein. »Jedenfalls gab's bei mir ordentliches Fleisch. Richtigen Braten. Filets vom Feinsten. Die Grillwurst nach meinem Spezialrezept verkauft mein Junge in seinem Laden immer noch ohne Ende.« Er dämpfte die Stimme. »Die Lieferung mit den Koteletts und den Grillwürstchen läuft. Mein Sohn gibt dem Gärtner die Sachen mit, der freitags immer die Hecken macht. Grillkohle bringt er auch mit.«

»Er soll sich vor der Schröder vorsehen«, warnte Freytag. Seit die Heimleiterin Slezaks Sohn letzten Monat mit hundert Grillwürstchen in der Kühltasche beim Besuch erwischt hatte, behielt sie ihn im Auge.

»Diese Taschenkontrollen bei den Leuten, die mich besuchen, sind reine Schikane!«, schnaufte Slezak. »Wenn das so weitergeht, schreib ich an Amnesty!«

»Deswegen sage ich ja, dass wir einen Heimbeirat brauchen.« Freytag fuhr sich durch die Haare. Ein Regen aus Kopfschuppen rieselte über das Möhrengemüse. »Wann kommt dieser Stadtfriseur immer?«

»Montags.« Slezak schluckte. »Das ging verdammt schnell, mit dem Kubitzky.«

Freytag nickte. »Am Morgen war er noch beim Frühstück, und als ich um elf zum Haareschneiden zu ihm wollte, war der Bestatter schon dagewesen und der Maler hatte gerade angefangen, das Zimmer zu streichen.«

»Und abends haben sie schon für den Neuen eingeräumt«, sagte Slezak. »Hab ihn aber noch nicht gesehen. Ist wohl bettlägerig.«

»Die Schröder nimmt keine Pflegefälle.« Freytag hob die Gabel und dozierte: »Das ›Haus Abendrot‹ bietet die gepflegte Gastlichkeit und familiäre Atmosphäre eines privaten Seniorenruhesitzes. Zehn Einzel- und drei Zweierappartements. Eigene Küche, eigener Garten, eigene Physiotherapie.«

»Komisch, dass ich den Bestatter beim Kubitzky gar nicht gesehen habe«, sagte Slezak. »Nur die Leute von diesem Trödelladen mit ihrem Wagen.«

»Die haben die Möbel vom Kubitzky geholt«, sagte Freytag.

»Gibt's da keinen Erben?«

»Denen wird die Schröder das Inventar abgequatscht haben«, sagte Freytag. »Wie bei dem Sohn von dem Wittmundt. Hat der mir jedenfalls erzählt, als ich ihn auf dem Friedhof getroffen habe. Der hat die alte Knappenuniform und den Bergmannskram von seinem Vater irgendwann im Internet gesehen. Bei Ebay. Die Schröder hat da wohl was laufen mit dem Trödler und nutzt das aus, wenn die Kinder nix mehr mit einem zu tun haben wollen.«

»Kann ich von meinem Sohn so nicht sagen«, meinte Slezak.

»Sei froh«, sagte Freytag.

Am Montag kam Freytag zu spät nach »Berchtesgaden«. Der Koch räumte schon die Schüsseln und Kessel an der Ausgabe zusammen und fuhr ihn an, dass er sich gefälligst hätte beeilen sollen. Außer einem Erdbeerjoghurt war nichts mehr da.

Slezak winkte von seinem Fenstertisch. »Komm her! Bring Besteck mit.«

Als Freytag sich zu ihm setzte, schob Slezak ihm seinen Teller hin. »Ist noch genug da. Schweinebraten mit Prinzessböhnchen und Butterkartoffeln. Mahlzeit!«

»Danke«, sagte Freytag. »Dieser verdammte Friseur hat mich ewig warten lassen, weil ich nicht angemeldet war. Arroganter Schnösel!« Er faltete die Hände und schloss die Augen.

»Amen«, sagte Slezak. »Und jetzt hau rein, sonst wird's kalt.«

Nach dem ersten Stück Fleisch schob Freytag den Teller zurück. »Das ist ungenießbar. Eine Zumutung. So was wäre damals bei mir im Casino …«

»Schon klar.« Slezak zog den Teller wieder zu sich. Mit Messer und Gabel zupfte er die Scheibe Braten auseinander. »Kurze helle Fasern. Das ist kein Schwein. Das ist Strauß oder Springbock. Oder Känguru.«

»Oder Hund?«, schlug Freytag vor.

Slezak schüttelte den Kopf. »Kein Hund.«

»Dann eben Katze.«

»Nein, von einer Katze würdest du nicht so große Stücke bekommen.«

»Katzen schmecken ganz gut«, meinte Freytag. »Muss man bloß wie Karnickel braten.« Er kicherte. »Etappenhase! Millowitsch!«

»So ein Karnickel«, meinte Slezak besinnlich und maß etwa dreißig Zentimeter mit den Händen ab. »Einfach einen Schlag mit der Handkante ins Genick, das Karnickel an den Hinterfüßen packen, mit einem spitzen Messer von den Pfoten bis zum Hintern aufschneiden, mit einem Ruck das Fell abziehen und bis zu den Vorderläufen weiter abstreifen. Wie man einen Handschuh umstülpt. Beim Kopf musst du vorher die Ohren wegschneiden, die Augen ausbohren und am Maul mit dem Messer etwas nachhelfen.«

Freytag nahm eine Probe von seinem Erdbeerjoghurt. »Igitt. Der ist schon fast drüber!«

»Natürlich«, sagte Slezak. »Weißt, was mein Sohn gesagt hat, als ich mit ihm wegen der Grillwürstchen telefoniert habe?«

»Na was?« Freytag nahm angewidert noch einen Löffel Erdbeerjoghurt.

»Er sagt, dass die Schröder und der fette Koch die Sachen von den Spenden für die Tafel abzweigen.«

Der Erdbeerjoghurt schien Freytag im Hals steckenzubleiben. »Das Zeug, das die Supermärkte diesen Sozialfuzzis geben, die das an die Hartz-Vierer verteilen?«

»Auf alle Fälle sind die Schröder und ihr Bruder im Vorstand von der Tafel.«

Freytag spuckte den Erdbeerjoghurt aus. Der Koch, der gerade hinter der Ausgabe die Putzkräfte wegen irgendwelcher Schlampereien anschrie, sah zu ihn herüber. Freytag zeigte ihm den Mittelfinger. Der Koch lief rot an und drohte mit der erhobenen Faust zurück. Dann wandte er sich wieder den Putzkräften zu und schrie sie an, dass sie entlassen seien.

»Ich seh doch manchmal, wie der Bruder von der Schröder mit dem weißen Lieferwagen vorbeikommt.« Slezak zog sein Augenlid herunter. »Ich sag nur: Holzauge! Ist dir nicht aufgefallen, dass wir hier nie einen Speiseplan kriegen?«

»Mhh.« Freytag kratzte sich am Kopf. »Stimmt. In anderen Heimen haben sie Wochenpläne. Hängen überall. Sagt jedenfalls die Lisbeth. Du weißt schon, die ...«

»Die mit der blonden Perücke? » Slezak grinste anerkennend. »Die immer mit dem Taxi kommt, dich besuchen?«

»Mhh«, machte Freytag. »Nur eine alte Bekannte.«

»Aus dem Casino, was?«

Freytag ging nicht darauf ein. »Wenn ich überlege, was wir der Schröder hier jeden Monat bezahlen – und was die dann noch spart, wenn sie sich unser Essen aus dem Supermarktcontainer holt ...«

»... und was sie noch bei der Verwertung mit unseren Sachen verdient, wenn wir abkratzen.«

Freytag rieb sich das Kinn. »Ich frag mich immer wieder, warum ich da keinen Bestatter gesehen habe, bei dem Kubitzky.«

Slezak schaute sich um. Die Heimleiterin stand an der Küchenausgabe und unterhielt sich mit dem Koch. Slezak flüsterte: »Würde mich nicht wundern, wenn das Luder da auch noch was versilbert. Ich sag nur: Herzschrittmacher. Oder künstliche Hüfte. Und wenn's nur die drei Stahlnägel sind, die ich im Oberschenkel hab, von dem Unfall damals mit der Rinderhälfte.«

»Zahngold!«, murmelte Freytag düster und spähte zur Heimleiterin, Doch die war inzwischen mit dem Koch in der Küche verschwunden. »Freitag, halb sieben? Dein Balkon?«

Slezak schüttelte den Kopf. »Lieber deiner. Wenn wir wieder bei mir grillen, verpfeift uns die alte Schilling von 3B. Die ist immer noch sauer, weil wir sie letztes Mal nicht eingeladen haben.«

»Richtig – wen laden wir ein?«

»Schlawinsky, Koschinsky und Baginsky auf jeden Fall!«, sagte Freytag. »Und natürlich Wachowsky, Huby und Bosetzky!«

»Und vielleicht kommen auch wieder ein paar Mädels aus dem Schwesternwohnheim gegenüber.«

»Und was ist mit deiner Bekannten, der Lisbeth?«

»Ich kann ja mal fragen.«

»Ja, mach das.«

»Ich sag dir – Finger weg, Slezak.«

Am nächsten Montag passte die Heimleiterin Freytag und Slezak am Fahrstuhl ab, als sie in den Speisesaal »Berchtesgaden« wollten. Der fette Koch war bei ihr, und an seinem hochroten Gesicht erkannten die beiden, dass die Lage ernst war.

Sehr ernst sogar.

»Wenn ich die Herren mal ins Büro bitten dürfte?«, schnarrte Frau Schröder resolut.

Also tappten Freytag und Slezak hinter ihr her in den Verwaltungstrakt, wo die Räume keine Namen, sondern nur Nummern hatten. Der Koch sicherte die Kolonne nach hinten. In Schröders Chefinnenzimmer (Nr 1.01) ging es dann zur Sache.

»Achthundertvierunddreißig Euro achtzig!« Sie knallte ihnen zwei Umschläge hin. »Für jeden von Ihnen. Das sind die Kosten für den Feuerwehreinsatz am Samstag, weil Sie entgegen meinem ausdrücklichen Verbot auf dem Balkon gegrillt haben, Herr Freytag.«

»Wo sollten wir denn sonst hin?«, fragte Freytag. »Das Grillen im Garten haben Sie doch schon letzten Sommer verboten.«

»Sie wissen genau, warum ich das verboten habe. Weil Sie und Herr Slezak angefangen hatten, Würstchen an Spaziergänger zu verkaufen.«

»Wir wollten nur unsere Unkosten wieder reinholen!«, sagte Slezak. »Rein wirtschaftlich gedacht. Sollte Ihnen ja nicht fremd sein. Nachhaltiges Grillen heißt das!«

»Außerdem grillen wir nur erstklassiges Material«, ergänzte Freytag mit einem Blick zum Koch. »Und nicht irgendwelche Reste aus der Pferdemetzgerei.«

»Sie ...« Der Koch pumpte sich auf. Doch als Frau Schröder ihm einen Blick zuwarf, verkniff er sich eine Antwort.

»Außerdem untersage ich Ihnen, sich weiterhin öffentlich abfällig über die Qualität der Verpflegung in Haus Abendrot zu äußern«, fuhr die Heimleiterin fort. Sie fixierte Slezak. »Das betrifft besonders Sie mit Ihren laut vernehmlichen Kommentaren über das Fleisch, das hier zubereitet wird.«

»Verpflegung nennen Sie den Dreck?«, grollte Freytag. »So was haben meine Lehrköche damals im Casino im ersten Jahr besser hingekriegt.«

»Herr Freytag, halten Sie den Mund!«

Slezak legte Freytag die Hand auf den Unterarm. »Ich hab dir doch gesagt, dass es keine Zweck hat, mit ihr zu reden«, sagte er.

»Herr Slezak, Sie haben sich für Herrn Freytags ... Grillorgie von Ihrem Sohn Grillwürstchen besorgt...«

»Mein Sohn wird mir ja wohl aus der Metzgerei, die mir mal gehört hat, etwas zukommen lassen dürfen!«

»Aber nicht zweihundert Grillwürstchen und drei Dutzend Koteletts und zehn Kilo Grillkohle.«

Freytag grinste. »Wir hatten halt eine Menge Anmeldungen für unseren Grillnachmittag.«

»Und zwar nicht nur aus dem Haus hier!«, ergänzte Slezak.

»Schluss jetzt«, beendete die Heimleiterin die Diskussion. »Sie bezahlen den Feuerwehreinsatz. Die Rechnung für die Vollreinigung auf Ihrem Balkon und in Ihrem Appartement kommt auch noch, Herr Freytag!«

»Sie wissen genau, dass ich keine achthundert Euro aufbringen kann«, sagte Freytag. »Sie haben doch meine Kosten für die Unterbringung so kalkuliert, dass meine ganze Rente draufgeht. Genau wie bei Slezak.«

Der Koch räusperte sich und sagte mit einem tückischen Lächeln: »Ihr beiden könnt das abarbeiten!«

Freytag und Slezak tauschten einen überraschten Blick.

»In der Küche!«, fuhr der Koch fort. »Mir fehlen zwei Hilfskräfte. Putzen, spülen, Essen ausgeben, Tabletts abräumen.«

»Eine hervorragende Idee.« Schröders tückisches Lächeln sagte Slezak und Freytag, dass den beiden die Idee offenbar nicht erst gerade jetzt gekommen war. »Meine Herrn – ich würde sagen: zwei Monate Küchendienst und wir vergessen die Rechnungen.«

»Und Sie sparen sich den Lohn für die Küchenkräfte!«, knurrte Freytag.

»Wir führen ›Haus Abendrot‹ kostensensibel und mit Blick auf ein nachhaltiges, ressourcenschonendes Pflegemanagement.«

»Ja, sicher.« Slezak stand auf. »Sie mich auch!«

»Also dann heute Abend um fünf«, sagte der Koch noch, als sie beiden schon an der Tür waren. »Angetreten zum Spülen und Putzen.«

Am Mittwoch trafen sich Slezak und Freytag um halb fünf hinten in der Küche im kleinen Büro des fetten Kochs. »Ich hab die Temperatur in der Kühlkammer um zwei Grad hochgestellt«, sagte Slezak. »Damit sollten wir hinkommen.«

»Perfekt.« Freytag trug eine Kochjacke, die ihm viel zu weit war. Er warf einen Blick auf die Vorratslisten und leckte dann den Bleistiftstummel an, den er ganz hinten in der Schreibtischschublade des fetten Kochs gefunden hatte.

»Speiseplan«, schrieb er auf ein Blatt Papier. Und darunter: »Für die Woche vom 7. bis zum 13.« Dann sah er Slezak an. »Also?«

Slezak kratzte sich am Kopf. »Du bist der Koch!«

»Na gut. Sagen wir – Montag: Saure Nieren mit Püree, dazu Gewürzgürkchen.«

»Klingt zu!«, sagte Slezak. »Dann am Dienstag vielleicht Rollbraten mit deftigem Knödel!«

»Dazu Rotkohl«, notierte Freytag.

Dann sahen sie sich noch einmal die Lagerliste aus dem Kühlhaus an. »Mittwoch: Herz-Lungenhaschee«, schlug Freytag vor.

»Geht in Ordnung.« Slezak seufzte. »Er hätte nicht so rumbrüllen dürfen!«, sagte er. Freytag konnte ihm da nur zustimmen. »Das war entwürdigend.«

Ihm klang immer noch die schrille Stimme des fetten Kochs im Ohr, mit der er sie in der Küche herumgescheucht hatte. Nachdem sie das Geschirr gespült hatten, sollten sie den Boden kärchern und danach das Kühlhaus putzen.

»Kein Wunder, wenn man da durchdreht!«, murmelte Slezak. »Ich hab mich schon beim Militär nicht gern anschreien lassen!«

Freytag erinnerte sich daran, wie die Stimme des fetten Kochs hinter ihnen auf einmal verröchelt war. Als er sich umdrehte, hatte er gerade noch gesehen, wie Slezak das Filetiermesser aus der Brust des Kerls zog und ihm dann mit einem eleganten Schnitt den Hals durchtrennte.

»Donnerstag«, sagte Freytag nachdenklich und kaute am Bleistift. »Weinkraut mit Kesselfleisch?«

»Lecker!«, sagte Slezak. »Der Koch reicht noch für den Rest der Woche. Der hat gut und gern seine 100 Kilo gehabt, abzüglich der Knochen sind das 60 Kilo Fleisch.«

Die lagen jetzt vorgeschnitten und abgepackt im Kühlhaus, die Keulen hingen gepökelt in der Räucherkammer und die Innereien waren mit den Resten vom Ausbeinen in einer langen Nachtschicht zu Slezaks Grillwurst verarbeitet worden.

Freytag sagte: »Freitag – Geschnetzeltes an Butterspätzle! Damit die Schröder nicht zu lange liegenbleibt.«.

Das mit der Heimleiterin war eine Kurzschlussreaktion von Freytag gewesen. Als Frau Schröder in der Küche aufgetaucht war – wahrscheinlich weil sie sich wunderte, dass der Koch nicht mehr herumbrüllte – hatte sie laut aufgeschrien. Was angesichts des im Blut des fetten Kochs stehenden Slezak verständlich war. Freytag hatte ihr das erstbeste über den Kopf gezogen, was ihm in die Hände gefallen war – eine mittelgroße Kasserolle, die mit einem satten Klonk auf die Stirn der Schröder getroffen war.

Frau Schröder war zu Boden gegangen und hatte sich dabei den Kopf so unglücklich aufgeschlagen, dass jede Hilfe zu spät gekommen wäre. Also hatte Slezak sie sich dann auch noch vorgenommen, als er den Koch fertig zerlegt hatte. Mit dem Fleisch der beiden konnten sie die Bewohner von ›Haus Abendrot‹ in den nächsten Wochen gut versorgen. Dass »unsere beiden fachkundigen Mitbewohner Leo Freytag und Anatol Slezak die Küche führen, bis Ersatz für unseren verdienten Koch gefunden ist, der überraschend seinen Traumjob an Bord des Kreuzfahrtschiffes SANTA MARIA bekommen hat«, stand auf dem Aushang am Eingang zum Speisesaal »Berchtesgaden«.

»Morgen kommt die Lisbeth und kümmert sich um die Bürosachen von der Schröder!«, sagte Freytag. »Als gelernte

Buchhalterin kann sie für die nächsten Wochen einspringen und das Heim leiten. Wir beiden machen die Küche und sorgen dafür, dass wir einen Heimbeirat gewählt kriegen. Damit sie uns nicht wieder so einen Drachen als Heimleiter vor die Nase setzen.«

»Und wir beim Speiseplan mitreden können«, meinte Slezak. »Wir hätten das schon viel früher machen sollen!«

»Genau, Speiseplan« Freytag schaute noch einmal über den Wochenplan. »Bleibt noch Samstag ... da geht doch eigentlich nur ...«

»Soljanka.«

»Stimmt. Soljanka«

Sofia Glass

anhörung in der sache brokkoli II

Die derzeit erhältlichen Brokkolisorten weisen häufig eine gelbliche Verfärbung an den äußeren Röschen auf. Weiterhin befinden sich über einem dicken, unverwertbaren Strunk meist unterschiedlich große, unregelmäßig abstehende Röschen. Eine dunkelgrüne Röschenfarbe und ein kompakter Kopf, bestehend aus gleich großen Röschen über einem schmalen Strunk, sind jedoch für den Verbraucher wünschenswert und stellen vorteilhafte Eigenschaften von *Brassica oleracea* dar.«

Heidi übersetzte die Worte und bediente sich der gleichen, vor Logik prickelnden Kühle in der Sprache, wie der britische Patentanwalt. Mr. Wright hatte sich von seinem Platz erhoben und sprach mit gekräuselten Lippen in sein Mikrofon. Die Sitzung der Großen Beschwerdekammer hatte erst vor einigen Minuten begonnen. Durch das Glas der Dolmetscherkabine sah Heidi, wie sich auf der rechten Seite des Saales Dr. Hohenritz' Wangen mit Rot überzogen. Er pflegte die Feindschaft mit Mr. Wright ähnlich sorgfältig wie eine Golffreundschaft, die man nur zu dienstlichen Zwecken aufrechterhielt. Dr. Hohenritz war der einzige der Top-Patentanwälte Deutschlands, der sich bereit erklärt hatte, den Zusammenschluss der Umweltverbände zu vertreten. Bestimmt nicht zu seinem üblichen Honorar.

Heidis Kollegin, Olga, rutschte mit flackernden Augen auf ihrem Stuhl herum. Heidi seufzte. Olga war seit Jahren erfolglos in Dr. Hohenritz verknallt. Bestimmt würde sie gleich wieder mit zärtlicher Wut über ihn lästern.

Über den Ton, der in Heidis Kopfhörer getragen wurde, hörte sie ganz in der Ferne immer noch die rhythmischen, auf gleichbleibender Tonhöhe skandierten Parolen: Verbfreie Forderungen der Art, wie sie sich nur zornige Kleinkinder oder aber Demonstranten aus dem Leib schreien. Es musste irgendwo ein Fenster offenstehen, das den Schall der Protestaktion hereinließ: »KEIN PA-TENT AUF SAAT-GUT! KEIN PA-TENT AUF LE-BEN!« – Trommelschlag – »KEIN PA-TENT AUF SAAT-GUT! KEIN PA-TENT AUF LE-BEN!« Der Vorsitzende der Kammer wandte den Kopf und blickte stirnrunzelnd hinter sich auf die Wand, als käme die Lärmquelle von dort. Dann erteilte er Dr. Hohenritz das Wort und Heidi sah aus den Augenwinkeln, wie sich die Körperhaltung des Kollegen in der englischen Kabine links von ihr straffte.

»Diese bekloppten Weltverbesserer!«, zischelte Olga in die Sprechpause hinein. »Ich kann es nicht fassen, dass der Hohenritz diese Ökofritzen vertritt!«

Heidi empfand weder für noch gegen die Patentierung von Brokkoli leidenschaftliche Gefühle; sie fragte sich eher, ob denn noch niemand ein Patent zur Abschaffung von Brokkoli angemeldet hatte? Schon allein bei dem Wort meinte sie, den herben, stechenden Geruch einzuatmen, der sich früher in der Wohnung festsetzte, wenn ihre Mutter es mit der gesunden Ernährung besonders ernst gemeint hatte. Während Heidi regelmäßig mit zusammengepressten Lippen vor dem Teller stinkenden Grünzeugs saß, zählte ihre Mutter die Wohltaten des Wundergemüses auf: Kalium, Phosphor, Eisen und Vitamin C. Schließlich hatte Heidi es meist gegessen – die glänzenden, faserigen Strünke und das auf der Zunge zerbröselnde Krümelzeug. Oder sie hatte es vorgetäuscht und den Inhalt ihres Tellers bei Gelegenheit schnell in den Abfall gekippt. Der Weg des geringsten Widerstandes.

Heidis Magen hob sich plötzlich bei der Erinnerung an den Geruch von Brokkoli.

»Du, ich muss mal kurz«, unterbrach Olga Heidis Gedanken und erhob sich. »Bin gleich wieder da, ja?«

Bevor Heidi etwas erwidern konnte – nur allzu häufig musste Olga mal kurz, wenn es schwierig wurde –, war die Kollegin schon zur Tür hinaus.

Heidi beschloss, sich weder von dem flauen Gefühl im Magen noch von Olgas Verschwinden ablenken zu lassen, und konzentrierte sich auf die Verhandlung. Sie ahnte die Stimmen der englischen Kabine als sachtes Murmeln durch die Trennscheibe, während Dr. Hohenritz der Kammer die Einspruchsgründe entgegenschoss: »Selbst wenn die Beschwerdegegnerin sämtliche Verfahrensansprüche entfernen sollte, sind die Produktansprüche gemäß Artikel 53 (b) EPÜ nicht patentfähig, denn der beanspruchte Gegenstand, also der Brokkoli an sich, lässt sich nur mittels eines im wesentlichen biologischen Verfahrens herstellen.«

Im Verhandlungssaal gähnte der Mitarbeiter des Saatgutkonzerns Heilberg, der die Verhandlung für sein Unternehmen verfolgte. Er zog aus seiner Jacketttasche ein Mobiltelefon hervor, blickte mit hochgezogenen Augenbrauen darauf, wischte über die Oberfläche des Geräts. Dann streifte er sich die Kopfhörer ab und erhob sich. Er warf seinem Anwalt eine Grimasse zu, bei der er mit seinem Handy in der Luft wedelte, und verließ leise den Saal.

Kurz darauf war sein Anwalt, Mr. Wright, wieder an der Reihe, holte tief Luft und Heidi tat es ihm nach, bevor sie den Hebel ihres Pultes umlegte. Sie fixierte sein Gesicht, stimmte sich auf die Frequenz seiner Stimme ein und folgte ihm, wo immer er hinging, von der unvorteilhaften Unregelmäßigkeit herkömmlicher Brokkoliröschen über die korrekte Auslegung von Artikel 53 (b) bis zu der Frage, was denn dann überhaupt noch patentierbar sei? Es gab Hintergrundgeräusche, wie immer, und sie konzentrierte sich nur auf seine trockene, leicht näselnde Stimme, filterte sie heraus aus dem Chor von Flüstern, Kugelschreiberkratzen, Räuspern und Papierrascheln. Er begann, eine Reihe von Prozentzahlen abzulesen und sie schloss die Augen. Ausgerechnet jetzt war Olga nicht da, um ihr die Zahlen mitzuschreiben. Es wurde schwieriger, sich zu konzentrieren. Die Hintergrundgeräusche wurden lauter, fraßen sich in den Ton des Rednermikrofons hinein. Immer noch waren die Demonstranten hörbar, warum nur so laut? Trillerpfeifen, Trommeln, Rufe.

»Die Patentierung der Erfindung ist zuzulassen, da ...« Der Anwalt brach ab und Heidi mit ihm. Sie öffnete die Augen.

Die Saaltür sprang auf und ein Knäuel Menschen überrollte den Raum. Sie trugen Masken, die verschiedenen Gemüsesorten nachempfunden waren: Tomate, Brokkoli, Kartoffel; eine Karotte, deren hohe Pappspitze am oberen Türrahmen hängen blieb und nur knapp hindurchschrappte. Rufe schepperten übersteuert auf den Kopfhörer. Die Tomate hielt ein Plakat mit einer rot durchgestrichenen DNS-Kette in die Luft und stieß dessen Stab rhythmisch auf den Boden.

Heidi zwang ihren Blick weg von den Demonstranten und hin zu Dr. Hohenritz. Er war aufgestanden, die Hände in die Hüften gestemmt. Sein Mund stand halb offen. Etwas platzte mit einem satten Geräusch und grasfarbene, zähflüssige Masse ergoss sich über das Schwarz seiner Robe. Er sah aus, als habe er einen Spirulina-Smoothie trinken wollen und dabei die Kontrolle über seine Arme verloren.

»Da hast du Brokkoli!«, schrie ein Demonstrant, eine Wasserkanone im Anschlag, aus deren gelbem Plastiklauf eine grüne Flüssigkeit tröpfelte. Er hatte sich die Tomatenmaske halb nach oben geschoben. Ein Ritter unter seinem Visier. Dann pumpte er, hob das Spielzeug hoch wie ein Held eines Action-Games und drehte sich einmal um die eigene Achse. Heidi duckte sich, unnötigerweise. Das Gemisch pflatschte gegen das Kabinenglas. Dicke Schleimbatzen sanken an der Scheibe herunter. Empörte Rufe der Anwälte. Der Vorsitzende der Kammer ließ seinen Arm unter den Tisch gleiten und eine ohrenbetäubende Sirene gellte durch den Raum.

Heidi riss sich die Kopfhörer herunter. Sie versuchte, Blickkontakt zur englischen Kabine herzustellen und erhaschte gerade noch den Anblick ihrer aus der Tür hastenden Kollegen.

Durch ein freies Stück Glasscheibe sah sie, dass ein weiterer Demonstrant in den Saal kam. Sein Gesicht war durch eine Kürbismaske verdeckt. Ein breiter, grinsender Mund mit schwarzen Zahnlücken über einem knallorangen, glänzenden Umhang. Ein paar Böller explodierten in rascher Folge. Rauch ballte sich zu Wolken zusammen, die alles vernebelten. Husten und Schreie zeterten aus den Kopfhörern heraus. Ein weiterer Knall, kalt und trocken – ein Schuss.

Heidi stieß sich vom Tisch ab und drückte die Kabinentür auf. Sie rannte den schmalen Gang entlang, zum Foyer vor dem Verhandlungssaal. Kurz bevor sie die Türe am Ende des Ganges erreichte, öffnete sich diese zu einem Spalt. Lärm und Kreischen dröhnten herein. Heidi wich zurück, riss im nächsten Augenblick die Tür neben sich auf. Der Technikraum: eine fensterlose Kammer voller staubiger Bildschirme, Tonregulierungspulte und alter Mikrofone. Sie stürzte hinein und zog die Tür hinter sich zu. Auf dem Gang eilten Schritte. Sie stieß den Drehstuhl weg, kroch unter die Tischplatte und kauerte sich in die Nische hinter einem Aktenunterschrank. Sie hörte, wie die Tür des Technikraums geöffnet wurde. Ihr

Herzschlag wummerte gegen ihre Kehle. Schritte im Raum. Die Tür wurde ins Schloss gedrückt. Heidi versuchte, so ruhig wie möglich zu atmen, obwohl sich ihre Brust plötzlich unkontrollierbar hob und senkte und ihre Lungen nach so viel Luft wie nie zuvor verlangten. Vielleicht war es ein Techniker? Oder ein Wachmann? Sie streckte den Kopf. Ohne Erfolg. Um besser zu sehen, hätte sie ihre Haltung so verändern müssen, dass sie das Gleichgewicht verloren hätte. Das wollte sie nicht riskieren. Was, wenn es einer der militanten Demonstranten war? Sie hörte ein Rascheln und Zischen wie von statisch aufgeladenem Stoff. Schweres Atmen. Ein hartes Räuspern. Ihre Beine prickelten und schliefen ein. Etwas knatterte wie eine sich entfaltende Plastikplane. Ein Flattern und zischendes Gleiten. Mehr Rascheln, Klappern und Schritte. Die Tür klickte, saugte sich auf und wieder zu, klickte erneut. Stille.

»Und das ist alles, was Sie in der Anhörung gesehen haben?«

Der Polizist ihr gegenüber, Inspektor oder Kommissar oder was auch immer, fragte es auf eine Art, bei der in ihrem Kopf Worte wie »sachdienlich« und »Beweisaufnahme« aufpoppten. Durch das Fenster des zum Befragungsraum umfunktionierten Büros fiel Sonnenlicht und leuchtete seitlich auf seine Augen, die von einem solch unerhört eigentümlichen Hellgrün waren, dass Heidi wegsehen musste. Ihr war plötzlich heiß, so unerträglich heiß. Sie zog ihr Kostümjackett aus und griff nach dem Wasserglas, das er ihr hingestellt hatte, trank in langen Schlucken.

»Ja. Ich habe den Schuss gehört, und dann ...«

Ohne Vorwarnung schwoll ein Knoten in ihrem Hals an und drückte auf ihre Kehle. Oh nein. Sie wollte nicht vor diesem Beamten mit der nüchternen Stimme und diesen verstörenden Augen das Weinen anfangen. Tief in den Bauch atmen.

»Ich habe den Schuss gehört, aber dann habe ich mich weggedreht. Außerdem war das Glas beschmiert und der ganze Raum voller Rauchwolken. Ich habe nicht gesehen, wie Dr. Hohenritz um… wie er erschossen wurde.«

Der Polizist nickte und sah sie an, wie er wohl auch ein sichergestelltes Beweisstück betrachten und über seine Relevanz nachdenken würde. Sie starrte zurück. Seine lässige Frisur mit den kinnlangen Strähnen täuschte nicht darüber hinweg, dass er mindestens um die vierzig war: verräterische Falten um die Mundwinkel; eine fahle Bräune im Gesicht.

»Und in dem Technikraum haben Sie nichts gesehen.«

»Nein. Nur gehört. Ich wollte auf keinen Fall entdeckt werden, ich wusste ja nicht, wozu diese Leute in der Lage wären. Erst als die Polizei da war, bin ich rausgekommen.«

»Wir werden den Raum untersuchen. Womöglich hat einer der Mitarbeiter, die aus den Büros zu Hilfe gekommen sind, dort nach einem Verteidigungsgegenstand gesucht.«

Heidi nickte.

»Vielen Dank für Ihre Aussage«, brachte der Polizist das Gespräch zum Schluss. »Es tut mir leid, dass ich Ihnen die Nachricht von Dr. Hohenritz' Tod überbringen musste. Sie können jetzt nach Hause gehen. Melden Sie sich, falls Ihnen noch etwas einfällt, das Sie wegen des Schocks vergessen haben sollten.« Er fingerte etwas aus seiner Jackentasche und gab ihr seine Karte. Heidi betrachtete sie. *Sakis Seroteftidis. Kriminaloberkommissar.* Zusätzlich zu den Details der Dienststelle eine gekritzelte Mobilnummer.

Sie verabschiedete sich, trat aus dem Büro und atmete tief durch. Auf dem Weg zur Toilette kam sie an einem Grüppchen aufgeregter Mitarbeiter vorbei, die mit ernsten Mienen die Köpfe zusammensteckten. »Extrem gewaltbereite Umweltschützer ... haben Pförtner überwältigt, bevor sie einen Alarm absetzen konnten ... ein Glück, dass nicht noch ...!«

Die Polizistin, die vor der Damentoilette postiert war, warf ihr nur kurz einen Blick zu. Als Heidi zum Waschbecken trat, stand dort eine junge Frau, die sich gerade zum Handtrockner umdrehte. Ihre dunklen Haare waren am unteren Hinterkopf rasiert, dafür oben umso fülliger in einen büschelartigen Zopf gebunden. Sie trug ein orangenes Filzgewand, das ihr bis zu den Knien reichte. Ihre Augen weiteten sich, als sie Heidi erblickte, und sie ließ die Hände sinken.

»Hey, du bist doch die Übersetzerin!« Ihre Stimme war gleichzeitig rau und füllig, als gurgelte sie regelmäßig mit Sand und Whisky. »Gerade eben, bei unserer Aktion! Du warst in diesem Glaskasten und hast synchronübersetzt, oder?«

Ein bohrender Blick unter zusammengewachsenen, dunklen Brauen. Heidis Kehle pochte und die Enge des gekachelten Raums drückte sich scharf in ihr Bewusstsein. Dies war wahrscheinlich nicht der didaktisch richtige Moment, um einer Mordverdächtigen den Unterschied zwischen Übersetzen, Dolmetschen und Synchronsprechen zu erklären. Und es war vermutlich überhaupt nicht der richtige Augenblick, um sich über solche Sachen Gedanken zu machen. Heidi fragte sich, wie sehr sie neben der Spur war, dass sie darüber nachdachte. Ein Mord war geschehen.

»Hörst du da nur die Worte und übersetzt sie, oder weißt du überhaupt was über den Brokkoli?« Die Stimme der Ex-Möhre klang erstaunlich freundlich.

»Brokkoli ... ? Brokkoli ... schmeckt am besten, wenn man ihn kurz vor dem Verzehr durch Schnitzel ersetzt«, versuchte sich Heidi an einem Scherz und verspürte einen unbändigen Drang zu lachen. Das Blitzen der dunklen Augen im Gesicht ihres Gegenübers ließ ihre Mundwinkel erstarren. Falsche Antwort. Ganz falsche Antwort. Die Frau stemmte die Arme in die Taille und näherte sich ihr mit funkelnden Augen.

»Stört dich das nicht, wenn du als Instrument hegemonialer Machtansprüche des westlichen Großkapitals ausgebeutet wirst?«

Heidi setzte an, hatte Argumente von technischem Fortschritt und Nutzen für die Allgemeinheit auf der Zunge, verkniff sich aber jede Antwort. Was, wenn sie die Waffe hatte? Was, wenn sie diejenige war, die geschossen hatte? Heidi öffnete den Mund und räusperte sich. Doch ihr Gegenüber schien keine Antwort zu erwarten.

»Weißt du eigentlich, was das bedeutet, wenn Patente auf Saatgut erteilt werden? Weißt du, wie Heilberg die Bauern in der Dritten Welt ausbeutet? Hast du irgendeine Ahnung davon, wie skrupellos die ihre Machtinteressen gegen jeglichen Widerstand, gegen ganz normale Menschen wie uns durchsetzen?«

»Normale Menschen wie uns?«, entfuhr es Heidi und sie schlug sich die Hand vor den Mund. Die Aktivistin musterte sie abschätzend. Dann schnaubte sie.

»Du bist eine kleine Mitläuferin. Du hast gar keine Ahnung, was hier gespielt wird und es interessiert dich auch nicht. Na, du wirst schon noch sehen.«

Sie lehnte sich zurück, lächelte Heidi plötzlich an und schnippte ihr dann unvermittelt Wassertropfen ins Gesicht. Mit einem kratzigen Kichern, das einer Zeichentrick-Hexe würdig gewesen wäre, feixte sie über Heidis Gesichtsausdruck und drehte sich zur Tür, die sich in diesem Augenblick öffnete. Die Polizistin warf einen missmutigen Blick hinein.

»Kommen Sie jetzt! Zwei Minuten hatte ich Ihnen gegeben!« Der Büschelschopf wippte, als die Aktivistin durch die aufgehaltene Tür schritt, als betrete sie einen Laufsteg.

Heidi drehte sich um, lehnte sich an die kühlen, weißen Kacheln und hielt sich am Waschbecken fest. Ihre Knie zitterten. Langsam ließ sie Luft durch ihre Lippen zischen. Die Polizistin vor der Tür hatte sie ja vollkommen vergessen über das Gesülze der Gemüsetante. Olga hatte vielleicht recht gehabt mit ihren Tiraden gegen die Ökofritzen. Olga. Wo war sie eigentlich?

Sie stakste die neonbeleuchtete Rolltreppe herunter, die das orange-braune Innere des 70er Jahre-Baus zerschnitt, und sehnte sich danach, alleine zu sein. Aber vielleicht wartete Olga in der Cafeteria auf sie. Oder hatte sie womöglich einen Zusammenbruch gehabt, nachdem sie vom Tod Dr. Hohenritz' erfahren hatte? Unschlüssig ging Heidi zum Ausgang, reckte den Hals, um in die rundum verglaste Gastronomie zu spähen, und stieß prompt mit jemandem zusammen.

»Oh, sorry.«

Sie sah in zwei freundliche, blaue Augen. Heilbergs britischer Mitarbeiter, der anfangs auch in der Verhandlung dabei gewesen war. Er war etwa so alt wie sie, um die dreißig, glattrasiert und hatte ein weiches, aber angenehmes Gesicht. Sein Duft nach Bergamotte, edlem Holz und einem Hauch Meer stieg ihr in die Nase.

»Oh, hello. My goodness. Sie waren doch auch da drin, als Dolmetscherin. Geht es Ihnen gut? Es ist unglaublich, was passiert ist.« Südenglischer Akzent, rein und elegant.

Sie nickte und versuchte ein Lächeln.

»Ja, ich glaube, ich stehe noch ein wenig neben mir. Aber es geht. Furchtbar.«

»Ja, entsetzlich. Dr. Hohenritz ...« Er sah zu Boden. »Wer tut so etwas nur. Diese Leute müssen völlig verrückt sein.«

Dann seufzte er und fuhr sich mit der Hand über die Augen.

»Ich befürchte, das wird das Einspruchsverfahren deutlich verzögern. Wer soll das schon außer ihm übernehmen. Oder ...« Er schüttelte den Kopf, als wollte er diese unpassenden Gedanken loswerden. »Entschuldigen Sie. Das ist heute natürlich völlig unbedeutend.«

Auf der Straße vor dem Gelände des Amtes fuhr ein beigefarbener Mercedes heran.

»Das wird mein Taxi sein. Meine Aussage habe ich gemacht und wurde offiziell entlassen. Ich fahre jetzt zum Flughafen. Äh, kann ich Sie ein Stück mitnehmen, meine Liebe?«

Heidi presste die Lippen aufeinander und wandte ihren Blick nochmals zur Cafeteria. Sie wollte nach Hause, und ein Taxi war sehr verlockend. Warum nicht das Angebot annehmen, noch dazu von diesem netten Gentleman? Aber sollte sie nicht noch Olga suchen, sie vielleicht anrufen? Doch womöglich war die schon längst heimgegangen, ohne sich um Heidi zu kümmern, während sie hier herumstand und sich wieder einmal viel zu viele Sorgen um andere machte.

»Ich heiße übrigens Simon«, stellte sich der Engländer vor und lächelte. »Oh! Sie haben da etwas ...« Mit gerunzelten Brauen hob er seine Hand zu ihrer Schläfe und entfernte sachte etwas aus ihren Haaren. Seine Finger kitzelten ihre Haut und lösten einen kurzen Schauer aus. Mit einem Lächeln schnippte er einen Fussel weg. Der hatte sich wohl in dem staubigen Versteck in ihrer Frisur verfangen.

»Ich bin Heidi«, antwortete sie und fügte ohne weiteres Nachdenken hinzu: »Danke für das Angebot, ich komme gerne mit.«

Sobald sie in das Taxi gestiegen waren, wendete der Fahrer scharf, wodurch Heidi in den Sitz gedrückt wurde. Das etwas zu hochtourige Motorengeräusch schmerzte in ihren Ohren.

»Arbeitest du öfters hier, Heidi?«

»Gelegentlich. Und du, hast du mit Heilberg viele Termine in München?«

»Viel zu selten leider; es ist eine so schöne Stadt ...« Das Augenzwinkern sagte es: nicht nur die Stadt fand er schön. Er legte den Arm über die Rückenlehne, so dass seine Hand hinter ihren Schultern ruhte. Heidi lächelte, fuhr sich durchs Haar und schlug die Beine übereinander. Sie hatte nach Hause fahren wollen – doch wie häufig begegnete sie schon einem gutaussehenden Mann, mit dem es gleich so funkte?

Ihre vertraute Xylophonmelodie riss sie hoch. Eine unbekannte Handynummer. Simon warf ihr ein Nimm-es-ruhig-an-Lächeln zu, nahm dann selber sein Smartphone zur Hand und begann, routiniert darauf zu tippen.

»Hallo Frau Wittnes, Seroteftidis hier. Wir haben uns vorhin unterhalten.« Die sonderbaren, grünen Augen. »Wir haben den Technikraum durchsucht. Dort fanden wir ziemlich gut versteckt einen Müllsack mit der mutmaßlichen Tatwaffe, außerdem ein zerknülltes Halloween-Kürbiskostüm. Ohne Ihre Aussage wäre das wahrscheinlich lange Zeit nicht entdeckt oder sogar direkt entsorgt worden. Die Person, die in den Raum gekommen ist, als Sie sich dort versteckt haben, steht unter dringendem Tatverdacht.«

Heidi drückte das Gerät an ihre Ohrmuschel. Das Taxi wurde auf den Schlund des Altstadttunnels angesaugt. Seroteftidis' Stimme knatterte verzerrt.

»Wir fahnden ... Ihre Kollegin Olga Meier ... unbedingt ...« Stille. Dann hochfrequentes Tuten.

Sie ließ ihr Handy in den Schoß sinken, wurde von einer Kurve überrascht und leicht nach links geworfen, sodass sie Simons Schulter streifte. Er räusperte sich, stützte sie behutsam am Arm und sah sie fragend an. Sie setzte sich aufrecht hin. Es hallte in ihrem Kopf wider. Die Ereignisse des Tages tauchten auf, überlagerten sich, fügten sich zusammen. Ja. Es musste so sein. Die Erkenntnis breitete sich wie Alkohol in ihren Gliedern aus, erhitzte und lähmte sie.

»Heidi, alles in Ordnung?«

Die Neonlichter des Tunnels riffelten durch das Innere des Wagens und warfen Schatten auf seine Augen.

»Ja, danke, alles okay.«

Sie versuchte, sich trotz allem zu konzentrieren. Bald würden sie vor ihrer Wohnung ankommen, sich mit Höflichkeit und heimlichem Bedauern verabschieden, und Simon würde weiterfahren.

Seine Hand lag immer noch auf ihrem Arm.

»Sag mal, Simon ...« sie zögerte. Sollte sie es wirklich tun? Normalerweise überließ sie die Initiative den anderen. Doch es hieß jetzt oder nie, bald würde Simon zum Flughafen entschwinden und wer weiß wann wiederkommen. Und Olga? Aber der Tod von Dr. Hohenritz ließ sich ja nicht mehr ungeschehen machen.

»Sag mal, Simon, hast du noch Zeit, mit mir einen Kaffee zu trinken?« So. Jetzt war es raus.

Seine Augen blickten überrascht. Und erfreut.

»Ich kenne hier in der Nähe ein nettes Café, und, also, ich brauche auf jeden Fall einen starken Tee nach den heutigen Ereignissen«, beeilte sie sich, hinzuzufügen.

»Sure«, sagte er nur, »I'd love to«, und lächelte sie so charmant an, das sie es kaum aushalten konnte.

»Ich muss noch eben eine SMS schreiben«, entschuldigte sie sich und spürte ärgerlich, wie ihr Gesicht rot wurde. Als die Rückantwort mit einem silbrigen Benachrichtigungston einging, bremste das Taxi auch schon vor dem neuen Zielort.

Sie saßen auf der weitläufigen Terrasse, Heidi mit Blick zur Straße, um ihm die Sicht auf die üppige Jugendstilarchitektur zu lassen. Simon beugte sich vor, legte seine Hände in die Mitte des Tisches und drehte ein Tütchen Zucker zwischen den Fingern.

»Leider wird es dauern, bis ich wieder einen Termin hier habe. Schade, dann werde ich nicht so bald Gelegenheit haben, dich noch näher kennen zu lernen.«

Heidi strich sich eine Haarsträhne aus dem Gesicht.

»Die Gelegenheit hast du dafür jetzt. Ich erzähle dir ein bisschen was von mir.«

Er zog lächelnd eine Augenbraue hoch.

»Heute hat mich jemand gefragt: Hörst du nur die Worte und übersetzt sie, oder weißt du auch etwas über den Brokkoli? Die Antwort ist: Ich weiß etwas über den Brokkoli. Ich weiß, dass ich ihn hasse. Und seinen widerlichen Geschmack. Und auch die Leute, die für Brokkoli töten.«

Mitgefühl legte seine Stirn in Falten.

»Ja, ich verstehe. Diese verrückten Ökoterroristen ...«

»Es ist schon schlimm genug«, unterbrach sie ihn, »dass es überhaupt Brokkoli gibt. Man muss nicht noch an seinen Genen rummurksen. Oder nette Leute wie Dr. Hohenritz umlegen.«

Ein schwarzer Wagen hielt mit großer Geschwindigkeit auf das Café zu und bremste scharf ab, während bereits seine Türen aufflogen.

Sie lehnte sich vor und sah in sein Gesicht. Dieses ebenmäßige Gesicht, die blauen Augen. Sein feiner Duft kitzelte ihre Nase. Ein unauffälliger Mann, der auf den zweiten Blick ungemein anziehend war. Schade, dass er bald weg sein würde.

»Aber abgesehen vom Brokkoli: ja, ich höre auch die Worte. Und wie sie gesagt werden. Wie die Stimmen der Menschen sich aufgeregt quetschen, wenn sie ans Mikrofon treten. Ich höre ihr Hüsteln, ihre unbewussten Seufzer, ihre Ähms und ihre Räusperer ... Es gibt saftige Schleimräusperer, verlegene Singsang-Räusperer, durch die Nase geschossene Schnarchräusperer. Deiner«, sie zeigte mit dem Finger auf Simons Kehle, »deiner ist hart und druckvoll. Ein krächziges Hüsteln, mehr eine Gewohnheit. Du bemerkst es wahrscheinlich gar nicht. Aber ich schon, ich höre den ganzen Tag Menschen zu und so ein hartes Räuspern wie deines erkenne ich wieder, ob ich es im Auto höre oder in einer staubigen Kammer, in der ich mich vor einem Mörder verstecke.«

Die blauen Augen zogen sich zu kalten Punkten zusammen. Sein Stuhl kreischte über das Pflaster, als er sich vom Tisch wegschob und im Aufstehen umdrehte.

Seroteftidis stand dort, in Begleitung einer ganzen Truppe Polizisten. Die Festnahme vollzog sich als ein schnelles, gut eingeübtes Schauspiel vor Heidis Augen.

Ihr Herzklopfen verlangsamte sich erst, als Simon im Wagen zwischen zwei Beamten saß. Sie zwinkerte eine Träne weg, als Seroteftidis zu ihr trat und sie aufmerksam musterte.

»Frau Wittnes, Da haben Sie wirklich Nerven bewiesen, den Mann hierher zu locken und mir die SMS zu schicken. Alle Achtung. Ihre Kollegin Olga Meier, das wollte ich Ihnen vorhin noch sagen, war übrigens während der Tatzeit in der Cafeteria. Der Tod von diesem Anwalt hat sie sehr mitgenommen, sie wird seelsorgerisch betreut.«

»So was in der Art habe ich mir gedacht«, entgegnete Heidi und seufzte. »Mann plus Brokkoli, das kann nicht gut gehen. Da hilft auch keine Genmanipulation.«

Nadine Buranaseda

ausgeliefert

Liebe mich, ich bin der Hass.
(Kurt Haberstich)

Von: +49/152/98756342
15:07 03.04.2014
Wo bist du?

Von: +49/152/98756342
15:07 03.04.2014
Machst du Mittagspause?

Von: +49/152/98756342
15:07 03.04.2014
Dann ruf mich an! BITTE!!!

Von: +49/152/98756342
15:07 03.04.2014
Vermisse deine Stimme!

Von: +49/152/98756342
15:08 03.04.2014
Sven?!?

Von: +49/152/98756342
15:09 03.04.2014
HALLO!!! Lass mich nicht hängen, Liebster! Hab schon so

lange nichts mehr von dir gehört. Jede Sekunde ohne dich ist die reinste Qual für mich.

Von: +49/152/98756342
15:10 03.04.2014
Wahrscheinlich hast du bei dem ganzen Stress vergessen, mir deine neue Handynummer zu geben. Zum Glück habe ich sie auch ohne deine Hilfe herausgefunden. Du weißt doch, wie einsam ich bin, wenn du nicht bei mir bist.

Von: +49/152/98756342
15:11 03.04.2014
Bestimmt hast du dein Handy im Hotelzimmer liegen gelassen. Mir ist bewusst, wie wichtig diese Geschäftsreise für dich ist.

Von: +49/152/98756342
15:12 03.04.2014
Heute Morgen hättest du mir aber ruhig schreiben können. Wenigstens ein paar Zeilen vor dem Aufstehen, damit ich weiß, dass du auch an mich denkst ... Deine dich immer liebende Caro

Von: +49/152/98756342
15:14 03.04.2014
Jetzt hab ich sofort deinen Duft in der Nase. *lach. Verrückt, oder? Als müsste ich nur die Hand ausstrecken, um deine Haare verwuscheln zu können.

* * *

Maren drehte den Wasserhahn zu und schob die Häkelgardine am Küchenfenster zur Seite. Summend schaute sie hinaus in den Garten. Die Wildblumen auf der sattgrünen Wiese schlugen erste Blüten. Ihr Blick fiel auf Fiete und Leevke, die mit roter Schaufel und Eimer im Sand spielten. Die letzten Strahlen der Abendsonne ließen ihr hellblondes Haar golden erscheinen. Maren lächelte. Sie freute sich schon auf ihren ersten Sommer in diesem Haus. Noch bevor sie alle Umzugskartons ausgeräumt hatten, hatte Sven einen Sandkasten in Muschelform für die Kinder gekauft. Weil sie ja jetzt hinterm Deich wohnten, hatte er gesagt. Von Anfang an hatte Sven die beiden angenommen, als wären es seine eigenen. Das und noch viel mehr liebte Maren an ihm. Sie konnte ihr Glück kaum fassen.

Maren ließ die Gardine wieder los und fuhr fort, das Geschirr zu spülen. Sie hatte keine Lust für sich und die Kleinen zu kochen. Der Aufwand lohnte nicht, solange Sven nicht zu Hause war. Außerdem hatte sie Appetit auf asiatisches Essen. Sie entschied sich für Pad Thai: gebratene Reisnudeln, mit Tofu. Für die Kinder würde sie ein paar vegetarische Frühlingsrollen mit Süßsauer-Sauce bestellen. Die mochten sie am liebsten. Maren trocknete sich die Hände ab und suchte nach dem Flyer des Thai-Imbiss', der noch vor ihrem Einzug im Briefkasten gelegen hatte. Dann nahm sie das schnurlose Telefon zur Hand und wählte.

* * *

Von: +49/152/98756342
17:46 03.04.2014
Ich hatte Zeit zum Nachdenken, Sven. Ich wünschte, wir wären wieder zusammen auf Sardinien. Erinnerst du dich? Wir zwei unterm Sternenhimmel, die Unendlichkeit über uns. Wir haben über unser gemeinsames Leben gesprochen. Und du hast meine Hand gehalten. Gott, war das romantisch!

Von: +49/152/98756342
17:47 03.04.2014
Ich weiß es, als wäre es gestern gewesen. Damals war alles noch einfach, nicht wahr? Für immer dein!

Von: +49/152/98756342
17:49 03.04.2014
Unsere Liebe ist einzigartig. Von außen kann das niemand nachvollziehen. Auch wenn dir irgendwelche Spinner etwas anderes einreden: Wir sind füreinander BESTIMMT! Das darfst du nie vergessen!

Von: +49/152/98756342
17:50 03.04.2014
Übermorgen werden wir uns endlich wiedersehen. *hüpf Freust du dich auch so wahnsinnig wie ich? Dann hat die Zeit des Wartens ein Ende.

Von: +49/152/98756342
17:51 03.04.2014
Warum antwortest du nicht auf meine SMS? Langsam mache ich mir wirklich Sorgen!!! :-(

Von: +49/152/98756342
17:51 03.04.2014
Oder hast du grad etwas Besseres zu tun? Ich glaube nicht. Früher hast du gar nicht schnell genug antworten können. Etwas mehr Respekt habe ich schon verdient nach allem, was ich für dich geopfert habe! Das ist wohl nicht zu viel verlangt, oder? Sei ehrlich!

Von: +49/152/98756342
17:53 03.04.2014
Wie oft muss ich dir sagen, dass ich dein Schweigen nicht ertragen kann.

Von: +49/152/98756342
17:55 03.04.2014
Weißt du was?!? Jetzt bekomme ich wieder diese dumpfen Herzschmerzen. Meine Hände zittern schon. Ich hasse das! Das kommt davon, dass du dich nicht meldest.

* * *

Ein paar Öltropfen spritzten auf, als Luan die gehackten Schalotten in den Wok gab. Während er sich mit dem Unterarm den Schweiß von der Stirn wischte, rührte er die Zwiebeln mit einem Pfannenwender aus Holz um, bis sie goldbraun waren. Nacheinander fügte er eine Kelle orangefarbenen Thai-Rettich und gewürfelten Tofu hinzu. Er vermengte die Zutaten und schob sie an den Pfannenrand, als sich in den aufsteigenden Dampf ein Duft mischte, dessen Note zwischen fruchtig-süß und sauer-salzig bewegte. Luan goss Öl nach, das sich auf dem Boden des Woks sammelte und sofort kleine Blasen schlug. Er warf eine Handvoll Frühlingszwiebeln hinein und schmorte die Ringe ebenfalls kurz an. Schließlich folgte eine gute Portion Reisbandnudeln, die seine Frau vorher in lauwarmem Wasser aufgeweicht hatte, etwas Zucker, Tamarindensaft, zu Pulver gestoßene trockene Chilischoten, Sojasauce und noch etwas Wasser, damit das Ganze garen konnte. Danach wendete Luan die Nudeln, bis sie jede Flüssigkeit aufgesogen hatten. Erneut schob er die Masse an den Rand und briet den thailändischen Schnittlauch, der, wie einer seiner Stammkunden ihm einmal verraten hatte, an Bärlauch erinnerte, und eine großzügige Menge Mungobohnen mit neuem Öl an. Als Letztes vermischte er alles und streute ein paar gestoßene Erdnüsse darüber. Zufrieden schöpfte Luan das Nudelgericht in eine Aluminiumschale, die er mit einem Kartondeckel verschloss.

* * *

Von: +49/152/98756342
17:57 03.04.2014
Ich kann mir deine Antwort denken. Ist ja gut. Ich beruhig mich wieder. Du arbeitest an unserer Zukunft. Ich muss einfach mehr Geduld haben. Das hast du mir von Anfang an gesagt.

Von: +49/152/98756342
17:59 03.04.2014
Du hast immer alles von mir bekommen. Ich bin für dich an die Küste gezogen, obwohl ich das Klima hier nicht ausstehen kann. Es ist an der Zeit, dass du auch mal etwas zurückgibst.

Von: +49/152/98756342
18:00 03.04.2014
Übrigens habe ich mir letzte Woche die Haare blond gefärbt. Wie Maren. Wenn du darauf stehst … Bitteschön. Ich hab kein Problem damit. Auch nicht damit, kein Fleisch mehr zu essen. An solchen Kleinigkeiten soll's nicht scheitern, nicht wahr?

Von: +49/152/98756342
18:02 03.04.2014
Apropos: Gib endlich zu, dass Maren und die Kinder ein netter Zeitvertreib waren. Mehr nicht.

Von: +49/152/98756342
18:03 03.04.2014
Fiete und Leevke sind nicht mal von dir. Und überhaupt: Was ist das für eine Frau, die ihren Mann sitzen lässt, wenn ihr jüngstes Kind noch in die Windeln macht?

Von: +49/152/98756342
18:05 03.04.2014
Die Gören würden immer zwischen euch stehen. Das ist wohl sonnenklar. Damit willst du dir doch nicht dein ganzes Leben verbauen, oder? Ich bitte dich! Das solltest selbst du einsehen.

Von: +49/152/98756342
18:07 03.04.2014
Wir werden unsere eigene Familie haben, Sven. Ich habe schon alles geplant. Wenn du erst befördert worden bist, können wir uns etwas Besseres leisten als dieses Holzhaus. Es ist rot. Schön. Und hat ein Reetdach. Ich habe gelesen, dass das Zeug ganz schön schnell verrotten kann. Damit willst du dich doch zukünftig nicht rumärgern, oder?

Von: +49/152/98756342
18:08 03.04.2014
Unser Haus wird viel größer sein. Mit einem ordentlichen Dach. :-)

Von: +49/152/98756342
18:10 03.04.2014
Aber im Ernst: Ich will dir die Entscheidung nicht schwerer machen, als sie ist, Sven.

* * *

Sven verließ eiligen Schrittes den Konferenzraum und lockerte die Krawatte. Das Handy hatte in den letzten Stunden zigmal in seinem Aktenkoffer vibriert. Er gab die PIN-Nummer ein und wischte mit dem Finger übers Display: 27 ungelesene Nachrichten. Nachdem er die ersten paar überflogen hatte, blieb er abrupt stehen. Er musste schlucken und ließ das Handy sinken.

Scheißescheißescheiße!

Wie zur Hölle war Caro an seine neue Handynummer gekommen?

Sven zwang sich weiterzulesen. Auch wenn jeder Buchstabe Übelkeit in ihm verursachte, sagte ihm irgendetwas, dass Caros Botschaft wichtig war. Als er bei den letzten drei Nachrichten angelangt war, begann sein Herz zu rasen.

* * *

Von: +49/152/98756342
18:11 03.04.2014
Ich sehe, du lebst das Leben, das ich mit dir führen wollte: Die Kinder spielen friedlich im Garten.

Von: +49/152/98756342
18:08 03.04.2014
Was für ein ›hübsches‹ Namensschild aus Ton: Maren & Sven mit Fiete & Leevke. Dazu ein paar rote Marienkäfer und vierblättriger Klee. War es nötig, mir dein Glück SOOO unter die Nase zu reiben?

Von: +49/152/98756342
18:13 03.04.2014
Es war nicht gerade klug, mir davon zu erzählen ...

* * *

Sven klickte sich zurück ins Hauptmenü und wählte mit zittrigen Händen Marens Mobilfunknummer. Er war 300 km von zu Hause entfernt, schoss es ihm durch den Kopf, während er auf das Freizeichen wartete. Die Mailbox sprang sofort an. Sie hatte wie so oft vergessen, ihr Handy ans Ladekabel zu hängen. Sven beendete den Anruf und kramte in seinem Portemonnaie. Die neue Festnetznummer hatte er noch nicht im Kopf.

Verflucht!

Als er die Ziffern, die er auf die Rückseite eines zerknitterten Kassenbons gekritzelt hatte, eingetippt hatte, betete er:

Geh ran! Geh ran!

* * *

Maren hatte die Betten der Kinder neu bezogen. Als sie mit dem Wäschekorb unterm Arm die Holztreppe ins Erdgeschoss hinunterging, hörte sie das Telefon in der Küche klingeln. Bevor sie den Flur erreicht hatte, läutete es an der Haustür. Maren stellte den Korb ab und öffnete die Tür.

»Das ging aber schnell ...«

Eine blondhaarige Frau stand im Türrahmen. Ehe Maren weitersprechen konnte, entdeckte sie den Vorschlaghammer in ihrer Faust. Ungläubig starrte sie in die farblosen kalten Augen der Blondine. Maren stolperte zurück in den Flur und fiel rückwärts über den Wäschekorb. Sie stürzte zu Boden und versuchte, den ersten Schlag mit den Armen abzufangen. Ein Schmerz durchschoss ihren linken Ellenbogen. Maren schrie auf und kroch, immer noch rücklings, panisch aus der Reichweite des Hammers. Nach zwei Sätzen war die Frau wieder über ihr und schlug erneut auf Maren ein. Diesmal traf sie die Schläfe. Etwas Warmes sickerte aus der Wunde und verklebte ihr linkes Auge. Beim nächsten Schlag krachte Maren schwer zu Boden. Sie hatte keine Kraft mehr, sich gegen die Schläge zur Wehr zu setzen. Ihr einziger Gedanke war:

Lieber Gott, lass sie nicht die Kinder finden!

* * *

»Notruf Polizei Norden«, meldete sich eine Bassstimme.

»Sie müssen ein paar Leute zu meiner Lebensgefährtin schicken!«

»Wie ist Ihr Name, Herr …?«

»Schneider. Sven Schneider. Hören Sie, meine Freundin und ihre Kinder schweben in Lebensgefahr!« Seine Stimme überschlug sich fast.

»Bleiben Sie ruhig, Herr Schneider. Wie kommen Sie darauf?«

»Meine Ex-Freundin steht offenbar vor unserem Haus. Wenn Sie nicht sofort jemanden zu uns schicken, wird ein Unglück passieren! Caro ist zu allem fähig, glauben Sie mir. Und sie hat nichts mehr zu verlieren!«

»In Ordnung, wir kümmern uns darum. Wie lautet die Adresse?«

* * *

Milder Fahrtwind blies Thanawat durch das offene Visier ins Gesicht. In Thailand wäre er niemals auf die Idee gekommen, einen Helm zu tragen, erst recht nicht auf einem Moped wie diesem, das es gerade einmal auf 35 km/h brachte. Dennoch genoss Thanawat die Fahrt, vor allem, weil auf der schnurgeraden Küstenstraße kaum Verkehr herrschte. Er hatte noch ein Essen auszuliefern, bevor er zum Thai-Imbiss zurückkehren musste, und genügend Zeit, die Abendsonne zu genießen.

Kurz darauf erreichte er die Lieferadresse. Er parkte das Moped am Straßenrand. Mit der Thermobox vorm Bauch ging er die letzten Meter zu Fuß über den Kiesweg, der zu dem roten Holzhaus führte.

Thanawat stutze, als er die Haustür halboffen vorfand.

»Hallo?«

Nichts rührte sich im Inneren des Hauses. Vorsichtig tippte er die Tür mit der Fußspitze an und lauschte in die Stille.

»Hallo? Ist jemand da?« Thanawat trat in den Flur und kletterte über den Wäschekorb, dessen Inhalt auf dem Boden verteilt war. »Ich habe eine Lieferung für Familie Schneider.«

Ein Stöhnen drang aus Richtung Küche, auf die Thanawat jetzt zusteuerte. In der Tür erschien eine blutüberströmte Frau, die sich am Rahmen festzuhalten versuchte. Ihre Hände hinterließen rote Schlieren auf dem hellen Holz.

»Um Gottes willen ...«

Die Frau kam schwankend auf ihn zu. Ihre Bewegungen wirkten roboterartig. Ihr Gesicht hatte jegliche Farbe verloren und stand in starkem Kontrast zu dem Blut auf ihrer Kleidung. Thanawat ließ die Lieferbox fallen und stürzte zu der Verletzten.

»Helfen Sie mir! Ich wurde angegriffen«, stammelte sie und schaute auf ihre tropfenden Hände, als hätte sie das Blut erst jetzt bemerkt.

»Ich rufe einen Krankenwagen!«

»Nein, nein, bitte sehen Sie erst nach meinen Kindern!« Sie deutete hinter sich.

Thanawat rannte an ihr vorbei in die angegebene Richtung und fand sich in einer schlichten Friesenküche wieder. Die Terrassentür stand offen. Gerade als er in den Garten stürzen wollte, sah er im Augenwinkel etwas Unförmiges auf dem Küchenboden liegen.

»Was ist hier passiert?« Langsam wandte Thanawat den Kopf.

Neben dem Herd lag eine leblose Frau. Von dem, was einmal ihr Gesicht gewesen sein musste, war nur ein blutiger Klumpen Fleisch übriggeblieben. Bevor er aufschreien konnte, traf ihn etwas Hartes am Hinterkopf.

* * *

Von: +49/152/98756342
18:43 03.04.2014
Es ist alles erledigt. Die gebratenen Nudeln schmecken fantastisch. Da müssen wir öfter bestellen, mein Schatz! Nur an den Tofu muss ich mich noch gewöhnen.

Petra Busch

die endzeit

Am Abend kam der Sturm. Zornig rüttelte er an den Fenstern, peitschte Blüten, kleine Äste und sogar die Stühle des Bistros durch die staubigen Straßen. Der Himmel verdunkelte sich innerhalb von Sekunden. Henning saß an dem Tisch und las, was Simon für ihn ausgedruckt hatte. Vor wenigen Stunden noch hatte der hier gesessen. Sein Freund. Sein bester Autor.

Draußen krachten Tonziegel auf die Dachterrasse.

Die Geschichte hätte Simons neuer Bestseller werden können. Hätte. Henning schob den Stapel Papiere zusammen. Sah Simon an. »Zeit zu gehen.«

Natur muss man mögen, denke ich, als ich auf die Dachterrasse trete und mich strecke.

Am Horizont die Bergkette, zu ihren Füßen Wald und Felder, am Rande der Stadt ein Blütenmeer. Es ist später Vormittag, Hochsommer, der Himmel stahlblau. Perfekt – läge da nicht dieser Geruch über der Stadt. Eine Mischung aus Honig, Pfirsich und Orchidee – wie eine süßlich-klebrige Duftglocke. Die Häuser ducken sich unter ihr. Oder unter der Hitze. Vielleicht auch aus Angst. Angst, dass ihre schützenden Dächer und Mauern den Gärten weichen, die die Stadt von außen her aufzufressen scheinen. Von morgens bis abends arbeiten Leute in den Gärten. Wie kleine grüne Ameisen sehen sie von hier oben aus.

Seit meiner Ankunft habe ich kaum auf die Außenwelt geachtet. War zu betäubt, zu erschöpft noch. Aber wenn ich jetzt, vom höchsten Punkt der Stadt aus, zu den Häusern am westlichen Ortseingang schaue, könnte ich schwören, dass es vor einigen Monaten noch mehr gewesen sind.

Ich gehe hinein. Dusche. Putze die Zähne.

Wenn schon. Diese schmutzige Siedlung ist sowieso das Schandmal der Stadt. *Stadt!* Wenn ich das schon höre! »Stadt« bedeutet Leben, Lärm und das Pulsieren von Kultur und Business. Hier pulsiert nichts.

Ich hatte immer in mein Stadthaus zurückgewollt. Doch mein Verleger hat mich hierher in sein Ferien-Appartement gefahren. Sechs Monate. Fünfhundert Seiten. Keinerlei Ablenkung. Das war Hennings Plan. Und seine Bedingung. Ich verstehe ihn. Immerhin bin ich sein meistverkaufter Autor. Oder besser: war es. Und damit wichtiger Wirtschaftsfaktor. Ich muss kalkulierbar sein. Finanziell – und geistig. Mein Liebesroman soll noch vor Weihnachten erscheinen. Manuskriptabgabe in sechs Wochen. Geschrieben habe ich bisher genau zwei Seiten. Schlechte Seiten. Keine Chance, den Termin zu halten. Aber ich beginne, das Weiß der Klinik zu vergessen. Dafür bin ich Henning dankbar.

Es ist fast Mittag, als ich mein Stammbistro gegenüber der Marktkirche erreiche. Ich zünde mir eine Zigarette an. Florina bringt den Espresso. Florina redet wenig. Lächelt selten. Und wenn, dann reicht ihr Lächeln nicht bis über die Mundwinkel hinaus. Sie ist wie die meisten Menschen hier. Kühl. Anonym. Das irritiert mich viel mehr als ein paar Häuser mehr oder weniger.

Ich schlürfe die heiße Flüssigkeit und beobachte die Menschen. Suche nach Inspiration für neue Romanfiguren. Eine junge Witwe mit zwei Verehrern, ein rührselig singender Straßenmusiker im Smoking, Menschen, die ans Herz gehen.

Fehlanzeige. Hier kommen sie wie Zombies aus den umliegenden Büros und Geschäften. Verschwinden in anderen Gebäuden. Oder setzen sich wie ferngesteuert an die Tische neben mir. Sie essen Salate und Gemüse, trinken Wasser, Saft und schweigen dazu. Manchmal denke ich, diese Leute sind die Geister meiner Erinnerung.

Vor Hennings nächstem Anruf graut mir. Bisher konnte ich ihn beschwichtigen. »Ja, ich schreibe.« – »Ja, der Ortswechsel hilft.« – »Ja, mir geht's blendend.« Ich sah noch Hoffnung, das Fünfhundert-Seiten-Ding zu reißen. Im Notfall Arztroman. Doch nicht einmal Schema F schaffe ich. Ich bin durch. Tot. Es wird keinen sechsten Bestseller geben.

»Zahlen, Florina!« Sie nimmt das Geld, ich lächle sie an und frage in der Hoffnung auf ein wenig Gesellschaft: »Was machst du nach Feierabend?« – »Ich muss in die Gärten.«

Am Nachmittag schlendere ich den Hügel hinab, in Richtung der grauen Häuser und Fabrikgebäude. Dahinter beginnen die Gärten. Die bunte Lunge, hat Eva zu Blumenanlagen gesagt. Ich schlucke hart.

An der schmutzigen Tür des Obst- und Gemüseladens hängt noch immer das Schild *geschlossen*. Ich gehe weiter, vorbei an dem Haus mit der abgebröckelten Fassade. Zögere. Halte die Hand vor die Augen, weil die Sonne blendet. Tatsächlich: Bis auf drei sind alle Fensterläden geschlossen. Die Zeitungsrollen gähnen mich mit leeren Schlunden an. Nicht einmal der braunweiße Hund lässt sich blicken. Staubgeruch mischt sich mit der honigklebrigen Süße. Die Straße liegt wie ausgestorben.

Ich beschleunige meine Schritte. Dieses Viertel tut meiner Seele nicht gut, in Gedanken sehe ich überall Tote. Sehe den ausgemergelten Körper meiner geliebten Frau Eva und das blau angelaufene Gesicht meines Sohnes.

Und dann schießt es mir durch den Kopf: Der Gemüsehändler hat den Anfang gemacht! Die Hausmeisterin hat es Henning zugeflüstert, als er mich in seinem Appartement ablieferte. Sie wohnt im Erdgeschoss. Ich wartete mit meinem Koffer auf der Treppe, hörte etwas von »tot« und »an der Reihe« ...

Ein paar Tage nach dem Gemüsehändler ist die junge Frau aus dem Schreibwarenladen gestorben. Danach die beiden Kinder des Schreiners. Und vorgestern haben sie den alten Metzger von gegenüber aus dem Haus getragen, samt seinen zwei Wellensittichen. Das alles hat mir die Hausmeisterin erzählt, als ich sie bat, ihre Waschmaschine benutzen zu dürfen, und mitten im Reden hat sie die Hand vor den Mund geschlagen, als habe sie ein Geheimnis ausgeplaudert.

Die Sonne steht noch immer hoch, und die Schatten der Häuser sind kurz. Wahrscheinlich hat Henning sie eingeweiht. Ihr eingebläut, nicht über den Tod zu sprechen, weil er weiß, wie redselig sie ist. Sie kennen sich schließlich schon, seit er das Appartement gekauft hat.

Vor den grauen Häusern scheint alles wie immer. Kinderwägen und Müllcontainer, um die herum ein Schwarm Fliegen summt. Ich schnuppere, aber ich rieche nur diese wabernde Süße der Gärten und Blüten. Fast sehne ich mich nach dem Gestank vermodernder Essensabfälle und vollgekackter Windeln.

Mein Weg führt mich in das kleine Industriegebiet. Die Gasfabrik habe ich schon von der Dachterrasse aus gesehen. Auch den Nebel, der aus der Fabrik ab und zu aufsteigt. Aber erst jetzt kann ich die Aufschrift auf den riesigen Gastanks lesen, die auf dem Hof stehen und deren Bäuche silbern in der Sonne glänzen: *Stickstoff*.

Der Gedanke lässt mich nicht los. Fünf Tote in knapp zwei Monaten ... Henning würde mich für meine Besorgnis auslachen. Oder mich sofort wieder in die Klinik stecken. Simon Goldt. Bestsellerautor. Meister der Liebe. Patient mit Wahnstörung.

Aus dem Fabrikhof kommt einer der Gärtner. Mit Schubkarre geht er zu den Gärten. Kurzentschlossen renne ich ihm nach und rufe: »Was ist hier los?«

»Was soll sein?« Er setzt die Karre ab und wischt sich über die Stirn. Statt der Schweißtropfen bleiben Erdkrümel zurück.

Ich gerate ins Stammeln. »Die Straße ins Dorf hinauf. Sie ist so ... tot.«

»Wir alle sind bald tot.« Er hebt die Schubkarre an. Auf ihr liegen weiße Stoffsäcke.

»Aber doch nicht fünf Leute innerhalb von ein paar Wochen!«

»Hundertunddreizehn Leute. Und ein paar Tage haben wir noch Zeit.« Seine Augen sind kohlschwarz, die Brauen buschig. *Das Böse*, denke ich und verdränge den mitfühlenden Blick von Evas Pneumologen und seine sanfte Stimme: »Ein paar Tage hat Ihre Frau noch Zeit.« Der Gärtner schlurft davon, und das rhythmische Geräusch erinnert mich daran, wie die Seile an Evas und Lukas' Särgen gerieben haben, als sie in die Grube fuhren.

Hundertunddreizehn! Ein hysterischer Lachkrampf schüttelt mich.

Der Mann lädt die Säcke neben glänzenden, offenbar noch feuchten Erdschollen ab. An das unbepflanzte Stück Land schließt nahtlos das Blumenmeer an. Waren nicht genau dort kürzlich noch Häuser gestanden? *Tief einatmen, Simon! Tief ausatmen. Du giltst als geheilt. Du musst nur regelmäßig deine Tabletten nehmen.*

Der Gärtner reißt einen Sack auf und harkt rosa Granulat unter die Erdschollen.

Habe ich das Antipsychotikum heute früh genommen?

Ich renne zurück. Das Thermometer vor der Apotheke zeigt 29 Grad. Mein T-Shirt klebt kalt auf meinem Rücken. Die kleine runde Tablette neben der Markierung »Donnerstag« grinst mich förmlich an. Donnerstag, das ist heute. Die Blisterpackung ploppt, als ich sie herausdrücke.

Am nächsten Morgen bin ich um sechs Uhr auf dem Friedhof. Der Psychiater sagt, früh rausgehen sei gut für die Seele und gegen die Geister. Bewegung, Licht. Von Gräbern hat er nichts gesagt.

Eva ist qualvoll erstickt. Die Lunge voller Cadmium und Blei. Ursache unklar. Unser Sohn Lukas war sicher, dass es Umweltgifte waren. *Bunte Lunge!* Ich schluchze auf. Keiner hat Lukas geglaubt. Jugendlicher Spinner, Verschwörungstheoretiker, hieß es. Darüber ist er verzweifelt.

Ich lese die Grabstein-Inschriften. *Margarete Rietmüller. Herbert Pistor. Ivan Matusek.* Die Gravuren sind zum Teil kaum noch lesbar. Und überhaupt: Es gibt weit und breit kein frisches Grab. Wo liegt der Gemüsehändler? Wo die Schreibwarenverkäuferin, die Schreinerskinder, der Metzger? Und die anderen über hundert? Wo sind die Kränze mit all diesen *Ein-letzter-Gruß*-Bändern? Wo die Lilien und Rosen? Nirgends brennt eine Kerze. Nirgendwo liegt eine frische Blume. Sogar der Friedhof ist tot!

Ich schleppe mich in das Bistro und bestelle ohne zu überlegen ein Croissant.

»Sonst noch was?«

Ich schaue auf, registriere den jungen Mann mit Block und Stift. Ich bin der einzige Gast.

»Wo ist Florina?«

»Kommt nicht mehr. Also?«

»Also was?«

»Etwas zu trinken? Butter? Honig?«

Bei dem Wort Honig steigt mir Galle bis in den Mund. »Ach so. Espresso. Nein! Schnaps, bitte.«

Vom Croissant bringe ich keinen Bissen hinunter. Was geht hier vor sich? Was hat Florina gestern gesagt? »Ich muss in die Gärten«? Und überhaupt, ihr Name! Florina! Die Blume! Meine Schläfen pulsieren. Die Gedanken rasen. *Evas letzter, qualvoll röchelnder Atemzug. Der Strick zwischen den Apfelblüten, an dem Lukas hing. Die Monate im leeren Haus. Seine Gespenster. Henning, der eines Tages in der Tür steht und mir die Hand auf den Arm legt. Das Weiß der Klinik. Und wieder Henning, der mich in sein Auto setzt und hierher bringt.*

Ich kippe den Schnaps hinunter, schütte alle Münzen meines Portemonnaies auf den Tisch und renne in das Appartement. *Tabletten*. Plopp.

Gegen Mittag habe ich mich beruhigt. Ich muss zurück ins Leben. Es muss weitergehen. Ich öffne meinen Laptop, lade das Textdokument und starre auf die zwei Seiten. Lese. Drücke *Löschen*.

Ich gehe auf die Dachterrasse. Die Bergkuppen liegen im warmen Gold der Sonne. Ich könnte jetzt ganz einfach Henning anrufen. Ihn bitten, mich abzuholen. Er würde mich in die Klinik bringen. Dort wäre ich versorgt. Das Gold wird zu Orange. Dann Blutrot. Ich stehe. Schaue. Denke irgendwann nichts mehr, und die Berge, Häuser und Gärten verschmelzen zu einem undurchsichtigen Schwarz.

Später schiebt sich der Mond durch die Wolken und malt silberne Kleckse auf die Fassaden und Straßen, bevor er wieder verschwindet. Der Honigduft erinnert mich an Fäulnis. Die Toten. Den Friedhof. Eva. Lukas.

Ich nehme eine zweite Tablette gegen die aufkeimende Panik. Sie wird mich in eine neue Psychose treiben. Ich muss die Wahrheit wissen!

Eine halbe Stunde später stehe ich mit einem geklauten Spaten und einer Taschenlampe zwischen den Erdschollen, wo der Mann gestern gearbeitet hat. Während ich mit der Lampe zwischen den Zähnen die stinkenden Blumenköpfe und Löcher grabe, behalte ich die Rückseite der Gasfabrik im Auge. Der Mond blitzt immer wieder hervor. Der Geruch bringt mich fast um. Ich weiß nicht, wie lange ich wie ein Bekloppter Astern, Pelargonien und was weiß ich verwüste – aber im Morgengrauen, als die Taschenlampenbatterien längst leer und meine Hände blutig sind, setze ich mich erschöpft auf die Düngersäcke. Was hatte ich auch erwartet? Ein Massengrab, in dem ein paar Mörder peu à peu und bei helllichtem Tag alle Einwohner verscharren? Natürlich liegen hier keine Leichen! Nicht mal ein kleiner Knochen hat sich zwischen die Schollen verirrt! Nichts! Es ist genau das, wonach es aussieht: ein riesiges Areal von Blumenbeeten.

Volltrottel, Simon! Armer, kranker Volltrottel.

Ich weine. Aus Verzweiflung. Aus Scham. Vor Erschöpfung.

Da höre ich es. Ein Zischen. Es kommt aus der Gasfabrik. Nebel steigt aus dem Schornstein auf. Mit dem Spaten in der Hand schleiche ich um den Hof. Bläuliches Licht dringt aus dem hinteren Gebäudeteil, die Gastanks stehen wie eine Armee großer Gespenster. Das Zischen schwillt an, wird zum Pfeifen. Verstummt. Schabende Geräusche. Dann vibriert der Boden. Mit einem Kreischen, als öffne sich der Schlund zur Hölle, schiebt sich ein Stahltor auf. Das blaue Licht fällt grell auf den Hof, der Lärm ist jetzt ohrenbetäubend, und im

Lichtkegel kommen zwei Männer in weißen Overalls aus der Fabrik. Sie schieben einen Rollwagen mit Düngersäcken vor sich her.

Fast muss ich lachen. Es ist eine Düngerfabrik!

Ich muss hier weg! Wenn mich jemand mit dem Spaten hier entdeckt, mache ich mich auf Lebenszeit zum kompletten Idioten. Liebesromanschreiber auf Leichensuche! Ich schleiche an der Rückseite der Fabrik entlang. Was ich durch das Fenster sehe, ist schlimmer, als meine schlimmsten Wahnbilder es je gewesen waren.

Im Appartement hänge mich unter den Wasserhahn – und kotze alles wieder aus. Das Grundwasser! Auch das ist voll davon! Zitternd tippe ich Hennings Nummer in mein Handy, und als er sich nach einer halben Ewigkeit meldet, rede ich drauflos: »Die bringen alle um! Du musst mich rausholen! Die haben eine riesige Fabrik! Die Leichen stapeln sich in Regalen und dann werden sie in ein Silo geschoben und kommen zerbröselt wieder raus und fahren in ein zweites Silo und werden gerüttelt und« – ich schnappe nach Luft – »am Ende kommen sie als rosa Granulat raus, Henning, hol mich sofort hier raus, bitte –«

»Simooon!«

Ich erstarre. Noch nie habe ich Henning schreien gehört. Dann sagt er: »Simon, ich brauche einen rührseligen Liebesroman! Keine Phantasmen eines, entschuldige, halluzinierenden Psychiatriepatienten.«

»Aber es ist die Wahrheit!« Ist sie das? Ich starre auf die Tablettenpackung auf dem Sofatisch.

»Simon, ich mag dich, das weißt du, aber …«

»Hol mich ab, bitte!« Ich falle auf die Knie und höre ein Rascheln und Knarzen, als drehe sich jemand im Bett um. Ich habe Henning geweckt. Natürlich! Es ist kurz nach fünf am Morgen.

»Okay, Simon. Aber versprich mir, dass du bis dahin ruhig bleibst. Und nimm bitte, bitte deine Medikamente. Bleib einfach im Appartement. Leg dich hin, schau Fernsehen oder irgendwas. Ich mache mich auf den Weg, so schnell ich kann.«

Als die Hausmeisterin klopft und eintritt, knie ich noch immer auf dem Boden, das Handy in der Hand.

»Entschuldigen Sie, brauchen Sie etwas?« Sie lächelt ihr pausbackiges Lächeln unter grauen Locken.

»Hat Henning sie geschickt?«

Sie nickt.

»Hat er Ihnen auch gesagt …?« Dass sie sich überhaupt noch zu mir herauftraut! Zu diesem Irren unter dem Dach.

Wieder ein Nicken. »Sie haben es entdeckt.«

Es dauert einige Sekunden, ehe ich begreife.

»Wir verbergen es nicht.«

Ich schlucke gegen den neuerlichen Brechreiz an, erhebe mich. »Warum?«

»Wir sind zu viele auf diesem Planeten. Der Mensch zerstört die Natur. Dabei ist er doch Teil von ihr! Wir ersticken unter Beton. Die Ozeane sind schwimmende Abfallinseln. Die Erde ist schwermetallverseucht und die Luft verstrahlt. Der Planet stirbt. Es sei denn, er wird uns Menschen vorher los.«

Schwermetallverseucht! Die Frau spricht aus, was Lukas immer gesagt hat. »Und deswegen bringen Sie alle um?«

»Wir töten nicht, wir erhalten. Wir machen Menschen zu Natur! Wir leben in den Blumen weiter.«

»Wie töten Sie sie?«

»Zyankalikapseln. Wir schlucken sie freiwillig.«

»Aha. Und was, wenn diese Stadt hier vollends ausgerottet ist? Glauben Sie im Ernst, dass eine Handvoll Menschen weniger irgendetwas am Lauf der Welt ändert?«

»Wir sind überall. Alle Städte sterben. In den letzten Wochen sind wir fast am Ziel angekommen.«

»*Wir, wir!* Wer soll denn das überhaupt sein?«

»Wir, die Menschen dieser Welt. Mit wenigen hat es begonnen, und wir werden jeden Tag mehr, viele Millionen mehr, bis die Welt in dem einen Ziel vereint ist, alleine den Planeten zu schützen. Sie sind einer der Armseligen, der es lange nicht realisiert hat. Die da« – Sie zeigt auf die angebrochene Blisterpackung – »gaukeln Ihnen etwas vor.«

Ich starre auf die Packung, will Tabletten schlucken, sofort, vier oder fünf auf einmal, damit dieser Irrsinn endet.

Sie tritt auf die Dachterrasse hinaus und winkt mich zu sich. »Kommen Sie!«

Die tote Süße umfängt mich, als ich auch hinausgehe. Noch ist es schattig und kühl hier oben.

»Sehen Sie?«

Am westlichen Ortseingang sammeln sich Bagger. Ihre gelben Körper bewegen sich träge in der aufgehenden Sonne.

»Die Toten werden zu Erde, die Häuser zu Feldern.«

Ich blinzle. Will aufwachen. Dröhnend fällt ein Haus. »Was genau passiert in der Fabrik?«

»Das ist ein Promatorium!« Sie strahlt. »Eine wunderbare Erfindung aus Schweden. Die Toten werden zu Dünger! Sie verrotten nicht jahrelang oder verbrennen mit giftigen Rückständen. Die Böden und Meere bleiben sauber.«

Die Bagger dröhnen.

»Haben Sie die Anlage gesehen? Wir kühlen die Körper auf minus achtzehn Grad Celsius herunter und tauchen sie dann in minus hundertsechsundneunzig Grad kalten flüssigen

Stickstoff.« Sie tritt an die Brüstung und lächelt verklärt in Richtung der Gärten. »Der Leichnam wird dadurch schockgefroren. Brüchig wie Glas. Dann fährt er in eine Vibrationsklammer und zerfällt zu grobem Pulver.«

»Pulver«, krächze ich, und ein weiteres Haus fällt.

»Das Pulver trocknen wir in einer Vakuumkammer. Dann noch Zahnfüllungen, künstliche Gelenke, Herzschrittmacher raus, und von fünfundsiebzig Kilo Körper bleiben fünfundzwanzig Kilo Dünger. Ein ganzes Beet voller Blüten! Sechs bis zwölf Monate, und wir sind komplett zu Humus abgebaut.« Sie dreht sich zu mir. »Ich bin glücklich, dass Sie bei uns bleiben, Herr Goldt.«

»Den Teufel werde ich tun! In ein paar Stunden bin ich über alle Berge! Henning bringt mich zur Polizei! Wir werden es melden!«

Die Bagger verstummen.

»Das wird er nicht tun.«

»Ach ja? Weil er mich für durchgeknallt hält?«

»Henning wird Sie in die Gärten begleiten.«

»Lassen Sie Henning da raus!« Mein Herz hämmert hart gegen meine Rippen! Verdammt! Jetzt habe ich auch noch Henning in dieses Höllennest gelockt. Ich muss alles stoppen! Den Gestank, die Fabrik, die Bagger, Henning und diesen ganzen Endzeit-Albtraum! Ich hole Luft. Dann stoße ich die Hausmeisterin über die Brüstung. Der dumpfe Aufprall geht im Rumpeln der davonrollenden Bagger unter.

Sekunden später bin ich ganz klar im Kopf. Stehe in der aufgehenden Sonne und genieße das Gefühl von Reinheit und Licht. Die Trauer um Eva und Lukas, die Verwirrung, der Schmerz und das Misstrauen der letzten Wochen – alles ist weg. Da draußen ist nichts als eine ganz normale Stadt.

Eine Baustelle, eine Gärtnerei, ein paar verschrobene Leute. Und eine Tote auf der Straße.

Ich rufe Henning an. »Ich habe einen Mord begangen. Bring die Polizei mit.«

»Alles wird gut, Simon!«, sagt er. »Ich bin schon unterwegs.«

Er glaubt mir nicht. Egal. Hauptsache, ich bin wieder ich.

In den nächsten Stunden schreibe ich die Geschichte auf. Für die Polizei. Für meine Ärzte. Draußen kommt Wind auf, wieder höre ich den Baustellenlärm, doch ich kümmere mich nicht darum. Es fließt wieder. Ich bin Simon Goldt! *Die Endzeit.* Der Titel gefällt mir, und ich beginne: »Natur muss man mögen, denke ich, als ich auf die Dachterrasse trete und mich strecke.«

Henning schulterte seinen toten Freund. Seinen besten Autor. Der Sturm drückte klirrend die Terrassentür ein. Scherben ergossen sich über den Teppich. Die Packung mit Simons Tabletten und Papier flog umher, und ein Blitz zuckte grell durch die Finsternis des Tages.

»Darf ich dich in den Garten begleiten«, hatte Henning Simon begrüßt, als er nach vielen Stunden Fahrt in das Appartement getreten war. Auf Hennings ausgestreckter Hand hatte die Zyankalikapsel gelegen.

Simon hatte gelacht, erst leise, dann hysterisch. »Du? Du auch?« Er hatte etwas ausgedruckt und Henning gegeben. Der hatte zu der letzten Seite geblättert. »Du bist noch nicht fertig.«

»Ich kenne den Schluss doch nicht. Ich …«

»Ich habe geglaubt, dass du gern gehen willst. Zu Eva und Lukas. Ich habe nicht damit gerechnet, dass du je wieder schreibst. Wozu auch? In wenigen Stunden gibt es nur noch die Erde. Ohne Menschen. Du brauchst keinen Schluss mehr.«

Simon hatte verstanden. Vielleicht auch geglaubt, er sei doch nicht geheilt und die Kapsel seine Erlösung. Es spielte keine Rolle mehr.

Henning trug Simon durch den Schutt die Straße hinab. Stemmte sich gegen die starken Böen. Müll und Sand peitschen durch die Luft und trieben ihm die Tränen in die Augen.

Dazwischen wirbelten die Blätter des Manuskriptes, bis hin zur Fabrik und den Gärten.

* * *

Editorische Notiz

Promatorien, 1998 von der schwedischen Biologin und ehemaligen Umweltinspektorin Susanne Wiigh-Mäsak erfunden, sind heute in über 30 Ländern patentiert und im Einsatz. Die Promession ist das erste Bestattungsverfahren, bei dem der Körper zu 100 Prozent organisch bleibt und damit frei von toxischen Belastungen für Erde, Luft und Meere. Der Name leitet sich vom italienischen *promessa*, dem »Versprechen«, ab. Susanne Wiigh-Mäsak will nach ihrem Tod ein weiß blühender Rhododendron werden.

ELKE PISTOR

die prinzessin auf der sojabohne

Es waren einmal ein Wurstfabrikant und seine Frau, die lebten glücklich und zufrieden neben ihrer Wurstfabrik. An jedem Morgen gingen sie in die Produktionshalle, rührten hier im Metttopf, schnupperten da am Katenrauch und strichen dort im Vorbeigehen zärtlich über die Naturdarmpellen. Ihre Vorratskammern waren reich gefüllt und jeden Morgen verließen die schwerbeladenen Wagen ihren Hof, um die Wurstwaren in alle Welt hinauszutragen.

Der Wurstwarenfabrikant und seine Frau waren glücklich. Bis zu dem Tag, als sie erkannten, dass es nun bald Zeit werden würde, die Wurstpelle an den Fleischerhaken zu hängen, und sich auf ihr Altenteil zurückzuziehen. Da wurden der Fleischfabrikant und seine Frau ganz traurig, denn wer sollte nun die Würste herstellen und die Menschen in der Welt glücklich machen?

»Aber Mann«, sagte da die Frau des Wurstfabrikanten. »Sei nicht traurig. Sieh, wir haben einen Sohn. Der kann weiterhin die Würste kochen, den Schinken räuchern und die Pellen ziehen.«

Der Wurstfabrikant neigte bedächtig den Kopf, strich mit den Fingern unter seinem Kinn entlang und zog dann die durchsichtige Hygienehaube von seinem kahlen Schädel. Es stimmte, was sein Weib sagte. Sie hatten einen Sohn. Und dieser Sohn war auch im richtigen Alter, um in die Gummistiefel des Vaters zu schlüpfen, doch machte er dem Vater mehr Verdruss als Freude.

»Aber Frau«, sagte da der Wurstfabrikant zu seinem Weib. »Der Junge ist ein Tunichtgut. Er baut Solarzellen, Windkrafträder und Sonnenblumen in unserem Garten an und weigert sich, die Schweine zu schlachten, aus denen wir unsere leckere Wurst machen. Wie soll er denn dann die Fabrik weiterführen?«

»Ach Mann«, sagte da die Frau des Wurstfabrikanten. »Der Junge wird schon noch zur Besinnung kommen. Was im fehlt, ist nur die richtige Frau. Eine, die Fleisch auf dem Teller über alles liebt und für die Grünzeug nur unnützes Beiwerk ist. Eine, die keine Furcht hat, sich die Hände blutig zu machen. Eine, die schlachten und schächten und ausweiden kann.«

»So wie du«, lachte der Wurstfabrikant und fühlte sich ein wenig erleichtert, dass seine Frau nun die Sache in die Hand nahm.

»So wie ich«, bestätigte die Frau des Wurstfabrikanten und ließ ihre drei Kinne wackeln. »So eine wird ihn schon zur Vernunft bringen. Wir müssen nur die Richtige finden. Eine echte Carnetarierin muss es sein.« Sie wischte das blutverschmierte Messer an ihrer Schürze ab und legte es auf den Schlachtblock, um dem Wurstfabrikanten in den Garten zu folgen, in dem der Sohn saß und ein kleines Wasserkraftwerk über den Bach baute.

»Sohn«, sagte der Wurstfabrikant zu ihm und legte ihm eine Hand auf die Schulter. »Es ist Zeit für dich, auf den rechten Lebensweg zu kommen. Der Kindereien sind genug gespielt. Der Ernst des Lebens ruft.« Da erhob sich der Sohn, strich die Falten aus der Latzhose und schaute die Eltern erschrocken an.

Der Vater hob ein Stück Papier auf, das neben dem Sohn auf dem Boden gelegen hatte und betrachtete es.

»Was ist das?«, wollte er wissen und betrachtete die vielen Striche, Zahlen und Kreise.

»Ein Bauplan. Du gehst ja nun bald auf dein Altenteil und ich werde die Fabrik umbauen, um fleischlose Wurst herzustellen.«

»Wurst ohne Fleisch?«, riefen da der Wurstfabrikant und seine Frau verwundert aus und schauten sich an. »Das geht doch nicht.«

»Es ist möglich, man kann mit To...«, hub der Sohn zu sprechen an, aber die Eltern hatten genug gehört. Der Vater hob sein Bolzenschussgerät und zog damit dem Sohn eins über den Hinterkopf. Der verdrehte die Augen und sank in ein Koma.

»Nun müssen wir uns sputen«, sagte die Frau des Wurstfabrikanten, »damit wir eine Frau für ihn haben, bevor er wieder wach wird.«

Und weil sich die beiden, der Wurstfabrikant und seine Frau, in allem immer einig waren, ließen sie sogleich im ganzen Land und in den sozialen Netzwerken nach einer geeigneten Kandidatin suchen.

Hier aber schlug ihnen ein Shitstorm sondergleichen entgegen, sodass sie eilig alle Profile wieder löschten und auch die Homepage der Wurstfabrik für einige Tage vom Netz nehmen mussten.

Also sandten sie ein Schreiben aus an alle Zeitungen und verbreiteten die Kunde ihrer Suche in Kleinanzeigen. Es dauerte nicht lange und die ersten Bewerberinnen meldeten sich. Fast jeden Tag kam eine. Wenn aber nach ihren Gewohnheiten und Vorlieben gefragt wurde, so ergab es sich, dass keine eine echte Carnetarierin war, sondern immer auch reichlich Gemüse und Getreide aß und die kleinen Kälbchen lieber streichelte, als ihnen die Kehle durchzuschneiden. Das gefiel weder dem Wurstfabrikanten, noch seiner Frau, die die Bewerberinnen eine nach der anderen erst durch die Mangel und anschließend durch den Fleischwolf drehte und appetitlich in Naturdarm verpackte.

»Wenn das so weitergeht, bekommt er nie eine Frau«, seufzte der Wurstfabrikant, ließ die letzte Bewerberin an einem Fleischerhaken in die kochende Salzlake hinunter und störte sich nicht an ihrem Geschrei.

»Beruhige dich, Mann«, sagte die Frau des Wurstfabrikanten und warf die Kleider der Bewerberin ins Feuer, »ehe du dich versiehst, so ist eine da. Das Glück steht oft vor der Tür. Man muss sie nur öffnen.«

Und es war wirklich so, wie die Frau des Wurstfabrikanten es prophezeit hatte.

Bald hernach, an einem Abend, an dem die Auswirkungen der Klimakatastrophe sich in einem fürchterlichen Sommerunwetter direkt vor dem Haus des Wurstfabrikanten manifestierten und der Regen in unaufhörlichen Sturzbächen vom Himmel fiel, klopfte es an der Tür.

Das Hausmädchen, das schon lange in einer Kammer im Keller des Wurstfabrikaten lebte, öffnete die Tür, und ein wunderschönes Mädchen trat ein, das verlangte, gleich zu dem Wurstfabrikanten vorgelassen zu werden. Der wunderte sich über den nächtlichen Besuch.

»Sag, Mädchen, wer bist du denn? Und wo kommst du her?«

»Ich bin eine Metzgerstochter aus fernen Ostlanden. Dort, wo es noch richtige Grillteller mit Speck und Koteletts und Lammfrikadellen gibt und die Grillfeuer den Abendhimmel erhellen«, sagte das Mädchen und leckte sich über die Lippen. »Als ich eure Anzeige in der Zeitung gelesen und das Bildnis eures Sohnes gesehen habe, bin ich in heftiger Liebe zu ihm entbrannt. Ich möchte seine Frau werden und um seine Hand anhalten.«

»Hm«, erwiderte da der Wurstfabrikant, kratzte sich nachdenklich auf seiner Glatze und verengte die Augen zu schmalen Schlitzen. »Du siehst gar nicht aus wie eine Metzgerstochter. Du bist schmal und dünn und hast gar keine prallen roten Wangen wie mein Weib hier.« Er biss nachdenklich in eine Minisalami und meinte dann mit Unschuldsmiene: »Und überhaupt: Hast du Hunger? Wir haben noch frischen Salat im Kühlschrank.«

»Nee, nee«, sagte das Mädchen und rieb sich mit der Hand über den Bauch. »Ich bin so satt, ich mag kein Blatt.« Sie rülpste. »Kurz bevor ich zu Euch kam, bin ich noch bei Doc Manolds eingekehrt und habe drei Bic Docs verspeist.« Sie wischte sich über die Mundwinkel und der Wurstfabrikant glaubte, ein kleines Fitzelchen Hackfleisch zu erkennen.

»Aber was ist mit deinen Kleidern? Auch die sehen nicht aus, wie die einer Metzgerstochter. Wo ist dein weißer Kittel?«

»Das ist mein weißer Kittel«, erwiderte das Mädchen und hob den Saum ihres bunten Baumwollkleides mit spitzen Fingern hoch. »Die lange Reise hat ihn schmutzig werden lassen und gestärkt werden müsste er auch einmal.

»Und dein Imbisswagen?«, wollte der Wurstfabrikant wissen. »Jeder Metzger, der etwas auf sich hält, hat doch heute einen Imbisswagen. Warum bist du nicht damit gekommen?«

»Der hätte mich nur aufgehalten. Bis ich die Hähnchen von den Grillspießen und die Würstchen vom Rost genommen gehabt hätte, wäre zu viel Zeit vergangen gewesen.« Sie lächelte den Wurstfabrikanten an. »Aber, wenn ihr mir nicht glaubt, dann schreibt doch eine Mail an meinen Vater und fragt ihn einfach.«

Der Wurstfabrikant schüttelte den Kopf. Sein Mailaccount war im Zuge des Shitstorms ebenfalls gehackt worden und sein Provider hatte es immer noch nicht geschafft, die Sache wieder ans Laufen zu bekommen. Sie hatten auch das Telefon in diesem Zusammenhang abklemmen müssen, um sich vor den Schimpftiraden zu schützen, und nun hatte er keine Möglichkeit, mit dem Vater des Mädchens Kontakt aufzunehmen. Da ihm das aber im Grunde seines Herzens sehr peinlich war, zuckte er nur mit den Schultern.

»Das dauert mir zu lange. Und Mails kann man nie trauen«, murmelte er leise. Dann aber fuhr er lauter wieder fort: »Kannst du nicht auf eine andere Art beweisen, dass du eine Metzgerstochter bist, denn sonst erwartet dich keine schöne Zeit hier und du tust besser daran, wieder nach Hause zurückzukehren.« Das letzte sagte er nur, weil er nicht wollte, dass seine Frau sie ebenfalls zu Hackfleisch verarbeiten würde, weil er schon nicht mehr wusste, wohin mit all dem Mädchenfleisch. Seit die Lebensmittelkontrollen so verstärkt worden waren, hatte er sowieso schon seine liebe Mühe, das ganze Gammelfleisch loszuwerden.

»Lass nur«, sagte da die Frau des Wurstfabrikanten, »ich will sie auf die Probe stellen und bald werden wir wissen, ob sie wirklich eine leibhaftige Metzgerstochter ist.«

Die Frau des Wurstfabrikanten stieg hinauf bis unters Dach und bereitete das prunkvolle Gästezimmer mit eigenem Balkon vor. Auf die ausgeklappte Schlafcouch stapelte sie drei Luftmatratzen und eine Isomatte, bevor sie feinste fleischfarbene Bettwäsche darüberzog. Dazwischen aber, ganz zuunterst, legte sie eine einzelne Sojabohne. Wie alles fertig war, führte sie das Mädchen in das Gästezimmer.

»Du wirst sicher sehr müde sein nach deiner weiten Reise, mein liebes Kind. Schlaf dich ruhig aus. Morgen wollen wir weitersprechen.«

Kaum war der nächste Tag angebrochen, so stieg die Frau des Wurstfabrikanten die steilen Stiegen unters Dach, bis hinauf ins Gästezimmer. Sie dachte, das Mädchen noch schlafend vorzufinden, aber es war schon wach und stand auf dem Balkon.

»Wie hast du geschlafen, meine Liebe?«, wollte sie wissen und trat neben sie. Erst da erkannte sie das Gesicht des Mädchens. Es war dick und rot und die Augen zu schmalen Schlitzen geschwollen.

»Erbärmlich«, antwortete das Mädchen, »ich habe die ganz Nacht wach gelegen, mich gejuckt und gekratzt und hin und her gewälzt.

»Warum? Ist das Bett nicht gut genug?«

»In so einem unbequemen Bett habe ich noch nie geschlafen. Dass es mich so quälen musste.«

»Ach, mein Kind, ich sehe wohl, du bist eine echte ...«, hob die Frau des Wurstfabrikanten an, konnte aber den Satz nicht zu Ende sprechen. Denn das Mädchen bückte sich, packte die Frau des Wurstfabrikanten an den Füßen und stürzte sie über das Geländer zu Tode. Dann rannte das Mädchen die Treppe hinunter, schrie laut um Hilfe, und als der Wurstfabrikant kam, um zu sehen, was geschehen war, riss sie ihm sein langes Schlachtermesser vom Gürtel und stach ihn mitten ins Herz, bis er tot war. Da nickte sie zufrieden, ging in das Zimmer des Sohnes und befreite ihn von allen Kabeln und Schläuchen. Als der

Sohn erwachte und das Mädchen sah, lächelte er, weil er wusste, nun würde alles gut werden.

Gemeinsam brachten sie den toten Wurstfabrikanten und seine Frau an den Ort, der ihnen in ihrem Leben der liebste gewesen war – in die Fabrik und machten aus ihnen feine Leberwürste und delikaten Bierschinken, bevor sie die Produktion für immer einstellten. Sie warfen die Luftmatratzen und die Isomatte aus dem Haus. Und weil das Mädchen diese schreckliche Gummiallergie hatte, bekamen sie auch schnell viele Kinder. Sie starteten den geplanten Umbau und lebten glücklich, vegan und zufrieden bis an ihr Lebensende.

Die Sojabohne aber pflanzten sie neben ihrem Haus ein, und als sie am nächsten Morgen erwachten, rankte sich eine riesige Sojapflanze bis in die Wolken hinein.

Aber das ist ein ganz anderes Märchen, liebe Kinder.

Hughes Schlueter

charlie und die tofu-fabrik

Beginn der Sprachaufzeichnung von Charlie Harker. MP3-File.

München um 8 Uhr 35 abends verlassen. Ein schöner, warmer Abend, wenn ich so aus dem Autofenster sehe. Rechne mit zweieinhalb Stunden Fahrt in die Berge. Wunderbar! Den Ort, meinen Termin, meine Unterlagen, die Ergebnisse der Recherche: ist alles in Kopie bei dir, Sylvie, in der Redaktion hinterlegt. Für alle Fälle. Du weißt, was zu tun ist, wenn mir etwas zustößt: senden! Am besten sofort in deiner Mitternachtsshow. Auch die genaue Adresse der Fabrik findest du in den Daten. Mit den GPS-Koordinaten. Ich werde herausfinden, was sie dort wirklich herstellen. Was dort passiert. Jonathans Arbeit fortsetzen. Das Verschwinden meines Bruders aufklären. Nachweisen, dass er recht hatte. Das bin ich ihm schuldig. Sie dürfen nicht davonkommen. ER darf nicht davonkommen. Ich bin gespannt, was ER sagt, wenn ich ihn mit meinen Unterlagen konfrontiere. Mit den Fakten. Auch wenn ihr mich in der Redaktion immer für einen Spinner gehalten habt. Euch über mich lustig gemacht habt. Und über Jonathan. Ihr werdet sehen, dass ich recht habe. Wir recht haben. Spätestens morgen, wenn ich mit der Story zurück bin.

Moment – fahre grad mal zur Tankstelle. Spreche gleich weiter.

Ok, Sylvie. Komme gerade in die Berge. Jetzt ist es kurz vor neun. Werde gleich Licht einschalten. Aber noch schön zu sehen, wie es blüht. Fenster etwas aufgemacht, um den Duft des Frühlings hereinzulassen. Vermischt mit angenehmer Abendluft. Autoradio leider kaputt, blöde Kiste! Sonst hätte ich was von Simon & Garfunkel aufgelegt. *The Boxer*, oder *Mrs. Robinson*. Was meinst du, Sylvie?

Vielen Dank übrigens, dass du es geschafft hast, so schnell einen Termin bei *LaDurac* auszumachen. Diese Schweizer Konzerne sind sonst bei Presseanfragen immer so ... kompliziert. Wittern sofort Angriffe, Enthüllungen. Rufschädigung. Und die im Lebensmittelbereich besonders. Was die wo auf wessen Kosten produzieren. Regenwälder abholzen, der Bevölkerung das Wasser wegnehmen ... aber das ist ja gar nicht mein Thema! Trotzdem, dass du den Inhaber persönlich hierher nach Deutschland bekommen hast ... Respekt! Ehrlich. Und so schnell noch dazu ... komisch nur, dass es in der Nacht sein muss, das Gespräch. Aber vielleicht auch nicht, wenn ich recht habe! Zeigt doch, dass wir da was getroffen haben, Sylvie, oder? Jonathan und ich.

So, Licht eingeschaltet. Wird nicht mehr so weit sein bis zur Fabrik. Bisschen einsam hier. Oho! Nicht ganz. Guck mal: noch jemand unterwegs. Sehe Lichter unter und hinter mir, die durch die Bäume brechen. Hui! Scheint's eilig zu haben, der Kamerad. Wie der die Serpentinen hochflitzt! Wow ... HEY! ARSCHLOCH!

(Auf der Aufnahme hört man eine dumpfe und gedehnte Hupe, ein Rauschen und dann das laute und klackende Geräusch von Zweigen und Ästen, die entlang einer Autoseite kratzen – dann wieder Ruhe.)

Puh, Sylvie, du glaubst nicht, was gerade passiert ist: der hat mich tatsächlich überholt. Auf diesem engen Weg. Und wie schnell! Komisches Auto auch. Schweizer Kennzeichen. Sah aus wie ein Rolls-Royce ... aber halt dich fest: als Kombi. Mit kantiger Ladefläche hinten. Verrückt! Und Schwarz wie die Nacht. Nein: schwärzer als Schwarz. Auch die Scheiben. Nur die Frontscheibe war klar. Habe ich kurz im Rückspiegel gesehen. Fuhr Vollgas, der Mann.

Kneif' mich, aber ich glaube, der Fahrer blickte irre und hatte einen Buckel.

Sylvie. Mir ist kalt. Plötzlich ist alles so anders hier. Der Weg schmaler. Einsamer. Völlige Dunkelheit. Habe das Fenster wieder geschlossen. Ich habe sogar den Eindruck, der Wald schluckt das Geräusch meines Wagens. Der Vollmond ist verdeckt von einer Streifenwolke. Schon die ganze Zeit über. Irgendwas fliegt auch jetzt hier rum. So flattrig-zackig. Vögel sind's nicht, die sind geschmeidiger. Egal. Kann mich jetzt damit nicht aufhalten. Ich muss gleich da sein. Es ist gegen elf. Wichtig ist nur, dass die Unterlagen bei dir sind, Sylvie. Diese Aufzeichnung hier maile ich dir gleich. Wenn ich angekommen bin. Habe noch auch noch was Wichtiges für dich. Gleich. Kann nicht mehr lange dauern.

Es ist soweit. Sylvie. Die Fabrik! Sie taucht vor mir auf. Mir ist auf einmal noch kälter. Eine Mauer drum herum. Ich fahre langsam. Halte an. Stehe. Vor einer Art Tor. Sieht aus wie aus Eisen. Verrostet. Für einen Weltkonzern mit Milliardenumsatz etwas rückständig und heruntergekommen, finde ich. Komisch, die haben hier sogar noch Zinnen auf der Fabrik. Muss wirklich sehr alt sein. Sieht anders aus, als in Google Earth. Völlig anders. Hey! Was ist das? Das Tor geht auf! Schiebt sich zur Seite. Quietscht und knirscht, als sei es seit Jahrzehnten nicht mehr offen gewesen. Warte, ich leiere mal das Fenster herunter, dann nehme ich den Ton für dich auf. Hast du noch nie gehört, so was ... hörst du?

(Ein markerschütterndes Quietschen von schlecht geöltem Metall auf Metall ist zu vernehmen. Im Hintergrund heult es.)

Hast du den Hund gehört, Sylvie? Die haben hier vor irgendwas Angst. So sicher bewacht, wie das alles ist. Ich bin hier richtig. Ich weiß es. Ich fahre langsam durch das Tor. Keine Autos da außer mir. Auch der Rolls nicht. Fuhr aber hier hoch, es gibt keine andere Straße. Es sind drinnen ein paar Lichter an. Habe so etwas gesehen wie einen Eingang mit Parkplatz und ein paar Laternen davor. Trotzdem dunkel. Sehr. Obwohl Vollmond ist.

Stelle den Wagen jetzt ab und gehe hinein. Es ist fast genau elf Uhr. Ich beende jetzt diese Aufnahme und maile sie dir. Heb sie auf und speichere sie bei den anderen Daten, die du von mir bekommen hast. Zeig sie aber niemandem! Nur im Notfall. Wir sehen uns das morgen zusammen an, wenn du zu deiner Nachtsendung kommst. Dann machen wir was draus. Wirst sehen. Ich bin kein Spinner. Jonathan auch nicht. Hier stimmt was nicht, und ich finde das heraus. Auch was der Inhaber damit zu tun hat. ER. Und was die hier produzieren. Nur soviel: und das ist jetzt nur für dich! Das habe ich noch niemandem erzählt – nur dir jetzt, dass du mir glaubst und weißt, wie ich an dich denke! Nimm ein Stück Papier und einen Bleistift. Hast du? Ok! Schreib in großen Buchstaben zwei Wörter auf. Zuerst: T-O-F-U. Tofu. Hast du das? Sehr gut! Und jetzt schreibst du: A-R-S-E-N. Arsen. Genau. Das Gift. Und jetzt kommt's: Streich die Buchstaben einzeln durch und schreib den Namen hin. Buchstabe für Buchstabe.

Es sind genau so viele Buchstaben. Keiner mehr und keiner weniger! Eindeutig. Weißt du jetzt, was los ist? – Siehst du, was auf dem Papier vor dir steht? Genau:

NOSFERATU

Ende der Sprachaufzeichnung

Charlie Harker kniff die Lippen zusammen und schickte die Aufzeichnung entschlossen ab. Einen Moment sah er durch die Scheibe nach vorne, sammelte seine Gedanken. Dann verstaute er sein Smartphone in der verschrammten Ledermappe, vergewisserte sich, dass er alles dabei hatte, was er dabeihaben wollte und klemmte sie sich unter den Arm. Er gab sich einen Ruck und stieg aus dem Auto. Für sich. Für Jonathan.

Die Luft war kalt und feucht. Es roch leicht nach modrigem Holz und Pilzen. Nicht die besten Voraussetzungen für eine Lebensmittelproduktion, wie Charlie dachte. *LaDurac* war zwar nicht so groß wie *Nestlé* oder *Danone*, aber ähnlich organisiert – mit vielen Marken und Produkten in den Supermärkten dieser Welt. Nur mit dem Unterschied, dass der Kern jedes Produktes *Tofu* war. Geronnenes Eiweiß der Sojamilch, das unterschiedlich weiterverarbeitet wurde. Hier wurde es anscheinend auch hergestellt. Durch ein offenes Fabriktor aus altem Eisen und trübem Glas sah Jonathan die runden Becken aus Edelstahl, in denen milchige Brühe schwamm und auf den Einsatz von Salzen, Säuren oder Enzymen zur Gerinnung und die anschließende Ausflockung wartete. Wenige Arbeiter schienen lautlos einherzuschweben. Manche rührten in Bottichen. Als einer sah, dass Charlie zuschaute, drückte er auf einen Knopf und das Tor schloss sich. Mit einem dumpfen *Bumph!* erreichte es den Boden.

Auf der anderen Seite unter dem *LaDurac*-Logo war der spärlich beleuchtete Eingang. Noch ein Licht ging an. Charlie wurde erwartet. Und wie.

Drei wunderschöne Frauen mit schwarzen, blonden und kastanienroten Locken standen in Abendkleidern im Foyer, das nach dem aussah, was es war: der unspektakuläre, eher schäbige, Empfang einer Fabrik, die auf Besucher nicht eingestellt war. Alle drei lächelten.

»Willkommen!«

»Sei willkommen, Charlie Harker, Journalist und Bruder.«

»Willkommen. Sei willkommen.«

Charlie war auf so etwas nicht vorbereitet. Es presste seine Ledermappe an sich.

»Ich habe einen Termin.«

Die drei Damen stellten sich um ihn herum. Ihre Lippen waren rot.

»Das wissen wir.«

»Wir werden dich sogleich begleiten.«

»Vicomte LaDurac freut sich schon auf dich.«

»... und deine Fragen«, die Erste begann erneut.

»Was immer du wissen möchtest ...«

»... du wirst es heute erfahren.«

Der Teint der Damen war bleich. Charlie schluckte. Die Erste sah auf seinen Kehlkopf.

»Mmmh, du bist aufgeregt.«

Die Zweite folgte dem Blick.

»Wir auch.«

Die Dritte sah langsam zwischen den beiden hin und her, dann auf Charlies Hals. Sie schloss die Augen halb.

»Und wie.«

BSSSSSTTTTTT!

Von irgendwoher kam ein lautes elektrisches Summen. Und eine elegante, angenehme Stimme, die Befehlen gewohnt war.

»Ich lasse bitten.«

Wie auf ein Kommando ließen die Damen von Charlie ab und wurden ernst.

»Folge uns.«

Man fuhr gemeinsam Aufzug. Charlie hatte das Gefühl, dass er allein war. Und dass es hinunter ging, nicht hinauf. Er musste schlucken, um den Druck in seinen Ohren auszugleichen. Er war entweder sehr weit unten oder sehr oben. Charlie entschied sich für »unten«. Der Aufzug hielt. Die Tür glitt auf und alle traten hinaus. Nach einem langen Gang blieb seine Eskorte vor einer holzgetäfelten Tür stehen. Rechts und links der Pforte brannten große Kerzen, deren Wachs langsam auf den Boden tropfte. Die dunkelhaarige Begleiterin klopfte und öffnete die Tür. Sie bedeutete Charlie einzutreten, was dieser auch tat. *Bumm!* Mit einem dumpfen Ton wurde die Tür hinter ihm ins Schloss gezogen. Es klickte.

Charlie war auf viel vorbereitet. Plüsch. Rot. Schwarz. Gruft. Spinnweben. Ahnengalerie. Orgelmusik. Aber nicht auf einen stinknormalen Konferenzraum, wie es ihn zu Tausenden in den Büros auf dieser Welt gab. Neonröhren leuchteten bläulich von oben. Hinter einem Schreibtisch, überhäuft mit Akten, erhob sich ein mittelalter Mann, der weder groß noch klein war. Er hatte einen schütteren, fahlblonden Haarkranz, trug ein Hemd mit Krawatte und seinem Schneider war es nicht gelungen, einen Bauchansatz zu verbergen. Lachend kam er auf Charlie zu, nahm eine Brille ab und steckte sie in die Brusttasche. Er schüttelte Charlie herzlich und gut gelaunt die Hand.

»LaDurac. Wladimir de LaDurac. Freut mich sehr. Herr Harker! Willkommen bei uns. Sie müssen die Gräfin, die Baronin und die Freiin entschuldigen, sie sind manchmal etwas theatralisch, aber liebe Kolleginnen. Sehr liebe. Nehmen Sie Platz. Kaffee?«

Der Mann wies einladend auf eine Sitzgruppe bei einem Tisch, ging zum Sideboard und ergriff geschickt eine Thermoskanne und eine Schale mit Keksen. Charlie ließ sich vorsichtig in einen Sessel fallen und wusste nicht, was er von all dem halten sollte. Nachdem er zwei Tassen vollgeschenkt hatte, Milch und Zucker anbot, schob ihm sein Gastgeber die Schale mit den Keksen hin.

»Müssen Sie probieren. Ganz frisch. Von uns. Neues Produkt. Bitte!«

Charlie zögerte, griff aber zu, als er sah, dass der andere auch einen nahm und laut und zufrieden kaute.

»Köftlich nicht wahr?«, nuschelte der und kleine Krümel stoben aus seinen Mundwinkeln.

Charlie probierte. Der Keks schmeckte nach fast gar nichts. Aber angenehm und seltsam vertraut.

»Nun zu uns«, der Mann klatschte auf seinen Oberschenkel und zwinkerte, »Sie möchten ein Interview mit mir machen. Also los: fragen Sie! Und lassen Sie ja nichts aus.«

Das konnte er haben. Es war Zeit für Charlies Harkers Beweiskette. Charlie suchte in seiner Ledermappe, fand eine Landkarte und strich sie auf dem Tisch glatt.

»Hier sind alle Ihre Tofu-Fabriken in Europa«, er senkte die Stimme und beobachtete den Mann aufmerksam. Er hatte lange auf diesem Moment gewartet und ihn sich oft vorgestellt, jetzt war es endlich soweit, »können Sie mir sagen, warum die fast immer neben Friedhöfen liegen?«

Das Lächeln wich für einen Moment aus dem Gesicht des Befragten. Dann fing er sich wieder.

»Wir haben ein ökologisches Produkt. Der Tofu muss reifen. Da braucht man Ruhe. Ein Stahlwalzwerk oder gar eine Diskothek wären unangebracht. Sie finden keine ruhigere Nachbarschaft.«

»Liegt es nicht vielleicht daran, dass Sie mit den frischen Leichen immer jede Menge Enzyme bekommen? Um die Gerinnung der Eiweißbestandteile in der Sojamilch auszulösen?«

Charlie sah, wie sich sein Gesprächspartner bei dem Wort »Gerinnung« genüsslich über die Lippen leckte.

»Unsinn.«

»Oh, nein – mein Bruder, Jonathan Harker, hat es ganz genau herausgefunden und beobachtet. Eine Riesen-Öko-Schweinerei, die Sie hier veranstalten. Abgesehen von der Ethik, die Sie mit Füßen treten. Und fotografiert hat er es auch!«, Charlie blätterte eine Serie von Schwarzweißbildern nacheinander wie ein Pokerblatt beim Showdown auf den Tisch. Auf ihnen sah man deutlich, wie in Tüchern eingewickelte Körper in Fabriken mit dem *LaDurac*-Schriftzug transportiert wurden.

»Also, das ist doch ...«, Charlies Gegenüber wand sich unbequem.

»WO ist mein Bruder? Sagen Sie es!«

»Immer noch bei uns, ich bin sicher«, antwortete der Angesprochene nach einer Pause und griff vielsagend zu einem Keks.

Charlie wurde bleich, »Oh, Gott!«

»Lassen Sie das.«

Charlie sortierte seine Gedanken, »und SIE sind Vicomte Wladimir LaDurac ...«

»So ist es. Noch ein paar andere Titel, aber der tut's hier.«
»... Inhaber und Vorstandsvorsitzender der LaDurac SE?«
»Doch, doch. Ganz genau.«
»Wie kommt es dann ...«, Charlie griff wieder in seine Ledermappe und zog eine aktuelle Ausgabe des Hamburger Nachrichtenmagazins DER SPIEGEL heraus. Er knallte sie auf den Tisch, »... dass hier im Leitartikel, in dem lang und breit über *LaDurac* berichtet wird, kein einziges Bild von Ihnen drin ist? Kein einziges!«

»Normal, dass ich kein Bild im SPIEGEL habe.«

Charlie explodierte.

»Soll ich Ihnen sagen, wieso? LaDurac... L-A-D-U-R-A-C... D-R-A-C-U-L-A!!!«

Charlie kramte mit wutverzerrtem Gesicht in seiner Ledermappe. Man erkannte einen Holzpflock und den Griff eines Hammers.

»Es ist genug.«

Die elegante und angenehme Stimme gehörte einem schlanken Mann undefinierbaren Alters mit grau melierten Haaren. Er stand im nur von flackernden Kerzen erleuchteten Raum nebenan. Alte Gemälde und eine große Pfeifenorgel. Der Mann trug einen schwarzen Anzug, glänzende Lackschuhe und einen schwarzen Umhang, der mit dunkelroter Seide gefüttert war. Drei wunderschöne Frauen in Abendkleidern standen gebannt neben ihm. Die eine war schwarz, die zweite blond, die dritte kastanienrot gelockt. Alle sahen durch die Holzwand wie durch Glas.

»Holt ihn euch.«

Die Damen sprangen erregt mit gefletschten Zähnen durch die Wand, als gäbe es sie nicht.

Der Mann im Umhang genoss für einen Moment den Anblick der vier, die am Besucher hingen und ihn aussaugten. Dann sah er auf seine Taschenuhr, die er an einer goldenen Kette in der Weste trug. Eine Minute vor Mitternacht. Noch nicht zu spät. Ihre Sendung hatte noch nicht begonnen. Mental nahm er die Verbindung auf.

»Ja, mein Gebieter?« Eine Frauenstimme.

Er antwortete gelassen und mit einem Lächeln auf den roten Lippen.

»Alles gut. Merci, Sylvie.«

Mischa Bach

bioboom!!!

Ein kriminelles Dramolett

Staub, Rauch und Ruß vernebeln die Straßenkreuzung, an der zwei schräg gegenüberliegende Häuser brennen. Auf Fahrbahn und Gehsteigen liegen Tische und Bänke, Sonnenschirme und andere Überreste eines jäh unterbrochenen Straßenfestes. Lösch- und Rettungsarbeiten sind im Gange. Einzelne Menschen irren umher. Ein Mann Anfang 30 hebt erst ein Bruchstück, dann ein zweites eines Ladenschildes, nein zweier verschiedener auf: – **Satonskis Ref** *steht auf dem einen,* **Krüger's Bi** *auf dem anderen. In dem Moment treten zwei Feuerwehrleute mit einer Bahre aus dem Laden rechts. Sie schauen zu dem Mann, der die Schilder fallen lässt und zu ihnen kommt. Vorsichtig hebt er das Leintuch an, das eine tote Frau um die 50 verhüllt. Er nickt und legt das Tuch vorsichtig zurück. Die Feuerwehrleute bringen die Bahre fort. Der Mann tritt nach vorn an die Rampe.*

[*Der Mann*]: Von wegen, Blut ist dicker als Wasser, im Alter wird man weise und gemeinsamer Feind eint! Wäre etwas an diesen Sprichwörtern dran, hätte diese Geschichte nie passieren dürfen. Schließlich – was könnte schlimmer sein, was hätte zwei Familien, die zugleich Nachbarn waren, stärker vereinen müssen als der gleichzeitige, tragische Verlust beider Väter und zweier Kinder, des einen Sohn, des anderen Tochter, die beide gerade die Schwelle des Erwachsenseins erreicht hatten? Doch als nach der Bombennacht im Mai 1943 das Haus auf der einen Seite der Kreuzung in Schutt und Asche lag, das auf der anderen schwer beschädigt war, waren aus Nachbarn mit gewissen, ideologischen Differenzen Feinde geworden. Bis ins dritte und vierte Glied, über Jahrzehnte hinweg, bis ins neue Jahrtausend reicht diese Saat. Nur deshalb rieselt heute Staub auf verstörte Menschen nieder, die nichts wollten, als sich beim Straßenfest hüben an Biofrüchten und -torten zu laben, sich mit Biokaffee und -bier zu erfrischen – und drüben Kartoffelpresssaft und Artischockentrunk, Huflattichtee und Bircher Müsli, und was ein Reformhaus sonst noch im Angebot hat, zu probieren. Statt dessen tappen sie nun orientierungslos an umgestürzten Straßenständen vorbei und versuchen, nicht in Getränkelachen auszurutschen (wo sich unkontrolliert biologisch Erzeugtes mit Reformware mischt), nicht in Geschirrscherben zu treten oder der Feuerwehr in den Weg zu geraten, die alles aufbietet, wenigstens die Brände zu löschen, bevor sie die anderen Nachbarn, die so gar nichts mit dieser Tragödie zu tun haben, in Mitleidenschaft ziehen können. – Hey, Sie da!

Er wendet sich einer Frau zu, die drauf und dran ist, in das linke der beiden brennenden Häuser zu laufen. Er fasst ihren Arm und zieht sie zur Seite, als mit lautem Krachen und leisem Türglockenklingeln die Ladentür auf die Straße fliegt. Eine Flamme wie eine gigantische Zunge leckt aus der Türöffnung, aus der nun dicke Rauchschwaden quellen.

[Frau – deutet hilflos auf den Laden]: Aber – die Chefin ...!!!

Sie sackt in sich zusammen; der Mann fängt sie auf, trägt sie fort, weder auf die herbeieilenden Feuerwehrleute, die sich wie aufs Stichwort in die Rauchschwaden stürzen, noch auf die schrille

Gouvernanten- bzw. Reformtantenstimme achtend, die mit dem Rauch aus der Türöffnung zu quellen scheint.

[*Reformtantenstimme*]: Leidenschaft – ganz genau um Leidenschaft ging es damals. Jedenfalls auf dieser Seite der Straße, denn ohne Überzeugung machte niemand in den 20er Jahren ein Reformhaus auf. Das war damals Avantgarde. Zurück zur Natur, weg mit dem Korsett, her mit Sonne, Luft und Licht. Hier fing alles an, die ökologische Bewegung, die Hinwendung zur Naturheilkunde, zur Nachhaltigkeit und zum Vegetarismus. Gut – in den 1930ern und 40ern führte das zu unschönen Vereinnahmungen und, an mancher Stelle, auch zu unheiligen Allianzen. Aber es gab trotz allem aufrechte Menschen, denen die Lebensreform wichtiger war als der Herr mit Schnurrbart und Seitenscheitel. Was konnten wir dafür, dass auch der kein Fleisch aß …? In diesem Reformhaus sah man jedenfalls nie Braunhemden. Was man von Krüger's Kneipe, die damals im Haus gegenüber war, so eindeutig nicht sagen konnte. Und Tabak, Alkohol und Fleisch gab es dort in rauen Mengen. Widerlich, wie man sich selbst verunreinigte, schädigte …!

Dennoch war Hubert Satonski, stolzer Gründer und Namensgeber dieses unseres Reformhauses, sich nicht zu fein, in jener Nacht die Straße zu überqueren und bei seinem Nachbarn anzuklopfen.

In diesem Moment zerreißt es auf der rechten Seite das große Schaufenster. Die Stichflammen werden vom Löschwasser in hellen Rauch und dichten Wasserdampf verwandelt. Aus dem Zischen und Fauchen löst sich ein Husten, dann eine Stimme, die wie die eines dauerbekifften Althippies klingt.

[Althippie, hustend]: Ja und was hatte er hier drüben zu suchen?

[Reformtante, ausweichend]: So genau weiß ich das nicht. Das ist ewig her und er war der Chef. Wer hätte ihm nachspionieren wollen? Gut, er selbst konnte es nicht lassen. Seit dem Streit am Vorabend des 18. Geburtstages seiner Tochter Amalie, die sich ausgerechnet in Harald Krüger, den Sohn des Kneipenwirtes verguckt hatte, lag er auf der Lauer. Zuerst hatte das Mädchen auf das Recht der Liebe beharrt, sollte die nicht frei sein wie der Mensch aus Sicht der Lebensreform, die ihren Eltern so wichtig war? Aber doch nicht frei, alles mit Füßen zu treten, was einem Reformer heilig war, und auch nicht frei, sich selbst zu zerstören. Und genau das geschähe, ließe sie sich mit dem Gastwirtssohn ein, donnerte der Vater. Von wegen ›geschähe‹, geschehen sei's bereits, rief Lina, Amalies jüngere, unscheinbare Schwester, und die Mutter Ida verdrehte stumm die Augen. Dann wurde es laut und hässlich, Geschrei, Gepolter, und am Ende das drakonische Urteil: Bis zur Großjährigkeit würde Amalie Haus und Laden nur in Begleitung eines Familienmitglieds verlassen und nie wieder einen Fuß ins Haus gegenüber setzen. Aber bei aller Liebe zu Tochter, Freiheit und Reform, ganz ohne Kontrolle und Überwachung glaubte Hubert nicht auskommen zu können.

Und recht hatte er. Es war eine laue Mainacht. Im Schutze der Dunkelheit – seit die Bomber der Royal Air Force über Düsseldorf gewütet hatten, herrschte auch bei uns strikte Verdunkelung – stahl sich Amalie mit einer gepackten Tasche fort. Auf Zehenspitzen überquerte sie die Straße und verschwand gegenüber, ohne dass man ein Klopfen oder Läuten gehört hätte. Sekunden später folgte ihr Vater. Er klopfte und ihm wurde aufgetan, vermutlich vom Kneipenwirt Krüger daselbst.

Danach war es nicht mehr lange still. Schon als sich die Tür hinter Hubert schloss, brummte die Luft wie von einem Hornissenschwarm. Näher und näher kamen die Propeller, bis nichts mehr von der Auseinandersetzung gegenüber zu hören war, weil die Bomber mit dem Abwurf ihrer tödlichen Last die Nacht in ein Inferno aus Explosionen und Feuer verwandelten.

In dem heillosen Durcheinander wurden beide Häuser in Mitleidenschaft gezogen. Auf unserer Seite zerbarsten die Schaufenster von der Druckwelle, Trümmerstücke zerstörten manch Regal, und auch die Theke blieb nicht verschont. Gegenüber schlug das Schicksal schlimmer zu. Von Bombensplittern getroffen, muss die Gasleitung explodiert sein. Jedenfalls blieb von unseren Lieben nichts als ein Schuh Amalies und der Hut ihres Vaters, die hinaus auf die Straße geschleudert wurden. Kneipenwirt Krüger überlebte die Bombennacht, identifizierte gar eine abgerissene Hand als die seines Sohnes. Danach ward er nie wieder gesehen und das Haus gegenüber blieb auf Jahre eine Ruine.

[Althippie]: Außer den Bomben und dem Feuer habe es kein Problem gegeben? Das glaubst du doch selber nicht! Was meinst du, was Amalie im Wirtshaus wollte – und was ihr Vater dort suchte und fand? Von wegen Freigeist und Toleranz, wenn du nur wüsstest ...

[Reformtante]: Ich weiß beileibe genug, danke sehr. Ich weiß, wie schwer es Ida und Lina, den Hinterbliebenen Satonskis, fiel, Haus und Laden zu halten, den Krieg zu überstehen, weiterzumachen mit Qualität und Anspruch. Hart war es, die Idee der Reform hochzuhalten, während die Menschen erst nur das Überleben, dann den eigenen Vorteil und schließlich das große Fressen im Sinn hatten!

[Althippie]: Das kann man alles so oder so sehen ...

[Reformtante]: Als nächstes wird es heißen, der Schlachter, der Mitte der 50er drüben auftauchte, wäre ein früher Biobauer gewesen! Er war nichts als ein grober Kerl. Führte sich auf, als sei er der Retter der Straße, bloß weil er für Krügers Erben das Haus wieder aufbaute. Allein seine großkotzige Auslage – voller Würste, Braten, Schinken und dazu die ewigen Schweinsköpfe mit Äpfeln zwischen den gelben Zähnen und welken Petersilienbüscheln in den Ohren! Ekelhafter Lobpreis der Barbarei und Völlerei, präsentiert auf falschem Marmor – und das direkt gegenüber von unseren dezenten Schaufenstern aus hellem Holz. Wie klein und unscheinbar die Trinkkuren gegen Frauenleiden und zur Entschlackung gegen die Fleischberge gegenüber wirkten. Wie leicht übersah man die Kräutertees fürs Wohlbefinden. Selbst Cremes und Salben in ihren Tigelchen und Töpfchen, apart mit Seidenblumen arrangiert von Fräulein Linas zarter Hand, hatten ihre liebe Mühe, bei den Kundinnen Aufmerksamkeit zu erregen und sie ins Reformhaus zu locken. Dabei war das nur zu ihrem eigenen Besten. Denn darum geht es, pflegte Witwe Ida stets zu predigen, dem Menschen zu einem gesunden Körper zu verhelfen, der einen ebensolchen, frohen Geist beherbergt. Aber sie hatte nicht mit dem Fleischer gerechnet.

[Althippie]: Meines Wissens ist er mit besten Absichten und seinem besten Schnaps rüber zu den Damen gekommen.

[Reformtante]: »Auf gute Nachbarschaft« hatte er trinken wollen, und darauf, dass Wirtschaftswunder und Fleischberge allen zugute kämen. Denn wer sich überfressen habe, hätte um so größeren Bedarf an reformierter Unterstützung gegen

das Magendrücken, meinte er und zwinkerte Chefin Ida zu. Die wusste gar nicht, wohin mit sich – erst bietet der Kerl ihr und ihrer Tochter am helllichten Tag Alkohol an, dann wird er anzüglich. Doch sie blieb höflich, und schließlich gelang es ihr, den Mann zur Ladentür hinauszukomplimentieren. Aber natürlich begriff der grobe Klotz nichts. Wieder und wieder tauchte er hier auf, mal mit Blumen, lieblos abgeschnitten, mal mit Pralinen voll weißem Zucker und anderen Schadstoffen. Angeblich hatte er sich verliebt in die Witwe.

[Althippie]: Was weißt du schon von Liebe ...

[Reformtante]: Damit kommst du nun? Dass er sich erhängte aus unerwiderter Liebe?

[Althippie]: Und wegen des Ungeziefers, das die ach so gute Witwe Satonski hier einschleppte, als sie die gesammelten Pralinenschachteln angebrochen und verseucht Wochen später zurückgab! Kakerlaken und Silberfischchen sind der Tod jeder Schlachterei!

[Reformtante]: Hätte er besser achtgegeben auf Hygiene denn auf Gewinn – oder die Damen gegenüber. Niemand konnte den Satonskis eine Mitschuld nachweisen. Und, gib es zu, eine konventionelle Schlachterei weniger auf der Welt, das war kein Schaden. Wer hätte ahnen können, dass Krügers Erben Probleme haben würden, den Laden weiterzuvermieten? Wir wussten ja nicht einmal, dass er noch in Familienbesitz war – und wie viel diese Familie mit der unseren zu tun hatte!

[Althippie]: Siehst du? Du weißt nicht alles.

[Reformtante]: Na und was weißt du davon, wie es für uns war? Ich weiß nicht, was schlimmer war – Leerstand oder dann dieses verlotterte Etwas gegenüber ...!

[Althippie]: Verlottert? Das waren die Siebziger. Aufbruch in eine friedliche, bunte Welt. Make Love, Not War. Wo ihr euch so viel auf eure Vorreiterrolle einbildet, hätte ich erwartet, dass ihr das Biopotenzial erkennt, das mit Arnulf Krüger gegenüber einzog. Mir kommt es vor wie gestern, dass er das Haus seiner Väter betrat und die Bretter runterriss, mit denen die Fenster vernagelt waren. Frischer Wind strömte hinein, und mischte sich bald mit dem Geruch von Farbe und Zigarettenrauch.

[Reformtante, ironisch]: Oh süßer Rauch – als sei Tabakkonsum alles gewesen!

[Althippie, belehrend]: Marihuana ist ein Naturprodukt, vor allem, wenn man es, wie Arnulf es tat, selbst zieht und mithin weiß, da ist kein Kunstdünger drin und auf Pestizide wurde verzichtet. Ja, mag sein, es war verboten. Aber inzwischen musst auch du begriffen haben, dass Hanf eine vielseitig einsetzbare Pflanze mit Heilwirkung ist. Wirklich, wer so auf Naturheilkunde abonniert ist, sollte das wissen. Aber, nein, Satonskis sahen nur, was die meisten sahen: einen Laden Marke Eigenbau zum Mitmachen und Anpacken statt deutscher Zucht und Ordnung. So waren Bioläden damals eben. Man trug Selbstgestricktes zu langen Haaren und war sich nicht zu fein, als Kunde selbst Gemüse, Obst, Getreide abzupacken. Die Reformhäuser waren längst angepasst und normiert. Alle mit dem gleichen Angebot, ordentlich, adrett, leistungs- und gewinnorientiert. Bio in den 70ern, das war Exotik pur. Das war ein Stück Landleben für Städter, ohne

dabei dreckige Schuhe zu kriegen. Gelebte, friedliche Revolution, denn Menschen wie Arnulf ging es um ökologischen und spirituellen Fortschritt, nicht ums Geld.

[Reformtante]: Dass ich nicht lache. Ein Verführer war der Mann und ein Heimlichtuer. Wieso hat er nicht gesagt, wer er war? Wieso ließ er zu, dass sich Christina, Linas Erstgeborene um Minuten, in ihn verliebte – ein 30jähriger, der eine Abiturientin vernascht, das ist ekelhaft!

[Althippie]: Sie hat sich ihm an den Hals geworfen. Chrissie ist heimlich zu Arnulf rübergeschlichen, nicht umgekehrt. Wer nicht aus der Geschichte lernt, ist eben verdammt, sie zu wiederholen.

[Reformtante]: Fragt sich nur, wer hier was wiederholt. Barbara, Christinas Schwester, blieb schließlich auf dem rechten Weg.

[Althippie]: Auf dem rechten Weg – als sei das Reformzeug eine Religion …!

[Reformtante]: Hast du nicht eben behauptet, bei Arnulfs Biozeug sei es um Spiritualität gegangen?!

[Althippie]: Nimm doch nicht alles so bier… nein: reformernst. Religionen sind voller Vorschriften, Spiritualität voll Freiheit. Genau wie die Satonskis und die Krügers. Chrissie hatte keine Lust sich vorschreiben zu lassen, was gut und richtig für sie sein soll. Sie wollte es selbst rausfinden und hier bei Arnulf fand sie Spielraum dafür. Sie konnte überall mit anpacken, war im Laden so willkommen wie bei den Jamsessions. Er brachte ihr das Gitarrenspiel bei, sie sich bei ihm mit der

Buchführung ein. Die Kunden liebten sie und dass ihre Eltern die Nase rümpften, machte die Sache nur reizvoller für sie. So geht Jungsein, Aufbrechen, das solltest du alte Avantgardistin doch noch erinnern!

[*Reformtante*]: Versuch nicht, mich einzuwickeln. Arnulf muss gewusst haben, wer sie war – und wer er.

[*Althippie*]: Noch einmal: ›Make Love, Not War‹ war die Devise! Hätte er Chrissie von der Matratzenkante schubsen sollen, als sie dort eines Abends nach einem weiteren Streit mit ihrer Familie landete? Hätte er sie nicht in den Arm nehmen und trösten sollen? Und als die Natur ihr Recht forderte, was hätte er tun sollen?

[*Reformtante*]: Wenigstens hätte er ein Kondom benutzen können. – Nein, lass den Kalauer mit Jute statt Plastik stecken. Es gibt schließlich Naturkautschuk – und den gewiss auch ökologisch angebaut und fair gehandelt!

[*Althippie*]: … das war Leidenschaft …

[*Reformtante*]: … und dann war Christina schwanger.

[*Althippie*]: Das war so nicht geplant. Aber er hat sich wie ein Gentleman verhalten und sie, ganz romantisch und verantwortungsbewusst, geehelicht.

[*Reformtante*]: Ach, das geschah nur ihr zuliebe? Nicht um ihres Erbes willen?

[Althippie]: Unterstell die Motive, die die Menschen auf deiner Seite der Straße umtreiben, nicht den meinen! Was hätte er tun sollen? Auf eine Abtreibung dringen, damals völlig illegal? Chrissie und das Kind im Regen stehen lassen?

[Reformtante]: Er hätte sie niemals anfassen dürfen – er wusste ja schließlich von Anfang an, was Chrissie und der Rest der – geborenen – Satonskis erst bei der Taufe begriffen: dass er, Arnulf, Haralds und Amalies Sohn ist, dass Amalie dem Bombeninferno selbst schwanger entkommen war und ihn zusammen mit seinem Großvater, dem ehemaligen Kneipenwirt Krüger und dessen altjüngferlichen Schwester im Sauerland großgezogen hat. Er wusste, dass Ida auch seine Großmutter war und mithin, dass er und Christina Cousin und Cousine sind!

[Althippie]: Man weiß so manches und handelt nicht danach. Hat Hubert seinerzeit geglaubt, er könnte Amalie aufhalten, indem er ihr und Harald eine Szene macht? Hat er gedacht, Harald vor den Augen seines Vaters zu würgen, würde etwas verbessern? Amalie hat den Krug, mit dessen Schlag sie ihren Geliebten vor ihrem eigenen Vater zu retten suchte, in Notwehr ergriffen, dessen bin ich sicher. Aber es war zu spät. Satonski senior und Krüger junior sanken beide tot zu Boden. Stille hätte sich breitgemacht, wären da nicht die Bomben gewesen. Und so zynisch das klingt, sie retteten die beiden Überlebenden. Zwei oder drei Tote mehr in dieser Bombennacht, das fiel so wenig auf wie eine zusätzliche Gasexplosion und ein weiteres Feuer …

[Reformtante]: Was – was redest du? Hubert … Amalie …

[Althippie – unterbricht ungerührt]: Insofern schien es passend, dass Arnulf Familienversöhnung am Taufbecken plante.

Wasser gegen Feuer, Liebe gegen Hass, so muss er gedacht haben. Was genau geschah, als die Satonskis das Tulpenblütenmuttermal auf der Schulter des Täuflings sahen, das Mal, das sowohl Amalies als auch Arnulfs Schulter zierte, vermag ich nicht zu sagen. Ich war ja nicht dabei. Aber sie hätten sich ja vorher fragen können, wer genau Arnulf ist und warum seine Locken so braun und wild wie die Amaliens waren ...

[Reformtante]: Ach, jetzt sind sie selbst schuld am Skandal eines Inzestkindes!?

[Althippie]: Dem Adel gelten Cousin und Cousine als bestes Heiratsmaterial!

[Reformtante]: Aber doch nur, um das Erbe in der Familie zu halten.

[Althippie]: Ach, darum ging es Witwe Ida, als sie Arnulf die Treppe runterschubste?

[Reformtante]: Das kannst du gar nicht wissen, da warst *du* nicht dabei. Er ist unglücklich über ihren Gehstock gestolpert, und da die Tür in den Keller nur angelehnt war, die Witwe jedoch nicht die Kraft hatte, ihn zu halten – es war ein Unfall, nichts weiter!

[Althippie]: Und doch hat Chrissie noch in derselben Nacht den Laden vernagelt, und verschwand samt Kind – erst nach Indien, dann nach Gran Canaria, hörte ich.

[Reformtante]: Wäre es mal dabei geblieben. Aber sie musste ja unbedingt wiederkommen, nach all den Jahren, als wir mit dem türkischen Gemüseladen endlich ein passables Gegen-

über hatten. Wenn man von den Shishas absah und der eigenartigen Musik, war er die perfekte Ergänzung. Dort holten sich die Kundinnen die frische Ware, bei uns Kosmetik, Tees & Co. So hätte es weitergehen können, das passt perfekt in die Ansprüche des neuen Jahrtausends.

[Althippie]: Genau wie Bio – oder ist der Bioboom des 21. Jahrhunderts komplett an dir vorbeigegangen? Woher kommen denn deine Brötchen, Brote, Kuchen? Etwa nicht vom Biobäcker? Und prangt nicht inzwischen auf den meisten der Tees und Aufstriche wie auch auf vielen deiner Kosmetiksachen das eine oder andere Bio-Label …?

[Reformtante]: Das schon … es spricht ja nichts gegen Bio, vor allem, wenn es ordentlich im Reformhaus von speziell ausgebildeten Fachverkäuferinnen angeboten wird. Witwe Ida – Gott hab sie selig – hat sich dagegen noch gewehrt, doch Lina als ihre Nachfolgerin erkannte die Zeichen der Zeit. Sonst hätten wir in den 90er Jahren schließen müssen. Aber dass das mal so überhandnimmt, dass die Bioläden mal größer werden als wir Reformer mit unserer Genossenschaft und unserem Ethos, das ist doch – schier unnötig!

[Althippie]: Offenbar nicht. Heute ist halt alles schöner, größer, bunter. Die Leute wollen sich und andern Gutes tun, aber auf nichts verzichten. Ihr Reformhäuser riecht nach Fasten und Askese. Biosupermärkte dagegen – da winkt das Schlaraffenland, nein, das Paradies vor der Schlange!

[Reformtante]: Und wenn die Leute Schlangenfleisch wollen, gebt ihr es Ihnen.

[Althippie]: Besser artgerechtes Biofleisch als Massentierware. Es ist nicht jeder für den totalen Fleischverzicht gemacht. Und wer sich's leisten kann ...

[Reformtante]: Siehst du – bei euch geht es nur ums Geld ...! Nur deshalb ist Christina nach dreißig Jahren wiedergekommen und hat uns diesen Biosupermarkt vor die Nase gesetzt. Perfider geht es kaum!

[Althippie]: Was heißt perfide? Hätte sie den Bioboom verstreichen lassen sollen, nachdem die Wirtschaftskrise ihr Ökohotel auf Gran Canaria erfasst hatte?

[Reformtante]: Was weiß ich. Aber du musst doch einsehen, dass dies für Barbara ein Schlag ins Gesicht war, wo sie sich jahrelang allein um die Pflege ihrer beider Mutter Lina gekümmert hatte. Sie brauchte einen Detektiv, um rauszufinden, wo ihre Schwester steckt – und die reagiert dann nicht einmal auf Nachrichten!

[Althippie]: Ach, nach den Jahren der Funkstille aus Deutschland soll Chrissie sofort zur Versöhnung bereit sein? Hätte sich ihr Vater nicht nach seiner Scheidung zu Beginn des neuen Jahrtausends auf die Suche nach ihr und seinem Enkel gemacht, wer weiß, ob sie je von Idas angeblichem Herztod nach Arnulfs sogenanntem Unfall oder der Tatsache, dass man sie enterbt hatte, gehört hätte!

[Reformtante]: Aber irgendwann muss doch mal Schluss sein mit all den üblen Gefühlen, Neid, Rache, Konkurrenz – *[der Rest geht in gequältem Husten unter]*

Aus dem Brand auf der linken Seite dringen Geräusche, als ob das Haus stöhnt, als ob die Wände ins Wanken gerieten. Die Feuerwehrleute werden hektisch. Auch auf der gegenüberliegenden Seite wird der Rauch dichter, und es stürzen Teile des Daches herab. Beide Gebäude scheinen kurz davor, in die Knie zu gehen. Im Hintergrund tritt der Mann vom Anfang zögerlich wieder auf.

[Althippie bzw. Bioladen – hustet ebenfalls heftig]: Zu spät …! Hätten sie doch niemals diesen dämlichen Backwettbewerb zum Straßenfest ausgerufen!

[Reformtante bzw. Reformhaus – mit letzter Kraft]: Wer hätte gedacht, dass unser hochgelobtes Mehl so hinterhältig explodieren kann …!

[Bioladen]: Wie? Bei dir war es auch das Mehl? Aber woher kam der Funke …?

Das Stöhnen der Gebäude wird ohrenbetäubend. Die Feuerwehr bläst zum Rückzug. Noch ein Aufbäumen des Rauches links und der Flammen rechts, dann stürzen beide Häuser in sich zusammen. Ein Moment staub- und rauchschwadengeschwängerte Stille.
Dann tritt der Mann vor an die Rampe, schaut nach links, schaut nach rechts, nickt. Er lässt sein Feuerzeug aufflammen und zündet sich eine Zigarette an.

[Der Mann] Wie schon gesagt – von wegen, Blut ist dicker als Wasser, im Alter wird man weise und gemeinsamer Feind eint. Wobei – letzteres kann inspirieren. Ich hab es nicht mehr hören können: Wie übel die Satonskis den Krügers mitspielten, dass Familie das letzte wäre und ich froh sein sollte, als vaterloses Einzelkind aufzuwachsen etc. pp. Von Tante Bar-

bara war auch keine Hilfe zu erhoffen. Es war klar, diese beiden feindlichen Häuser hören freiwillig nie auf, einander zu bekriegen. Also musste es jemand für sie beenden. Zwei Funken im rechten Moment, mehr brauchte es nicht ... und mit Elektrik hatten es die beiden wirklich nicht.

Im Hintergrund klettert ein Feuerwehrmann aus den Trümmern und kommt zu dem Mann an die Rampe.

[Feuerwehrmann]: Herr Krüger, Arnulf Krüger junior?

[Krüger]: Ja?

[Feuerwehrmann]: Es tut mir leid. Ihre Tante war so wenig zu retten wie Ihre Mutter.

[Krüger]: Das stand zu befürchten.

[Feuerwehrmann]: Was werden Sie tun?

[Krüger]: Vielleicht ein Elektrofachgeschäfte für Satellitenanlagen auf der einen Straßenseite und einen Elektrosmogsuchdienst auf der anderen?

[Feuerwehrmann]: ???

[Krüger]: Kleiner Scherz. Bei den Immobilienpreisen muss ich nicht mehr als Elektriker weiterarbeiten – und von Reformhäusern und Bioläden verstehe ich nun wirklich nichts ...

[Black Out. Vorhang.]

die autoren

Mischa Bach (alias Dr. Michaela Bach) handelt nach dem Motto »Besser gut erfunden als schlecht erinnert.« Sie zieht es vor, Kurzkrimis, Erzählungen und Romane, Theaterstücke oder Drehbücher statt Autobiografien zu schreiben. Wenn sie nicht schreibt, malt sie. Oder sie unterrichtet, es sei denn, sie treibt sich im Theater herum. Oder sie liest, gut und gerne auch vor. Manchmal übersetzt sie, hauptsächlich aber lebt sie. Dass einmal die Woche eine Biokiste vor ihrer Tür steht, ist nicht zuletzt genussvoller Faulheit geschuldet: Wer wollte schon Kartoffeln, Äpfel, Milchtüten, Wein & co. selbst in den dritten Stock schleppen? ;-) Was sie sonst noch bewegt, kann man hier http://mischabach.wordpress.com oder hier http://schreibarbeiterin.wordpress.com nachlesen.

Richard Birkefeld, 1951 in Hannover geboren, Historiker und Politologe. Er veröffentlichte zahlreiche Texte zur hannoverschen Stadthistorie und über ihre kulturgeschichtlichen Phänomene des frühen 20. Jahrhunderts. Gleich sein erster Roman *Wer übrig bleibt, hat recht* wurde mit dem *Deutschen Krimipreis* und dem *Friedrich-Glauser-Preis* fürs beste Debüt ausgezeichnet sowie in Dänemark und Frankreich für nationale Literaturpreise nominiert. Es folgten die Romane *Deutsche Meisterschaft* und *Tod einer Stracke* und zahlreiche Kurzgeschichten. Birkefeld lebt heute als freier Autor und Herausgeber in Hannover.

Guido M. Breuer wuchs zwar in der carnivoren Eifel auf (dort wo ein vegetarischer Salat »nur Wurst« enthält), dort spielen auch die meisten seiner Krimis. Er lebt und arbeitet aber seit einigen Jahren ziemlich fleischlos in Bonn, weil einerseits Bio-Nahrung rein pflanzlich deutlich einfacher zu haben ist und andererseits das ehemalige Bundeshauptdorf so hübsch und rheinisch ist. Und gemordet wird überall ... www.guido-m-breuer.de

Nadine Buranaseda, Jahrgang 1976, ist gebürtige Kölnerin mit thailändischen Wurzeln väterlicherseits und lebt in Bonn. Sie studierte Deutsch und Philosophie und wurde im Hörsaal entdeckt: Für einen ihrer letzten Scheine, den sie für die Anmeldung zum Ersten Staatsexamen benötigte, durfte sie statt einer analytischen Arbeit einen Kurzkrimi schreiben, den ihr Professor einem Verlag vorgelegt hat. 2005 veröffentlichte sie ihren ersten Krimi – einen Jerry-Cotton-Roman, dem bis heute mehr als ein Dutzend folgten. 2007 wurde sie für den *Agatha-Christie-Krimipreis* nominiert. Mit *Seelengrab* erschien 2010 ihr erfolgreicher erster Bonn-Krimi. 2011 gehörte sie zu den vier Stipendiaten des *Tatort-Töwerland*-Krimistipendiums. Im Herbst 2012 erschien die Fortsetzung ihres Debüts *Seelenschrei* um die Ermittler Lutz Hirschfeld und Peter Kirchhoff. Nadine Buranaseda ist Mitglied im *Syndikat* und für den diesjährigen Krimijahrgang in die Jury des begehrten *Glauser-Preises* in der Sparte Debut berufen worden. Bei den *Mörderischen Schwestern* hat sie seit 2014 gemeinsam mit Regina Schleheck die Regioschwesternschaft West übernommen. Zudem betreut sie als Mentorin eine Nachwuchs-Autorin im Rahmen des Mentoring-Programms. Aktuell arbeitet Nadine Buranaseda, die als langjährige Veganerin nicht vor blutigen Geschichten zurückschreckt, am dritten Hirschfeld-Roman und an einem brandneuen Thriller. www.nadineburanaseda.de

Petra Busch, geboren 1967, ist Kriminalschriftstellerin, Herausgeberin, Redakteurin und Texterin für internationale Kunden aus Wissenschaft, Technik und Kultur. Für ihren Kriminalroman *Schweig still, mein Kind* (Droemer Knaur, 2010) erhielt die promovierte Mediävistin den *Friedrich-Glauser-Preis* und das *Bloody Cover* für das beste Debüt des Jahres. Nach *Mein wirst du bleiben* (2011) und *Zeig mir den Tod* (2013) erscheint 2015 der Thriller *Das Lächeln des Bösen*. Die Autorin liebt literarische Tode, Tofu und die Tannen ihrer Wahlheimat Nordschwarzwald. Mehr unter www.petra-busch.de

Oliver Buslau begann Ende der 90er Jahre seine Autorenkarriere als Erfinder des Wuppertaler Privatdetektivs Remigius Rott, der seitdem in acht Krimis seine Fälle löst – zuletzt in *Der Bulle von Berg* (2014). Darüber hinaus schrieb er unter anderem Krimis um das Thema Musik: *Das Gift der Engel*, *Die fünfte Passion*, *Die Orpheus-Prophezeiung* und *Schatten über Sanssouci*. Er arbeitete während und nach dem Studium der Musikwissenschaft und Germanistik als Musikjournalist und PR-Texter. 2000 gründete er die Zeitschrift »TextArt – Magazin für Kreatives Schreiben«. www.oliverbuslau.de

Christiane Dieckerhoff hat sich als Kind so manche Ohrfeige für ihre Geschichten eingefangen und vielleicht deshalb erst als Erwachsene angefangen, diese aufzuschreiben. Als Christiane Dieckerhoff schreibt sie erfolgreich Kriminalromane und Kurzgeschichten. Als Anne Breckenridge streift sie durch die Jahrhunderte und lebt dabei ihren Hang zu Romantik und Abenteuer aus. Die Autorin lebt und arbeitet am nördlichen Rand des Ruhrgebiets. Sie ist Mitglied im *Syndikat* und bei den *Mörderischen Schwestern*. www.krimiane.de

Christiane Franke geboren 1963, lebt in Wilhelmshaven an der Nordseeküste, wo auch ihre bislang 9 Romane und ein Teil ihrer kriminellen Kurzgeschichten spielen; für den anderen Teil reist sie gern quer durch die Weltgeschichte. Sie ist Herausgeberin von Anthologien, war 2003 für den *Deutschen Kurzkrimipreis* nominiert und erhielt für 2011 das Stipendium der Insel Juist *Tatort Töwerland*. Mit Cornelia Kuhnert schreibt sie für den Rowohlt Verlag eine zusätzliche Krimireihe, die im beschaulichen Fischerdorf Neuharlingersiel in Ostfriesland spielt. www.christianefranke.de

Sofia Glass, Jahrgang 1980, erlebt als freie Dolmetscherin und Übersetzerin in München so einiges, das eines Thrillers würdig wäre. Fasziniert von den absurden, verbrecherischen und komischen Folgen der globalisierten Geschäftswelt lässt sie sich von ihrem Berufsalltag zum Schreiben von mörderischen Geschichten inspirieren. Sofia Glass ist Flexiganerin und bekennt sich zum regelmäßigen Tofukonsum.

Carsten Sebastian Henn: Der mehrfach ausgezeichnete Kölner Autor (*1973) gilt als »Deutschlands König des kulinarischen Krimis« (WDR). Seine Bücher haben sich bereits mehr als eine Viertelmillionen mal verkauft, seine Reihe um den Ahrtaler Koch und Meisterdetektiv Julius Eichendorff erscheint auch in Hörbuchform gelesen vom Entertainer und Kabarettisten Jürgen von der Lippe. Sein Piemont-Roman *Tod & Trüffel* stand mehrere Wochen auf der Spiegel-Bestsellerliste. Aber nicht nur durch seine literarischen Werke, sondern auch durch seine Sachbücher zum Thema Wein und Kulinarik hat Carsten Sebastian Henn sich deutschlandweit einen Namen gemacht. 2010 kaufte er mit Freunden einen Steilst-Weinberg an der Mosel der brach zu fallen drohte – und weiß seitdem was der

Ausspruch »im Schweiße seines Angesichts« bedeutet. Er arbeitet zudem als Restaurantkritiker für den *Kölner Stadt-Anzeiger* – manchmal muss er dafür auch Tofu essen.
www.carstensebastianhenn.de

Almuth Heuner, geboren 1962, ist Schriftstellerin und Diplom-Übersetzerin und lebt in Offenbach am Main. Seit 1990 übersetzt sie Kriminalliteratur und Sachtexte. 1999 erschien ihre erste eigene Kriminalstory in dem Band Mord zwischen Messer und Gabel, 2005 wurde eine ihrer Erzählungen für den Friedrich-Glauser-Preis in der Sparte Kurzkrimi nominiert. Sie gab mehrere Kurzkrimibände heraus, zuletzt den preisgekrönten Band *Mord im Weinkeller* sowie *Küche, Diele, Mord*. Daneben forscht sie zur deutschsprachigen und internationalen Kriminalliteratur, besonders von Frauen (Aufbau des Krimifrauenarchivs InKA seit 1999), und wurde dafür 2012 mit der *Goldenen Auguste* ausgezeichnet, außerdem ist sie die Archivarin des *Syndikats*. www.heuner.de

Seit 1967 strebt **Rudi Jagusch** dem Licht der Sonne entgegen. Verwurzelt ist er im Vorgebirge zwischen Köln und Bonn. Das Gärtnern gehört nicht zu seinen Leidenschaften und Tofu ist für ihn eher eine Beilage zum Schnitzel. Trotzdem zeugt er »eingefleischten« Veganern und deren Ablegern hochachtungsvollen Respekt. Mehr über seine literarischen Pflänzchen erfährt man unter www.krimistory.de.

Karr & Wehner leben in Essen und Iserlohn und schreiben seit einigen Jahren gemeinsam Thriller und Storys. Ihr Roman *Rattensommer* wurde 1996 als bester Krimi des Jahres mit dem *Friedrich-Glauser-Preis* ausgezeichnet, im Jahr 2000 erhielten sie den *Literaturpreis Ruhr* und 2012 den Westfälischen Kurzhörspielpreis *Shortcuts*. Zuletzt erschienen von ihnen die Jugendromane *Feuerspiele* und *Schneekönige*, sowie *Rania*. Als umweltbewusste und ressourcenschonende Autoren haben Karr & Wehner in ihrer Story Teile aus einer früheren Story wiederverwendet. www.karr-wehner.de

Thomas Kastura, geboren 1966 in Bamberg, lebt ebendort und arbeitet seit 1996 als Autor für den Bayerischen Rundfunk. Er veröffentlichte zahlreiche Erzählungen, Jugendbücher und Kriminalromane, u. a. *Der vierte Mörder* (Platz 1 auf der Krimi-Welt-Bestenliste). Neu seit Herbst 2012: *Drei Morde zu wenig. Brandeisen & Küps ermitteln* mit Bamberger Kriminalgeschichten. Thomas Kastura ist außerdem Herausgeber der beim KBV-Verlag erschienenen Whiskykrimi-Anthologie *Scotch as Scotch can* (2013). www.thomaskastura.de

Regine Kölpin, ist eine vielseitige Schriftstellerin, hat zahlreiche Romane und Kurztexte (auch unter Pseudonym) publiziert und gibt auch Anthologien heraus. Sie leitet Schreibwerkstätten in der Jugend- und Erwachsenenbildung. Regine Kölpin hat mehrfache Auszeichnungen und Preise erhalten, u.a. die zur *Starken Frau Frieslands* und das *Stipendium Tatort Töwerland*. Sie ist 1964 in Oberhausen geboren und lebt mit ihrer großen Familie in Friesland an der Nordseeküste. Für *Tod & Tofu* ist sie ihrer Leidenschaft für Ökologie und Umweltschutz auf mörderische Art und Weise nachgekommen.www.regine-koelpin.de.

Ralf Kramp, geboren 1963 in Euskirchen, lebt heute als Autor und Karikaturist in der Eifel. Für sein Debüt *Tief unterm Laub* erhielt er 1996 den *Eifel-Literatur-Förderpreis*. Seither erschienen zahlreiche Kriminalromane, Kurzgeschichtenbände und Kinderkrimis. Die Presse nennt ihn »Kurzkrimi-König

Kramp«, und das Festival *Mord am Hellweg* preist ihn als den »lustigsten Krimiautor Deutschlands« an. Mit seiner *Agentur Blutspur* veranstaltet er Krimiwochenenden in der Eifel. Im Jahr 2002 erhielt er den Kulturpreis des Kreises Euskirchen, 2009 die Herzogenrather Handschelle. Seit 2007 leitet er mit seiner Frau Monika das »Kriminalhaus« in Hillesheim, mit dem Krimi-»Café Sherlock« und dem »Deutschen Krimi-Archiv« mit etwa 30.000 Büchern. www.ralfkramp.de

Tatjana Kruse liebt das Schwäbisch-Hällische Landschwein – in natura und auf dem Teller. Sie ist in Hohenlohe aufgewachsen, wo sie heute noch lebt und arbeitet (u. a. an ihrer Serie um den stickenden Ex-Kommissar Siggi Seifferheld). www.tatjanakruse.de

Ulla Lessmann ist Diplom-Volkswirtin und Journalistin, arbeitet als freie Schriftstellerin, Moderatorin und Journalistin. Sie veröffentlicht Kriminalromane, Kurzkrimis, Erzählungen, Satiren und Gedichte. Sie gewann u. a. den *EMMA-Journalistinnenpreis* und den *Preis zur Förderung satirischer Literatur* der Stadt Herne, erhielt das Krimi-Schreib-Stipendium *Tatort Töwerland* und wurde sowohl für den *Kärntner* als auch den *Krefelder Kurzkrimipreis* nominiert. Zuletzt erschienen u. a.: *Das Lachsmesser im Marzipanschwein*, Kriminalgeschichten, Leporello, 2010; gemeinsam mit Ina Coelen und Martina K. Schneiders *Bis zum letzten Löffel – Kurzkrimis mit Rezept*, Leporello 2011; *Risse im Balkon – Nachrichten aus dem Wahnsinn des Alltag*, Kurzprosa, im ViaTerra-Verlag 2013. Lessmann sortiert gerne Müll, hat aber immer Angst, die Müllpolizei käme vorbei, weil sie während des Sortierens über neue Krimis nachdenkt und dabei Papier in die Plastiktonne wirft. Die Autorin lebt in Köln. www.ulla-lessmann.de

Eva Lirot (*1966) kommt aus der Domstadt Limburg, zeitweise lebte sie in den USA und Kanada. Magister in Literaturwissenschaft, 2010 war sie Jurymitglied für den renommierten *Friedrich-Glauser-Preis*. Mitherausgeberin von Krimibänden, Veröffentlichungen von Kurzkrimis sowie die Krimi/Thriller-Serie mit Großstadtsheriff Jim Devcon und seinen außergewöhnlichen Fällen. Unter **Lirot & Schlueter** publiziert sie mit Hughes Schlueter als Autorenduo. Seit 2012 produzieren sie mit dem Hessischen Rundfunk *hr-online* den Buchmesse-Krimi in Frankfurt/Main mit dem jeweiligen Gastland auf Buchmesse.ARD.de. www.lirotschlueter.com, www.evalirot.com

Sunil Mann wurde als Sohn indischer Einwanderer im Berner Oberland geboren. Zwecks angeblicher Lebensqualitätssteigerung hat er sich bereits mehrmals als Vegetarier versucht, ist aber stets daran gescheitert, sobald ihm bloß der Geruch brutzelnden Grillguts in die Nase gestiegen ist. Schöpfer der humorvoll-spannenden Vijay-Kumar-Krimiserie.

Elke Pistor, geb. 1967 in der Nordeifel. Nach dem Studium der Pädagogik und Betriebspsychologie arbeitet sie in der Erwachsenenbildung und leitet Schreibworkshops. Seit 2010 veröffentlichte sie neben einem Mystery-Thriller und dem Landkrimi *Kraut und Rübchen* die erfolgreichen Romane um die Eifeler Kommissarin Ina Weinz. Mit *Vergessen* startet 2014 ihre neue Krimireihe. Elke Pistor ist Mitglied bei den *Mörderischen Schwestern* und im *Syndikat*. 2011 erreichte ihre Kurzgeschichte *Der Westerhever* die Shortlist des *NordMordAward*. Sie war Jurymitglied für den *Friedrich-Glauser-Preis* und den *Jacques-Berndorf-Preis* und erhielt das Krimistipendium *Tatort Töwerland*. Elke Pistor lebt heute mit ihrer Familie in Köln. www.elke-pistor.de

Regina Schleheck, Oberstudienrätin, freiberufliche Autorin, Herausgeberin, fünffache Mutter, veröffentlicht seit 2002. Die vielfach ausgezeichnete Autorin – u. a. *Friedrich-Glauser-Preis* in der Sparte Kurzkrimi – gehört den *Mörderischen Schwestern* und dem *Syndikat* an.

Hughes Schlueter (*1962) wohnt und arbeitet im Rhein-Main-Gebiet in Kommunikation & Marketing. Er lebte und arbeitete auch in Luxemburg, Frankreich und Großbritannien. Diplom-Wirtschaftsingenieur, Autor der Luxemburger Kriminalromane mit Fashion-Fotograf Lou Schleck. Weitere Texte und Satiren in Anthologien. www.hughesschlueter.com Unter **Lirot & Schlueter** publiziert er mit Eva Lirot als Autorenduo. Seit 2012 produzieren sie mit dem Hessischen Rundfunk *hr-online* den Buchmesse-Krimi in Frankfurt/Main mit dem jeweiligen Gastland auf Buchmesse.ARD.de. Mehr Informationen auf: www.lirotschlueter.com

Klaus Stickelbroeck, geboren auf schlicht-natürlichem Wege 1963 in Anrath, lebt im friedlich-ländlichen Kerken und arbeitet als Freund und Helfer in Düsseldorf. Sein erster Kriminalroman mit Privatdetektiv Hartmann *Fieses Foul* erschien 2007. Der dritte Hartmann-Krimi *Fischfutter* (2010) wurde 2011 für den *Friedrich-Glauser-Preis* als bester Kriminalroman des vergangenen Jahres nominiert. Als einer der fünf *Krimi-Cops*, fünf Polizisten aus Düsseldorf, die gemeinsam Kriminalromane schreiben, erschienen unter anderem die Krimis *Stückwerk* und *Bluthunde*. Neben seinen Romanen schreibt er witzig-spannende Kurzkrimis, die ökologisch korrekte Entsorgung meist ganz genau im Blick. Ein bisschen Blei lässt sich ab und an nicht vermeiden. Im KBV-Verlag erschien September 2014 sein fünfter Hartmann-Krimi *Schrott*. Mitglied im *Syndikat*.

Günther Thömmes, Jahrgang 1963, stammt aus Bitburg in der Eifel. Er erlernte dort den Beruf des Brauers und Mälzers – danach absolvierte er ein Studium zum Diplom-Braumeister in Freising-Weihenstephan. Nach über 20 Jahren als Weltreisender in Sachen Bier und Brauereien machte er sich 2010 mit der kleinen Erlebnisbrauerei »Bierzauberei« in Brunn am Gebirge, am Rand des schönen Wienerwalds, selbstständig. 2008 gab er sein Debüt als Romanautor mit dem historischen Roman *Der Bierzauberer*, dem bislang zwei weitere Bierzauberer-Romane (darunter *Das Erbe des Bierzauberers*, der Roman zur Entstehung des Reinheitsgebotes) und diverse Kurzkrimis, meist mit Bierbezug, folgten. Einer davon in der Bierkrimi-Anthologie *Malz und Totschlag* (auch Herausgeber). Aktuell: *Der Papstkäufer*, ein historischer Roman im Dunstkreis der Fugger und Renaissance-Päpste.
www.bierzauberer.info oder www.facebook.de/bierzauberei

Sabine Trinkaus lebt mit Schaf und Familie in Alfter bei Bonn. Sie ist bekennende Flexitarierin und weiß als solche auch, dass Biogemüse nicht nur gut schmeckt, sondern auch gut aussieht. Manchmal verdreht sie allerdings Tatsachen so, wie sie ihr in den Kram und die Geschichten passen, die sie seit 2007 schreibt. 2014 erschien ihr dritter Roman *Der Zorn der Kommissarin*. www.sabine-trinkaus.de